Odyssee durch die Galaxis

Autobiographie eines Außerirdischen

**Erkenne!
dass Du ein Bürger
des Universums
bist.**

Über den Autor:
Geboren 1948, in Sachsen-Anhalt, aufgewachsen in Baden-Württemberg. Facharbeiterlehre als Industriemechaniker und ein paar Praxisjahre in Baden-Württemberg. In Berlin Maschinenbau studiert.

Leitlinien:
Kein Ausmalen von Grausamkeiten und ein gutes Ende der jeweiligen Geschichte.

Bibliographische Information der Deutschen Nationalbibliothek:
Die Deutsche Nationalbibliothek verzeichnet diese Publikation in der Deutschen Nationalbibliografie, detaillierte bibliografische Daten sind im Internet über dnb.dnb.de abrufbar.

TWENTISIX - Der Self-Publishing-Verlag
Eine Kooperation zwischen der Verlagsgruppe Random House und BoD - Books on Demand

Herstellung und Verlag:
BoD - Books on Demand, Norderstedt

ISBN: 9 783 740 752 446

Motivation

Oft kam ich mir in den vergangenen Jahrzehnten wie ein Fremdling in dieser Welt vor. Ich habe sie bis heute nicht wirklich verstanden. Wir haben einen wundervollen Planeten mit großen, weiten Ozeanen, ausreichenden Landflächen, einer wundervollen Tier- und Pflanzenwelt und in der Nähe der Erde diverse Planeten und Monde, die wir mit unserer Technik und Wissenschaft nutzen könnten, aber um eine Handvoll Erde, führen wir lieber Kriege.

Vor über zehn Jahren hatte ich begonnen meine Motivation, Emotion und Fantasie fließen zu lassen und heraus kam dieser Roman. Ich hoffe er hilft dem einen oder anderen seinen Geist und seine Seele aufzumachen, denn die Grenzen, die wir überwinden wollen und müssen, liegen nicht außerhalb unserer selbst.

Vorbemerkung

Lieber Leser, dieses Buch soll ein interessanter Roman, und kein fehlerfreies Deutschlehrbuch sein. Daher muss meine eigene Korrektur ausreichen. Ich bitte für den einen oder anderen Flüchtigkeitsfehler um Verzeihung. Bitte dadurch nicht aufhalten lassen, einfach weiterlesen - danke.

Inhalt

Prolog

Seit vielen tausend Jahren reisen wir mit unserem Planeten durch das Universum. Wir begleiten unsere Sonne, auf ihrem Weg durch die Galaxis.

Unseren Astrophysikern zufolge hat unsere Milchstraße unzählige Sonnensysteme mit Planeten und das Universum zahlenmäßig noch viel mehr Galaxien.

Wie einfältig wäre es doch zu glauben, dass in den vergangenen vielen Milliarden an Jahren, nur auf der Erde Leben entstanden ist.

Wir wissen nicht, was alles in den Jahrtausenden, die hinter uns liegen, geschehen ist. In den Erzählungen unserer Mythen, finden wir erstaunliche Aussagen. Da wird von Menschen berichtet, die scheinbar nicht von dieser Welt waren. Homer erzählt in seinen Werken Ilias und Odyssee, die Geschichte von Odysseus und seinen Begegnungen mit übernatürlichen Wesen.

Wir befinden uns innerhalb einer großen und weiten galaktischen Gemeinschaft von unterschiedlichsten Lebensformen, auch wenn wir uns dessen nicht bewusst sind. Dass wir noch keinen Kontakt zu außerirdischen Kulturen haben, mag an unserer noch eingeschränkten Wahrnehmungsfähigkeit liegen, oder vielleicht auch am Unwillen der anderen, mit einer unreifen Menschenrasse, wie wir es noch sind, irgendwelche Beziehungen eingehen zu wollen.

Trotzdem, gibt es uns, wir sind auch da, in diesem großen weiten Universum. Eines Tages werden wir erkennen, dass wir, wie die anderen auch, Bürger dieser scheinbar unendlich großen Lebenssphäre, die wir Galaxis nennen, sind.

Kapitel 1

Die fremde Welt

Nordhalbkugel würden in eine Atomwüste verwandelt werden, mit vielen Millionen Toten.

Daher half nur ein Krieg, der die vorhandenen Kräfte verbraucht hätte, bevor diese Atomwaffen fertig und einsatzbereit waren.

Diese Völker, obwohl sie führende Nationen waren, hatten noch nicht die Fähigkeit, die eigenen Neigungen und Rachegelüste zu zügeln. Sie waren leider nicht in der Lage, sich zu mäßigen, vorauszudenken und die kausalen Folgen ihres Handelns zu erkennen.

Uns war bewusst, dass die Nordhalbkugel dieses Planeten mit dem nächsten großen Krieg zu einer lebensfeindlichen Atomwüste wird. Die atomare Verseuchung würde sich zudem auch über die ganze Welt ausdehnen. Das wollten wir unbedingt verhindern. Wir wollten nicht, dass diese Spezies sich selbst vernichtet und kamen daher überein, dass wir eingreifen sollten." Jonas machte eine Pause.

„Wir mussten sicherstellen," sprach er weiter, „dass die aggressiven kriegerischen Emotionen und Potentiale abgebaut waren, bevor die hiesigen Wissenschaftler ihren Führern und Kriegsministern Waffen in die Hand gaben, die noch keiner kannte und deren Vernichtungspotential noch keiner einschätzen konnte. Waffen vor denen noch keiner Angst hatte, weil er sich deren Auswirkungen nicht vorstellen konnte. Wir überlegten uns einen Plan. Da nationale Aggressivität zu weit verbreitet war, konnten Vernunftgedanken leider nichts ausrichten. Zu wenige Menschen waren dafür zugänglich. Daher entschieden wir, dass es besser sei rechtzeitig, bevor die neuen Waffen fertig waren, einen Krieg anzuzetteln.

Dieser würde zwar viel Leid bringen, aber weniger, als jenes, welches sich die Völker mit Atomwaffen zufügen würden. Wir wollten die Kriegslüsternheit so weit wie nur möglich reduzieren, bevor sich die Dinge zu diesem, alles zerstörenden Endkrieg zuspitzten.

Es musste schnell gehandelt werden. Wir suchten daher nach Leuten, die mit ihrer Geisteshaltung in diese Zeit passten und genug aggressives Gewaltpotential hatten, um schnellst möglich einen neuen Krieg anzufangen. Nach und nach brachten wir sie in die richtigen Positionen und machten diese zu Führern. Das war nicht sehr problematisch, es gab ja genug solcher Individuen. Allzu viel war dann nicht mehr zu tun. Die Dinge gingen dann ihren Weg.

Zweifelhafter Erfolg

Wir hatten einen Stein ins Rollen gebracht und brauchten nur noch darauf zu achten, dass er auf der gewünschten Spur blieb. Auch waren wir uns darüber im Klaren, dass wir nicht alles würden kontrollieren und lenken können. Leider waren die folgenden Vorgänge so wenig steuerbar, wie eine Lawine rollender Steine. Und so entstanden Auswüchse von Gewalttaten, die auch uns erschaudern ließen. Alle weiteren Ereignisse kann man in den Geschichtsbüchern lesen.“ Jonas schwieg ein paar Sekunden. Es war ihm anzumerken, dass ihn dieses Geschehen, nicht unberührt gelassen hatte.

Er begann von neuem: „Jede Spezies macht gewisse Phasen in ihrer Entwicklung durch. Es ist der Schritt aus dunkler Unbewusstheit, zur Bewusstheit des eigenen Lebens. Wenn sie erst einmal zu dieser

Erkenntnis durchgedrungen sind, werden sie darum kämpfen, nicht mehr in die Unbewusstheit, vergangener Zeiten zurückzufallen.

Ich bin mir sicher, dass diese Welt hier eines Tages ein gutes Mitglied der universalen Gesellschaften werden wird.“

„Sind denn alle unbewusst gewesen, oder gab es nicht ein paar Menschen, die dagegen gekämpft hatten“, fragte ich.

„Natürlich“, antwortete Jonas, „ein paar gibt es immer.“

„Aber sie hatten keinen Erfolg“, ergänzte ich.

„Nein!“, entgegnete Jonas schnell, „so stimmt das nicht. Sie würden Erfolg gehabt haben, wenn wir dies nicht verhindert hätten. Sie hätten unsere Planungen zunichte gemacht. Das durften wir aber nicht zulassen. Zu viel stand auf dem Spiel, das Zeitfenster war nur für eine kurze Zeit offen.

Woher sollte der Hauptverursacher der Katastrophe, überhaupt wissen, wann er an einem bestimmten Ort besser nicht sein sollte? Nur durch unseren Einfluss konnte er den Attentaten aus dem Wege gehen. Das war notwendig, denn wir brauchten ihn ja für diese Aufgabe.“

„Ganz schön verdreht, die Sache,“ bemerkte ich, „die Guten sind hier die Bösen, und die Bösen sollen diese Welt retten. Das ist wirklich nicht leicht zu verstehen.“

„Ja, da hast du recht“, bestätigte Jonas, „wir, die spirituelle Gemeinschaft sind jetzt jedenfalls gespalten. Die einen sagen, wir hätten uns auf keinen Fall einmischen sollen und die anderen erwidern, dass es von großem Nutzen sei, wenn dieser Planet nicht in ein animalisches Zeitalter zurückgeworfen wird. Und zudem könne keiner garantieren, dass nach gewissen Zeiträumen die Menschen dieses Planeten nicht wieder vor gleichen Problemen stünden. An solchen Entwicklungsstufen hat jede Spezies um ihren Selbsterhalt zu kämpfen.

Wir haben jedenfalls an diesen gegensätzlichen Ansichten unserer Gemeinschaft schwer zu tragen."

Jonas sah betrübt drein, die Geschichte nahm ihn mehr mit, als er zugeben wollte. Aber, obwohl großer Schaden angerichtet wurde, ist das Vorhaben im Wesentlichen doch gelungen.

Er sprach weiter: „Du solltest auch verstehen, dass wir nicht alle an den gleichen Dingen interessiert sind. Vielen von unserer Art interessiert es überhaupt nicht, was hier, am Rande der Galaxis passiert. Einige von ihnen sind sehr verärgert darüber, dass wir die meisten Navigatoren des Quadranten, hier eingespannt haben. Ihnen sind ihre Bedürfnisse viel wichtiger, als dieser kleine, scheinbar unbedeutende Planet hier.

Wie du ja schon mitbekommen hast, ist zur Zeit kein freier Navigator zu finden. Wir, von denen ich eben gesprochen habe, sind eigentlich nur eine kleine Gruppe. Uns interessiert nun mal die Evolution auf diesen Planeten, sowie die neuen heranwachsenden Mitglieder unserer großen Gemeinschaft im Universum. Ich denke, man sollte ihnen helfen, und ihnen eine Chance geben. Auch sie haben eine Zukunft verdient.

Ob es wirklich ein Fehler oder es gut war, diese Welt zu retten, muss die Zukunft zeigen. Ich selber bin guten Mutes. Vielleicht werden sie, gerade aufgrund ihrer Geschichte, ein wertvolles Mitglied der Gemeinschaften im Universum.

Man darf nur nicht etwas anderes aus ihnen machen wollen, als sie von ihrer Entwicklungsgeschichte und Mentalität her sind." Jonas schwieg.

01.08 Die Gilden

Aufkommendes Heimweh

Je länger ich mich hier auf diesem Planeten aufhielt, desto stärker wurde mein Verlangen, mich auf den Weg in die Heimat zu machen. Die Menschen würden das, was mich plagte, Heimweh nennen. Ich sollte besser mal mit Jonas sprechen.

„Jonas", sprach ich ihn eines Tages an, „du weißt, dass ich dir sehr gerne helfe und ich bin dir auch sehr dankbar, dass du dich um mich gekümmert hast, aber in mir wird der Wunsch immer größer, mich wieder auf dem Heimweg zu machen."

Jonas sah nachdenklich zu mir herüber. „Ich war mir immer bewusst, dass du eines Tages wieder nach Hause willst, das ist nun mal der Lauf der Dinge", antwortete er, „aber beim besten Willen, im Augenblick weiß ich nicht, wie wir das bewerkstelligen sollten. Ein Navigator ist zur Zeit, wie du weißt, nicht zu bekommen, ich selber kann von meiner Arbeit hier nicht weg und dich alleine auf den Heimweg zu machen, würde ich nicht empfehlen. Die Gefahren, in den spirituellen Reichen sind größer als du denkst. Vor allem aber solltest du erst einmal frei werden, von dieser starken Anziehung des Planeten hier, die dich festhält. Du hast ja selbst erfahren, dass du dich hier zwar überall hin bewegen kannst, aber nur bis zu einer bestimmten Höhe. Ich selbst musste immer darauf achten, dass ich mit dir nicht zu hoch fliege, sonst beginnst du mir aus den Händen zu gleiten. Ich weiß nicht woran es wirklich liegt. Vermutlich bist du diesen Menschen hier zu ähnlich, so dass dich ihr spirituelles Kraftfeld zu sehr bindet. Oder vielleicht ist dein körperliches Leben zu früh und ungeplant beendet worden. Mit anderen Worten, deine Zeit abzuleben, war einfach noch nicht gekommen. Dadurch ist dein eigenes Energiefeld noch nicht an ein freies spirituelles Leben angepasst. Es klebt jetzt an diesem irdischen menschlichen Energiefeld dieser Spezies hier und kann sich davon nicht lösen. Aber lass uns versuchen einen Weg zu finden. Habe etwas Geduld."

Was ist ein Navigator?
„Jonas", fragte ich weiter, „was ist eigentlich ein Navigator und wie arbeitet er?"

„Nun, „begann Jonas, „ein Navigator hat mehr als alle anderen, die Fähigkeit eine bestimmte Stelle im Universum zu finden.

Vielleicht hilft zum Verstehen ein einfacher Vergleich. Stelle dir mal ein Buch vor. Ich denke doch, dass ihr auf eurem Planeten auch so was wie Bücher habt. Wenn du nun in diesem Buch ein ganz bestimmtes Wort suchst, hast du zwei Möglichkeiten.

Erstens könntest du die Stelle beschreiben an der dieses Wort zu finden wäre. Also, Seite zweihundertfünfunddreißig, die achte Zeile von oben und das dritte Wort von links. Wenn du das aber nicht kannst, bleibt die zweite Möglichkeit. Du definierst dieses Wort, du beschreibst was es bedeutet und erläuterst in welchem Zusammenhang es steht. Du legst klar, was die Aussage des ganzen Satzes ist und was die Aussage des Abschnittes ist, in dem er steht. Du erläuterst in welcher Relation er zum Gesamtinhalt des Kapitels steht. Weiter beschreibst du das Thema des Kapitels. Mit diesen Informationen das Wort zu finden. Dies ist vielleicht etwas schwieriger aber nicht unmöglich, o-der? Und nun stell dir mal vor, dieses Buch wäre das ganze Universum mit seinen vielen weltlichen und noch weit mehr spirituellen Ebenen."

Jonas schaute zum Himmel empor. Es war spät a-bends, unzählige Sterne waren zu erkennen, zwar noch etwas blass, aber für uns durchaus sichtbar. „Wo meinst du wohl, befindet sich dein Heimatplanet?", fragte Jonas.

Ich schaute hinauf, in die unendliche Vielfalt. Jetzt fiel mir auch bewusst auf, dass das Sehen der Sterne mit spirituellen Augen ein wenig anders ist, als mit fleischlichen. „Ich kann keinen Anhaltspunkt finden," sagte ich nach einer Weile.

„Siehst du, ein Navigator würde einen Anhalts-punkt finden. Darum ist er auch ein Navigator, mit all seiner Erfahrung und Intuition, und er würde auch mit sehr hoher Gewissheit deinen Planeten finden", mein-te Jonas, „er weiß einfach wie und wo er suchen muss. Und zudem steht hinter im seine Gilde, mit einem unendlichen Fundus an Erfahrung und Wissen. Sie helfen, wenn er nicht weiterkommt." Jonas schwieg.

„Aber so, wie es im Augenblick ausschaut", sprach er weiter, „wirst du dich wohl alleine auf den Weg machen müssen, von Station zu Station. Hauptsache du bist immer in sicheren Händen. Ich denke, die erste Station, die du aufsuchst, sollte Meister Wu sein. Vielleicht kann er dir sagen, welches für dich die folgenden Stationen sein könnten. Wir sollten ihn besuchen. Was meinst du?"

„Na klar", sagte ich, „wer immer auch Meister Wu ist, lass uns hinfliegen. Vielleicht kann er mir wirklich helfen. Du kannst mir ja inzwischen noch erklären, was die Gilden sind." Wir machten uns auf den Weg zu diesem Meister Wu.

Die Gilden

Jonas erklärte mir während unserer Reise, das Wesen der Gilden. Er sagte: „Sie sind Vereinigungen von Menschen, oder besser gesagt von spirituellen Wesen, denn nicht alle haben eine Menschenform, die sich bestimmten Aufgaben verschrieben haben. Aufgaben, die das Leben in der Galaxis fördern. Sie bündeln ihre Kräfte, ihr Wissen und ihre Erfahrung.

Ihre Regeln und Verhaltensstatuten sind so etwas wie ein inneres Gerüst, an welches sich die Mitglieder orientieren und halten. Aber die Gilden kümmern auch um ihre Mitglieder. Wenn jemand Probleme hat, sorgen sie sich darum. Sie lassen ihre Mitglieder nicht im Stich. Der einzelne ist so stark, wie seine Gilde. Darum ist eigentlich fast jeder in irgend einer dieser Innungen. Es gibt unzählige solcher Vereinigungen, ich kenne sie nicht alle. Es gibt so viele, wie es Bedürfnisse und Interessen gibt. Manche wachsen zu großen Verbänden heran.

Durch gegenseitige Vernetzungen entstehen starke Gemeinschaften, die dafür sorgen, dass sich Leben entwickeln und entfalten kann. Sie helfen meist unerkannt Kulturen bei ihrem Werdegang. Auch um einzelne Menschen oder Wesen kümmern sie sich, in irgendeiner wohlwollenden Weise. Sie achten auch darauf, dass eine Lebensbasis nicht unnötigerweise zusammenbricht. Es kann durchaus vorkommen, dass sie zum Beispiel mit vereinten Kräften einen Kometen, der eine Kultur auslöschen würde, auf eine andere Bahn bringen, damit er am Planeten vorbeifliegt.

Man sollte ihre Arbeit nicht gering schätzen. Vielleicht merkt der eine oder andere sein ganzes Leben lang nichts von ihnen. Aber sie haben auf ihn geachtet. Sie haben ihn geführt, ihm Wege geebnet, Brücken für ihn gebaut, dunkle Zeiten aufgehellt, Begegnungen hergestellt und oft eine schützende Hand über ihn gehalten. Sie haben ihn auch von schweren Krankheiten gesunden lassen und vieles mehr. Doch sie haben ihn nie bevormundet und ihn nie zu etwas gezwungen, was er nicht wollte. Wenn jener durch eigene Schuld und Eigensinnigkeit in tiefen Problemen steckte, haben sie ihn nie verurteilt, weil sie wissen, das solche Erfahrungen zwangsläufig zur persönlichen Weiterentwicklung gehören.

Es gibt in der spirituellen Welt viele Wesen, die sehnsüchtig darauf warten, um Hilfe gebeten zu werden. Hier im spirituellen Universum ist niemand vor Langeweile geschützt. Gebraucht zu werden, ist für so manchen eine wichtige Daseinsbestätigung.

Auch ist ein solcher Einsatz für manche, eine gute Hilfe für den persönlichen Aufstieg, in die höheren Regionen der spirituellen Bereiche.

Was die einzelnen, seien es ganze Völker oder nur einzelne Menschen, mit den Hilfeleistungen dann machen, ist deren eigene Sache. Die Gilden sind dafür nicht verantwortlich. Wohlgemerkt, sie werden aber unmündigen Völkern oder Menschen zu keinen Fähigkeiten oder Dingen verhelfen, deren Wirkung jene weder einschätzen noch handhaben können. Genauso wenig, wie ein Vater seinem kleinen Sohn eine Waffe zum spielen gibt.

Allerdings ist es nun mal so, dass die Menschen, wie auch andere Wesen, erst dann wirklich lernen, wenn sie sich Schaden einhandeln. Erst wenn sie sich ihre Finger verbrennen, merken sie, dass sie vorsichtiger sein müssen, oder eben ihre Finger davon lassen sollten.

Es gibt natürlich auch einzelne Menschen und spirituelle Wesen, die keiner Gilde angehören, gute wie schlechte. Man sollte nicht außer acht lassen, dass es auch Verbände und Gruppierungen von Wesen, Menschen und Mächten gibt, die schlechte und destruktive Ziele verfolgen. Manche mögen sich durchaus auch Gilde nennen, aber sie sind weit davon entfernt, ehrenhaftes und wohlwollendes Handeln zu praktizieren. Sie verursachen mehr Schaden als Nutzen."

Jonas schwieg einen Moment, dann begann er von neuem: „Außer den Navigatoren gibt es zum Beispiel noch die Sucher, zu denen ich gehöre. Wir suchen im Gegensatz zu den Navigatoren nicht nach Orten, sondern nach Menschen oder Wesen, die in Problemen stecken oder die für Problemlösungen gebraucht werden. Wir prüfen ihren Bewusstseinsstand und helfen ihnen oft in der Weise, dass sie erkennen und einschätzen lernen was sie tun. Vor allem sollten sie die Konsequenzen ihres Handelns erkennen können. Die meisten sind sehr dankbar, wenn man ihnen weiterhilft. Auf diese Weise werden sie stabile Mitglieder der universalen Gemeinschaft.

Wir wollen dem Leben eine Chance geben. Niemand kann für sich alleine existieren. Wir befinden uns alle mitten im Gefüge des Lebens. Es ist um uns herum, in uns drin, füllt uns aus und versucht all unsere Wünsche, soweit möglich zu erfüllen. Darum ist es gut, wenn man einander weiterhilft."

Verschiedene Gilden

Jonas begann verschiedene Gilden und deren Aufgaben zu erläutern. Es gibt wesentlich mehr, als ich jetzt hier aufzählen kann, meinte er.

Da wären zuerst einmal die **Terraformer**, sie formen die Oberflächen von Planeten und Monde so, dass auf ihnen Leben existieren kann.

In der Gilde der **Visionäre** sammeln sich Leute, die neue Elemente in die Evolution hinein bringen, von der Landschaftsgestaltung bis hin zu der Schaffung neuer Lebewesen.

Ihnen folgen die **Gründer.** Sie schaffen neue Habitate. Dort siedeln sie neues Leben an, Pflanzen, Tiere und natürlich auch menschliche Zivilisationen.

Es gibt auch die Gilde der **Helfer**, die auf Bitte, anderen bei ihren Problemen helfen, wenn deren eigene Kräfte oder Möglichkeiten nicht mehr ausreichen.

Die Gilde der **Wächter** beobachtet, was in spirituellen Bereichen vor sich geht und warnt vor Gefahren, die eventuell im anrollen sind.

„Es gibt auch **Lehrer**, das sind jene, die sich berufen fühlen, anderen Wesen oder Menschen Wissen und Können zu vermitteln.

Eine weitere Gilde ist die der **Paten.** Sie übernehmen Mitverantwortung für die Entwicklung eines Schützlings, und achten darauf, dass der spirituelle Entwicklungsweg, mit all seinen Höhen und Tiefen, gegangen wird.

Auch **Heiler** haben eine Gilde. Diese kümmern sich um Kranke. Sie stärken deren Geist und seine Lebenskraft. Danach kann die Lebensenergie wieder im vollen Umfang fließen und alles heilen.

Eine sehr interessante Gilde, sind die **Regisseure.** Sie entwerfen und arrangieren Schicksale, entsprechend den oft unbewussten Wünschen des Betreffenden.

Das oberste spirituelle Gesetz

Die Übersicht der Gilden habe ich hier natürlich nur kurzgefasst wiedergegeben. Jonas war wesentlich ausführlicher.

Jonas erläuterte weiter: „Es gibt ein sehr wichtiges Gesetz.

Trotz aller Arbeit für die Evolution, halten doch alle das oberste spirituelle Gesetz ein, welches verbietet, sich ungefragt in die Belange anderer einzumischen. Ausnahmen sind daher sehr selten und geschehen nur in Notfällen. Dieses Gesetz der Zurückhaltung hat den Sinn, dass jeder die Erfahrungen seines eigenen

Handelns sammeln kann. Das ist für eine gesunde Entwicklung äußerst wichtig."

Jonas schwieg.

Alles sehr interessant, aber keine von diesen Gilden erweckte wirklich mein Interesse. Alles, was ich wollte, war endlich wieder nach Hause zu gelangen. Mein Heimweh bohrte in meinen Eingeweiden herum. Die müssen mich doch zu Hause vermissen. Wahrscheinlich haben sie eine Menge Probleme, weil ich meine Arbeit nicht mache. Schließlich bin ich der einzigste, der sich, mit all den Vorgängen und dem ganzen Schriftverkehr und Papierkram auskennt. Womöglich müssen verschiedene Projekte verschoben werden, nur weil ich nicht da bin. Aber Schuld an dieser Misere ist ja eigentlich nur diese Planetenschutzbehörde. Warum haben die auch ausgerechnet mich für die Mission ausgesucht. Die hätten doch wissen müssen, dass man mich nicht so einfach aus meinem wichtigen Aufgabenbereich rausreißen und quer durch den Weltraum schicken kann. Die denken anscheinend nur an ihre Probleme.

Wenn ich zurückkomme löse ich sofort meinen Vertrag und steige aus dieser allgemeinen Dienstverpflichtung für junge Leute aus. Wer rechnet denn gleich damit, dass er an den Rand der Galaxis geschickt wird. Aber jetzt im Augenblick sollte ich lieber nach vorne schauen und nicht länger an dieses Ärgernis denken. Wenn ich wieder zurück bin, werde ich meinem Ärger Luft machen. Im Augenblick war ich mit Jonas auf dem Weg zu diesem Meister Wu. Das hatte jetzt Priorität.

01.09 Das Tal im Hochgebirge

Auf dem Weg zu Meister Wu

Ich hatte nicht sehr auf den Verlauf unserer Reise zu diesem Meister Wu geachtet, da die Ausführungen über die Gilden mich abgelenkt hatten. Auch hatten wir irgendwo eine kurze Pause eingelegt, damit Jonas mir alles erzählen konnte. Doch nun schienen wir das Gebiet, in dem dieser Meister Wu lebte, erreicht zu haben.

Wir waren gelandet und hatten wieder festen Boden unter den Füßen. Während Jonas weitere Ausführungen über die Gilden machte, schritten wir auf einem steinigen Weg dahin. Meine Einbildung ließ mich die Unebenheit des Weges spüren, dachte ich. Aber irgendetwas hatte sich geändert. Es fiel mir nicht gleich auf, weil ich einerseits Jonas zuhörte und andererseits diese Empfindung für mich, noch zu sehr Gewohnheit war. Immerhin war es ja noch nicht so lange her, dass ich meinen Körper verloren hatte. Der Weg stieg leicht an und nach kurzer Strecke, hatten wir einen herrlichen Blick über weite grüne Täler, durch denen sich glitzernde Bäche wanden. Vor uns lagen Ausläufer von einem Gebirge, welches mit seinen weißen Gipfeln hoch über der milchigen Dunstschicht der Atmosphäre, zu schweben schien.

Schnee- und Eisbedeckte Felsgipfel erstrahlten im dunklen Blau des irdischen Himmels. Ich war sehr fasziniert von diesem wundervollen Anblick, aber wie eine unwirkliche Szenerie kam mir dieses Bild vor. Die Berge schienen im Himmel zu schweben.

Der neue Körper

Das alles nahm mich sehr gefangen, bis es passierte und ich plötzlich erkannte, was sich geändert hatte.

Ich stieß plötzlich in meiner Unachtsamkeit mit dem Fuß gegen etwas hartes. Es war für mich das Normalste der Welt. Ich stieß gegen einen Stein. Ich bin oft mit dem Fuß gegen einen Stein gestoßen, zwar nicht ständig, doch passierte es ab und zu. Aber wie kann man ohne Körper gegen einen Stein stoßen? Das war eigentlich jetzt gar nicht möglich, ging mir durch den Kopf, denn mein Bein mitsamt meines ganzen Körpers, lag ja irgendwo auf dem Meeresgrund.

Ich staunte nicht schlecht. Vor mir lag ein kleiner etwa handgroßer Stein, ich hob ihn auf und schlug ihn gegen das hellgraue Felsgestein neben dem Weg. Es klang hart, und Bruchstücke vom Stein und dem Fels fielen nach unten.

Neben mir schnaufte Jonas, sein Alter macht sich wohl bemerkbar, kam es mir unvermittelt in den Sinn. Aber wie konnte Jonas so schwer atmen, wo er doch normalerweise so leichtfüßig durch die Lüfte schwebte? Als würde ich aus einem Traum erwachen, so wurde mir dieser neue und doch gut bekannte Zustand bewusst.

„Jonas", fragte ich, „was ist hier los? Wieso haben wir plötzlich unsere Körper wieder?

„Wir haben unsere Körper nicht wieder", antwortete er, „wir sind jetzt in der Sphäre des Meister Wu. Wir sind in seinem Lebensfeld - in seinem Energiefeld. Er weiß, dass wir kommen. Wir passen uns nur zwangsläufig durch dieses Feld seiner Dimension an. Wir hatten einstmals diese Körperform und haben sie unserem persönlichen Energiefeld gespeichert. Er aktiviert diese Erinnerung einfach wieder, und lässt seine Energie hinein fließen. Dadurch entstehen unsere Körper wieder, natürlich nur als eine Kopie, die wir wieder verlieren, wenn wir das Tal verlassen. Er liebt es in dieser Weise zu leben und zu kommunizieren."

„Interessant", sagte ich, „aber, wenn ich dich so schnaufen höre, denke ich, dass er es uns ganz schön schwer macht zu ihm zu kommen."

„Ha!", sagte Jonas, „belustigt und gleichzeitig schwer schnaufend? Würde er es uns schwer machen, so würden wir ihn gar nicht erreichen können. Er macht es uns nicht schwerer, als wir es aushalten können."

Der Weg war steil geworden und es wurde uns wieder bewusst, wie mühselig unser Leben vorher in materieller Form war. Je höher wir kamen, desto karger wurde die Vegetation. Aber die grandiose Aussicht über Berge und Täler, schnee- und eisbedeckte Gipfel, dem dunkelblauen Himmel über uns und die tief unten unter Dunstschichten liegenden Wiesen und Wälder, entschädigten uns für unsere Mühe.

Wir waren fast in gleicher Höhe mit den weißen Wolken, die an uns vorbeischwebten, angelangt.

„Was für ein Mensch ist dieser Meister Wu eigentlich?", wollte ich wissen.

„Nun", begann Jonas, „Meister Wu ist uralt. Niemand kennt sein wirkliches Alter, und ich bezweifle, dass er es selber weiß. Er hat zuvor schon auf mehreren Planeten gelebt. Wie soll man da ein Lebensalter bestimmen. Jeder Planet hat eine andere Umlaufzeit um seine Sonne. Man müsste akribisch nachforschen und nachrechnen. Irgendwann mal kam er hierher.

Ihm gefiel die Kultur dieses Volkes in dieser Gegend hier. Die Erdenmenschen nennen dieses Gebirge hier Himalaja. Manch einer glaubt auch, Meister Wu sei der Begründer des Volkes hier. Aber ich habe ihn bisher nicht danach gefragt. Man nennt ihn Meister Wu, weil er wie ein chinesischer Meister ausschaut und sich auch entsprechend verhält und kleidet. Ich denke, er ist einer der besten Meister, die je in diesem Lande lebten.

Auf jeden Fall ist er einer der besten und klügsten Bewohner dieses Planeten und es ist mir eine Ehre ihn zu kennen.

Er hat hier ein Habitat gegründet, einen Campus, eine Ausbildungsstätte für spirituelle Wissenschaften. Es ist ein geistiges Zentrum, welches von überall Leute herbeizieht. Du wirst sehen, es ist hervorragend. Hier kannst du sicher viele Dinge lernen, die für dein Leben und vor allem für deinen Heimweg wichtig sind."

Der Weg war zu einem schmalen Pfad geworden und das Gehen mussten wir immer öfter durch Klettern ersetzen. Die Vegetation war karg und felsiger, aber auch interessanter geworden.

Kleine und windschiefe Bergkiefern krallten sich mit kräftigen Wurzel am spröden Gestein fest. Sie waren die letzten in dieser Höhe. Geringer Grasbewuchs breitete sich um die Wurzeln der Kiefern aus.

In dieser wilden Berglandschaft kletterten wir angestrengt einem mir verborgenem Ziel entgegen, welches, wie Jonas meinte, nur Auserwählte finden könnten. Verwinkelte Stege führten zwischen zerklüfteten Felswänden, entlang. Weiter oben bedeckten nur noch Flechten die Felsen. Vereinzelt sah man noch eine kleine bunte Blume, in einer Vertiefung, die ihr Schutz bot.

Meine Kräfte waren fast aufgebraucht. Ich staunte über den Zustand meines momentanen Körpers. Er war zwar nicht mein eigener, fühlte sich aber trotzdem wie mein eigener an. Nach der langen Kletterstrapaze reagierte er sehr entkräftet.

Das weite Tal

Dann, aber plötzlich, nachdem wir einen schmalen Spalt, hoch oben durchschritten hatten, öffnet sich vor uns ein sehr weites, flaches Tal. Zu meinem Erstaunen war es in einer Weise bewachsen, wie es hier oben nicht zu erwarten, ja überhaupt möglich war. Hätte ich nicht den beschwerlichen Kletterweg hinter mir, würde ich sagen, wir befinden uns in gemäßigten Regionen, mit mildem Klima.

Verteilt über das Tal, standen unterschiedliche kleinere und größere Gebäude. Dazwischen befand sich vielfältiger Pflanzenwuchs, mit den schönsten Pflanzen, die ich mir vorstellen konnte. Ein kleines verstecktes Paradies, ein Garten Eden, wie man es aus der irdischen Mythologie kennt. Auch ein paar winzige Seen, waren über der grünen Parklandschaft verstreut, zu erkennen. Die Luft war mild und sehr angenehm. Frühling schien hier zu herrschen.

Es war mir, als ob eine schwere Last von meinen Schultern genommen wurde und ich den Himmel erreicht hätte. Der schöne Anblick durchflutete meine ganze Seele und erfrischte meinen neuen Körper, den ich leihweise für die Zeit hier bekam, wenn ich Jonas richtig verstanden hatte. Tiefe Seeligkeit durchflutete mich in diesem Augenblick. Ich glaubte meinem Wunsch nach einem eigenen Körper näher gekommen zu sein.

Ich schaute Jonas fragend an. „Wir sind da", war seine Antwort, „nun lass uns zu Meister Wu gehen.

Er weiß, dass wir kommen und wartet schon auf uns."
Der Weg führte etwas abwärts und hinein in das weite Tal. Um uns herum nahm die Vegetation zu, es wurde grüner und auch bunter. Da waren Pflanzen mit wundervollen Blüten in prachtvollen Farben, wie ich sie nie zuvor gesehen hatte.

Es war offenbar, dass es sich hier um einen liebevoll angelegten, großen Park handelte.

Er wurde nicht nur von Pflanzen und Menschen, sondern auch von allerlei kleinen Tieren bevölkert. Prächtige Schmetterlinge flatterten zwischen bunten Blumen hin und her. Vögel zwitscherten im Geäst der Bäume. Der Wiederhall ihrer Stimmen ließ mich auch akustisch, diese aufgelockerte Waldidylle erleben. Wir gingen auf gepflegten Wegen dorthin, wo die ersten Gebäude standen. Fast alle hatten, soweit ich erkennen konnte, ein asiatisches Aussehen, sowie eine helle, transzendente Gestaltung und Farbgebung. Mit der Farbe Rot wurde wahrlich nicht gegeizt. Sie hob sich von der grünen Umgebung sehr eindrucksvoll ab.

Ich war von dem, was sich mir hier bot einfach überwältigt. Die Leute, die hier ihrer Wege gingen, trugen leichte und fließend, fallende Bekleidung. Es sah alles sehr ästhetisch aus und eher an ein Tropenklima erinnernd, als an ein Tal im Hochgebirge des Himalaja.

Wenn ich dieses hier so einfach schildere, sollte ich auch betonen, dass ich zu dieser Zeit viele Begriffe, Namen und Bezeichnungen noch nicht kannte. Die Sprache war mir doch sehr fremd, obwohl - und ich muss mich loben - es nicht sehr lange dauerte, bis ich einigermaßen mit ihr klarkam.

In der körperlosen Form ist es recht einfach andere zu verstehen, denn es handelt sich ja, hauptsächlich um einen wechselseitigen Austausch von konditionierter Energie. Das sind emotionale Schwingungsmuster.

Dies ist eine Energie, die man direkt wahrnehmen und verstehen kann. In der materiellen körperlichen Form ist es wesentlich komplizierter. Alles läuft über die materiellen Sinne und dem körperlichen Verstand, der nichts durchlässt, was er nicht fassen kann.

Es ist beileibe nicht so, wie es in beliebten Fernsehserien dargestellt wird, dass alle intelligenten Wesen in der Galaxis die gleiche akustische Sprache sprechen. Eher ist das Gegenteil der Fall. Solche Filme habe ich in späteren Jahren öfters angeschaut. Sie waren meist weit von der Realität entfernt und vor allem, das Universum ist viel friedlicher, als es in den Filmen dargestellt wurde.

Da meine Rasse einen, wenn auch kleinen Überblick in seiner galaktischen, näheren Umgebung hat, weiß ich, dass die Lebensformen der intelligenten Rassen sehr unterschiedlich sind.

Sie unterscheiden sich sehr in evolutionäre Entstehung, Körperform, Lebensziele und Lebensgestaltung,

Bedürfnisse und Sprachen sowieso. Daraus entsteht dann die Einzigartigkeit, die jede Rasse auszeichnet.

Auf Grund dieses Wissens ist es mir natürlich auch aufgefallen, dass wir uns hier als Menschen, mit der im Prinzip gleichen Körperform gegenüberstanden. Später habe ich dann herausgefunden, wie es dazu kam. Es ergab sich so, dass vor Jahrtausenden Angehörige dieser Rasse, mit eben dieser menschlichen Körperform das Universum durchkreuzten, und auf verschiedenen Planeten Nachkommen hinterließen. Dies war sicher nicht geplant, wahrscheinlich geschah es eher durch das Wirken der Natur, die ja allem Leben inne wohnt.

Dazu gehörte nicht nur dieser Planet hier, sondern auch mein eigener. Auch Jonas stammte von einem Planeten auf dem sich eine solche menschliche Rasse ausbreitete. Und natürlich gehörte auch Meister Wu dazu. Wobei ich auch später nicht herausfinden konnte, ob er ein Nachkomme oder sogar einer der Gründer war. Auf jeden Fall liebte er diese Art des Lebens in materieller menschlicher Gestaltung.

Irgendwann erklärte er mir mal, warum ihm die materielle Form so wichtig ist. Er sagte, dass es eine Lebensbedingung der materiellen Form sei, konkret und exakt handeln zu müssen, denn Halbheiten verträgt diese Form nicht. Sie funktioniert dann nicht und beginnt zu zerfallen. Aus diesem Grunde ist die materielle Lebensform und Lebensweise, ein sehr hervorragendes Training für den Aufstieg, in höhere spirituelle Dimensionen. Diesen Vorteil sollte man unbedingt nutzen.

In der spirituellen Daseinsform kann manches gestaltet werden, was nie der materiellen Wirklichkeit standhalten würde. Die Bedingungen des Materiellen sind hart, manchmal brutal hart, aber es ist immer noch die beste Schulung, um den spirituellen Aufstieg voran zu bringen.

Wie es aber nun kam, dass wir, ich wie auch Jonas, plötzlich wieder einen stofflichen Körper hatten, obwohl Jonas seinen schon lange und ich meinen vor relativ kurzer Zeit verloren hatte, blieb mir vorerst ein großes Geheimnis. Sogar angemessene Bekleidung hatten wir an, sie wurde nicht vergessen - phantastisch. Wir gingen in Richtung Siedelung. Jonas steuerte auf eines der größeren Gebäude zu.

01.10 Meister Wu

Der alte Meister

Auf dem Weg dorthin begegneten wir einem alten, kleinen Chinesen, der eifrig mit einem Strohbesen den Weg säuberte. Sein Haar war weiß und schütter, und sein langer, dürrer weißer Bart hatte sicher auch schon bessere Zeiten gesehen. Beim Vorbeigehen erkundigte sich Jonas höflich, wo wir Meister Wu finden könnten.

Der alte Chinese drehte sich bedächtig um und sah Jonas an: „Hallo Jonas bist du auch mal wieder hier, schön dich zu sehen."

„Meister Wu", rief Jonas erstaunt, „du bist es ja selbst, fast hätte ich dich nicht erkannt. Ich hielt dich für einen der Gärtner."

„Nun, ich dachte, ich gehe mal an die frische Luft und warte auf euch und weil dieser Besen so allein herum stand, nahm ich ihn einfach und begann diesen Weg zu kehren."

Beide lachten, umarmten sich und freuten sich über ihr Wiedersehen.

Jetzt schaute Meister Wu neugierig zu mir her und fragte Jonas: „Wen hast du denn da mitgebracht? Er sieht aus wie ein Erdenmensch, scheint aber nicht von hier zu sein."

„Ja, Meister Wu", erläuterte Jonas, „er ist nicht von hier. Ich fand ihn inmitten eines kleinen Meeres, im nördlichen Europa, dort wo der Krieg herrschte. Er sagte, sein Raumschiff, mit dem er herkam, sei abgeschossen worden. Dabei verlor er leider auch gleich seinen eigenen stofflichen Körper."

„Ja, das kann schnell gehen", meinte Meister Wu, „das Verlieren des eigenen Körpers. Es sei denn man ist ein geistiger Mensch geworden, dann kann man sich eventuell schützen, oder gar nicht erst in schlimme Lagen kommen und seinen Körper verlieren."

Ich verstand im Augenblick noch nicht, was er meinte. Erst viel später wurde mir klar, welche Möglichkeiten ein entwickelter Geist bietet.

„Und", fragte Meister Wu nachdenklich, „hat er nicht versucht wieder nach Hause zu kommen? Im spirituellen Zustand sollte es doch eigentlich gut möglich sein, auch ohne ein Raumschiff nach Hause zu gelangen."

„Er hat es versucht", erwiderte Jonas, „aber er hängt scheinbar am Energiefeld dieser Menschensphäre fest. Du siehst ja selbst, er sieht den Menschen zum verwechseln ähnlich. Die spirituellen menschlichen Frequenzen binden ihn wohl in gewisser Weise, denke ich mir. Genau weiß ich es natürlich nicht. Ein Navigator könnte zwar helfen, aber es ist zur Zeit kein freier Navigator zu finden. Du weist ja sicher warum."

„Natürlich weiß ich warum", antwortete Meister Wu, „ihr habt da wirklich einen dicken Hund gebraten."

Dies musste wohl so ein chinesisches Sprichwort sein, dachte ich mir, weil ich mal gehört hatte, dass dort auch solche Tiere gegessen werden. Doch recht glauben wollte ich dies nicht.

„Du siehst doch sicher auch ein, dass es notwendig war, ein Stopp zu setzen, bevor diese Menschen ihre Welt und sich selbst vernichten", versuchte sich Jonas zu rechtfertigen.

„Du kennst mich, Jonas", entgegnete Meister Wu, „ich sehe die Dinge von einer anderen Warte aus. Wäre dies geschehen, so hätte die Natur von neuem beginnen können.

Das ist nun mal der Lauf des Lebens. Vielleicht versuchen sie nun einfach auf einer anderen Art und Weise, sich den Garaus zu machen. Darin haben sie ja wirklich genug Phantasie. Meinem Tal hier hätte dies nicht geschadet, weil es ja, wie du weist, auf spirituellen Grundlagen aufgebaut ist."

Ich wusste, dass es um die Bewohner dieses Planeten ging und dass, diese hin und wieder bereit waren sich zu eliminieren. Ihre neuen Waffen hatte ich ja als einer der ersten zu spüren bekommen. Wie Jonas mir schon erzählte, hatten ja er und seine Leute etwas unternommen, um die Ausrottung des Lebens auf dem Planeten zu verhindern.

„Wir waren einfach davon überzeugt", argumentierte Jonas weiter, „dass es gut wäre diesem Planeten eine Chance zu geben. Schon mehrmals wurden seine Zivilisationen vernichtet, wie du ja besser weist, als manch anderer.

Und wenn diesmal die Völker hier wieder nicht zur Selbsterkenntnis finden, wird wohl nie eine Zivilisation auf diesen Planeten entstehen, die spirituell genug entwickelt ist, um ein Mitglied der Gemeinschaften des Universums zu werden."

„Ja, ich versteh dich Jonas, wir versuchen ja alle nach unserer eigenen Weise, der Evolution weiterzuhelfen", tröstete Meister Wu den Jonas. Dieser war sich wirklich nicht sicher, ob er und seine Freunde richtig gehandelt hatten. Immerhin missachteten sie eines der obersten spirituellen Gebote. Dieses verlangt strikt, sich nicht ungebeten in die Angelegenheiten anderer einzumischen.

Die Gefahr ist eben sehr groß, dass derjenige, dem geholfen wurde, die Hilfe nicht erkennt und falsche Erfahrungswerte für sein Leben sammelt. Das würde zu falschen Entscheidungen führen und damit seine Entwicklung eventuell um viele Jahrzehnte zurückwerfen.

Resultat daraus könnte ein noch schlimmerer Zustand sein, als jener, der ohne Hilfe entstanden wäre. Und schon hängt der Helfer selber in den fremden schicksalhaften Vorgängen drin und muss darum kämpfen, die Dinge wieder in Ordnung zu bringen. Zudem muss er sich, durchaus zu recht, schwere Vorwürfe gefallen lassen. Auch kann es passieren, dass er in einen Ereignisstrudel hineingezogen wird und als Folge davon spirituell absteigt.

Ungefragt zu helfen ist oft eine sehr heikle Angelegenheit und bedarf größtes Fingerspitzengefühl und auch die Bereitschaft sich schnellstens wieder aus den fremden Angelegenheiten herauszunehmen. Schon gar nicht darf man beleidigt sein, wenn die Hilfe abgelehnt wird und man weggeschickt wird. Man muss unbedingt respektieren, dass jeder seines eigenen Glückes oder eben Unglückes Schmied ist und auch ein Recht darauf hat. Auch Sackgassen haben einen Sinn, man sammelt die Erfahrung, dass dies der falsche Weg ist.

Abschied von Jonas

Meister Wu sah mich wieder an und sagte zu Jonas: „Lass ihn hier Jonas, hier ist er am besten aufgehoben. All das, was er für seinen Rückweg braucht kann er hier lernen. Ohne grundlegendes Wissen über die spirituellen Welten ist seine Rückreise viel zu gefährlich für ihn."

Nachdenklich sagte er, mehr zu sich selber als zu uns: „Ja die Technik, sie ist viel zu verlockend für die Menschen. Sie operieren mit ihrer Technik ihre Krankheiten lieber weg, als zu lernen, wie man sie mit spirituellen Kräften heilt. Ohne Technik, sind sie hilflos, egal ob mit einem Auto in der Wüste oder mit einem Raumschiff in den Weiten des Alls."

„Ich hatte gehofft, dass du ihm eine Bleibe anbietest", antwortete Jonas, „denn ich selber kann ihm nicht weiterhelfen. Gerne hätte ich ihn weiter als Helfer an meiner Seite gehabt, aber die Arbeit füllt ihn nicht mehr aus. Er muss seinen eigenen Weg finden."

Dann wandte Jonas sich mir zu und sagte: „Mach es gut mein tapferer Raumfahrer, vielen Dank dafür, dass du mir in letzter Zeit gut geholfen hast. Ich bin sicher, hier wirst du deine nächsten Schritte, für deinen Heimweg finden. Wir werden uns sicher eines Tages wiedersehen, denn ich komme hier ab und zu mal vorbei."

Jonas verabschiedete sich von mir mit einem Wärmegefühl, wie ich es schon lange nicht mehr erlebt hatte. Mir schnürte es fast den Hals zu, daher brachte ich kaum einen richtigen Abschiedsgruß heraus. Er war mein Freund geworden - ein guter Freund. Der einzigste, in den Weiten des Universums. Wehmütig sah ich im nach, wie er den Weg, den wir gekommen waren zurück ging.

Er drehte sich noch einmal um und winkte uns zu, dann sah ich wie sein materieller Körper sich auflöste, wodurch er seine spirituelle Leichtigkeit wiedererlangte und verschwand.

Hier war ich nun, in einer neuen Welt, deren Spielregeln ich noch lernen musste. Meister Wu erschien mir ein ganz angenehmer Mensch zu sein, wobei ich natürlich nur sein Erscheinungsbild meine, seine Sinnesart kannte ich ja noch nicht. Was für ein Wesen er wirklich war, habe ich nie begriffen.

Aber wenn Jonas, den ich ja mittlerweile kannte, ihm vertraute, dann konnte ich es auch tun. Ich sah in ihm einen freundlichen und warmherzigen, alten Menschen, der Leiter und Chef dieser Institution hier war.

Mit den Worten: „Nun, mein junger Freund, sei willkommen", wendete Meister Wu sich mir zu, „du kannst dich hier wie zu Hause fühlen und solange bleiben wie du magst. Du hast hier die Chance, an deinen Fähigkeiten zu arbeiten, sie zu verbessern und alles verfügbare Wissen zu studieren."

Ein neuer Abschnitt meines Lebens begann, auf einem fernen kleinen Planeten, den ich nachträglich bewertet, nicht missen wollte.

Kapitel 2

Abenteuer im Himalaja

02.01 Der Campus

Willkommen

„Nun, mein junger Freund, du hast hier die Chance, an deinen Fähigkeiten zu arbeiten, sie zu verbessern und für dich wichtiges Wissen zu lernen. Komm, ich will dich jemanden vorstellen."
Wir gingen auf ein großes Gebäude zu, welches sich etwas seitwärts befand. Vor diesem Haus stand ein junger Mann.

„Ich möchte dir Chang vorstellen", sagte er zu mir.

„Hallo, Chang", ich habe hier jemanden, der deine Hilfe gut gebrauchen könnte. Er stammt nicht von diesem Planeten hier und kennt sich daher mit den Gegebenheiten nicht aus. Ich würde mich sehr freuen, wenn du ihm helfen könntest, sich in diese Welt und auch in unseren Campus einzufinden."

Chang sah mich an und meinte: „Eigentlich sieht er doch aus, wie die anderen Menschen auch und ist trotzdem nicht von hier? Erstaunlich."

„Ja, Chang, unsere Rasse hatte sich vor Urzeiten auf verschiedenen Planeten in der Galaxis verteilt. Daher haben auch manche andere Rassen ähnliche Körperformen. Und hier bei uns auf dem Campus, bekommt jeder den materiellen Körper, der so gut wie möglich, der Individualität seines Trägers entspricht. Ich habe ihm angeboten, solange hier zubleiben, wie er möchte. Er kann im Haus von Mama Nien Yen wohnen. Dort ist sicher ein Zimmer frei. Sei so nett und bringe ihn hin. Zeige ihm bei Gelegenheit alles, was er sehen und wissen sollte. Es wäre auch gut, wenn du ihn eine gewisse Zeit betreuen würdest, zumindest bis er sich hier eingelebt hat."

„OK, geht klar Meister Wu, mache ich." Und zu mir meinte Chang: „Dann lass uns mal losgehen. Ich freue mich, wenn ich gelegentlich jemanden unser Tal zeigen kann. Es ist wunderschön hier."

Ich bedankte mich bei Meister Wu und folgte Chang in die Richtung, die wir zu gehen hatten.

„Das Haus von Mama Nien Yen ist nicht weit entfernt, wir müssen nur durch diesen kleinen Park hier", sagte Chang.

„Ein schöner, gepflegter Park", bemerkte ich.

„Ja", bestätigte Chang, „dies ist unser Konstitutionspark, genauer gesagt, der Gründungspark. Hier wurde der Grundstein für diese spirituelle Universität gelegt. Dieser Platz hier, ist einer der wichtigsten Orte in diesem ganzen Tal.

Dort kannst du den Memorialstone of Liberty, den Gedenkstein der Freiheit, sehen."

Ich sah einem großen Felsblock, mindestens doppelte Personengröße, in dem die wichtigsten Leitsätze des Campus eingemeißelt waren, wie Chang sagte. Diese bildeten die geistige und philosophische Grundlage dieser Einrichtung hier."

Ein paar Schritte mussten wir noch gehen, dann standen wir vor diesem gewaltigen grauen Block. An seinen Seitenflächen waren in großen vergoldeten Zeichen diverse Inschriften eingraviert.

Das Bekenntnis
Da ich selbst, diese Zeichen nicht lesen konnte, übersetzte Chang sie mir.

„Wir, Menschen dieses Planeten, sind ein Teil des Universums und dieses Universum ist ein Teil von uns. Wir sind Kinder des Großen Schöpfergeistes, der über alles mit Weisheit und Liebe wacht und herrscht. Unser Geburtsrechte bestehen aus Freiheit und dem Recht auf Entfaltung. Unsere Aufgabe ist es, das Leben zu schützen und zu fördern."

Chang machte eine Pause. Ich merkte, dass ihn der Text innerlich berührte. Für ihn waren es schließlich elementare Aussagen, vielleicht sogar die Basis seines Lebens. Er meinte zu diesen Aussagen: „Freiheit ist ein Geschenk und zugleich eine Forderung des Großen Schöpfergeistes. Leider können wir nur zuschauen wie sich die weltlichen Mächte des Planeten hier, selbst zerstören und dabei ihre Lebensgrundlage vernichten. Sie verlangen Tribut von den Menschen, als wären sie selber die Schöpfer allen Seins. Sie verwirren das Denken der Menschen, wodurch diese nicht erkennen können, dass sie unter den Sternen des Universums frei geboren wurden und dass die wirkliche Quelle des Lebens der große Schöpfergeist ist. Sie verlangen ein widerspruchsloses Dienen nach ihren Vorgaben und halten den Geist der Menschen gefangen, damit sie über alles herrschen können, wie es ihnen beliebt.

Doch die weltlichen Mächte verursachen großen Schaden, an allem Lebendigen und auch an sich selbst. Aber sie erkennen es nicht. Sie nehmen in Kauf, dass von dieser Welt irgendwann nur noch eine tote trockene Wüste übrigbleibt, unfruchtbar für alles Leben. Mögen die weltlichen Mächte dann glücklich sein mit dem was ihnen bleibt. Doch sie werden zwangsweise erkennen müssen, dass ihnen nichts mehr geblieben ist.

Wir aber, die wir die Wahrheit kennen, werden unseren Weg gehen und nicht von ihm weichen. Wir werden nicht zurückschauen, denn unser Ziel ist die uneingeschränkte Freiheit, die uns das Universum gewährt."

Nach der Erläuterung des Textes, zeigte Chang mir auf der anderen Seite des Denkmals eine zweite Inschrift. Er meinte, dass dieser der eigentlich wichtige Teil dieses Denkmal für ihn sei, denn wer sich nicht dazu bekennt, wird mit dem Weg des Aufstiegs Probleme haben. Aufstieg? Ich hatte nur meinen Weg zurück nach Hause, im Kopf.

Der Freiheitsschwur

Chang stand andächtig vor dem zweiten Text, des Monolithen. Noch mehr als der erste Text, ergriff in dieser. Bedächtig und mit fester Stimme begann er den zweiten Text vorzulesen: „Wir, die Gründer dieser freien spirituellen Universität hier, geloben im Angesicht des Großen Schöpfergeistes, dass wir auf dem Weg zu ihm bleiben und nicht weichen wollen.

Wir wollen erkennen und niemals vergessen, dass wir Kinder des Großen Schöpfergeistes und freie Bürger des Universums sind. Wir geloben weiter, dass wir nicht rasten noch ruhen wollen, bis wir eines Tages die Freiheit, Fähigkeit und Stärke, die unsere Ahnen einst innehatten, wieder errungen haben."

Chang schaute mich an und sagte: „Du hast jetzt, in dieser deiner Zeit, die Chance zu erkennen, warum du hier bist, denn es gibt keine Zufälle. Alles hat einen

Sinn, alles wird geführt, von einer Wachstumsstufe zur nächst höheren. Dazu gehören auch all die Herausforderungen und selbst die Plagen unter denen man leidet.

Du hast jetzt die einmalige Chance, freier und stärker zu werden, als du es je warst. Nutze diese Chance, denn du weißt nicht, wann du wieder eine solche Gelegenheit bekommst und wie viele Äonen von Jahren vergehen, bist du wieder zu dir selber findest. Dies kann sehr lange dauern, wenn du erneut in Unwissenheit und Fremdbestimmung versinkst.

Bleib wachsam und bleibe auf dem Weg zur Freiheit. Lass den Faden deines Schicksals, den du jetzt in der Hand hast nie wieder los."

Er schaute noch einmal bedächtig zu dem Denkmal hin, dann gingen wir schweigend weiter.

„Diese Inschriften scheinen für dich sehr wichtig zu sein", stellte ich neugierig fest, in der Hoffnung, dass er mir seine Einstellung etwas genauer erklärt.

„Ja, das stimmt. Ich war vor langer Zeit Sklave eines reichen Mannes. Es war schrecklich. Er ließ oft seinen Zorn an mir aus. Für ihn war ich nichts wert. Eines Tages flüchtete ich, aber es half nicht. Er ließ mich wieder einfangen.

Irgendwann, als er mich wieder mal demütigte sprang ich aus dem Fenster, mit dem Wunsch mein Leben zu beenden. Ich dachte, dass dann alles für mich vorüber sei, aber es wurde nur noch schlimmer. Im Umfeld dieses Mannes lebten abscheuliche spirituelle Wesen, manch einer nennt sie Dämonen, die ihr Unwesen mit jedem treiben, der sich nicht schützen und kontrollieren kann.

Jetzt begriff ich auch, dass dieser Mann nicht wirklich schlecht war. Diese Geister hatten ihn einfach zu ihrem Spielzeug gemacht, und tobten sich mit ihm aus. Leider war er nicht stark genug um sich wehren zu können. Er wusste ja nicht einmal, was mit ihm geschah und war eigentlich noch schlechter dran als ich.

Als sie dann merkten, dass ich meinen Körper verloren hatte, stürzten sie sich auf mich. Jetzt war ich ihnen erst recht ausgeliefert. Ein Körper bietet immer noch einen gewissen Schutz, egal wie schlecht die Situation ist.

Ich erkannte, dass man viele Tode sterben muss, bevor man wirklich tot ist. Nur seinen materiellen Körper abzuwerfen reicht nicht. Wenn du vorher nicht frei warst, wirst du es danach auch nicht sein. Und ich sage dir, in dieser Zeit starb ich viele Tode.

Irgendwann fand mich Meister Wu und brachte mich hierher. Ich war nur noch ein Haufen Elend. Hier aber lernte ich zu verstehen, was es heißt stark und frei zu sein. Du musst für deine Freiheit und dein Leben, oft harte Kämpfe durchstehen, meist mit dir selber. Dies ist oftmals viel schwerer, als gegen andere zu kämpfen. Deshalb liebe ich Meister Wu wie einen Vater. Und dieser Schwur auf dem Monolithen ist für mich die wichtigste Weisung, die es gibt."

„Ja", bestätigte ich, „mir ist auch schon klar geworden, dass die spirituelle Welt wie ein Urwald ist, in dem man ohne Wissen und emotionale Stärke verloren gehen kann. Wer weiß, was aus mir geworden wäre, wenn Jonas mich nicht gefunden hätte."

„Den Jonas kenne ich auch", meinte Chang, „er ist ein guter Kerl. Ab und zu kommt er mal auf einen

Besuch hier her. Er und Meister Wu sind Freunde und kennen sich schon sehr lange. Hier im Camp bist du in Sicherheit und kannst alles lernen, was du brauchst."

Wir gingen nebeneinander auf einen Weg, der uns durch den Park führte. Der würzige Duft der Pflanzen hüllte uns ein. In den Ästen über uns, zwitscherten Vögel um die Wette. Womöglich machten sie sich ihre Schnäbel heiß mit Informationen über die zwei seltsamen Zweibeiner, die da unten auf dem Weg liefen.

Ich fragte Chang: „Wir haben beide unsere Körper verloren, wie kommt es, dass wir hier wieder Körper haben?"

„Das ist recht einfach erklärt," sagte er, „unsere Seele besteht aus Milliarden von Seelenatomen. Wenn wir in ein solches Lebensenergiefeld kommen, wie es hier vorhanden ist, so wirken unsere Seelenatome wie Kristallisationspunkte. An ihnen lagern sich dann Lebenskeime aus diesem Energiefeld hier an. Dies geschieht automatisch, wenn wir hier her kommen. Sie bilden dann unseren Körper nach. Wie gesagt, eine ganz einfache Sache."

„Klar", kommentierte ich etwas sarkastisch, „eine ganz einfache Sache."

Chang sah mich an, grinste und meinte: „Wenn du es aber ganz genau wissen willst, solltest du besser einen der Vorträge besuchen, in denen genauer erklärt wird, wie es funktioniert."

Als wir aus dem Schatten der Bäume heraustraten, lag vor uns eine kleine aufgelockerte Siedlung. Alle Gebäude waren in diesem wundervollen verschnörkelten chinesischen Baustiel angefertigt. Die Häuser ähnelten eher Pagoden als Wohnhäusern. Kleine Gärten waren zwischen den Gebäuden liebevoll angelegt. Mir fiel auf, dass es keine Wege gab, die gerade waren. Alle Wege schlängelten sich kunstvoll durch die Vorgärten, bis zum Eingang. Sie wichen Blumenbeeten, Büschen und auch kleinen Teichen aus. Einfältige Rationalität war hier wahrlich nicht zu finden.

Mama Nien Yen

Chang steuerte auf eines dieser Gebäude zu. Eine kleine ältere Frau sah uns entgegen. Sie stand vor dem Eingang und wartete.

„Hallo Mama Nien Yen, wie geht es dir? Ich habe jemanden mitgebracht. Er ist heute angekommen und braucht eine Bleibe. Wenn es möglich ist und du es erlaubst, dann wäre er sicher bei dir gut untergebracht."

Die kleine Dame lächelte mir warmherzig zu, und ich verstand warum sie Mama genannt wurde.

„Seid willkommen und kommt herein."

Sie öffnete die Haustüre und ließ uns herein. Dank Chang lernte ich, dass es höflich ist, in Wohnhäusern die Fußbekleidung auszuziehen. Wir hatten Sandalen an, wie alle sie hier trugen. Wir legten sie neben dem Eingang ab. Dieses Kraftfeld des Campus, hatte uns automatisch mit der notwendigen Bekleidung versorgt und nicht einmal die Sandalen vergessen. Eine wirklich faszinierende Sache.

Mama Nien Yen ging voran und führte uns in ein kleines sauberes Zimmer. Viel an Einrichtung gab es nicht, nur das Wichtigste war da. Ein sauberer Fußboden, aus poliertem hellbraunem Holz, ein niederer Tisch und ein paar verstreute bunte Sitzkissen. An einer Wand stand noch eine kleine Kommode aus dunklem Holz, ebenfalls hochglanzpoliert. Milchig transparente Wände, ließen sehr viel Licht herein. Alles war sehr sauber geputzt und glänzte. Wir nahmen uns jeder ein Kissen und setzten uns irgendwo hin.

Ich empfand plötzlich einen Frieden, wie ich ihn schon lange nicht mehr gespürt hatte. Ruhe, Stille, Geborgenheit sowie ein starkes Glücksgefühl durchströmten mich. Hinter mir lagen sehr aufregende Zeiten, die mich bisher nie zu innerer Ruhe kommen ließen.

Mama Nien Yen brachte ein Tablett mit drei Schalen und einer Kanne duftenden Tee herein. Auf den Schalen konnte ich ein paar bunte, einfache Ornamente, aus der hiesigen Kultur erkennen.

Mir wurde klar, dass ich schon lange nichts mehr zu mir genommen hatte. Kaum zu glauben, aber es war mir entfallen, dass es so etwas wie Essen und Trinken gab. In der Zeit, seit meiner Ankunft hier auf diesem Planeten, hatte ich einfach nicht mehr an Nahrungsaufnahme gedacht. Schließlich war mir der Körper abhanden gekommen, der mich an eine Malzeit hätte erinnern können. Der lag, wie schon gesagt, auf dem Grund eines kleinen kalten Meeres. Womöglich hat er aber dort, einen Raubfisch an eine Malzeit erinnert.

Die vielen anderen Bedürfnisse meines Körpers, waren mir natürlich ebenfalls entfallen. Es war ja auch immer etwas losgewesen, seitdem ich die Erde erreicht hatte. Ob mit Jonas oder ohne ihn, das Leben, welches sich in dieser Zeit auf mich stürzte, war übermächtig.

Es riss mich immer weg und ließ mich nie zu mir selbst finden.

Gedankenverloren schlurfte ich den Tee in mich hinein, während mir all diese neuen Bilder und Gefühle durch Kopf und Seele zogen. Eigentlich wollte ich nicht zu diesem Planeten hier kommen, zumindest wollte ich nicht mehr tun, als ihn aus dem Orbit beobachten und nun steckte ich hier unten fest.

Mir war klar, dass ich hier so schnell nicht weg kam und daher mein Leben neu ausrichten musste. Ich spürte, dass die beiden anderen, Mama Nien Yen und Chang, mich interessiert anschauten und wohl ein wenig fühlten, was in mir vorging. Chang erzählte mir genüsslich irgendwann später einmal, was sie dabei dachten.

Jetzt erst, in diesem ruhigen Zimmer, geborgen auf einem warmen, weichen Kissen, wurde mir die ganze Last bewusst, die ich in der Zeit bis jetzt, mit mir herumgetragen hatte. Gleichzeitig fühlte ich aber, wie sie von mir abfiel.

Es stellte sich ein Gefühl der seelischen Leichtigkeit, des Friedens und Glückseligkeit ein und ehe ich es bemerkte, war ich, auf dem weichen Kissen liegend, in ein Traumland hinweggedämmert.

02.02 Freiheit

Freiheit als Ziel

Hier im Himalaja, begann eine neue und unerwartete Etappe meines Lebens.

Ich will betonen, dass ich von Natur aus, eine Ruhe liebende Person bin und mich in einem stillen Büro am wohlsten fühle.

Aber mein Schicksal hatte da eine andere Meinung und leider auch den längeren Arm. Allerdings im Nachhinein, wenn ich all die Geschehnisse überdenke, muss ich zugeben, dass ich ohne all diese Erfahrungen, nicht der Mensch geworden wäre, der ich heute bin. Obwohl mir viele der Erlebnisse zuwider waren, würde ich doch keine der Lehren, die ich bekam, zurücktauschen wollen.

Die Zeit bei Mama Nien Yen ließ sich sehr gut an. Sie war eine liebevolle und fürsorgliche Hauswirtin und hatte immer ein freundliches Lächeln auf ihren Lippen.

Einmal fragte ich Chang, wie alt sie wohl sei. Er sagte mir, dass hier jeder das Alter lebt, in dem er sich am wohlsten fühle. Eine seltsame Antwort, dachte ich, man kann doch sein Alter nicht ändern, wie man will. Normalerweise lebt doch jeder in dem Alter, welches durch das Wirken der Zeit entstanden ist.

„Willst du damit sagen, dass hier jeder selbst entscheidet, wie alt er ist", fragte ich ihn.

„Ja", meinte er, „zumindest in seinem Aussehen. Es ist nun mal so, dass der persönliche Geist darüber befindet, was sein soll und wie es sein soll. Du kannst hier in diesem Campus alles lernen, was dich interessiert. Auch wie alt du aussehen willst. Es ist eine spirituelle Universität. Alles was du wissen solltest, wenn du ein spirituelles Leben führst, kannst du hier lernen. In einem materiellen Körper zu leben bedeutet nicht, dass du kein spirituelles Leben führen kannst. Es ist deine Entscheidung, ob du eher spirituell oder materiell lebst."

Chang machte eine kurze Pause und begann von neuem: „Denk mal an den Memorialstone, das Denkmal mit den Inschriften. Da steht als Ziel Freiheit darauf. Weist du eigentlich was Freiheit ist?"

Chang sah mich erwartungsvoll an. Er wollte meine intelligenten Antworten hören. Aber ich brachte leider nur die simplen Allgemeinsätze, die jeder kannte, hervor.

Ja, was ist eigentlich wirklich Freiheit? Diese Frage schob ich hin und her in meinem Kopf, ohne eine wirklich treffende Antwort zu finden.

„Du siehst", meinte Chang, „ganz so einfach ist es wirklich nicht. Mir ging es genauso, auch ich dachte ich wüsste was Freiheit ist und musste erkennen, dass ich gar nichts wusste. Nur immer den eigenen Wünschen und Emotionen nachlaufen und sie verwirklichen wollen, um dann letztendlich nur ihr Spielball zu sein, ist gewiss nicht Freiheit. In solch einem Fall ist eher eine Gebundenheit an den inneren Schweinehund."

Ich wusste zwar noch nicht, was für ein Tier das ist, aber ich begriff, dass man sich nicht zum Spielball der eigenen inneren Triebe und Leidenschaften machen sollte, wenn man nach Freiheit strebt.

Chang erklärte mir seine Sicht von dem, was Freiheit ist, betonte aber auch, dass Freiheit ein Prozess ist, dem man sich hingeben muss. Da ist das Streben nach Erkenntnis, da ist die Arbeit an der eigenen Geisteshaltung und Weltsicht, da ist die Erfahrung, die man sammelt, und da sind die vielen Bindungen, die man zum Teil auflösen sollte, um sich weiter entwickeln zu können. Er empfahl mir, es nicht bei diesen Erläuterungen zu belassen, sondern mit den anderen darüber zu reden um das Wesen der Freiheit besser zu verstehen.

Ich wollte die Chance, von der Chang sprach, nutzen. Also ließ ich mir von ihm zeigen, wie das hier alles so funktionierte. Es gab in der Tat ein breit gefächertes Spektrum an Wissen, welches für mich sehr wichtig werden könnte. Darunter waren Themen von denen ich noch nie etwas gehört hatte.

Chang meinte, ich sollte mich nur nicht verzetteln, das Thema Freiheit sei im Augenblick das Beste.

Der spirituelle Campus

Eine interessante Zeit hatte für mich angefangen. Ich begann neues und für mich unbekanntes Wissen zu erwerben. Auf meinem Planeten, in meiner Gesellschaft war meine Lernzeit schon lange abgeschlossen. Alles wichtige für das dortige Leben, hatte ich gelernt. Bei uns war dies eben so. Daher hatte ich gewisse Probleme, mich wieder mit dem Lernen zu befassen.

Es gibt für das Lernen gewiss sehr gute, ausgefeilte Lernprogramme, mit besten Effekten und Wirkungsgraden, aber ein paar Sachen bleiben wohl immer gleich und dazu gehört, sich auch mal in einen Hörsaal zu setzen. Ehrlich gesagt, ich genierte mich anfangs, wieder als ein Lernender einen solchen Hörsaal zu betreten und mich belehren zu lassen. Ich fühlte mich in meiner Entwicklung herabgestuft und kam mir anfangs wie ein kleiner unmündiger Schüler vor, noch dumm und unwissend. Das legte sich zwar irgendwann, aber es dauerte. Das Bildungssystem in meiner Heimat war doch recht starr. Allerdings passte es sehr gut zu unserem Gemeinschaftsleben und unsere Weltsicht. Wir vermieden die Überbetonung des Faktenwissens. Soziales Verhalten und die Fähigkeit zur Zusammenarbeit waren viel wichtiger. War irgendwas zu klären, so holte man sich eben jemand der Ahnung, von der Sache hatte.

Gegenseitige Achtung und Respektierung waren wichtiger, als ein vollgestopfter Kopf. Hier auf der Erde, waren die Prioritäten scheinbar anders verteilt, so kam es mir jedenfalls vor. Jeder kämpfte um noch mehr Wissen, als er schon hatte. Es war mir, als wäre ich unversehens in eine wogende und wirbelnde Meeresbrandung aus Information und Wissen gefallen.

Viele neue Menschen waren plötzlich um mich herum, schwatzend, eilend, rennend, rufend, diskutierend, argumentierend, lesend, forschend, und, und, und.

Alles war hier in Bewegung und das immer, egal zu welcher Zeit ich hier erschien. Viel neues Wissen, mit unterschiedlichen Sichtweisen und Bewertungen, sowie Anwendungen und Konsequenzen, stürzten auf mich ein.

Mir rauschte bald der Schädel. Ich kam mir vor, als wäre ich eine kleine Ameise in einem übergroßen fremden Ameisenhaufen.

In sogenannten Arbeitsgruppen diskutierten wir so manches Problem aus, um dann mit heißen Köpfen irgendwann spät in der Nacht nach Hause zu kommen. Der Rest der Nacht war ausgefüllt mit unruhigem hin und her Wälzen im Bett.

Die meisten der Menschen hier stammten von diesem Planeten und hatten die feste Absicht eine begrenzte Weltanschauung hinter sich zu lassen. Sie wollten die nächste Stufe ihrer Evolution erreichen. Wie immer die auch aussehen mag. Von den Dozenten, den Lehrern und Ausbildern stammten einige von anderen Planeten und folglich aus fremden Kulturen. Dies führte oft zu einigen Missverständnissen und zu schwieriger Kommunikation. Die Leitung des Campus hatte sich aber wirklich bemüht, sehr gute Fachkräfte hierher zu bekommen.

Garrras der Navigator
Dies wurde mir klar, als eines Tages Garrras der Navigator vor mir stand.

Ich dachte darüber nach, wie sehr mir die Freiheit fehlte, meine eigenen Entscheidungen treffen und auszuführen zu können. Hätte ich die Fähigkeit diese Freiheit zu leben, so würde ich sofort in Richtung Heimat starten. Auch wenn das alles hier meinen Kopf bis zum Rand füllte, so bohrte doch immer noch das Gefühl von Heimweh in meinen Eingeweiden. Wie finde ich einen Weg zurück, blieb mein Hauptgedanke.

Eines Tages, als ich wieder mal gedankenverloren durch das Gebäude ging, stand plötzlich eine seltsame Gestalt vor mir. Obwohl ich hier schon einiges gesehen hatte, erschrak ich doch ein wenig.

„Du bist also derjenige", hörte ich eine etwas schnarrende Stimme, „der im Orbit dieses Planeten hier abgeschossen wurde und nun nicht mehr heimfindet."

„Äh - ja", stotterte ich etwas verlegen.

Die Gestalt betrachtete mich aufmerksam, und merkte, dass ich etwas erschreckt zurückwich.

„Du siehst scheinbar zum ersten Mal jemanden aus dem Volk der RAA? Wäre es anders, so würdest du sicher nicht so erstaunt sein!"

Wieder brachte ich nur ein einfaches „Ja" hervor. Ein übergroßer Kopf auf einem etwas dürrem Körper, sprach mich aus ca. zwei Metern Höhe an. Ich wusste zwar, dass es hier auf dem Planeten Wesen gab, die ähnlich aussahen wie mein Gegenüber, aber sehr klein waren. Man nennt sie hier, glaube ich, Heuschrecken. In der Größe der Person vor mir, hatte ich allerdings keines, solcher Wesen erwartet.

Im ersten Moment kam ich mir wie eine Maus vor, die kurz davor stand von den scharfen Greifzangen eines gewaltigen Insekts gepackt zu werden.

„Keine Angst, ich bin harmlos!", drang seine seltsame Stimme an mein Ohr. Er oder es musste wohl gemerkt haben, was gerade in mir vorging.

„Ich stamme nicht von diesem Planeten hier. Trotz mancher Ähnlichkeiten zu anderen, etwas kleineren Wesen hier, gibt es doch keine Verwandtschaft zu meiner Rasse. Wir haben einen eigenen Evolutionsweg gehabt. Da wir extrem weit außerhalb der Galaxis angesiedelt sind, gab es auch keine Einmischung von anderen Rassen. Aus unserem Nachteil der Abgeschiedenheit und der sehr weiten Entfernungen zu anderen Regionen der Galaxis, machten wir einen Vorteil, indem wir spirituellen Reisen erforschten und so zu den besten Navigatoren wurden, die diese Galaxis kennt.

Mein Name ist Garrras - mit drei ‚R' geschrieben.

Ich halte hier Vorträge über die Technik des intergalaktischen Reisens. Komm zu mir, wenn du deine Grundkurse absolviert hast, ich bringe dir diese Art des Reisens bei. Wenn du willst, lehre ich dich auch, wie man ein guter Navigator wird. Dies ist die beste Voraussetzung wirklich frei im Universum herumreisen zu können."

Damit verschwand er so schnell, wie er gekommen war, während ich noch verdutzt dastand und versuchte das eben gehörte zu verdauen. Garrras der Navigator! Eine wirklich imposante Erscheinung, diesen Namen muss ich mir unbedingt merken.

Fast hätte ich vergessen, dass ich lernen muss, wie das spirituelle Reisen funktioniert, damit ich wieder in meine Heimat zurückkehren kann.

Im Augenblick wurde dies hier alles für mich sehr interessant. Ich wollte zuerst herausfinden, was es wichtiges für mich hier zu erfahren gab. Deshalb sollte ich meinen Wunsch nach Heimreise, besser noch zurückstellen. Das würde dann auch mit meinen Möglichkeiten überein stimmen, denn ich kam ja sowieso nicht so schnell hier weg. Dies war ein Gedanke, der aber sofort in mir heftigste Abwehr verursachte. Ich begann mit mir selbst herumzudiskutieren, was wohl das beste für mich sei. Mein Inneres gab erst Ruhe, als es begriff, dass ich eine solche Chance, wie sie sich mir hier bot, wahrscheinlich nie wieder bekommen würde.

Also, ich hatte genug Zeit, um für mich elementar wichtige Sachen zu lernen. Und ich nahm mir vor, sobald wie möglich, die Kurse von Garrras zu besuchen.

Garrras, ein Gefühl von Hoffnung begann in mir sachte aufzukeimen, ich sah die Chance für eine Heimreise. So schwer konnte das doch nicht sein, was er zu lehren hatte - die Technik des Teleportierens. In Gedanken stellte ich mir schon meine Ankunft daheim vor. Meine Fantasie überdeckte meine Naivität, die ich mir sowieso nicht eingestanden hätte. Wahrscheinlich bekäme ich erst einmal heftigen Ärger, wegen meines schlechten Verhaltens, als ich mit dem kleinen Raumschiff losflog. Eine solche Dreckwolke zu erzeugen, wie ich es tat, würde sicher fast als kriminell gewertet werden. Sicher hatten viele Leute eine Menge Beschwerdebriefe losgeschickt. Man würde mir gewiss viele Vorhaltungen machen und womöglich hätte ich dann auch noch zur Strafe irgendwelche weiteren sozialen Dienste zu erfüllen.

Mir wurde direkt mulmig in der Magengegend. Vielleicht ist es daher auch gut, wenn mein Wegbleiben ein Bisschen länger dauert, dann sind sie sicher froh, wenn ich überhaupt zurückkomme.

02.03 Wahrheit

Wahrheit - Bedingung des Aufstiegs

Ein paar Tage später, als wir wieder mal in der Gegend herumwanderten, fragte mich Chang herausfordernd, was ich unter Wahrheit verstehe.
Er brachte mein Denken manchmal auf Dinge, von denen ich glaubte Bescheid zu wissen, um dann aber herauszufinden, dass mein Wissen nur recht mager ist.
So auch die Frage, was ich unter Wahrheit verstehe. Ich antwortete ihm, dass wahr sei, wenn eine Sache

mit der Realität übereinstimmt und unwahr sei, wenn sie nicht damit übereinstimmt. Lüge definiert eine Scheinwahrheit, Wahrheit eine Realität.

„Gut“, sagte er darauf, „Wahrheit steht also immer in Bezug zu Aussagen, Gedanken und Glaubensinhalten, die mit Realitäten übereinstimmen.

Aber Wahrheit ist mehr, als nur eine stimmige Aussage über eine Sache. Wahrheit ist eine Voraussetzung, die den eigenen Bestand und somit die eigene Existenz sichert.

Vielleicht mag man jemanden anders etwas vorlügen, um einen Kampf aus dem Wege zu gehen, aber der spirituelle Aufstieg verzeiht keine Lügen, Irrtümer oder Illusionen. Wer seinen Fuß nicht auf Wahrheit setzt, versinkt schnell in einem Sumpf von Problemen. Man kann es sich nicht leisten, die Dinge zu verkennen und das Falsche für das Richtige zu halten.

In unserem Kopf geht es oft um Wahrheit oder Irrtum, doch außerhalb davon gibt es nur Realität und Wirkungen. Das sind Auswirkungen und Nebenwirkungen, die selbst wieder zu Ursachen werden. Deshalb muss unser Denken immer Realität widerspiegeln. Und wir müssen darauf achten, dass wir die folgenden Wirkungen der Ursachen richtig einschätzen. Daher sollten wir uns nie etwas vorlügen.“

Er ließ mir ein wenig Zeit zum Nachdenken, dann meinte er weiter: „Vergiss nie das Gesetz der Kausalität! Es ist das Gesetz von Ursache und Wirkung. Es fordert unerbittlich seinen Tribut.“

Vorstellungskraft

Als nächstes erzählte mir Chang etwas über die Wirkung der Vorstellungskraft. Er sagte: „Was wir als materiell-körperliche Menschen nicht gleich verstehen, ist der Fakt, das unsere Gedanken schon eine wirkende Realität darstellen. Unsere Gedanken und Vorstellungsbilder, sind die Baumeister unseres Schicksals. Unsere Vorstellungskraft ist ein wirkendes Element, welches daran arbeitet Realität zu erschaffen.

Dieses Verwirklichen findet meist unterschwellig statt, oft ohne dass wir uns dessen bewusst sind. Wenn uns dann die Ergebnisse vor Augen stehen, ist mancher entsetzt und stellt fest, dass er dies so nicht wollte. Er hatte nicht beachtet, dass seine Vorstellungskraft, die oft unterschwellig abläuft und zu wenig Beachtung erhält, stärker als sein Wille ist."

Denkschema im Kopf

„Mit unserem Bewusstsein leben wir nicht wirklich in der realen Welt, wir glauben lediglich, sie sei so wie wir sie sehen." Chang stoppte.

Mit einem einfachen Beispiel versuchte er dann das, was er sagte, verständlich zu machen. „Ist die Welt für dich böse, so wird sie dir böse erscheinen, weil du selbst durch deine Bewertungen und dein Verhalten, all die Dinge in dein Leben ziehst und aktivierst, die dir schaden.

Siehst du die Welt als gut an und handelst entsprechend, dann wird sie dir auch gute Wege bereiten. Ist der fremde Hund vor dir feindlich oder wohlwollend gesinnt? Schätzt du ihn als Feind ein, dann hast du ihm gegenüber eine feindliche oder ängstliche Ausstrahlung. Darauf reagiert er in seiner Weise. Er reagiert auf jeden Fall eher aggressiv, als wenn er von dir eine ruhige, wohlwollende Haltung wahrnehmen würde.

Der Mensch ist ein geistiges Wesen und er kann daran arbeiten, seinen Geist zu klären, zu stärken und zu verbessern. Er kann seine Vorstellung und Sichtweise korrigieren und damit Schaden vermeiden. Um das aber zu erreichen, muss er sein wahres Wesen, den Sinn seines Lebens und das Wesen des Universums verstehen. Erst wenn die Schranken und Mauern im Denken und der Weltsicht niedergerissen sind, kann auch der menschliche Geist zu seiner wahren Größe gelangen. Wahrheit ist dafür die wichtigste Grundlage."

Das Erwachen im Jetzt

Das Jetzt im Hier, ist für dich der eine und vielleicht einzige Moment in deinem Leben, in dem du kurzzeitig deinen Kopf aus dem Meer der Unbewusstheit, herausstreckt. Du schaust über das Meer des Hastens, Rennens, Kämpfens und Mühens, und wirst dich des eigenen Daseins bewusst.

In diesem Augenblick kannst du verstehen, dass jetzt, und vielleicht nur jetzt, die Chance gegeben ist, nach der Wahrheit des Lebens zu suchen. Es gilt, die Gesetze des Lebens zu lernen, mit denen man Herr über das eigene Leben und Schicksal werden kann. Ich persönlich hatte diesen Moment erfahren als ich sehr litt. Damals war ich, wie ich dir erzählt hatte, ein Sklave bei einem reichen Mann.

Für mich war mein Leben absolut kein Geschenk. Ich fragte mich, warum das Universum mich nicht einfach hätte vergessen können, warum musste Ich sein. Ohne mich wäre es doch auch gegangen. Ich sah es absolut nicht als eine Ehre an, dass diese große Schöpfungsinstanz mich in die Welt gesetzt hatte.

Das waren die Momente und Zeiten in denen ich aus dem Schlaf des normalen Lebens erwachte und erkannte, dass ich bin und nach der Wahrheit, die hinter dem Sein steht, suchen muss, um mein Leben zu verbessern.

02.04 Grundthesen des Seins

Suche nach Wissen

Wie schon erwähnt, besuchte ich im Laufe der folgenden Wochen, verschiedene von diesen angebotenen Vorträgen. Ich wollte meine Chance unbedingt nutzen und soviel wie möglich, über das Sein und die spirituelle Welt lernen. Bei mir zu Hause gibt es zwar auch viel Wissen, aber nicht solches, wie ich es hier fand. In unserer Zivilisation daheim, waren wir recht stolz auf unser Wissen, doch der Hauptaspekt lag bei uns auf eine gut funktionierende, friedliche Gesellschaft, in der alle bestens versorgt und zufrieden waren.

Es gab keine kriegerischen Auseinandersetzungen mehr und alle Probleme wurden immer einvernehmlich gelöst. Und da dies recht gut funktionierte und wir alles für ein gutes Leben hatten, kamen kaum Fragen nach dem Sein in spirituellen Lebensebenen auf. Wir waren glücklich und zufrieden mit unserer Lebensanschauung. Wir brauchten einfach nicht mehr.

Diese Welt hier, die Erde, war für mich ein wilder und gefährlicher Dschungel, im Gegensatz zu meiner Heimatwelt. Die spirituelle Lebensebene hier, wie auch das materielle Umfeld waren ein einziges Chaos. Da war absolut keine Harmonie in beiden Bereichen. Kein Wunder, dass die Völker der Erde, dabei waren sich gegenseitig zu vernichten. Nur der Campus von Meister Wu, war eine friedliche Oase.

Trotzdem war die Erde ein Teil dieser Galaxis und es hatte durchaus Sinn, sich mit den Zuständen hier zu befassen. Aber dies war nicht mein Anliegen, ich wollte nur schnell wieder nach Hause. Das bedeutete für mich Lernen und neues Wissen suchen, welches mir weiterhelfen könnte.

Die Grundthesen kurzgefasst
„Der Mensch ist ein geistiges Wesen!"
Der Mensch hat zwar einen materiellen Körper, ist aber selbst ein geistiges Wesen. Der materielle Körper kann weder krank noch alt werden! Atome und Moleküle altern nicht. Der Körper ist das Produkt seines Geistes, nicht seines Intellekts. Es ist der Geist, der den Zustand von Gesundheit und Alter erzeugt.

„Alles ist Energie!"
Es gibt keine Materie! Energie ist die einzige Substanz - eine andere gibt es nicht! Alles besteht letztendlich nur aus Energie. Energie ist Schwingung, und Schwingung schafft Raum und damit letztlich Materie.

„Lebensenergie braucht Freiheit!"
Lebensenergie kann man nicht zwingen, sie wählt immer den Weg des Lebens, ähnlich wie Wasser, welches immer den leichtesten Weg sucht. Man sollte unbe-

dingt lernen, mit dem Leben zu leben, damit Energie
nachfließen kann.

„Leben ist unendlich"

Sterben ist die größte Lüge unter der die meisten Menschen leiden. Dass Leben unendlich ist, haben die spirituellen Meister immer gewusst. Auch wenn dieses
unendliche Leben für normale Menschen nicht prakti-
zierbar erscheint, so ändert dies doch nichts an der
Wahrheit, dass Körper und Seele Energieformen sind,
und dass Energie nicht sterben kann.

„Der Mensch ist Bürger des Universums!"

Menschen haben immer hinausgeblickt in die Weiten
des Universums. Magisch zieht schon der Mond unsere Blicke auf sich. Hinter seiner Bahn leuchten die
Planeten und noch weiter draußen funkeln die Sterne
und Galaxien. Manch einer spürt tief in sich eine
Wehmut, die ihn dort hinausruft, vielleicht zurück zu
seiner wirklichen Heimat. Ein Zuhause weit da draußen, welches er hier auf der Erde nirgends finden
konnte.

„Die Herrschaft der Lebensgesetze"

Man kann in diesem grandiosen und unendlichen Universum tun und lassen, was man will, außer die Lebensgesetze, nach eigenen Wünschen, zu verändern.
Sie sind, wie sie sind. Man kann nur mit ihnen leben
oder sich an ihnen zerreiben und verschleißen.

Die Chance nutzen

„Niemand weiß", sagte Chang, „wie viele Äonen von
Jahren im dumpfen Dahinleiden vergehen werden, bis
ein Mensch einmal die Chance hat, sich selber zu finden, um nach dem Weg seiner Selbstbefeiung zu su-

chen. Jede Inkarnation hat andere Vorbedingungen, weil nichts im Universum bleibt, wie es ist.

Alles ist immer in Bewegung. Du kannst nie sagen, ja, beim nächsten Mal mache ich es besser. Die Zustände werden andere sein, du wirst ein anderer sein und bis dein Erwachen und Erkennen einsetzt bist du vielleicht schon wieder am Ende deines nächsten Lebens angelangt. Und, wenn ein paar Leben hintereinander folgen, in denen du nicht zu einem Erwachen gelangst, hast du schon wieder alles vergessen und musst von vorne beginnen und warten auf den einen Moment des Erwachens, der dir vielleicht irgendwann einmal, nach vielen Äonen von Jahren geschenkt wird.

Wenn du das verstanden hast, beginnst du zu kämpfen, um jede Minute deines wachen Bewusstseins. Du willst dich selbst und dein spirituelles Wachsein nicht wieder verlieren. Eventuell hast du anfangs sogar Angst abends einzuschlafen, weil du befürchtest vom Strudel des Lebens erneut hinweggerissen zu werden und du dich dann vielleicht wieder verlierst.

Wenn du vorher zufrieden warst, wirst du jetzt unzufrieden sein. Wenn du dich geborgen gefühlt hast, wirst du jetzt aufgerüttelt und unsicher sein.

Wenn du vorher die Dinge hingenommen hast, weil du glaubtest, das sei alles Schicksal und dachtest, da kann man nichts ändern, wirst du jetzt die Last der Verantwortung spüren, die du für dich selbst trägst.

Aber was dich stärkt und hochhält ist die Chance, dass es vielleicht einen Weg gibt, den du finden kannst. Ein Weg, der dich über die scheinbar gesetzten Grenzen hinwegführt. Hast du das erst einmal verstanden, wirst du um keinen Preis der Welt, diese Chance aufgeben wollen. Du wirst beginnen zu suchen, nach der Wahrheit des Seins, nach den Geheimnissen, nach Leuten und nach Informationen die dir weiterhelfen, in eine Zukunft hinein, von der du jetzt noch keine Ahnung hast. Jedes kleine Stück dieser großen Wahrheit, wirst du wie einzelne Perlen zu einer Kette zusammenfügen. Und je mehr du findest, desto besser wird dein Verständnis werden von einer großartigen Freiheit, die uns vom Schöpfer zugedacht wurde.

Darum gib nie auf, mache weiter, immer weiter und wenn es nur in kleinen Schritten vorwärts geht. Aber ich garantiere dir, du wirst dein Ziel erreichen.

Rückbesinnung

Was ich zu dem Zeitpunkt damals noch nicht wusste, war, dass Chang schon längst die spirituelle Meisterschaft hatte. Er machte allerdings davon kein Aufheben, er wollte nur einfach ein Freund sein. Es gefiel ihm, mir alles klitzeklein zu erklären, soweit es ihm möglich war und ich war zufrieden, dass ich jemanden hatte, der mir alles so ausführlich erklären konnte. Wir verbrachten viel Zeit miteinander und rückschauend muss ich sagen, dass es eine meiner schönsten Zeiten im Leben war. Die Weltsicht meiner Kultur war eben nur eine von sehr vielen Weltanschauungen. Im ganzen Universum lebten weit verstreut andere Kulturen, und jede hatte ihre eigene spezielle Weltsicht. Die Philosophie und Wertung der Dinge, die mir als Kind und Jugendlicher vermittelt wurde, hatte ich nie angezweifelt. Und natürlich habe ich mich immer entsprechend verhalten. Ich kam ehrlich gesagt nie auf den Gedanken, auch nur eine dieser Thesen, die mir daheim beigebracht wurden, zu hinterfragen oder anzuzweifeln. Wie alle anderen auch hatte ich meine Erziehung und Schulungen durchlaufen, meinen Platz in der Gesellschaft eingenommen und natürlich meine Anerkennungen bekommen. Mir ging es gut, meine Welt war für mich in Ordnung, bis - ja, bis irgend so ein idiotischer Bürokrat mich zu diesem Erkundungsprojekt verpflichtete und zu dem Planeten hier schickte.

Nun hing ich hier fest und der Bürokrat, der daran schuld war, saß gemütlich zu Hause auf seinen weichen Stuhl, in seinem warmen Büro. Ich war stinksauer, zumindest anfangs. Mehr und mehr wurde mir jedoch klar, dass ich hier eine einmalige Chance erhalten hatte. Womöglich muss ich mich bei diesem Typen für seine Untat, noch bedanken. Schließlich hatte er mir in Wirklichkeit ein neues Leben, und ein mir bisher unbekanntes Universum eröffnet. In mir entwickelte sich, aus dem inneren Donnergrollen in meiner Seele, ein neues Weltverständnis.

Spirituelles Kraftfeld

„Wenn Körper, Seele und Geist vereint sind, also bestmöglich aufeinander abgestimmt sind, dann entsteht ein Kraftfeld. Dann wird alles möglich. Spirituelle Kraft, Inspiration und Ideen können fließen. Heilungen geschehen, die Wahrnehmung wird spirituell, Ideen kommen in Fülle, der Körper wird zur Transzendenz fähig, Materie wird fügsam und vieles mehr."

„Hört sich sehr gut an und wie lernt man das?", fragte ich Chang.

„Nun, zuerst einmal lernt man die Dinge voneinander zu unterscheiden und ihre Wertigkeiten zu erkennen. Man lernt zu verstehen, was Kraft gibt oder Kraft kostet bezugsweise, einem Kraft stiehlt, was bindet, oder befreit, was belebt oder das Leben erstarren lässt.

Die spirituelle Kraft muss fließen! Man sollte wissen, wie die Dinge wirken und sich dann richtig entscheiden. Die Demontage des eigenen Kraftfeldes zu verhindern ist der nächste Schritt. Loslassen können ist oft wichtiger als festzuhalten, weil dadurch wieder ein kleines Stück der eigenen Kraft befreit wird. Der dritte Punkt ist, die Harmonie zwischen Körper, Seele und Geist zu schützen.
Das ist schon alles.“

Rückwirkend betrachtet, hat es sehr viel Zeit gebraucht, bis ich wirklich begriff, von was Chang da eigentlich sprach.

Worte, Worte, Worte, anfangs, aber irgendwann scheint in diesem „Hörbuch“ eine Seite weitergeblättert worden zu sein und du glaubst, jetzt hast du verstanden. Früher oder später wird aber eine weitere Seite umgeschlagen und du verstehst, dass du die Sache bisher nur angekratzt hattest. Ähnlich geht es weiter und du bist fast am verzweifeln. Heute, viele Jahre später, bin ich froh, dass ich durchgehalten hatte.

02.05 Unterwegs

Teleportation
Oftmals erkundeten wir die Gegend. Was mich immer wieder aufs neue faszinierte war die Art des Reisens.

Sicher waren wir meistens auf den Beinen unterwegs, aber um zu einen bestimmten Ort zu gelangen praktizierten wir manchmal eine etwas andere Art des Reisens. Während Jonas den spirituellen Flug anwendete, zeigte mir Chang eine andere Art. Er nannte es Teleportation. Ich muss dazu erwähnen, dass ich in der Zeit bei Jonas, keinen materiellen Körper zur Verfügung hatte, wie Jonas ja auch. Hier jedoch, seitdem ich im Tal von Meister Wu lebte, hatte ich wieder einen, wie immer dies auch zustande kam.

Seltsamerweise behielten wir, Chang und ich, unsere materiellen Körper auch dann, wenn wir auf unseren Erkundungen das Tal verließen. Ich hätte erwartet, dass sie sich auflösen, wenn wir außerhalb der Sphäre des Tales in der Gegend herumstreifen.

Natürlich war ich sehr neugierig und wollte von Chang alles wissen, auch wie seine Art des Reisens funktionierte. Er versuchte mir, wie üblich, die Sache so einfach wie möglich zu erklären. Wie sonst auch, war aber Erklären eine Sache und Verstehen eine andere und beide hatten Probleme miteinander.

„Es ist so", meinte Chang, „alles besteht aus Energie. In welchem Zustand die Energie sich aber befindet, entscheidet der Geist. Und im Geist ist auch genau abgespeichert welche äußere Form wieder hergestellt werden muss und welche Funktionen stattzufinden haben. Gleichzeitig prüft der Geist aber auch welche Umstände herrschen und materialisiert den Körper nur dann, wenn kein Schaden zu erwarten ist und auch nur dort, wo es physikalisch möglich ist."

„Ist ja ganz einfach, dolle Sache, jetzt weiß ich genau Bescheid", entfuhr es mir sarkastisch. Chang grinste wieder mal unschuldig vor sich hin.

„Und wie kriege ich das in meinen Kopf hinein?", wollte ich wissen.

„Es ist keine Sache des Kopfes. Der Intellekt entscheidet nur ob oder ob nicht, jetzt oder zu einer anderen Zeit. Alles andere bewerkstelligt unser Geist."

Verstanden hatte ich es nicht, aber ich nahm es mal so hin. Irgendwann werde ich es sicher verstehen.

Da ich diese Art Reisen nicht beherrschte nahm Chang mich ähnlich wie Jonas an die Hand und los ging es. Es war wirklich eine sehr seltsame Erfahrung, die sich auch nicht so richtig beschreiben lässt. Wir lösten uns förmlich in Luft auf, wobei mich ein Gefühl von übermäßiger Leichtigkeit, Gelöstheit und Freiheit durchdrang, ein sehr schönes, angenehmes Gefühl.

In der nächsten Sekunde aber materialisierten wir uns wieder. Ich konnte direkt sehen, wie dies bei Chang geschah. Wie aus einem Nebel heraus entstand sein durchsichtiges Abbild, eine schemenhafte Struktur, die immer undurchsichtiger wurde. Dann plötzlich schien eine Art Kristallisierung aus seiner Körpermitte heraus stattzufinden. So als würde eine übersättigte Salzlösung oder eine unterkühlte Flüssigkeit plötzlich beginnen, sich auszukristallisieren und zu verfestigen. Diese Verfestigung durchdrang das ganze Körperbild zu bis zum letzten kleinem Haar. Alles vollzog sich sehr schnell.

Ich selbst erlebte diese Rematerialisation mit einem Gefühl einsetzender straffer Ordnung. Bildlich könnte man sich dies so vorstellen, als ob ein Befehl Soldaten, die sich auf einem Platz versammelt hatten, zur Aufstellung zusammenruft. Auf Kommando stellen alle sich in Reih und Glied auf, wobei sie sich auch exakt ausrichten, wie man es eben von einer Kompanie, die zum Abmarschieren bereit sein soll, erwartet. Ich war mitten drin in diesem verrückten Gefühl, welches Körper und Seele erfasst. „Wahnsinn" wäre das richtige Wort, für das eben erlebte Gefühl. Chang dagegen blieb cool, für ihn war es Gewohnheit.

Eine Frage war für mich aber noch nicht geklärt: „Und wie hast du diesen Platz hier gefunden? Nur einfach losspringen geht ja wohl nicht, oder? Es könnte ja etwas im Weg sein."

An seiner Antwort erkannt ich, dass sich eine ganz bestimmte Sache wohl nie ändert, egal wie weit jemand in seiner Entwicklung fortgeschritten ist. Die wichtigsten Dinge, die einem Lernenden gesagt werden sollten, damit er die Sache wirklich versteht und gut nachvollziehen kann, werden vergessen zu erwähnen. Einem jungen Vogel beizubringen wie man gut fliegt nützt nicht viel, wenn er noch nicht weiß wie er überhaupt hochkommt. Chang war mir weit voraus mit seinem Wissen und Können, für ihn war das alles so selbstverständlich, dass er vergaß mir die wichtigen Kleinigkeiten zu sagen.

„Natürlich muss man sich den Platz vorher gut aussuchen," kam schnell seine Ergänzung, „man muss unbedingt seine telepathischen Fähigkeiten einsetzen. Die Örtlichkeit muss genau erkundet werden, bevor man losspringt. Dein Geist spürt und ertastet den

Zielort und seine Umgebung. Vor allem ist es sehr wichtig auf eventuelle Gefahren zu achten.“

Die gefährliche Raubkatze

Die nächste Erkenntnis, die ich sammelte war, dass auch bei einem Meister, den ich inzwischen in Chang sah, Theorie und Praxis oftmals weit auseinander lagen. Das merkte ich gleich bei unserem nächsten Sprung.

Kaum waren wir wieder materialisiert, und zwar mitten in einem Urwald auf einem wunderschönen Platz, da erkannte ich, dass wir direkt vor einer großen gelb gemusterten Raubkatze, die vor uns im Gras lag, standen. Mir stockte der Atem, starr vor Schreck stand ich da. Bloß nicht bewegen, ging es mir durch den Kopf. Ich kannte diese Biester. Wir hatten in meiner Heimat, wenn auch viele Lichtjahre entfernt, ebensolche Tiere. Die waren extrem schnell und für alles was ein wenig Speck auf den Rippen hatte tödlich.

Zwar bin ich Zuhause niemals einer solchen Bestie begegnet, außer im Zoo, wo dicke Glaswände die Besucher schützten, aber aus Berichten wusste ich, wie gefährlich diese Tiere waren. Ein Prankenhieb von ihnen und es war aus. Mir stand der Schweiß auf der Stirn und meine Knie zitterten. Zudem fiel mir ein, dass eine solche Raubkatze sehr gut riechen konnte. Ein kalter Schauer lief mir über den Rücken, womöglich roch sie meinen Angstschweiß schon. Gerne wäre ich jetzt in der Erde versunken, aber es war kein Loch zu sehen.

Im selben Moment wendete diese riesige Raubkatze auch noch ihren Kopf und blickte zu mir herüber. Sie riss ihr übergroßes Maul auf und - und - gähnte. Was nu, dachte ich sarkastisch, obwohl ich wie erstarrt dastand, hier bin ich doch, willst du mich denn nicht fressen? Aber das Biest wollte nicht. Im Gegenteil, es legte seinen großen Kopf wieder zwischen seine Pranken und „schnurrte" weiter. Heute hatte es wohl einen Fastentag.

Was mache ich jetzt nur, dachte ich. Mir fiel ein, dass Chang neben mir stehen musste, den ich im ersten Schreck ganz vergessen hatte. Langsam und vorsichtig drehte ich meinen Kopf zu ihm hinüber. Der aber stand ganz gelassen neben mir und grinste mal wieder über mich.

„Darf ich dir Santos vorstellen, den wildesten Tiger hier in der Gegend."

„Chang," sagte ich, noch ganz verschreckt, „diese Biester sind verdammt gefährlich. Wir sollten schnellstens weg von hier."

„Ach was," meinte Chang, „Santos ist ganz friedlich, wenn man ihn richtig behandelt."

„Das magst du ja sagen," konterte ich, „aber weiß der Tiger auch, dass er ganz friedlich ist?"

„Eine gute Frage, wirklich eine gute Frage, vielleicht fragen wir ihn mal", Chang wendete sich dem Tiger zu. Ich mochte nicht hinschauen.

„He Santos, weißt du eigentlich, dass du ein friedlicher Tiger bist?"

Kein Mucks kam von diesem Tier, im Gegenteil es drehte seinen Kopf noch ein Bisschen weiter weg.

„Lass den Tiger in Ruhe Chang," drängelte ich mit Angstschweiß auf der Stirn. „Womöglich wird er gleich hungrig, dann will ich nicht hier sein."

„Keine Angst", beruhigte mich Chang, „ich habe die Situation im Griff."

Chang ging ganz ruhig auf diesen gefährlichen Tiger zu. Ich wollte meinen Augen nicht trauen, er setzte sich sogar neben ihn und begann auch noch das Fell dieser Bestie zu kraulen.

Für mich war das, was ich da sah ein recht unwirkliches Bild. Da lag diese gefährliche Raubkatze gemütlich im Gras und neben ihm saß Chang, kraulte ihr das Fell, während mir noch Bilder alter Filme durch mein Hirn zogen, in denen uns die Gefährlichkeit ähnlicher Tiere, die wir ja auch hatten, vorgeführt wurde.

„Komm her!", rief er mir zu, „er mag dich, du kannst ihm auch das Fell kraulen. Tiger mögen dies."

„Nein - nein, lieber nicht", stotterte ich angstvoll. Aber wie ferngesteuert bewegten sich meine Beine auf den Tiger zu. Jederzeit war ich aber bereit wegzuspringen, wenn dieser sich mucken würde. Und wie aus der Ferne betrachtet, sah ich mich, einen wilden gefährlichen Tiger das Fell kraulen - ich wollte es nicht glauben - einfach Wahnsinn.

Der Tiger schlummerte halbwach aber friedlich vor sich hin. Nach einer Weile meinte Chang, wir sollten wohl mal weiter gehen, hier gäbe es noch so viel zu sehen. Leise verließen wir den Ort. Ich mehr aus Angst, das Tier zu wecken.

Geheimnis und Warnung

„Viele gute Geister stehen bereit und warten. Alles ist miteinander, über Raum und Zeit hinweg, in einer geheimnisvollen Weise verbunden. Egal, welches Problem oder Vorhaben du hast, es gibt immer irgendwo jemanden, der dir helfen kann. Es ist nicht notwendig, alles alleine bewältigen zu wollen. So, wie man ein Radio auf einen bestimmten Sender einstellt und eben dann dieses Programm empfängt, so empfängt man auch im spirituellen Bereich Hilfe. Das kann Inspiration oder geistige Anleitung sein. Jeder ist ein spirituelles Wesen, ob er in einem Körper steckt oder nicht. Darum kann ein jeder die Möglichkeit nutzen, um geistige Hilfe zu bitten. Ganz egal, welches Problem du zu lösen hast, irgendeinen Spezialisten der dir helfen kann, gibt es immer. Du musst dich nur auf dein Vorhaben konzentrieren, dann loslassen und die Dinge geschehen lassen."

Ich war es gewohnt, dass Nehmen und Geben zusammengehört, darum fragte ich Chang, was ich denn dafür zu geben habe, wenn ich spirituelle Dienste in Anspruch nehme.

„Eigentlich nicht viel, etwas Dankbarkeit zeigen", erklärte er. „Es ist so, dass es in der spirituellen Welt viele gibt, die sehr gern helfen wollen. Sie warten oft sehnlichst darauf, dass sie jemand um Hilfe bittet und sie sind überglücklich, wenn sie sich für eine Sache einsetzen können. Dadurch leben sie, deine Bitte ist gleichzeitig auch schon die Belohnung. Du solltest aber auf gute moralische Werte achten, damit dich nicht jemand für seine Schandtaten benutzt."

„Spirituellen Wesen eine Chance zu geben, damit sie ihre Fähigkeiten anwenden können, ist ja eine einfache Art der Gegenleistung," meinte ich.

„So ist es!", bestätigte Chang, „Der Lebensunterhalt muss in der spirituellen Welt nicht hart erkämpft werden, wie es in der materiellen oft der Fall ist. Jemanden glücklich zu machen, indem man ihn um Hilfe bittet, ist wirklich eine einfache Art der Vergütung. Er lebt dadurch, denn es entsteht Aktion, Begegnung und ein belebender Energiefluss.

Eine Sache ist aber sehr wichtig, man sollte unbedingt beachten, dass niemand sich gerne ausnutzen lässt, auch spirituelle Wesen nicht. Die Hilfe, die man bekommt, darf unter keinen Umständen für Übeltaten oder egoistischen Zwecken benutzt werden. So etwas klappt nur wenige Male, dann ist man für lange Zeit vom Strom der Hilfe getrennt. Und in solch einem Fall bieten sich schnell niedere Geister an, die zu allerlei kriminellen Handlungen bereit sind.

Wenn du dann wirklich glaubst das wäre eine Alternative für dich, dann beginnt unweigerlich dein Abstieg. Anfangs mag das Gefühl von Freiheit und Leichtigkeit da sein und sogar Freude darüber wie leicht es doch ist, gewisse Grenzen der Moral zu überschreiten, aber deine Grenzen ziehen sich immer enger. Du wirst abhängig werden vom Wohlwollen der kriminellen Geister, mit denen du dich eingelassen hast und zum Schluss nur noch ihr billiges Spielzeug sein. Schwach und für sie unbrauchbar geworden, werden sie dich hilflos in einer schmutzigen Ecke liegen lassen. Darum lass dich warnen."

Ich erklärte Chang, dass ich eine ähnlich schlechte Erfahrung schon gemacht hatte und nicht wiederholen möchte.

02.06 Wunder

Der Unfall

Natürlich war mir klar, dass man mit wenigen Worten nicht komplexe spirituelle Vorgänge erklären konnte. Es hörte sich zwar alles sehr einfach an, doch bis zur Beherrschung der Praktiken ist es ein sehr weiter Weg. Auch folgendes Geschehnis, welches doch sehr dramatisch war, zeigte mir eindrucksvoll, wie sinnvoll die Beherrschung der spirituellen Möglichkeiten sein kann.

Wir waren mal wieder in den Bergen unterwegs. In der Nähe befand sich ein kleines Dorf, zu welchen wir wollten. Ungefähr eine Meile davor, war ein Unfall geschehen. Ein Mann war einen steilen steinigen Abhang herabgestürzt und lag unten auf dem Weg. Wild gestikulierend und schreiend standen verschieden Menschen um ihn herum. Wir beeilten uns dort hin zu kommen. Ich zwar mehr aus Neugier, aber Chang wollte helfen.

Als wir dazukamen, schob Chang die Menschen beiseite. Vor uns lag der Mann vor Schmerz gekrümmt am Boden. Er hatte Hautabschürfungen die stark bluteten, aber was schlimmer war, ein Arm und ein Bein waren gebrochen, ganz zu schweigen von den inneren Verletzungen, die man nicht sehen konnte. Chang kniete sich neben den Mann nieder. Was dann folgte, war höchst interessant. Er legte eine Hand auf die Stirn und die andere auf den Bauch des Mannes und redete beruhigend auf ihn ein. Der Mann entspannte sich, die Schmerzen schienen ihn zu verlassen, er streckte sich etwas aus und lag dann entspannt vor uns. Während Chang immer noch in der gleichen Haltung vor ihm kniete, schien es, als ob neue Lebenskraft in den Mann hineinströmte. Auf dem eben noch vor Schmerzen verzogenem Gesicht, entstand ein entspanntes leichtes Lächeln. Seine offenen Wunden schlossen sich, und die Blutungen hörten auf. Die beiden gebrochenen Glieder, der Arm und das Bein, schienen sich, wie durch Zauber, gerade auszurichten und auch einzurenken. Ein Hauch von Glückseeligkeit zog über das Gesicht des Mannes. Um uns herum herrschte tiefe Stille. Das wilde Geschnatter der Leute verstummte und wich einem ungläubigen Staunen.

Keine halbe Stunde war vergangen, als der Mann wieder zu Bewusstsein kam. Er schaute sich um und wurde der Situation gewahr. Chang zog seine Hände von Stirn und Bauch des Mannes wieder weg, stand auf und trat einen Schritt zurück.

Dann stand der Mann, der eben noch mit gebrochenen Gliedern dalag, auf. Er tastete seinen Körper ab, und wollte seine Heilung wohl selber nicht glauben. Seine Glieder waren wieder in Ordnung. Alles war heil, gerade so, wie es sein sollte. Die Leute standen staunend und ehrfurchtsvoll im großen Kreis um Chang und dem Mann herum.

Chang sagte etwas zu dem Mann in dessen Sprache, die ich nicht verstand, dann beruhigte er die Leute, worauf diese sichtlich innerlich bewegt waren. Sie wurden mutig und vor allem neugierig. Vorsichtig gingen sie auf den Mann zu und begannen ihn abzutasten. Doch sie konnten nur noch feststellen, dass die Wunden verschwunden und die Glieder vollständig geheilt waren.

Wunder oder spirituelle Physik

Währendessen zog Chang mich am Arm zurück, aus der Menge heraus und raunte mir zu: „Komm lass uns schnell verschwinden, bevor die Menge Götter aus uns macht."

Und da im Augenblick keiner uns beachtete, machten wir einfach einen spirituellen Sprung, also eine Teleportation, ein paar Kilometer weit weg.

„Was war da eigentlich passiert und was hast du zu den Leuten gesagt Chang?", wollte ich neugierig wissen.

„Nun", begann Chang zu erklären, „ich habe ihnen nur gesagt, dass ihrem Gott alle Dinge möglich sind und deshalb sollten sie sich ihm bewusster zuwenden.

Natürlich ließe sich alles auch rein physikalisch erklären, aber die Emotionen, die zur Entfachung der heilenden Kräfte notwendig sind, werden schneller und besser aktiviert, wenn ein emotionaler Bezug zu einem liebenden und allmächtigen Gott hergestellt werden kann.

Physik klingt hart, Liebe klingt weicher, letztendlich ist aber beides der gleiche Vorgang, nur auf verschiedenen Ebenen, aber sehr unterschiedlich für fühlende Menschen."

„Liebe", murmelte ich nachdenklich vor mich hin, und sagte dann etwas deutlicher, „Liebe ist für uns das Verbindungsgefühl, welches die Familie zusammenhält und der Respekt vor der Gesellschaft. Wir haben uns in meinem Volk immer sehr auf rationale und physikalische Erfassbarkeit der Dinge ausgerichtet und alles damit erreicht. Wir haben ein Andenken an unsere Vorfahren, aber der Begriff Gott ist uns nicht geläufig.

Unsere Ahnen sind die spirituelle Autorität, die wir achten.

Es gab allerdings bei uns früher einmal Leute, die eine ähnliche Sicht der Dinge hatten, an ein großes übernatürliches Wesen glaubten und danach lebten. Manchmal brachten sie sogar etwas gutes zustande. Wunder könnte man durchaus dazu sagen. Doch die Vorgänge waren nicht rational zu erfassen und wissenschaftlich einzuordnen. Es war daher für viele nicht nachvollziehbar und funktionierte auch meistens nicht. Niemand wollte sich lächerlich machen, wohl deshalb bevorzugten wir lieber eine rationale, wissenschaftliche Weltauffassung. In die spirituellen Bereiche des Lebens drangen wir deshalb auch nicht sehr tief ein. Unsere Wissenschaftler haben lediglich ein paar Geräte entwickelt, mit denen sie spirituelle Energien erfassen konnten. Das half ihnen diese Katastrophe hier auf dem Planeten zu erkennen.“

„Doch die Tiefen und die Möglichkeiten der spirituellen Welt blieben euch verschlossen“, stellte Chang fest. „Es ist doch so, dass Worte, Gedanken und Begriffe, ihrerseits Stimmungen und Gefühle erzeugen. Diese wiederum greifen tief in das Unterbewusstsein ein. Es entsteht dann eine Verbindung zur Schöpfungsinstanz. Das ist eine Voraussetzung für die Regeneration, die alles wieder heilt.“

Die spirituelle Wissenschaft
„Alles“, sprach Chang weiter, „ist lebende Seele. Dies darf man niemals aus dem Auge verlieren oder gar missachten. Seele ist eine Energie die alles verbindet

und belebt. Stimmungen und Gefühle sind entscheidend, und darauf reagiert nun mal alles Lebendige.

Denken, Sprechen, Handeln, Emotionen, Ängste, Vorurteile, Zorn, Wut, Glaubenssätze, Überzeugungen und vieles mehr, sind die Schalthebel, mit denen wir spirituelle Kräfte zum Fließen bringen, oder sie stoppen und versiegen lassen. Diese Kräfte sind es, die dich erfolgreich durch dein Leben tragen, oder dich irgendwo in deinem Leid liegen lassen, weil du sie für dich nicht positiv und konstruktiv genutzt hast.

Die spirituelle Wissenschaft ist die beste und wichtigste, unter allen bekannten Wissenschaften, die es gibt. Sie steht dir immer und überall zur Verfügung, egal wo du gerade bist, egal welche Zeit es gerade ist. Du brauchst niemanden fragen, niemanden bitten, dein Wissen und Können ist dein persönliches Eigentum. Wenn du mitten in der Wüste, oder mitten auf dem Meer bist, weit ab von jeder menschlichen Siedlung, dann ist diese Wissenschaft deine Hilfe. Wenn du sie gut beherrscht, dann ist dir alles möglich. Nur eines ist unbedingt zu beachten. Die Gesetze dieser Wissenschaft sind bindend. Es funktioniert nichts, oder zumindest nicht richtig, wenn du dies nicht beachtest. Deine Wünsche und Vorstellungen müssen jeder Zeit und überall deckungsgleich mit Gesetzen des Lebens sein. Es ist ähnlich wie mit dem Fahren eines normalen Autos. Solange du auf der Straße bleibst kommst du überall hin. Willst du aber querfeldein fahren, weil dir der Weg kürzer erscheint, so bleibst du wahrscheinlich gleich im ersten Graben stecken.“

Wir gingen eine Weile schweigsam nebeneinander her. Mein Hirn versuchte das eben erlebte und die Informationen von Chang zu verarbeiten. Unsere besten Ärzte auf meinem Planeten hätten so etwas nicht vollbringen können, obwohl unsere Kultur Jahrtausende alt war. Ich werde wohl mal ein paar von den Ärzten herschicken müssen, wenn ich wieder zu Hause bin. Die sollten das unbedingt lernen.

Die reizvolle Umgebung um uns herum beachtete ich kaum. Vor uns erstreckte sich ein weites grünes Tal. Schneebedeckte Gipfel der Gebirgszüge, glänzten am Horizont über einer Dunstschicht im Sonnenlicht, und alles überdeckte ein azurblauer Himmel. Einzelne weiße Wolken schwebten in geringer Höhe langsam dahin. Alles beeindruckend schön, aber ich war noch zu sehr bewegt, von dem Unfall, und vor allem von der folgenden Heilung.

02.07 Kurzbesuch Daheim

beginnende Frustration
Viele Monate waren inzwischen vergangen, seit dem Tag, an dem ich hier im Tal von Meister Wu ankam.

Der Campus bot wirklich interessante Möglichkeiten, neues Wissen und unterschiedliche Leute kennen zu lernen, sowie auch wichtige Erfahrungen zu sammeln. Mein Kopf war oft übervoll, und mir war durchaus bewusst, dass ich eigentlich nur einen kleinen Teil des Angebotes nutzen konnte.

Das reichte aber vollkommen aus, um meine bisherige Weltsicht zu bezweifeln und langsam umzubauen.

Vieles was ich hier hörte, war für mich absolut neu und machte mir Probleme es zu verstehen.

Mit der Zeit, nachdem ich schon einiges gelernt hatte, kam ich mir manchmal unheimlich schlau vor, doch oft musste ich feststellen, dass ich in Wirklichkeit nicht sehr weit vorangekommen war. Mein praktisches Können hatte sich nicht wesentlich verbessert. Gut, ich achtete jetzt besser auf mein Denken, verbesserte meine Geisteshaltung und weitete meine Weltsicht. Auch bemerkte ich, wie mein Verständnis von der Beeinflussbarkeit der Dinge weiter vorangeschritten war, was mir zu einer erweiterten Wahrnehmung und Wertung meiner Umwelt verhalf.

Ich verstand mehr und mehr, dass alles nur eine Form von Energie war, die man beeinflussen konnte. Aber wie man sein Wissen richtig anwendet, hatte ich noch zu lernen.

Trotz der vielen Monate des Lernens, war ich eigentlich immer noch der arme Hund, der ich vorher auch war. Noch immer war mir nicht klar, wie ich wieder nach Hause gelangen konnte. Chang hingegen war ein Meister, auch wenn er selbst noch viel zu lernen hatte, wie er mir manchmal sagte.

Ich beneidete ihn, musste mir aber klarmachen, dass er im Gegensatz zu mir schon viele Jahre hier war.

Zwei Wunder

Chang zeigte mir manchmal Dinge, die ich nicht verstehen konnte und ich wusste bis dahin nicht einmal, dass so etwas möglich war.

Wir waren mal wieder auf einer ausgedehnten Wanderung.

Ein Fluss versperrte uns den weg. Es war nichts zu finden, was wir benutzen konnten um hinüber zu gelangen. Na, dann laufen wir eben hinüber, meinte Chang, so ganz nebenbei. Wie selbstverständlich ging er ein paar Schritte über die Wasseroberfläche. Ich traute meinen Augen nicht, obwohl ich ja schon einiges von ihm gewöhnt war.

Nun komm schon, rief er mir zu, worauf wartest du. Ich dagegen stand am Ufer und wusste nicht, was ich machen sollte. Ich wusste nur, dass ich mit dem ersten Schritt im Wasser versinken würde.

Chang kam zurück und streckte mir seine Hand entgegen und forderte mich auf sie zu erfassen. Dann, unvermittelt zog er mich einfach auf die Wasserfläche. Schlagartig änderte sich mein Körperempfinden. Die Schwere meines Körpers verschwand plötzlich und ich fühlte mich ungeheuer leicht. Mir war diese Körperschwere vorher nicht wirklich bewusst, ich empfand sie bislang als ganz normalen Zustand.

Ich staunte nicht schlecht, das Wasser trug mich, als wäre es fester, etwas weicher Boden. Chang zog mich einfach mit sich hinüber auf das andere Ufer. Ich traute mich schon gar nicht mehr zu fragen, wie er das macht, zu viele solcher scheinbaren Wunder erlebte ich mit ihm. Er erklärte mir trotzdem, dass dafür einfach nur die persönliche Schwingung entsprechend eingestellt werden müsse.

„Natürlich, ist ganz einfach", brummelte ich vor mich hin.

„Es ist wie mit dem Schwimmen", erklärte Chang, „solange du nicht schwimmen kannst, hast du Angst vor dem Wasser. Wenn dein Körper aber das Gefühl des Schwimmens kennt, stellt er sich automatisch darauf ein. Dann verschwindet auch die Angst. Ähnliches geschieht beim Überqueren des Flusses. Wenn dein Körper gelernt hat, sich auf die Sache einzustellen, macht er es automatisch."

Ein paar Stunden später knurrte mir der Magen und ihm anscheinend auch.

„Gib mir mal den Brotbeutel", sagte er zu mir. Ich reichte ihm den Beutel mit den Worten hinüber, dass dieser schon seit einer Weile leer sei, aber es interessierte ihn nicht. Chang griff einfach hinein und holte zwei frisch gebackene, kleine Stückchen Brot heraus. Er grinste mich breit an, er wusste genau was ich jetzt dachte und ich wusste nicht, wie ich meine Gedanken in Worte fassen sollte. So war er eben, mein Freund Chang.

Je mehr er mir Wunder zeigte, desto größer wurde mein Frust. Das Wissen über die Möglichkeiten des Seins, häufte sich zwar in mir an, aber mit meinem Können kam ich keinen Schritt weiter.

Immer öfter saß ich bei Mama Nien Yen zu Hause und grübelte darüber nach, wie es für mich weiter gehen könne. Sie merkte es natürlich und tröstete mich mit den Worten, ich solle mir keine Sorgen machen, Gott, die große Schöpfungsinstanz, hätte auch mir alle Zeit gegeben, die ich bräuchte. Ich würde alles lernen und verstehen, was für mich notwendig sei. Sie meinte, ich solle nur auf Gott vertrauen und das Gespräch mit ihm suchen. Ich bewunderte ihre einfache Geisteshaltung. Diese half ihr ohne viel geistigen Ballast zu leben. Daher war für sie vieles einfach und klar, was sich für mich unendlich kompliziert darstellte.

„Bete einfach zur großen Schöpfungsinstanz, diese wird's schon richten", schlug sie mir vor. Im Gebet bräuchte ich nur klarlegen, was ich wolle, dann loslassen und abwarten.

Mama Nien Yen war ein wundervoller Mensch. Anderen Menschen mag sie etwas naiv erscheinen, aber ich wusste, auch sie war ein Meister - in ihrem Verständnis des Seins.

Das wollte ich, bei aller Zuneigung, nicht vergessen. Natürlich wusste sie, dass ich aus einer anderen Welt kam und ahnte daher sicher auch, dass ich nicht wirklich verstand, was sie meinte. Doch sie sprach es in einer Weise und mit so viel innerer Überzeugtheit, dass ich inneren Frieden fand und mir dabei regelrecht neue Kraft zufloss.

Ich begann sie auszufragen, was oder wer Gott für sie sei. Sie versuchte mir dies dann mit einfachen Worten zu erklären. Was zur Folge hatte, dass aus meinen anfangs einfachen Fragen lange Stunden der Erläuterungen wurden, und aus Stunden wurden Tage. Das Wort „Gott" war für sie nur eine einfache Bezeichnung für die Intelligenz, Weisheit und Schöpfungskraft des Seins. Ich versuchte sie zu verstehen, aber verstehen zu wollen, ist ja nur der erste kleine Schritt auf dem langen Weg zur Erkenntnis.

Selbstzweifel

Mama Nien Yen war unermüdlich, unendlich geduldig und warmherzig. Chang hatte schon eine Menge Geduld mit mir, aber Mama Nien Yen war die Geduld in Person. Sie kam mir oft wie eine wärmende Sonne vor, in deren Strahlen man sich so richtig entspannen und inneren Frieden finden konnte. Sie war in sich selbst ruhig und geborgen und gab an ihre Umgebung diese innere Ruhe weiter.

Ich sprach Chang darauf an und fragte ihn was Beten denn eigentlich sei.

„Beten“, meinte er, „ist ein altes Wort für transzendente Kommunikation. Also eine Art Kommunikation, die diese scheinbare Grenze zwischen der materiellen Weltlichkeit und der spirituellen Wirklichkeit überwindet.

„Und das funktioniert?“, fragte ich ihn zweifelnd.

„Klar doch, probier es einfach aus. Ein wenig Übung braucht man natürlich.“

Chang hatte gut Reden, einfach ausprobieren. Seitdem ich hier war, hatte ich schon so viel ausprobiert und mir Vorstellungen gemacht, von einem großen freien Sein, aber in Wirklichkeit habe ich bis jetzt nicht viel Erfolg damit gehabt. Ich fühlte mich wie jemand, der es nie lernt. Zwar wusste ich, dass ich nicht der Dümmste war, aber hier schien ich an meine Grenzen angelangt zu sein. Zweifel kamen in mir hoch, ob ich wirklich geeignet war, in höheren Dimensionen zu leben als den irdischen. Würde ich je wirklich diese vielen Gesetzmäßigkeiten und Regeln verstehen und erlernen können, die mir helfen sollen, ein freies starkes Wesen zu werden, wie zum Beispiel Chang. Ich fühlte mich erschlagen und wollte eigentlich nur noch nach Hause.

Ermutigungen halfen mir nicht mehr, ich zog mich zurück und begann viel zu grübeln. Irgendeinen Weg musste es doch für mich geben. Doch ich konnte keine Antwort finden.

Ein Besuch Daheim

Eines Tages stand plötzlich Meister Wu vor mir. Seit meiner Ankunft hier hatte ich in nicht mehr gesehen. Ehrfurchtsvoll stand ich auf und verneigte mich vor ihm, so wie es hier Tradition war. Ich hatte ihn nicht erwartet, war aber sehr erfreut ihn wieder zu sehen.

„Ich hörte, du hast Heimweh", begann er das Gespräch, „komm her, ich will dir einen Wunsch erfüllen. Gib mir deine Hand."

Zwei Schritte trat ich vor und reichte ihm meine rechte Hand. Mir war klar, dass jetzt wahrscheinlich ein Teleportationssprung folgte. Einen anderen Grund um Händchen zu halten, kannte ich nicht. Inständig hoffte ich, nicht wieder vor einem Tiger oder etwas ähnlichen zu materialisieren. Doch etwas ganz anderes geschah.

Es folgte zwar, wie ich erwartet hatte, ein solcher Teleportationssprung, doch der Ort, zu dem mich Meister Wu brachte, ergriff mich tief in meinem Herzen - er brachte mich nach Hause. Ich stand vor meinem Elternhaus. Es war noch alles so, wie zu meiner Abreisezeit. Ich brauchte ein paar Minuten, um dies geistig und emotional zu erfassen.

„Meister Wu, ich bin hier zu Hause, dort ist mein Elternhaus", brachte ich überrascht und etwas stotternd heraus, „ich dachte ohne einen Navigator wäre es schwer möglich hier her zu finden, und du hast es in einer Sekunde geschafft." Meine Ehrfurcht vor Meister Wu wuchs in diesen Minuten gewaltig.

Jetzt packte mich die Neugier. Ich rannte zum nächsten Fenster und schaute hinein. Dort waren meine Eltern zu sehen. Euphorie erfasste mich. Ich rannte zum Eingang, er war gleich hinter dem Hauseck, und die Türe stand sogar offen, wie meistens in der warmen Jahreszeit.

Unsere Gesellschaft war friedlich und nicht kriminell, da konnte man Türen und Fenster offen lassen. Jeder hatte alles, was er brauchte. Da gab es keinen Grund etwas zu stehlen.

Meister Wu folgte mir langsam. Ich dagegen hatte keine Zeit für „Langsam". Die Türe, der Hausgang, das Wohnzimmer: „Hallo Leute ich bin wieder da", platzte ich voller Freude heraus, „Mutter, Vater ich bin wieder hier."

Doch zu meinem Entsetzen war keine Freude bei meinen Eltern zu sehen, ja sie beachteten mich nicht einmal.

„Mutter, Vater, was ist los? Freut ihr euch denn gar nicht, dass ich wieder hier bin?"

Doch sie ignorierten mich einfach, ja sie gingen an mir vorbei, als wäre ich nicht anwesend. Ich war einfach Luft für sie. Inzwischen stand Meister Wu neben mir.

„Meister Wu, was ist hier los, hast du dir etwa eine Illusion für mich ausgedacht?"

„Nein", antwortete er, „du hast nur vergessen, dass du deinen Körper auf der Erde verloren hast."

„Meinen Körper? Aber den hatte ich doch eben noch. Warum denn plötzlich nicht mehr?"

„Das war nicht dein Körper", erklärte mir Meister Wu, „das Lebensenergiefeld der Kommunität des Campus hat dir für deine Zeit dort, einen geliehen und den kannst du leider nicht mitnehmen."

Ich war wie von einem Schlag getroffen, meine Wirklichkeit hatte mich wieder eingeholt. Jetzt verstand ich, warum mich meine Eltern nicht wahrnehmen konnten. Ich wurde sehr traurig.

„Was soll ich machen Meister Wu?", fragte ich ihn, „gib mir bitte einen Rat."

„Du hast drei Möglichkeiten", begann er, „erstens, du kannst hier bleiben, und in spiritueller Form weiterleben oder du suchst dir ein junges Elternpaar und inkarnierst dich neu.

Vielleicht haben deine eigenen Eltern sogar Lust wieder ein Kind zu bekommen.

Du wirst aber in den ersten Jahren wieder alles vergessen, was in deinem jetzigen Leben bisher geschehen ist. Nicht unbedingt alles, denn deine Seele ist ein Stück gewachsen. Es kann sein, dass deine Erlebnisse der letzten Monate einen Keim, einen Samen in deine Seele gesetzt haben, der wachsen will. Dann wird dich eine unbewusste Sehnsucht dein ganzes Leben lang treiben. Und du wirst nicht wissen, nach was du suchst und du wirst es auf deinen Planeten wahrscheinlich auch nicht finden.

Die dritte Möglichkeit ist, du kommst wieder mit mir zurück auf die Erde und führst deine Weiterentwicklung zügig fort. Denn deine Seele, wie jede andere Seele auch, will wachsen und sich weiterentwickeln, von einem Horizont zum nächsten. Diesem Vorgang kannst du sowieso nicht ausweichen.

Entscheidest du dich dafür, wirst du eines Tages nicht mehr begrenzt sein von Raum und Zeit oder irgendwelchen widrigen Umständen und du wirst den Körper haben, den du willst. Ich weiß sehr wohl, dass die Selbstveränderung und Entwicklung sehr schwer sein kann und einem viel an Einsatz und Selbstkorrektur abverlangt, doch ich garantiere dir, es lohnt sich." Traurig sah ich mich um. Im Obergeschoss war mein Zimmer. Ich ging hoch und schaute hinein.

Es war alles noch beim alten, als wäre nichts geschehen. Meine Eltern hielten es in Ordnung. Wahrscheinlich warteten sie immer noch, dass ich eines Tages wieder nach Hause komme. Ich war ja wieder da, aber sie konnten mich nicht sehen und nicht mit mir reden. Ich war wirklich sehr traurig.

Neu zu inkarnieren mit der Gefahr, besser gesagt mit der Gewissheit, alles zu vergessen, was ich mir auf meinem Planeten erarbeitet hatte, meine Aufgabe, meinen Status, meine Freunde und zudem noch meine Erfahrungen und die neuen Freunde auf der Erde, nein das lehnte ich ab. Dies war für mich keine akzeptable Lösung.

Schweren Herzens wandte ich mich Meister Wu zu. „Lass uns wieder gehen Meister Wu, es hat keinen Sinn zu bleiben."

02.08 Bürger des Universums sein

Anweisungen von Meister Wu

Vor mir tauchte wieder das Haus von Mama Nien Yen auf. Wir waren wieder zurück auf der Erde.

„Eines Tages", sagte er, wirst du einen solchen Sprung selbst machen können, nichts wird dich aufhalten und du wirst deinen eigenen Körper erschaffen, damit man dich sieht. Darum lerne und trainiere konsequent."

Er schickte mich zu verschiedenen Lehrgängen, in denen ich wichtiges Wissen über Transformation lernen konnte.

„Du musst deinen Geist umbauen", ermahnte er mich, „ohne Verbesserung deiner geistigen Haltung, wird sich für dich nichts ändern. Arbeite daran und kämpfe darum, wenn es nötig ist, aber gib nicht auf.

Diesen Prozess musst du sowieso durchlaufen, jetzt und hier mit Anleitung und Hilfe oder irgendwann unter Schmerzen und Qualen.

Es ist das Streben jeden Lebens, stärker, freier und selbstbestimmter zu werden."

Ich begann das, was Meister Wu mir angewiesen hatte, zu lernen und zu trainieren. Ich war entschlossen, nicht länger den Umständen des Schicksals unterworfen und von anderen abhängig zu sein. Transformation bedeutet nicht gleich Teleportationssprünge machen zu können, es ist lediglich der Beginn der Wesensänderung, die eine Voraussetzung dafür ist. Letztendlich werde ich sicher auch solche Teleportationssprünge machen können, wie ich sie mit Chang und jetzt auch mit Meister Wu erlebt habe.

Bürger des Universums

Ob man sich als ein Bürger des Universums versteht, liegt an der eigenen Betrachtungsweise der Sache. Wir leben auf Planeten, die mit ihrer Sonne das Universum durchwandern, daher sind wir alle auch Bürger des Universums.

Es gibt unendlich viele Planeten in der Galaxis. Einige davon sind von intelligenten Gesellschaften bewohnt. Als Bürger behält man immer das Ganze im Blickfeld. Auch wenn wir im Universum verstreut leben und große Distanzen uns trennen, so sind wir doch im Großen Kontext, dem großen gemeinsamen Lebensfeld miteinander verbunden.

Um die Fülle des Seins erkennen zu können, ist es notwendig den eigenen Geist von einschränkenden Denkweisen zu befreien. Dies hilft um ein Mitglied der universalen Gesellschaften zu werden. Kleinliche, begrenzte Denk- und Handlungsweisen, die auf den eigenen Gral beschränkt sind, müssen durch einen weiten Geist, der das Universum umfassen mag, ersetzt werden.

Kleinlichkeit, Engherzigkeit, Vorurteile, Geiz, Hass, Rache, auch Ängste und Furcht, halten uns klein. Diese Gefühle lassen uns nie den freien Atem eines freien Seins erleben. Ein begrenzter, schwacher Geist kann nie das Universum erobern.

Loslassen, vergeben, segnen, Gutes wünschen, und ähnliche Verhaltensweisen befreien unseren Geist und damit auch unsere Seele von Bindungen und Problemen. Dann kann die heilende Lebenskraft wieder durch Seele und Körper fließen.

Ein anderer sollte einem nie so wichtig sein, dass man mit Ärger oder Hass reagiert, und damit den eigenen Energiefluss, den man braucht um stark und gesund zu bleiben, blockiert.

Solches und noch viel mehr hatte ich zu lernen.

Das spirituellen Reisen

„Mein Name ist Garrras. Ich gebe hier Kurse über spirituelles Reisen. Komm zu mir, wenn du deine Grundkurse absolviert hast, ich zeige dir wie man ein guter Navigator wird."

Das hatte er vor einiger Zeit zu mir gesagt, als wir uns das erste Mal trafen. Ich erinnerte mich wieder an den seltsamen Garrras, den Navigator, der anderen hilft ihre Ziele im Universum zu finden. Ich wollte ja schließlich wieder nach Hause, daher war er für mich sehr wichtig. Also hörte ich mir an, was er zu sagen hatte.

Er begann seinen Vortrag: „Mein Name ist Garrras. Er wird drei ‚R' geschrieben. Ich gebe hier Kurse über das spirituelle Reisen. Ich stamme aus dem Volk der RAA, vom Planeten mit gleichem Namen.

Unser Planet liegt weit draußen, außerhalb der Milchstrasse - wie diese Galaxis hier genannt wird. Wir waren einst gezwungen, diese Art des Reisens zu erlernen. So konnten wir andere Kulturen finden und kennen lernen. Spirituell zu Reisen war für uns leichter durchzuführen, als komplizierte Raumschiffe zu bauen. Diese Schiffe wären dann doch zu langsam, für die weiten Entfernungen."

Er machte eine kurze Pause.

„Wenn man reist, dann bewegt man sich normalerweise von einem Ort zu einem anderen. Man ist dabei abhängig von Raum und Zeit. Das kennen wir alle von Urzeiten an. So funktioniert es und anders kann ein normales Wesen sich dies nicht vorstellen.

Doch spirituelle Reisen funktionieren anders. Beim normalen Reisen mit unserem materiellen Körper konzentrieren wir uns hauptsächlich darauf, wie wir die Wegstrecke, die vor uns liegt, überwinden können. Wir sagen, oh, ist das weit, da müssen wir aber weit laufen, oder fahren oder fliegen.

Wenn die Wegstrecken auf diesem Planeten hier schon so weit sind, wie unendlich weit sind dann wohl die Strecken in der Galaxis, oder gar zwischen den Galaxien?“

Schweigen war um mich herum zu hören, alle warteten auf die Aufklärung.

Garrras sprach weiter: „Wollen wir, zum Beispiel von hier zum Sonnensystem Aldebaran, wofür das Licht schon mehrere Jahre braucht, wie weit müssen wir dann wohl unseren Körper bewegen? Wie viele Kilometer werden dies wohl sein? Was meint ihr?“ Er schaute sich in der Runde seiner Hörer um. Alle schwiegen und dachten über eine Antwort nach.

„Ich will es euch zeigen“, begann er wieder, „schaut aufmerksam her! Ich stehe hier auf diesem Fleck, und nun“, er bewegte sich einen halben Fußbreit nach rechts und schaute prüfend in die Runde seiner Studenten, „soviel und nicht mehr. Dies sind ungefähr fünf Zentimeter, und es dürften durchaus weniger sein. Eigentlich nicht einmal das.“

Die Menge staunte. Wir hatten jetzt wohl alle so etwas wie eine kleine Reisedemonstration mit Verschwinden, Wiedererscheinen und vielleicht einem kleinem Lichtspiel sich auflösender und sich wiederformierender Atome erwartet. Aber nichts dergleichen geschah.

„Ja", sagte er, „das ist alles. Sich weiter weg bewegen zu müssen, hat schon keinen Zweck mehr. Nein, das spirituelle Reisen funktioniert nicht, indem man seinen Körper bewegen muss, weder zu Fuß noch in einem Raumschiff. Dieses Reisen funktioniert direkt. Es ist eine geistig-spirituelle Sache.

Wir saßen etwas ratlos da, und überlegten wie das wohl zu verstehen sei, was er uns da vorgeführt hatte.

Alles ist Eins

Alles, was sich bewegt ist Geist - euer Geist. Das Geheimnis ist in dem spirituellen Grundprinzip zu finden, welches da lautet: ‚Alles ist Eins!' Auch wenn die Galaxien tausende von Lichtjahren auseinander liegen, so sind sie doch miteinander verbunden, sie sind - ein Ding. Sie haben sich nie getrennt, obwohl wir sie doch alle so weit auseinander sehen. Ich spüre wie es in eurem intellektuellen Dachstübchen kracht. Ihr versucht die Balken, die euer Weltbild zusammenhalten, zu verbiegen.

Bedenkt bitte, dass sich eine alte Weltvorstellung, die viele tausend Jahre alt ist, nicht plötzlich ändern lässt. Eure eigene innere Natur hat sich auf dieser alten Weltvorstellung, die für euch gelebter Alltag ist, aufgebaut. Habt etwas Geduld mit euch. Euer Verständnis wird nach und nach wachsen. Und wenn nicht, so braucht ihr nur die Tatsachen zu akzeptieren, das reicht.“

Garrras machte wieder eine Pause, um sich das eben gesagte setzen zu lassen, bevor er das Thema weiter entfaltete.

„Lasst uns nun zu den wirklichen Vorgängen kommen, die bei einer spirituellen Reise stattfinden. Nehmen wir gleich mal ein praktisches Beispiel. Stellt euch vor, ihr seid ein Navigator und hättet die Aufgabe jemanden zu seinem Heimatplaneten zu bringen. Jener kann euch aber nicht sagen wo sein Planet zu finden ist. Wie handelt man in solcher Situation?

Ganz einfach. Ihr versucht zuerst das innere Wesen des betreffenden zu erkunden. Dabei ist es nicht wichtig ob jener ein schlechter oder guter Mensch ist. Ihr versucht einfach nur seine innere Schwingung, besser gesagt, die Resonanzschwingung seines Wesens zu erkennen.

Über diese Schwingung könnt ihr die Schwingung seines Volkes erkennen, welche die tragende Grundschwingung des betreffenden ist. Über diese Schwingung hinausgehend, ist es möglich das Schwingungsfeld seines Planeten zu erfassen. Dieses wiederum enthält die Basisinformation des Quadranten der Galaxis, in welchem sein Volk lebt.

Da, wie ich schon sagte, alles Eins ist, sucht ihr nun die Verbindung zur spirituellen Mitte des Universums. Sie ist der wichtigste Orientierungspunkt. Sie hat den direkten Kontakt mit dem Heimatplaneten eures Auftraggebers. Mit den Informationen, die ihr herausgefunden habt, wendet ihr euch an diese Mitte. Da sie mit eurer eigenen Mitte ständig in Verbindung steht,

braucht ihr euch nur führen lassen, dann werdet ihr
euer Ziel auch sicher erreichen.

Innere Stille halten

Was ihr dabei aber unbedingt beachten müsst, ist die
Notwendigkeit, euch selbst mit eurem Denken und
euren Gefühlen, euren Wünschen, eurem Wollen und
Vermuten, aus diesem Prozess herauszuhalten. Keine
eigenen Wünsche, kein besseres Wissen, keine Beurtei-
lungen, weder Ängste noch Zweifel, dürft ihr während
des Vorgangs, der die Teleportation einleitet, auf-
kommen lassen. Auch während des Sprunges müsst
ihr innerlich still bleiben. Ihr seit nur das Werkzeug,
durch welches alles geschieht. Stille muss in euch herrschen - absolute Stille. Ihr müsst wie eine saubere leere
Tafel sein, auf der sich nacheinander alle Fakten ein-
gravieren. Ihr lasst einfach alles geschehen ohne ein-
zugreifen und ihr bleibt in diesem Vorgang nur ein
stiller Beobachter dessen, was mit euch und eurem
Klienten geschieht. Die Universumsmitte ist nicht ein
Ort im Raum, sondern der Bereich, der alles miteinander verbindet. Was wir ihr vorlegen, findet in ihr einen
Widerhall, und wir werden die entsprechende Antwort
und Führung bekommen.

Die Weisen auf diesem Planeten hier, haben das
immer schon gewusst und dieses Wissen entsprechend
genutzt.

Habt ihr noch stoffliche Körper, so werden diese
Geist und Seele folgen. Sie werden sich auflösen und
dann am Zielort wieder rematerialisieren." Garrras sah
wieder prüfend sein Publikum an.

„Das war im wesentlichen und kurzgefasst das Prinzip des spirituellen Reisens. Was dazugehört ist Training, Training, und nochmals Training. Nebenbei ist es auch äußerst wichtig zu wissen, welche Probleme auftreten können und wie man sich schützt. Das hört ihr beim nächsten Mal. Der Vortrag ist für heute beendet, aber wir werden uns sicher bald wiedersehen.“

Damit bewegte er sich auf seine unnachahmlich stolzierende Art aus dem Saal heraus. Mir war klar, dass dieser Vortrag eigentlich nur eine Art Einleitung war. Genaueres würde in den folgenden Vorträgen folgen und mit praktischen Übungen vertieft werden.

Ich hatte mir vorgenommen diese Ausbildung hier durchzustehen und so gut zu lernen, wie es mir nur möglich war. Ich erkannte in den Ausführungen von Garrras, eine reale Chance, endlich wieder nach Hause zu kommen. Natürlich war mir klar, dass es seine Zeit dauern würde, bis ich fähig war eine Teleportation durchzuführen. Diese Zeit wollte ich aber unbedingt durchhalten.

02.09 Das Handelsschiff

Jonas meldet sich

Eines Tages kam Jonas. Lange hatte ich ihn nicht mehr gesehen.

„Hallo Jonas, schön dich mal wieder zu sehen!“, rief ich ihm entgegen. Er grüßte freundlich zurück und sagte: „Ich habe eine Neuigkeit, lass uns mal zu Meister Wu gehen.“

Ich lief ihm hinterher. Einen recht schnellen Schritt hatte er heute drauf, ich kam kaum nach. Im Hauptgebäude fanden wir dann den Meister.

„Hallo Jonas, was treibt dich denn hierher?“, sagte Meister Wu, erfreut ihn zu sehen.

„Wir haben die Information bekommen, dass bald ein Schiff der Idorianer vom Planeten Aison in die Gegend hier kommt. Wir haben sie gefragt, ob sie bereit wären, ein paar Menschen, die ihren Körper verloren hatten, mitzunehmen, Leute für die es hier keine Zukunft mehr gibt. Da es ein großes Schiff ist, können sie eine gewisse Anzahl mitnehmen. Sie werden bald landen.

Vielleicht wäre dies für unseren Freund hier eine gute Gelegenheit, wieder in Richtung seiner Heimat zu starten. Die Idorianer sind freundliche Wesen und kennen sich in diesem Galaxisquadranten gut aus, sie könnten ihm helfen.“

„Wie heißt eigentlich dein Heimatplanet?“, fragte er mich. „Enias von Tagos“, sagte ich, „Tagos ist unsere Sonne. Sie ist in verschiedenen Welten in unserer Umgebung unter diesem Namen bekannt.“

„Fein, ich werde sie fragen, dann melde ich mich wieder.“ Damit machte er sich wieder auf den Rückweg.

„ Hör mal“, meinte Meister Wu zu mir, „es wäre besser, wenn du nicht gleich nach Hause gehst. Vergiss nicht, dass du außerhalb des Tales hier, keinen Körper hast. Du solltest lieber noch eine Weile hier bleiben und dir die Fähigkeit erwerben, dir einen neuen Körper schaffen zu können.“

Recht hat er ja, aber ich will doch endlich wieder zu meiner Familie. Der Heimwehschmerz unterdrückte auch meine Erfahrungen vom letzten Heimatbesuch mit Meister Wu. Mir war nicht klar, wie ich dort leben wollte. Irgendeine Möglichkeit werde ich schon finden, dachte ich.

Meister Wu merkte aber, dass es mich mit großer Sehnsucht nach Hause zog. Daher machte er mir einen Vorschlag: „Auf dem Planeten Endrin lebt ein alter Freund von mir, Toras ist sein Name. Er ist ein guter spiritueller Meister. Ich bin überzeugt, dass er dir helfen kann. Ich werde dir eine Empfehlung für ihn mitgeben. Achte gut darauf, sonst wird er dich eventuell nicht annehmen wollen.

Er lebt zurückgezogen und geht den Menschen meist aus dem Weg. Er hat zwar eine raue Schale ist aber ein guter Mensch. Sein Wissen und seine Erfahrung, sind sehr umfangreich. Er kann dir sicher weiterhelfen. Die Idorianer kennen seinen Planeten. Sie können dich dort absetzen. Und noch etwas sollst du dir merken: Alles ist Geist, darum ist auch alles möglich. Wenn du deinen Geist schulst und die notwendige Liebe und Hingabe aufbringst, wird dir auch eines Tages alles möglich sein. Du wirst dir deinen eigenen Körper wieder erschaffen können. Dann erst gehe nach Hause auf deinen Planeten zu deiner Familie", ermahnte mich Meister Wu.

Abschied
Am folgenden Tag kam Jonas, früher als ich dachte, zurück.

„Sie sind gelandet und haben außer den Plätzen, die
wir schon angefragt haben noch einen Platz frei.
Wenn du magst, kannst du mit“, sagte er zu mir. Jetzt
erst beschlich mich ein seltsames Gefühl. Mir wurde
klar, dass ich mich hier eigentlich schon eingelebt hatte
und auch Freunde fand, die ich nun wieder verlassen
musste. Ein Teil meines Herzens würde hier bleiben,
das fühlte ich. Rückblickend war die lange Zeit hier
doch sehr kurz. Und nun muss ich schon wieder weg,
stellte ich mit etwas Wehmut fest, aber mein Heimweh
trieb mich zu diesem Schritt.

Mir war klar, dass Meister Wu wollte, dass ich nach
Endrin gehe, er hätte mich schließlich direkt nach
Hause schicken können. Er wusste ja, wo mein Heimatplanet zu finden war. Aber die Hoffnung, mit etwas Hilfe, in einem neuen materiellen Körper, meine
Heimat wiederzusehen, wenn auch mit einem Umweg
über Endrin, wuchs in mir. Daher drängelte es mich
zu starten. Vielleicht konnte mir dieser Toras weiterhelfen. Vielleicht konnte er mir einen neuen Körper
beschaffen. Ich war voller Hoffnung. Und so traf ich
meine Entscheidung.

„Ich werde mitfliegen“, sagte ich zu Jonas, „es war
sehr schön hier und ich freue mich sehr, dass ich euch
kennengelernt habe, aber die Chance auf einfache
Weise, mit einem Raumschiff, wieder nach Hause zu
kommen, möchte ich doch nicht auslassen.

„Also komm“, meinte Jonas, „dann lass uns gehen.“

„Sollte ich mich nicht noch verabschieden?“, sagte
ich, mit der Absicht zu den anderen zu gehen.

„Dann dreh dich mal um", forderte mich Jonas auf. Als ich dies tat, sah ich erst, dass sie alle schon dastanden. Alle die ich in der kurzen hier Zeit liebgewonnen hatte waren gekommen. Auch hier sprach sich manches schnell herum. Und so war der Abschied kurz und herzlich. Ich bedankte mich für das Wohlwollen und die Freundschaft, die mir alle hier entgegenbrachten.

Jonas drängelte: „Wir sollten gehen."

„Komm mal wieder, besuche uns mal", hörte ich noch Mama Nien Yen rufen. Chang, der mit mir so viel unternommen hatte, begleitete uns noch ein Stück, bis zum Ende des Tales. Jonas ging schon voraus und ich musste mich beeilen, um hinterherzukommen.

„Es ist ein Energieschiff", erklärte Jonas mir, „das ist für dich von großem Vorteil. Es besteht nur aus Energie und da du, außer hier im Camp, keinen materiellen Körper hast, sondern nur deinen spirituellen Energiekörper, kannst du problemlos einsteigen. Auch für die Leute von der Erde, die noch mitfliegen, ist dies von großem Vorteil. Du weist ja, vielen geht es nicht besser als dir.

Der spirituelle Energiekörper kann ohne den materiellen existieren, wie du ja selbst erfahren hast. Die Menschen hier auf der Erde haben unterschiedliche Begriffe für diesen zweiten Körper, ich glaube Astralkörper ist wohl eine der gebräuchlichen Bezeichnungen.

Die Idorianer sind Energiewandler. Obwohl sie ihre Existenz einst als materielle Wesen begannen, wie wir beide auch, hatten sie sich den Energieformen zugewandt. Sicher weißt du auch, dass es unterschied-

liche Formen der Energie gibt. Zum Beispiel Wärme-
energie, Bewegungsenergie und auch potentielle Energie. Aus solchen unterschiedlichen Energieformen ist
dieses Schiff gebaut. Die Idorianer sind zu wahren
Meistern der Energiewandlung geworden. Daher ist
dieses Schiff sehr stabil und belastungsfähig.

Wir erreichten zügig den Ausgang des Tales. Es
war der gleiche Weg, den wir vor einigen Monaten
gekommen waren. Wieder mussten wir die Felsen, die
den Eingang verdeckten und versperrten, überwinden.
Der Pfad führte uns, wie damals, durch schroffe Felsformationen, bis sich der Weg etwas weitete. Die Aussicht wurde besser, aber noch hatten wir eine schwierige Strecke vor uns. Es dauerte eine kleine Weile, bis
wir an den letzten Felsformationen vorbei waren.

Je weiter wir uns vom Camp entfernten, desto
leichter fühlte ich mich. Mir war klar, dass sich mein
materieller Körper wieder auflöste. Ich versuchte einen Stein aufzuheben und griff durch ihn durch. Diese
Machtlosigkeit fühlte sich schrecklich an. Ich konnte
mich jetzt zwar leichter und freier bewegen, aber
konnte im Materiellen nichts mehr bewirken. Vorteil
war natürlich, dass ich mich nicht mehr verletzen
konnte. Auch Stolpern war keine Gefahr mehr, das
war gut, den neben uns ging es ziemlich steil und tief
hinunter. Jonas wurde schneller, seine Körperlosigkeit
wirkte sich auch bei ihm aus. Und mir fiel es jetzt
leichter ihm zu folgen.

Das Schiff der Idorianer

Jonas ging es zu langsam, deshalb packte er mich, einfach am Arm und flog mit mir zu dem Landeplatz des Raumschiffes.

Was ich dann sah, ließ mich staunen. Ich vergaß doch wirklich meinen Mund zuzumachen. Ich kannte unsere Raumschiffe, vor allem mein kleines mit dem ich hierher gekommen war. Ein paar große hatten wir natürlich auch, aber die Gewaltigkeit dieses Riesenraumschiffs der Idorianer, übertraf die unsrigen bei weitem.

Mitten über der Ebene schwebte es still schwerelos. Es hing sozusagen im Blau des Himmels, ein wirklich mächtiges, majestätisches Schiff, eines wie ich es bisher noch nie gesehen hatte. Es war auch nicht gestaltet wie ein herkömmliches materielles Raumschiff. Ein solches hätte feste Außenkonturen, Bug und Heck wären Anfang und Ende des Schiffes. Aber das gab es hier nicht.

Das Schiff der Idorianer war ganz anders gebaut. Bug und Heck endeten nicht einfach, sie liefen sehr spitz zu und wurden zu dünnen Energietentakeln, die sich in einem weiten aufsteigenden Bogen in den Himmel erhoben und sich in der Unendlichkeit verloren. Es schien, als hinge das Schiff an diesen seidenen Energiefäden. Wie ein mächtiger Fisch im Ozean, schwebte es über der Ebene. Halbtransparent waren seine Konturen, als würde es aus Nebelschwaden bestehen. Es glänzte in einem überirdisch silbrigen Blau im Licht der Sonne. Seine Oberseite reichte hoch bis zu den einzeln dahinschwebenden Wolken. So etwas wie ein Schlauch führte, in der Mitte, von der Unterseite des Schiffes, etliche Meter über den Erdboden, hinab zur Bodenfläche.

Jonas drängelte wieder. Ich stolperte, im übertragenen Sinne, immer noch staunend und mit offenen Mund hinter im her. Es ging ihm einfach zu langsam, und so riss ihm der Geduldsfaden. Er kam auf mich zu, griff mich wieder am Arm und ehe ich mich versah, flogen wir, in mir bekannter Weise, mit Höchstgeschwindigkeit auf den Eingang des Schiffes zu. Dort standen wir dann in einer Reihe mit vielen anderen.

Alles war wesentlich größer, als es von ferne aussah. Es drängelten sich hier Hunderte von Menschen, die alle ihren Körper verloren hatten und nun in ihrem Energiekörper, den sie auch Seele nannten, warteten. Sie hofften eine neue Heimat zu finden, irgendwo im Universum, ohne solche katastrophalen, leidvollen Kriege, wie sie hier auf diesem Planeten regelmäßig stattfanden. Die Idorianer kannten eine Reihe von Planeten auf denen bessere Zustände herrschten und sie wollten helfen.

Plötzlich wurde ich aus meinen Gedanken gerissen. Ein Bediensteter des Schiffes sprach mich an. Er wollte wissen wer ich bin und was mein Reiseziel war.

„Planet Endrin ist mein Ziel“, antwortete ich.

„Ah, Endrin, kennen wir, kein Problem, wir werden dich dort absetzen“, entgegnete der Offizier. Er loggte mich ein, und ich konnte den Eingang des Schlauches, der hoch zum Schiff führte, betreten.

Es ist doch seltsam, wie Menschen, die aus verschiedensten Regionen kommen sich problemlos verstehen können. Es werden einfach nur die Emotionen ausgetauscht, man braucht keine akustischen Wörter. Emotionsenergien sind überall verstehbar.

Ich drehte mich zu Jonas: „Mach es gut Jonas und danke für deine Hilfe und das Herbringen, vielleicht sehen wir uns eines Tages wieder."

Wir umarmten uns kurz, denn wir hatten doch einiges zusammen erlebt, was uns emotional verband. Dann ging ich in den Eingang hinein. Eine neue Zeit kam auf mich zu, mit noch unbekannten Abenteuern.

Aufgrund meiner Erfahrung kann ich nur jeden dringlichst raten, gut auf seinen materiellen Körper aufzupassen, es kann verdammt problematisch werden, wenn er ausversehens verloren geht.

Eine sanfte Kraft hob mich in dem Schlauch empor. Ich schwebte zügig nach oben. Auch er war halbtransparent, aufgrund seiner energetischen Gestaltung. Dadurch konnte ich die Umgebung einigermaßen gut erkennen. Es war faszinierend aus dieser Perspektive die weite Ebene zu sehen. Auf ihr war nicht mehr so viel los, wie damals bei meiner Ankunft vor etlichen Monaten. Doch immer noch waren viele Menschen, die ihre materielle Existenz in dem vergangenen Kriegsgeschehen verloren hatten, anwesend.

Viel zu viel Leid war hier auf diesem Planeten geschehen. Ich muss zugeben, dass ich diese Welt hier wohl nie verstehen werde. Normalerweise arbeitet man an der Existenzerhaltung und nicht an deren Vernichtung. Aber die Menschen hier denken wohl anders. Sie haben noch nicht verstanden, dass alle einander brauchen, ob als Einzelmenschen oder als Völker. Ich dagegen hatte schon in meiner Jugend gelernt, wenn es dem anderen gut geht, geht es auch mir gut.

Mit dieser Einstellung haben wir auf unserem Planeten größte Probleme überwinden können. Nun ja, jetzt war ich wieder auf dem Heimweg, wenn auch mit einem Umweg. Inzwischen erreichte ich den unteren Teil des Schiffes. Eine freundliche Stewardess zeigte mir den Passagierbereich. Es waren wirklich sehr große Räumlichkeiten, aber die Menge der Passagiere füllte natürlich alles, daher gab es keinen persönlichen Bereich. Zwar hätte ich gerne einen eigenen Raum gehabt, aber ich konnte froh sein, wenn ich ein stilles Eck für mich finden konnte.

Die Idorianer waren sehr freundliche Wesen. Sie erschienen uns in Form von Menschen. Aber ich vermutete, dass ihre wirkliche körperliche, bezugsweise spirituell-energetische Form, eine andere war. Sie hatten, wie Jonas sagte, die Fähigkeit Energien nach ihren Wünschen zu wandeln und so fiel es ihnen sicher leicht ihre äußere Form zu verändern. Das kam den meisten Passagieren sehr entgegen, denn viele von ihnen hatten das Trauma, in welches sie durch ihre Erlebnisse gestürzt wurden, noch nicht überwunden. Sie waren nicht in der Verfassung zuviel unbekanntes Neues, ertragen zu können. Viele von ihnen hingen apathisch herum und nahmen schweigend alles hin. Ein wirklich trauriges Bild, was sich mir da bot.

Wenn Kriegstreiber nur zuvor erkennen könnten, was sie anrichten, dachte ich vorwurfsvoll. Diese armen Menschen, aber Generäle sind eben keine mitfühlenden Wesen.

Wer das hier gesehen hat, weiß von was ich rede. Die Verletzungsspuren, die ihnen ihr materieller Körper hinterlassen hatte, waren noch deutlich zu sehen.

Es ist unbeschreiblich das Leid, welches den Menschen angetan wurde und ich will es daher auch nicht beschreiben. Was ich sah, tat mir in der Seele weh.

02.10 Die Rückreise beginnt

Es geht los

Ein Signal ging durch das ganze Schiff und eine markante Stimme forderte die Besatzungsmitglieder auf, ihre Positionen einzunehmen.

„Wir starten in wenigen Minuten!", kam es aus den Lautsprechern. Sie benutzten eine bekannte Erdensprache. Aber an der Aufbruchstimmung merkte sowieso jeder, was los war. Das Schiff hebt gleich ab, dachte ich. Es müssten jetzt wohl alle an Bord sein. Ich suchte mir schleunigst einen geeigneten Platz zwischen den vielen Reisenden.

Vor uns begann ein übergroßer Bildschirm zu flimmern. Das Areal, unter dem Raumschiff nahm darauf Konturen an. Wir hoben sachte ab. Da alles, auch ich, schwerelos war, wirkte keinerlei Gravitation auf uns.

Der Abstand zum Boden wurde größer, und alles unter uns wurde kleiner und kleiner. Dafür weitete sich aber der Sichtbereich. Als man keine Gebäude mehr erkennen konnte, schob sich langsam der Horizont in das Bild. Aus dem großen Platz unter dem Schiff, wurde schnell eine kleine blaue, leuchtende Weltkugel, die sich recht zügig weiter verkleinerte und schnell im Dunkel des Weltraumes verschwand. Die starke Beschleunigung des Schiffes war hier innen bei uns, in keiner Weise zu spüren.

Was für ein gewaltiger Unterschied bestand doch zwischen diesem großen Schiff und meinem kleinen Raumboot. Das kleine Boot war für mich damals schon ein Nonplusultra. Auch wenn ich diese Reise damals nicht gerne angetreten hatte, so will ich doch unsere technische Leistung nicht abwerten. Aber dieses gewaltige Schiff hier imponierte mich doch mächtig.

Der dunkle Weltraum umgab uns jetzt. Erde und Mond waren nicht mehr zu sehen. Aber unser Weg führte nahe am Saturn vorbei. Der große Bildschirm zeigte uns in bester Qualität, die gewaltigen, eindrucksvollen Ringe. Unsere Geschwindigkeit war indessen so groß, dass die Begegnung mit Saturn zwar nur einen kurzen Moment dauerte, aber der Bildschirm zeigte uns den Vorbeiflug in Zeitlupe. So war es uns möglich die schönen, weitausladenden Ringe zu bestaunen. Der Mond Titan war weiter hinten zu sehen. Wenig später hatten wir das Sonnensystem verlassen. Bevor wir es richtig begriffen, hatten wir den interstellaren Raum erreicht. Dann drehten sie die Geschwindigkeit des Schiffes erst so richtig auf und wir rauschten hinein, in die unendliche, schwarze Unendlichkeit.

Ein Wahnsinnsschiff dachte ich, was für eine ausgeklügelte Technik steckt dahinter? Ich muss unbedingt rausfinden, wie sie funktioniert.

Jetzt, nachdem wir im freien Raum waren, also außerhalb des Sonnensystems, wurden die Stunden lang. Ich begann, soweit möglich, das Schiff zu erkunden. Viele Gänge und Räumlichkeiten, in denen man sich verlieren konnte, durchstreifte ich. Alles war mit den

Emigranten von der Erde belegt, besser gesagt vollge-
stopft.

Im Schiff
Da man sich hier nicht aus dem Weg gehen konnte,
begegnete ich natürlich vielen Leute von der Erde. Es
war manchmal nicht leicht, ihr Erscheinungsbild zu
verstehen.
Im Gegensatz zu einer materiellen Gestaltung, die
durch Auslese, Anpassung und Optimierung als eine
überlebensfähige harmonische Körperform erschaffen
wird, ist die spirituelle, energetische Gestalt anderer
Natur. Diese Form wird erschaffen durch die psychischen Eigenheiten, sowie durch die mentale Haltung.
An ausgeprägten Körperteilen der Leute, die meist
übergroß erscheinen, konnte man die unterschiedlichen Eigenheiten und Fähigkeiten gut erkennen. Es ist
gleich zu sehen, wer ein Sänger oder wer zum Beispiel
ein Klavierspieler ist. Eine ausgeprägte Halspartie,
oder dünne lange Finger zeigten dies.
Ist jemand ein Egoist, so sieht man dies auch sofort.
Er strahlt Kälte aus. Ein Lügner offenbart sich ebenfalls sofort. Man sieht wo die Lüge sitzt und man sieht
auch, was sie betrifft. Lüge ist nur die Überdeckung
einer Wahrheit, die nicht erkannt werden soll. Lüge
selbst, ist eine Sache ohne Inhalt. Geheimnisse zu haben, ist im spirituellen Wesenszustand sehr schwer,
man erkennt die Sache an ihrer Erscheinung. Und
selbst wenn sie gut versteckt wird, so kann man doch
die undurchsichtige Abdeckung erkennen und man
weiß, dass da oft eine ungute Sache schlummert.

Große finstere Gesichter von ehemaligen Bösewichten, saugen regelrecht die Energie in ihrer Umgebung ab. Emotionale Kälte umgab sie daher. Kein Wunder also, dass sich niemand gern in ihrer Nähe aufhielt.

Für mich war dies hier auf dem Schiff eine einmalige Gelegenheit das Wesen der Erdenmenschen genauer kennen zu lernen. Ich fand hier eine Mischung aus Gnomen und Feen, aus Menschen mit höchster Intelligenz und mit bodenloser Dummheit. Da waren Menschen von Habgier, Neid und Rachsucht geplagt, aber auch Menschen voller Selbstlosigkeit, Hilfsbereitschaft und uneigennütziger Liebe.

Die Erde schien mir ein brodelnder Kochtopf zu sein, in dem das herangewachsene Gute vom destruktivem Bösen immer wieder angegriffen und manchmal vernichtet wurde. Nur was stark und entschieden genug war, konnte den destruktiven Elementen widerstehen. Solange sich nicht eine entscheidende Übermacht des Guten gebildet hatte, würde sich die Situation auf dieser Welt sicher nicht ändern.

Das tragische, was ich erkennen musste war, dass sich alle für gut hielten, und dies auch beteuerten. Kein kleines Bisschen Selbstzweifel war zu erkennen. Selbst die schlimmsten von ihnen hielten sich für gut. Sie waren davon absolut überzeugt und wollten andere unbedingt entsprechend ihrer eigenen Weltsicht bekehren.

Dummheit kann sich leider nicht selbst erkennen, wurde mir mal wieder bewusst, dafür fehlt ihr einfach die nötige Intelligenz. Sehr tragisch aber bedauerlicherweise eine weit verbreitete Realität.

Das technische Geheimnis des Schiffes

Irgendwann fand ich irgendwo doch jemanden von der Besatzung, der bereit war, mir genauer zu erläutern, wie dieses phantastische Schiff funktionierte.

„Dieses Schiff besteht nicht aus Materie. Das hast du sicher schon erkannt. Es ist ein Energiegebilde. Wir können Energien so gestalten, dass eine stabile Struktur entsteht, die trotzdem noch sehr elastisch ist. Ein materielles Raumschiff könnte nie die gleiche Qualität und Leistung aufweisen. Nachteil ist allerdings, dass keine feste Materie mitgenommen werden kann. Wenn dies einmal notwendig sein sollte, müssten wir sie erst in eine Energieform konvertieren. Da unsere neuen Passagiere ihre materiellen Anteile auf den Planeten gelassen haben und sich im Zustand einer spirituellen Energieform befinden, ist ihr Transport für uns kein Problem.

Wenn wir unterwegs sind haben wir den Vorteil, dass die Energieform des Schiffes auch noch dann standhält, wenn ein materielles Schiff schon längst von den Kräften des Universums zerrissen worden wäre. Selbst ein kleiner Komet, der uns anschrammt, kann uns nicht wesentlich schädigen. Kleine Meteoriten fliegen einfach durch uns durch, ohne Schaden anzurichten. Das ist ein elementarer Vorteil. Das passiert zwar selten, aber es kann mal vorkommen.

Der nächste Vorteil ist, dass wir die Kräfte des Universums gleich als Antrieb benutzen können.

Du hast von Außen die Form des Schiffes gesehen und hast sicher die langen Energietentakel bemerkt, die vorn und hinten vom Schiff weggehen. Mit diesen

Tentakeln hängen wir uns in Energieströme, die sich durch die Galaxis bewegen. Sie sind überall zu finden. Ob stark oder schwach, wir sind fähig ihre Kräfte als Antrieb zu nutzen.

Obwohl die Sache in Wirklichkeit viel komplizierter ist, kann man doch den Vorgang auf die einfach Tatsache reduzieren, dass gleichförmige Schwingungen sich miteinander verknüpfen lassen, während ungleichförmige sich abstoßen. Wir modulieren also die Wellenlänge unseres Zugstrahles so, dass sie der Schwingung einer ziehenden Energieströmung, die wir irgendwo vor uns fanden, entspricht. So haben wir zwei gleiche Schwingungen, von denen die stärkere die schwächere mit sich zieht. Linearantrieb nennt man das wohl auf euren Planeten. Auf diese Weise hängen wir uns in die Strömung ein. Sie zieht uns dann mit ihrer doch recht hohen Geschwindigkeit durch das All, unserem Ziel entgegen.

Der hintere Tentakel funktioniert asynchron und dient zur Stabilisierung und Energieaufnahme. Die beiden seitlichen Tentakelstrahlen dienen der Flugbahnjustierung, mit ihnen halten wir sozusagen die Spur.

Die Energietentakel sind sehr universell. Wir können sie so einsetzen, wie wir sie brauchen. Wir haben natürlich für den uns bekannten Galaxisquadranten gute und immer aktuelle Strömungskarten. Wir brauchen nicht wirklich nach den Strömungen zu suchen, weil wir wissen wo sie sind. Dies ist alles schon eine eingespielte und zuverlässig Technik.

In frühen Zeiten als wir noch ein einfaches Volk waren, ähnlich den Menschen auf der Erde, die wir gerade verlassen haben, nutzten wir auch Kräfte, mit denen wir uns fortbewegen konnten. Den Wind zum Beispiel, oder die Strömungen in unseren Meeren. Wir hielten unsere Segel in den Wind und er trieb uns dahin, wo wir hin wollten.

Dieses Prinzip haben wir auf die Raumfahrt übertragen."
Er wendete sich wieder seiner Arbeit zu. Ich dagegen forschte weiter und war fasziniert von diesem Schiff.

Die Passagiere
Die meisten der Passagiere waren bedauernswerte Kreaturen. Viele von ihnen litten an dem Trauma, welches sie sich in der Zeit des Krieges zuzogen. Manche hatten noch nicht einmal realisiert, dass sie sich in einer anderen Lebenssphäre befanden. In ihrem Geist lagen noch die Trümmer herum, die ihnen das irdische Leben nahmen.

Andere dagegen durchlebten ihre letzten Stunden immer und immer wieder. Schrecklich für sie und andere. Man konnte förmlich nacherleben wie sie vom Panzer überrollt, von Granaten zerrissen, von ihren Schiffen mit unter Wasser gezogen und mit ihren Flugmaschinen am Boden zerschelten. Man hatte sie belogen, manipuliert und betrogen. Man hatte ihnen schreckliche Wahrheiten vorenthalten und sie in die Irre geführt. Größenwahn, Selbstgerechtigkeit, Verantwortungslosigkeit, Gnadenlosigkeit, Brutalität, Starrsinn, Gleichgültigkeit und noch weitere ethisch und moralisch verwerfliche mentale Haltungen hatten zu viele Menschen, ja ganze Völker, in diese Katastrophe geführt.

So etwas wird sich wohl erst dann ändern, wenn der einzelne Mensch politische Lügen zu durchschauen vermag. Er muss lernen, die Strukturen, die zu einer solchen Katastrophe führen, rechtzeitig zu erkennen und Gegenmaßnahmen ergreifen.

Ich entdeckte auch einige Personen, die scheinbar Betreuer oder Helfer waren. Ich suchte das Gespräch mit ihnen und stellte fest, dass sie zu einer Gilde gehörten, die sich mit Rekonvaleszenz, also Heilung und Genesung, befassten. Ich erfuhr, dass sie einige der kranken Menschen zu einem Regenerationszentrum bringen wollten, welches sich auf einem Planeten namens Reos befand. Dort hatten sie auf verschiedenen Kontinenten und Regionen weitläufige Anlagen errichtet, die der Heilung und Wiederherstellung dienten.

Man würde versuchen, jeden in einen Zustand zu bringen, in dem dieser wieder ein vernünftiges Leben führen konnte. Entweder in irgendwelchen spirituellen Ebenen, oder mit einem neuen Körper in einer materiellen Welt.

Sie stellten keine Vorbedingungen für ihre Hilfe und Arbeit, sie wussten, wer Heilung und Liebe erfährt, wird dies auch weitergeben wollen. Darin sahen sie ihren Lohn und ihre Aufgabe. Apropos Lohn. Sein zu dürfen, der man ist und tun zu können, zu was man sich berufen fühlt, was einem begeistert und belebt, ist sehr befriedigend. Solch eine Tätigkeit bringt von selbst all das mit sich, was man zum Leben braucht. Ich wurde eingeladen Reos mal zu besuchen. Ich könne mich dort umschauen, das Leben genießen und so lange bleiben, wie ich wolle, es sei ein wundervoller Planet. Mir war natürlich klar, dass sie für sich Werbung machten, aber ich hielt ihre Arbeit für eine gute Sache. Daher sagte ich zu, falls sich die Gelegenheit ergeben sollte. Doch vorher wollte ich erst nach Endrin, um dort zu lernen.

„Endrin ist mir bekannt,“ sagte mein Gesprächspartner, „ein interessanter Planet, da kann man sicher einiges lernen. Was willst du denn dort lernen?“

„Ich brauche einen neuen materiellen Körper, da ich zu Hause mit meiner Familie, mein normales Leben weiter leben will. Ich will lernen, wie man sich einen neuen fabriziert.“

„Einen neuen Körper? Das ist nicht einfach. Wir kennen uns da ein wenig aus. Aber du könntest auch einfach neu inkarnieren? Bei wem willst du das denn lernen?“

„Bei einem gewissen Toras. Ich habe seine Adresse mit einer Empfehlung von Meister Wu auf der Erde bekommen.“

„Toras - Toras? Kenn ich nicht, nie was von ihm gehört.“

„Ich schon“, meinte ein anderer, „hab mal vor langer Zeit mit jemanden gesprochen, der ihn kannte. Er ist so ein Einsiedler auf Endrin, hat ab und zu mal einen Schüler. Soll wohl ein rechtes Raubein sein.“

„Na ja, wir wünschen dir auf jeden Fall viel Erfolg, aber wenn es nicht klappen sollte auf Endrin, dann kannst du ja zu uns nach Reos kommen, wir helfen dir dann gerne weiter“, meinte mein Gegenüber.

Wie ich später mal hörte, wird dort auf Reos beste Arbeit geleistet. Eine Arbeit, die normale Menschen durchaus für Wunder halten würden. Natürlich hatte ich viel später einmal Reos besucht.

Leidensgeschichten

Oft wurde ich unfreiwillig Opfer von Leuten, die ihrem Leid Luft machen wollten. Grausam, ist kaum ein Begriff dafür.

Ich musste mir die Einzelheiten ihres Lebens und Ablebens bis ins kleinste Detail anhören. Ich möchte hier absolut nicht alle diese dramatischen Fakten widergeben. Nur ein wenig zum Verstehen will ich erzählen.

Da war der eine, der mir erzählte, wie es ihm erging. Er war ein Soldat. Seine Gruppe lag an der Front in einer Deckung. Es herrschte Beschuss vom Gegner. Als der Beschuss aufhörte, bekam er den Befehl vorzurücken. Er sprang aus seiner Deckung.

Doch bevor weiter kam, setzte ihm ein gut gezielter Schuss ein Ende. Er sagte, dass er einen stechenden Schmerz spürte, der ihm kurz die Besinnung raubte, aber sogleich wieder weg war und ihn scheinbar unverletzt ließ. Neben ihm allerdings, sah er seinen Kameraden, mit dem Gesicht nach unten, liegen. Ihn hatte es wohl erwischt. Der musste trotzdem sofort wieder in Deckung. Man wusste ja nicht wie schlimm es war. Er selbst konnte den Kameraden nicht in eine Deckung ziehen, seine Hände rutschten ständig ab, was er damals nicht verstand. Ein anderer zog dann den liegenden zurück in Deckung. Danach setzt Mörserbeschuss ein und sie mussten schnell weg. Sie ließen alles liegen und rannten in eine andere Deckung. Nach ungefähr einer Stunde sammelten sie sich wieder. Da sie vollzählig waren, fragte er sich, wer wohl dieser Kamerad war.

Als sie sich gesammelt hatten, stellte er zu seinem Schrecken fest, dass die anderen nichts von ihm wissen wollten. Sie beachteten ihn einfach nicht. Vielleicht waren sie böse, weil er den liegenden Kameraden nicht in Deckung gebracht hatte. Er konnte sich das seltsame Verhalten seiner Kameraden nicht erklären. Dann stand plötzlich ein Fremder, der weder zu ihnen noch zum Gegner gehörte, vor ihm. Dieser forderte ihn auf mitzukommen.

Er könne doch seine Kameraden nicht im Stich lassen, die bräuchten ihn, war seine Antwort. Was willst du noch tun, fragte der Fremde und forderte ihn auf, das Gewehr, welches am Boden lag, aufzuheben. Er griff nach dem Gewehr, doch er konnte es nicht fassen, ja er konnte es nicht einmal bewegen. Das war für ihn nicht zu verstehen, staunend sah er den Fremden an.

Dieser erklärte ihm, dass er von der Gilde der Sucher sei. Ihre Aufgabe sei es nach Menschen zu suchen, die ihre Lebenszeit erfüllt hatten. So etwas hatte er bisher noch nie gehört, er kam aber mit, nachdem er feststellte, dass weder sein Hauptmann noch irgend ein anderer etwas von ihm wissen wollte. Selbst anfassen war ihm nicht möglich. Seine Finger rutschten einfach durch deren Uniform durch.

Der Fremde erklärte ihm dann, dass er selbst, dieser angeschossene Kamerad war, der neben ihm lag und starb. Das war schwer zu glauben, fühlte er sich doch noch genau so gesund wie vorher. Der Fremde brachte ihn zu dem großen Sammelplatz. Dort redeten die Leute wieder mit ihm, und er erfuhr, dass sie alle nicht mehr unter den Lebenden weilten.

Da er, wie auch die anderen, sehr lebendig war, wollte er bis jetzt nicht glauben, dass er seinen Körper verloren hatte. Es war für ihn ja immer noch alles da, Hände, Füße, Nase, Augen. Ihm fehlte nichts. Er begriff nicht, dass er die Existenzebene wechselte. Es ist nun mal so, dass man es nicht unbedingt gleich merkt, wenn man es nicht weiß.

Noch ein weiteres Schicksal ist bemerkenswert. Da war die Frau mit ihren beiden kleinen Kindern. Die drei waren im Haus als die Bomben fielen. Das Haus wurde getroffen, und es stürzte in sich zusammen. Sie krochen ins Freie. Draußen angekommen wunderten sie sich, wie sie da nur herauskommen konnten. Das Haus war ein einziger Trümmerhaufen, ohne irgend ein Loch, welches ins Freie führte. Da weitere Bomben fielen liefen sie verängstigt durch die Straßen. Um ihnen herum fielen die Häuser zusammen und die Steine flogen ihnen entgegen, aber sie wurden nicht verletzt. Sie liefen bis sie nicht mehr wussten wohin.

Dann war plötzlich diese Frau da, die sie alle drei in Sicherheit brachte. Kommt mit, sagte sie, ich bringe euch hier raus. Sie folgten ihr und kamen auf diese Weise sicher aus der Stadt.

Die Frau bracht sie auch auf diesen großen Sammelplatz hier, auf dem dann später dieser gewaltige Zeppelin landete. Für die gerettete Frau mit ihren Kindern war dieses Raumschiff einfach nur ein großer Zeppelin. Wie konnte sie auch wissen, das es sich in Wirklichkeit um ein Raumschiff handelte, mit dem sie alle weit weg zu einem anderen Planeten gebracht werden sollten. Sie hatte bis jetzt noch nicht einmal begriffen, dass sie selbst und ihre Kinder immer noch unter dem Schutthaufen lagen, der einmal ihr Haus war. Würde ihnen jemand sagen, sie seien tot, so würden sie diesen wohl auslachen. Wie können sie auch tot sein, wenn sie doch leben. Diese Menschen hatten es wirklich nicht leichtgehabt, auf ihrem Planeten.

Was für ein sorgloses Leben hatte ich doch in meiner Heimat geführt, ganz unbelastet von den Übeln, die ich hier vorfand. Immer wieder stellt sich mir die Frage, warum die Menschen auf dieser Welt hier, sich solch ein Leid antun. Warum fügen sie sich nur, einen solchen kollektiven Schaden zu? Begreifen sie denn nicht?

Und immer wieder hatte ich die gleiche Antwort: Sie waren nicht fähig, die Folgen ihres Handelns absehen. Es fehlte ihnen die nötige Erfahrung zum Erkennen dessen, was sie letzten Endes heraufbeschworen. Zudem fehlte die Courage rechtzeitig etwas dagegen zu tun, und das Wissen, was sie tun könnten, hatten sie nicht. Man kann ihre Gefühle leicht manipulieren und sie dann zu allen Schandtaten verleiten.

Ich will mich nicht loben, hatte ich es doch selbst erfahren, als ich in den Fängen von Karim war, aus denen mich Jonas befreien musste. Ich weiß nicht, ob ich es damals aus eigener Kraft geschafft hätte.

Ich war recht froh, das alles hinter mir zu haben. Jetzt ging es auf jeden Fall nach Hause, mit einem Umweg über den Planeten Endrin. Ich wollte schließlich, einen neuen materiellen Körper für mein Leben Zuhause. Den notwendigen Aufenthalt hielt ich zwar für lästig, aber es musste sein.

Doch mein Schicksal hatte eigene Ansichten darüber, was sein musste und was nicht und leitete daher meine Wege erst einmal in andere Richtungen. Anscheinend werden Schicksalswege von Wesen entworfen, die einen gewissen Hang zur Grausamkeit haben und es lieben, harmlose Leute, wie mich, damit zu quälen, dass sie ihnen unnötige Lasten auferlegen und Wege entlang schicken, auf die man gut verzichten könnte.

Natürlich kam ich irgendwann auch wieder nach Hause, aber was ich bis dahin alles erleben musste, ich sag euch, und dann war meine Reise noch lange nicht zu Ende.

Lest einfach weiter, es lohnt sich, denn das, was mir alles passiert ist, kann man sich doch gar nicht ausdenken.

Kapitel 3

Unterwegs in der Galaxis

03.01 Ein böser Schachzug des Schicksals

Räumlichkeiten

Ich war guten Mutes. Wie man mir versicherte gehörten die Idorianer zu den besten Raumfahrern. Was also sollte noch schief gehen? Bald würde ich wieder einen Körper haben und im Kreise meiner Lieben sitzen und diese schlechten Zeiten, in die ich geraten war, vergessen.

Inzwischen liebte ich es in der Aussichtslounge zu sitzen und hinaus zu sehen in die Weiten des Universums. Die Sterne zogen still und glitzernd in weiter Ferne an uns vorbei. Wie Diamanten auf schwarzem Samt, so funkelten sie in der dunklen Unendlichkeit. Ein Gefühl von Freude und Freiheit durchzog mich. Es war für mich ein gewaltiges Erlebnis hier draußen, fern ab der Sterne zu sitzen und durch den unendlichen Raum zu gleiten. Ich will ja nicht behaupten, dass es für mich das erste Mal wäre, durch das All zu fliegen, aber so wie jetzt, in bequemen Sesseln und vor mir ein großes Panoramafenster, das war schon beeindruckend.

Da wir, ich spreche von meinem Volk, ein anderes System des Überlichtfluges benutzen, können wir uns an einen solchen Anblick nicht erfreuen, wir haben ihn einfach nicht. Manch einer mag behaupten, man könne beim überlichtschnellen Flug überhaupt keine Sterne sehen, dies ginge physikalisch nicht. Nun ich habe diese Physik nicht studiert, kann aber sagen, dass man bei den Idorianern die Sterne sehen kann. Wie auch immer die das machen.

Wenn dies nicht möglich sein sollte, dann haben sie es eben trotzdem geschafft. Vieles ist eigentlich nicht möglich und doch existiert und funktioniert es. Zum Beispiel Flugzeuge. Jeder weiß, das nichts fliegen kann, was schwerer als Luft ist und trotzdem gibt es Flugzeuge.

Manchmal denke ich, dass es gut ist, wenn es Leute gibt, die mit felsenfester Überzeugung behaupten, dass dieses oder jenes nicht möglich sei. Sie fordern all jene heraus, die aus Trotz das Gegenteil beweisen wollen. Dadurch wird der Entwicklungsstand eines Volkes vorangebracht. Und man könnte durchaus sagen, wenn mancher in der Schule besser aufgepasst hätte, so wäre er gar nicht erst auf die Idee gekommen, Dinge zu verwirklichen, die nach Lehrmeinung nicht möglich sind. Dann wäre sicher auch der eine oder andere nicht so unverschämt geworden, unmögliches zu entwickeln und damit all seine Lehrer und die Wissenschaftler bloßzustellen. Aber so ist es halt auf der Erde. In meiner Gesellschaft, die ja viele tausend Jahre alt ist, bleibt man nach Möglichkeit konform und überlässt den Wissenschaftlern die Entwicklung von neuen Dingen. Die haben auch ohne die neunmalklugen Praktiker ihre Erfindungen hinbekommen. Zwar ging alles langsamer, aber wir sind zufrieden.

Im Augenblick war ich auf den Weg in die Kantine, das war die Räumlichkeit, in der die Passagiere eine Malzeit zu sich nehmen konnten. Eigentlich braucht man in diesem spirituell energetischen Zustand keine Nahrung. Aber mir schmeckt es trotzdem. Wieso man eigentlich nichts essen braucht, weiß ich nicht. Dies hat garantiert etwas mit Energiestoffwechsel zu tun. In diesem Zustand, werden die eigenen Energien, anscheinend automatisch erneuert. Ein Fisch im Wasser braucht ja auch nicht trinken, er könnte es aber trotzdem tun.

Also, es macht nichts, trotzdem was zu essen. Wie gesagt, mir schmeckt das Essen, und vielen anderen auch. Außerdem sind manche Menschen so sehr an den Ritus der Nahrungsaufnahme gewöhnt, dass sie davon nicht lassen können. Sie sind zudem absolut davon überzeugt, dass sie sterben würden, wenn sie nichts zu sich nähmen.

Ich betrat diesen Raum. An verschiedenen Tischen saßen Leute. Auch Kinder waren da. Manche mit, manche ohne Elternteil.

Die Essenstheke war mein Ziel. Hier gab es für jeden etwas, selbst ein paar ausgefallene Sachen waren dabei. Das mussten wohl Nahrungsmittel für nichtmenschliche Passagiere sein. In der Tat hatte ich verschiedene Male flüchtig sehr fremdartige Wesen in den Korridoren gesehen.

Nichts könnte mich dazu bewegen, solch ekliges Zeug zu schlucken. Manches war undefinierbar und schwabbelig - igit. Da waren kleine tote Krabbeltierchen, schleimiges irgendwas, von dem ich nicht recht wusste, ob es schon tot war oder doch noch lebte, und natürlich noch ein paar andere Sachen, die ebenfalls recht fragwürdig aussahen. Ich konnte nicht unterscheiden, ob es sich um Beilage oder doch um irgendeine halbtote Speise handelte.

Ich persönlich lehne tierische Nahrung grundsätzlich ab, aber das muss jeder für sich entscheiden. Dies hier, in dem Bereich, waren allerdings Nahrungsmittel für nichtmenschliche Gäste von fremden Planeten. Aber ich habe auch schon beobachtet, dass asiatisch aussehende Leute von der Erde, davor standen und, so glaube ich, sich etwas bestellten. Ich suchte etwas schmackhaftes für mich. Es wurde aus Pflanzen gewonnen, gewürzt und gebacken. Und es schmeckte wirklich vorzüglich - auch Leuten ohne materiellen Körper, aber wir hatten ja zur Zeit alle keinen. Ich liebte dieses Essen, die Idorianer waren wirklich Könner, das muss man schon sagen.

Der Zwischenstopp

Ich saß mal wieder auf meinem Lieblingsplatz, vor dem Panoramafenster und schaute den Sternen nach. Plötzlich merkte ich, wie sie sich verlangsamten. Symbole wurden überraschend eingeblendet, die ich allerdings nicht verstehen konnte. Aber eine Stimme erläuterte allgemeinverständlich, dass jetzt ein Planet angeflogen wurde. Es wurde zwar auch der Name des Planeten genannt, doch ich wollte sichergehen, dass es sich wirklich nicht um Endrin handelte, auf dem ich aussteigen musste. Also lief ich los und suchte irgendeinen offiziellen Menschen, der mir Auskunft geben konnte.

Irgendwo fand ich einen Steward, der mir dann versicherte, dass es sich nicht um meinen Zielplaneten handelte. Hier wollten nur ein paar einzelne Passagiere aussteigen, während ein paar neue dazukamen.

Ich war beruhigt und verzog mich wieder auf meinen, weichen Lieblingsplatz in der Aussichtslounge. Von dort aus konnte ich auf einen Bildschirm, sehr gut das Geschehen beobachten.

Wir flogen in das Sonnensystem ein. Die Planeten lagen zu weit auseinander, um sie beobachten zu können. Nach kurzer Zeit konnte man den Zielplaneten als hellen Punkt erkennen, der langsam größer und größer wurde. Bald hatte man einen guten Blick auf seine helle Seite. Dort schälten sich Konturen von Kontinenten und Meeren heraus. Die Geschwindigkeit wurde herabgedrosselt und eine Kreisbahn um den Planeten eingeschlagen. Anscheinend mussten noch die Formalitäten der Landung geklärt werden. Das dauerte etwas, wodurch ich genug Zeit bekam, den herrlichen Ausblick dieser fremden Welt zu genießen. Da waren grüne Landschaften, vereinzelte Seen, Eisfelder aber auch ein paar kleine Wüstengebiete, Gebirge, Flüsse und natürlich auch weite besiedelte Gebiete. Nach den vielen Tagen der universellen Schwärze des Alls, genoss ich diesen farbenfrohen Anblick und sog förmlich alles in mich hinein.

Dann wurde anscheinend eine Landeerlaubnis erteilt. Das Schiff sank hinab, der Oberfläche entgegen. Eine größere Stadt ließ sich erkennen. Die Konturen der Gebäude nahmen Form an. Im Angesicht der Größe des Schiffes blieben die Gebäude allerdings doch recht klein.

Wir waren nach einer gewissen Zeit unten angekommen und schwebten über einen Platz. Aus diesem Seitenfenster, vor dem ich saß, konnte man die Vorgänge, direkt unter dem Schiff, nicht sehen. Ich nahm an, dass auch diesmal der Verbindungsschlauch nach unten ausgefahren wurde, damit die Leute das Schiff verlassen, bezugsweise betreten konnten.

Da ich recht neugierig war, machte ich mich auf dem Weg zur Ankunftshalle direkt am oberen Schlauchende im Schiff. Ich sah wie verschiedene Leute mit ihrem Gepäck das Schiff verließen. Sie sahen nicht wie Menschen von der Erde aus, ihre Körpergestalt war etwas graziler. Ihr Körperbau war wesentlich schlanker, die Arme länger und die Finger ebenfalls. Mit ihren langen, dünnen Beinen schritten sie stolz dem Ausgang entgegen. Dagegen erscheinen normale Menschen, zu denen ich mich ja auch zählen musste, recht plump.

Es dauerte nicht lange und neue Passagiere betraten das Schiff. Sie sahen aus wie die ersten, und ich hätte schwören mögen, es sind die gleichen, die nur mal raus, an die frische Luft wollten.

Ich möchte kurz betonen, dass, obwohl alles bildlich gesehen, genau so aussah wie die Dinge und Menschen einer materiellen Lebensebene, es sich doch um energetische Formen und Gestalten handelte. Diese waren natürlich genau so lebendig wie materielle Menschen, eher noch etwas lebendiger. Für mich, aus meiner Position, sah das alles normal aus, denn ich befand mich ja auch im spirituell energetischen Zustand.

Das Schiff wurde wieder startklar gemacht, der Schlauch zum Betreten oder Verlassen wurde eingeholt und der Eingang verschlossen. Ich verzog mich wieder in die Aussichtslounge und beobachtete den Startvorgang.

Bald umgab uns wieder die Dunkelheit des Weltalls mit den unzählig vielen, funkelnden Sternen. Ich möchte nebenbei mal betonen, dass es im Universum, nie wirklich vollkommen dunkel ist. Außerhalb einer Atmosphäre und irgend einer direkten Lichtquelle, besteht der Horizont immer aus einem schwach leuchtenden Lichtvorhang.

Leise zog das Schiff seine Bahn. Nur ein sanftes Summen und Rauschen, welches der Antrieb verursachte, war zu vernehmen. Ich fühlte mich wohl und schlummerte in meinem Sessel ruhig vor mich hin. Ein Gefühl der Geborgenheit lebte in mir auf.

Unzählige Sterne zogen in weiter Ferne an uns vorbei. Ich hatte kein Gefühl dafür, wo wir waren, wie weit weg von der Erde, oder wie weit weg von meinem Zuhause. Ich wusste auch nicht wie schnell wir dahinjagten, Überlichtgeschwindigkeit war es aber allemal. Doch ich hatte Vertrauen zu der Besatzung und ich wusste, dass ich auf einen guten Weg war.

Erwartungsvoll dachte ich an mein nächstes Ziel, den Planeten Endrin. Dort wartete Meister Toras auf mich. Ob er wohl ahnte, dass ich kommen werde? Ich denke, dass Meister Wu ihn sicher vorher informiert und gefragt hatte, ob er mich zu ihm schicken könne. Ob dieser Toras wirklich eine so grobe Mentalität hatte, wie man mir sagte? Ich werde sehen, wahrscheinlich ist er nur halb so schlimm, dachte ich, dann schlief ich ein.

Die Schockwelle einer Supernova

Wachsamkeit soll ja eine der wichtigsten Tugenden sein. Aber das Schicksal sucht sich oft gerade die Momente aus, in denen man nicht wachsam ist. Und so war es auch diesmal. In der Nähe lag ein Sonnensystem, an dem wir vorbei mussten. Dies ging leider nicht anders, weil wir dann einen großen Umweg hätten machen müssen. Leider ist der Weltraum nicht ganz so frei, wie mancher meint. Es gibt gefährliche Bereiche, die man besser meidet. Das kleinere Übel in diesem Bereich hier, war dieses System mit einer etwas instabilen Sonne, die aber keine Anzeichen von Gefahr zeigte.

Nun ja, ich schlummerte in meinen weichen Sessel vor dem großen Panoramabildschirm, da passierte es. Ein mächtiger Stoß warf mich aus meinem Sessel. Unter mir bewegte sich der Boden der Lounge und ich rutschte auf ihm hin und her und flog quer durch den Raum. Um mich herum war Chaos und in mir drin auch. Gewaltige Kräfte begannen an mir zu Ziehen, begleitet von einem ohrenbetäubenden Lärm, der sich wie das Brüllen eines wilden Tieres anhörte. Es war mir, als wären mein Kopf und meine Füße ungefähr hundert Kilometer von einander entfernt. Im nächsten Moment war ich nicht viel größer als eine Ameise, zumindest fühlte es sich so an.

Eine gewaltige Kraft zog das Schiff auseinander und stauchte es danach sofort wieder zusammen und das nicht nur einmal. Ich kam mir wie eine Ziehharmonika vor, mit dem unterschied, dass ich im Gegensatz zu dem Instrument, nur ein kraftloses Jammern und Schimpfen hervorbrachte, zudem vollkommen unmelodisch.

Nach scheinbar unendlicher Zeit hörten diese Bewegungen auf. Dann war wieder Stille, ich meine wirkliche Stille - Totenstille.

Alles war dunkel, selbst das große Panoramafenster. Ich begriff nicht was los war. Das Universum musste wohl kaputt sein, dachte ich. Das Schiff hing irgendwie und irgendwo, wahrscheinlich beschädigt im unendlichen, schwarzen Raum.

Ich hielt den Atem an, versuchte mich in der Lounge zu orientieren und betete, dass es nicht gar so schlimm sei, wie es im Augenblick erschien. Plötzlich wurde ich mir einer leichten Bewegung des Schiffes bewusst. Es taumelte ganz wenig um die eigene Achse. Ein winzig kleiner Lichtpunkt schickte vom Rand des Bildschirms einen schwachen Lichtstrahl durch die Lounge. Es war ein Strahl, der langsam größer wurde, und den Raum um mich herum, etwas heller machte. Dann stockte mir der Atem vollends, was ich jetzt sah, war einerseits brutal schrecklich und andererseits phantastisch und wunderschön.

Das Schiff drehte sich, wie schon gesagt, langsam um die eigene Achse, und als ich zum Panoramafenster hinüber schaute, traute ich meinen Augen nicht. Von der linken Seite schob sich ganz langsam und majestätisch ein großer, heller Fleck in Richtung Mitte des Panoramafensters.

Meine lädierte Wahrnehmung jagte mir einen feurigen Schreck durch den Körper. Mir wurde heiß.

Ich wollte wirklich nicht glauben, was ich da sah. Langsam schob sich, von der Seite her, das grandiose Bild unserer Galaxis in das Blickfeld.

Der Schreck fuhr wirklich tief in meine Glieder, das war leibhaftig unsere Galaxis. Wie war das möglich? Wir befanden uns weit außerhalb der Galaxis. Wir waren im dunklen Nichts gestrandet. Was war nur passiert und wie kommen wir wieder zurück?

Die Notsysteme des Schiffes sprangen an. Die Lage des Schiffes stabilisierte sich und das Taumeln hörte auf. Die inneren Kommunikationssysteme begannen auch wieder zu funktionierten und aus den Lautsprechern kamen beruhigende Worte. Die Sache sei halb so schlimm, wurde uns gesagt. Fragt sich nur wie schlimm die andere, die schlimme Hälfte ist, dachte ich mir.

Nach und nach begannen auch die anderen Systeme wieder zu arbeiten. Hurra, wir leben noch!

Die große Frage, die im Raume stand war: „Wie kommen wir wieder zurück?"

Mit gemischten Gefühlen betrachtete ich die gewaltige, flache Scheibe aus Milliarden funkelnder Sterne, die still und leise vor uns schwebte. Sie erschien so nahe und war doch so weit weg von uns. Rechts unten, weit entfernt konnte man die beiden Magellanschen Wolken erkennen. Es sind kleine Sternansammlungen, weit außerhalb unserer Galaxis. Ein wundervolles Bild zum schwelgen, wären wir nur nicht in dieser schrecklichen Situation. Ob wir wirklich jemals wieder zurückkommen können? Die Sache sah schlecht für uns aus.

Ich wollte doch nur mal kurz zur Erde um dort ein paar Daten zu sammeln und jetzt - jetzt hing ich hier mit einem Raumschiff im Nirgendwo, weit draußen vor den Türen unserer Galaxis. Ich war am Boden zerstört.

Was für ein Wahnsinn. Kommt davon, wenn man seine Schicksalsschalter falsch stellt, dachte ich. Hätte ich mich in meinem kleinen Raumschiff nicht aus Faulheit zum Schlafen hingelegt, während es die Erde umkreiste, dann hätte ich die Rakete, die mein Schiff zertrümmerte, garantiert rechtzeitig bemerkt. Ob ich je wieder nach Hause komme?

Die Suche nach der Ursache

Das Leben im Schiff normalisierte sich wieder. Die meisten Passagiere versuchten noch zu verstehen, was geschehen war. Aus diesem Grunde wurde uns das Ereignis eingehend erläutert. Es war so, erklärten uns die Offiziere, wir kamen auf unserer Flugbahn in die Nähe eines Sonnensystems, welches eine instabile Sonne hatte. Man wusste dies zwar, aber schätzte die Sache falsch ein. Die Messwerte deuteten nicht darauf hin, dass eine Explosion der Sonne bevorstand. Aber genau zu dem Zeitpunkt, als wir dieses System erreichten, explodierte sie. Sie wurde zu einer Nova, mehr noch, zu einer Supernova.

Die Crew des Schiffes leitete sofort einen Nottransit, einen sogenannten Notsprung ein, der es schnellstens aus der Gefahrenzone bringen sollte. Aber die Schockwelle der Sonne war leider schneller. Sie erreichte das Schiff in dem Moment, in dem es mit dem Transitsprung begann. Das führte dazu, dass die Sprungenergie von der Energie der Schockwelle überlagert wurde, was zur Folge hatte, dass die Energie für den Sprung tausend mal stärker war und uns deshalb aus der Galaxis herausschleuderte.

Durch die Explosion der Sonne, durchquerten wir unfreiwillig mit unvorstellbar hoher Geschwindigkeit, in kürzester Zeit einen ganzen Quadranten der Galaxis. Wir waren durch weitläufige, unerforschte Gebiete geschossen und hatten dann die Galaxis auf der anderen Seite verlassen, um uns dann weit draußen, im schwarzen Nichts, wiederzufinden. Das war also passiert, jetzt wussten wir es.

Blieb nur die Frage, warum waren wir so nahe an dieser Sonne vorbeiflogen. Man wusste doch, dass sie eine latente Gefahrenquelle darstellte. Die Antwort bestand aus der schuldbewussten Selbstkritik, eine Fehleinschätzung der Situation gemacht zu haben. Man wollte den erheblich weiten Umweg, der den Flugplan durcheinander gebracht hätte vermeiden.

Die Crew begann einen Notplan auszuarbeiten. Die Versorgung mit den lebenswichtigen Dingen, war für lange Zeit gesichert, aber eben nicht für ewig. Zum Glück brauchten wir gewisse Dinge wie Atemluft, Wasser und Nahrung, in unserem körperlosen Zustand nicht. Blieb aber zu klären, wo wir eigentlich sind und wie wir hier wieder wegkommen. Die Position des Schiffes war relativ schnell bestimmt. Anhand der Stellung anderer Galaxien konnte man erkennen, wo man war.

Wie ich hörte war die Crew zudem dabei, die weitere Umgebung nach energetischen Jetströmen abzusuchen. Es gab sie ja überall innerhalb der Galaxis, wie ich erfahren hatte und selbstverständlich auch außerhalb. Vorteil für uns war, dass die schnellsten Energieströmungen, die sogenannten Jetströme, hauptsächlich außerhalb der Galaxis zu finden waren. Nur, wie das eben mal so ist, natürlich nicht grade dort, wo man sie am dringendsten bräuchte.

Die Crew suchte aber hartnäckig nach möglichst nahen Energieströmungen, was sollten sie auch anderes tun.

Stunden später hatten sie etwas gefunden. Es war ein relativ schwacher Jetstrom, aber der einzige, der erreichbar war. Zumindest konnten wir mit seiner Energie unsere Position verlassen und in die Nähe eines wesentlich stärkeren Energiestromes gelangen. Dieser könnte uns direkt in die Nähe des äußeren Randes der Galaxis, zu den ersten Sternenhaufen führen. Nur leider war er noch zu weit weg um ihn mit den Tentakeln zu erreichen. Der Strom, an dem wir hingen, brachte uns aber zumindest in seine Nähe. Als wir nicht näher kommen konnten, beschloss man, alle Energiereserven für einen Transitsprung, zusammenzufassen, um diesen Jetstrom, der uns die notwendige Antriebsenergie liefern sollte, zu erreichen. Blieb aber das Restrisiko ihn zu verfehlen. Wir hofften, dass dieser Fall nicht eintrat. Der Vorgang wurde eingeleitet. Alle nicht lebensnotwendigen Energieverbraucher schaltete man ab. Es wurde dunkler um uns herum. Das Schiff wurde in Position gebracht und auf das Zielgebiet ausgerichtet. Danach folgte die Aufforderung an alle Passagiere, sichere Sitze oder Liegeplätze aufzusuchen. Man ließ den Leuten etwas Zeit, doch dann erfolgte der Befehl zum Transitsprung.

Ich, obwohl ich nicht gläubig war, betete um einen Erfolg. Möge dieser große und mächtige Weltenlenker uns sicher zu diesem größeren Jetstrom bringen. Bitte, Bitte, fügte ich noch zu.

Meine Seele zitterte vor Anspannung. Dann, entfaltete sich eine ungeheure Kraft um uns herum und riss uns weg, noch bevor ich mit beten fertig war.

03.02 Am Rande der Galaxis

Der Jetstrom

Als wir das Ende des Sprunges erreichten, war die Enttäuschung doch sehr groß. Wir waren noch übermäßig weit von dem Energiestrom entfernt, in den die Energietentakel des Schiffs eingeklinkt werden sollten. Die Frage war jetzt, wie man mit zumindest einem dieser Tentakel, diesen Jetstrom erreichen könnte, um genug Energie für die weitere Annäherung heraus zu ziehen. Im Normalfall würde es nicht möglich sein, aber unter diesen Umständen musste ungewöhnliches unternommen werden.

Bei dem Versuch die Energieströmung trotzdem zu erreichen, bewies sich die Bauweise des Schiffes als genial. Man begann den vorderen Tentakel auszufahren, soweit es nur ging. Wobei eine Distanz von hunderttausend Kilometer, durchaus im Bereich des Möglichen lag. Was sind aber in diesen unendlichen Weiten schon ein paar hunderttausend Kilometer? In der Tat, es reichte nicht. Der Tentakel musste mindestens noch dreimal soweit ausgefahren werden. Weitere Maßnahmen waren nötig, denn unmöglich war es ja nicht, den Tentakel zu verlängern.

Da das Schiff, wie schon erwähnt, aus Energiestrukturen bestand, bot sich die Möglichkeit, Strukturenergie aus anderen Schiffsbereichen abzuziehen, um damit den Tentakel zu verlängern. Das hatte allerdings zur Folge, dass ein Teil des Schiffes evakuiert werden musste.

Durch die Verlagerung von Energiestrukturen wurde das Schiff etwas kleiner. Als erstes baute man den hinteren Tentakel ab und fügte ihn den vorderen zu. Das verlängerte diesen schon mal gewaltig. Danach kamen noch andere geeignete Elemente dazu. Letzten Endes hatte man diese weite Strecke überwunden.

Wir drängten uns also alle, wenn auch widerwillig, in den mittleren Gemeinschaftsräumen zusammen. Das waren an die fünfhundert Leute, die eigentlich schon längst an ihrem Reiseziel angekommen sein sollten.

Aber durch diese Maßnahmen konnte letztendlich der energetische Jetstrom erfasst werden. Jetzt floss wieder neue Energie, durch unser Schiff. Wir konnten uns dem Jetstrom weiter nähern. Als wir ihn erreicht hatten, stand genug Energie zur Verfügung um die Umbauten wieder rückgängig zu machen. Danach hatten wir wieder genug Platz. Ich atmete auf, Gedränge ist mir zuwider. Wie ich sah, ging es anderen genauso.

Der Kurs wurde nun in Richtung Galaxis einge-stellt, und das Schiff nahm jetzt Fahrt in Richtung Heimat auf. Man muss sich natürlich im Klaren dar-über sein, dass die weiten Entfernungen, die wir über-brücken mussten, fast unendlich waren. Daher lag die notwendige Geschwindigkeit weit im Überlichtbe-reich. Das war absolut nötig um wirklich voranzu-kommen. Die Ingenieure holten aus den Maschinen alles raus, was diese an Leistung hergeben konnten. Man muss sich bewusst machen, dass die Aggregate keine materiellen Maschinen waren und daher auch, wenn notwendig mit Überleistung betrieben werden konnten. Trotzdem dauerte es etliche Monate, bis wir in die Nähe von irgendwelchen Sonnensystemen kamen. Diese lagen zwar am Rande Galaxis, aber doch noch isoliert weit weg von ihr.

Ausnahmezustand und Zeitvertreib

Der lange Zeitraum unserer Reise, stellte sehr hohe Anforderungen an die soziale Integrität der Besatzung, sowie der Passagiere. Wir befanden uns in einem Ausnahmezustand und mussten unsere Antworten auf die nervenzehrenden täglichen Probleme finden. Wir entwickelten daher fröhliche Unterhaltungsprogramme. Das waren zum Beispiel Feiern, Theateraufführungen, Musikdarbietungen, aber auch Vorträge und Erzählungen.

Wir lernten in dieser langen Zeit viel über uns selber, über die Kulturen der andern, über ihre Lebenseinstellung, über ihr tägliches Leben daheim, über die Art, wie sie ihre Probleme lösen und auch etwas über ihre Aufgaben und Berufe. Ich erhielt einen phantastischen Einblick in das Leben und die Mentalität meiner Mitreisenden. Zudem erfuhr ich auch etwas über ihre Kultur, ihre Mode, ihre Kunst und über den Stand Wissenschaften und Technik.

Aber trotz alledem gab es auch Zwist und Ärger, der sich einmal fast bis zum Totschlag aufschaukelte. Ich konnte mir nicht vorstellen, wie so etwas in der spirituellen Existenzebene überhaupt funktionieren könnte. Aber die Blitze, die da plötzlich zwischen zwei Personen hin und her flogen, waren schon gewaltig. So etwas hatte ich bis jetzt noch nie gesehen.

Jemand aus der materiellen Welt, der die Fähigkeit hätte, spirituelle Vorgange sehen zu können, würde sich wohl sarkastisch fragen: Wie sollte ein Toter einen anderen Toten töten können? Denn für materiell körperliche Menschen waren wir in unserem spirituellen Zustand einfach Tote. Normale Menschen konnten uns ja nicht sehen. Allerdings hatten wir den Vorteil, dass uns die Idorianer am Ende der Reise wieder auferstehen lassen. Mich und die anderen irdischen Mitreisenden natürlich ausgenommen. Es gab auch mal Nervenzusammenbrüche und der eine oder andere Amoklauf fand statt.

Um Spannungen zwischen den Reisenden abzubauen, wurden hilfreiche soziale Programme entwickelt. Das war für die menschlichen Probleme, die während der langen Zeit unausweichlich auftraten, sehr gut und half die lange Zeit zu überdauern. Gleichzeitig konnte man einigen von der Erde helfen ihre problematischen Kriegserlebnisse zu überwinden. Wir wurden im Laufe der Zeit zu einer eingeschworenen und solidarischen Gemeinschaft.

Die Idorianer leisteten gute Arbeit und sorgten sich auch sonst fürsorglich um jeden einzelnen von uns. Sie selber ließen sich ihre Belastungen nicht anmerken. Man konnte nur vermuten, dass sie sehr litten, schließlich trugen sie die Verantwortung.

Wir wussten natürlich, dass wir letztendlich alle aufeinander angewiesen waren und wir wussten auch, dass die nächsten Probleme, die wir noch nicht kannten, schon auf uns warteten.

Die Energiesauger

Nach ungefähr fünf Monaten näherten wir uns einem recht großen einzelnen Planeten. Er trieb einsam und alleine, weit vor der Galaxis, im Raum dahin.

Der Energiestrom schien einen großen Teil seiner Energie an den Planeten abzugeben. Er schien scheinbar in dem Planeten zu versiegen. Als ein schwacher Strom der kaum noch Energie hatte, bewegte er sich weiter. Dies war ein seltsames Geheimnis, welches sich aber bald, zu unserem Erschrecken, von selbst aufklärte.

Je näher wir kamen, desto eindrucksvoller konnte man die Gewaltigkeit des Planeten erkennen. Wollte man Vergleiche ziehen, so müsste man sich einen Planeten, doppelt so groß wie Jupiter, den größten Planeten im irdischen Sonnensystem, vorstellen. Unser Schiff war ein winziges Staubkorn dagegen.

In der Dunkelheit hier draußen leuchtete die Seite des Planeten, die der Galaxis zugewandt war, in einem sehr fahlen Licht. Richtig gespenstisch kam mir dies vor. Die Crew versuchte genügend Abstand zum Planeten zu halten, da starke planetarische Kräfte das Schiff einfangen wollten. Fast wie ein Drache, der nach seiner Beute greift, konnte einem dies vorkommen.

Und dann plötzlich, kamen sie, die Gespenster. Doch sie waren nicht schemenhaft wie solche, die nur aus ätherischer Flüchtigkeit bestehen, sie bestanden ganz konkret aus Energie und lebten von Energie und wir waren Energie - also ihr Futter.

Sie kamen vom Planeten her angeschossen, krallten sich an der Oberfläche des Schiffes fest und begannen die Energie aus der energetischen Struktur der Hülle herauszusaugen. Diese verlor zusehends die Festigkeit ihrer Struktur. Mit anderen Worten, sie verlor ihre energetische Substanz. Stellenweise wurde die Außenhaut zusehends schwächer. Das Schiff und wir alle befanden uns in höchster Gefahr. Wir waren entsetzt, keiner hatte je so etwas erlebt. Aber die Crew begann zu reagieren. Angehörige der Schiffsbesatzung rannten mit kleinen Geräten durch das Schiff. Die schwache Transparenz der energetischen Struktur des Schiffes erlaubte es, von innen zu erkennen, wo sich diese widerlichen Energiesauger festgekrallt hatten. Wie tellergroße Halbkugeln klebten sie auf der Außenhülle und begannen sich durchzufressen. Sie sahen ähnlich wie Quallen ohne Tentakel aus. Dort, wo diese Biester entdeckt wurden, befestigten die Arbeiter, diese kleinen Geräte.

Mein Versuch sie zu fragen, was diese Dinger bewirkten, blieb erfolglos. Bevor ich meine Frage ausgesprochen hatte, waren die Leute schon weitergerannt. Irgendwer erklärte mir später dann doch, dass diese kleinen Geräte den Zweck hatten die Außenhülle zu stabilisieren, damit diese Biester nicht durchbrachen. Sie führten der geschwächten Stelle neue Energie zu.

Dummerweise war Energie aber genau das, was diese Energiesauger wollten. Wir befanden uns daher in einem Dilemma. Vorteil war lediglich, dass wir Zeit gewannen, und das half letztendlich Alternativen zu finden. Die Ingenieure versuchten zwar die Schwingungen der Energie zu ändern, um eine Abstoßung zu erreichen, aber diese Biester hatten sich jedes Mal schnell angepasst. Irgendwann kam aber jemand darauf die Angreifer einfach einzufangen und in einen Konverter zu packen, der ihre Energie konvertiert. Sie also unschädlich macht.

Daher rannte plötzlich auch anderes technisches Personal, mit größeren Geräten, die wie Kochtöpfe aussahen, herum. Dort, wo sie einen Energiesauger sahen, brachten sie ihr Gerät an. Es dauere einen kurzen Moment, dann machte es „flopp" und der Energiesauger saß in der Falle. Ich staunte. Das Loch in der Hülle wurde sofort mit einem Stabilisator verschlossen, und weiter ging die Jagd. Auf meine Frage, was mit diesen Energiesaugern gemacht wird, bekam ich kurz und bündig zur Antwort: „Bevor diese Biester uns fressen, werden wir sie fressen."

Was das in Wirklichkeit bedeutet, erfuhr ich später. Das Schiff brauchte immer Energie und zur Zeit besonders viel und diese Dinger bestanden aus Energie. Also, was lag näher, als sie in besagten Konverter zu stecken und mit ihrer Energie Schäden zu reparieren, sowie die Speicher des Schiffes zu füllen. Einfach genial!

Trotz des unerwarteten Nutzens befand sich das Schiff, und damit wir alle, in höchster Gefahr daher mussten wir Abstand zum Planeten gewinnen. Das wurde auch schnellstens eingeleitet. Der Erfolg zeigte sich mit zunehmendem Abstand, die Attacken der Energiesauger wurden weniger. Aber andererseits waren unsere Energiespeicher noch lange nicht voll. Also schuftete die Besatzung und rekrutierte sogar einige Passagiere für diese Sammelaktion.

Aus dem lebensgefährlichen Angriff wurde ein Segen für uns alle. Wir hatten jetzt wieder genug Energie um einen weiteren Sprung, näher zum Rand der Galaxis, zu wagen.

03.03 Die Fremden

Zwei mächtige Kampfschiffe

Ein langer, weiter Heimweg lag vor uns. Nur der Glanz der Galaxis spendete uns etwas Licht und auch Hoffnung.

Vor uns lag weites und unbekanntes Terrain. Auch, wenn es so scheinen mag, aber der Raum zwischen oder besser gesagt, vor den Galaxien ist nicht leer. Hier fliegen eine Menge Materiefragmente herum, Gesteinsbrocken, Eisklumpen, hinausgeschleuderte Planetoiden und auch einsame Wanderer. Das sind Planeten, die ihr Sonnensystem verlassen hatten, wie auch immer dies geschah. Alles war zwar weit verstreut, aber dennoch vorhanden und es jagt mit hoher Geschwindigkeit durch den Raum. Höchste Wachsamkeit gehörte also zu den ständigen, alltäglichen Tätigkeiten der Besatzung.

Wir waren inzwischen weit genug von diesem großen, gefährlichen Planeten mit seinen Energiesaugern entfernt. Jetzt begann man den Sprung vorzubereiten, der uns näher an den Galaxisrand heranbringen sollte. Vor diesem Sprung aber, wurde das ganze Schiff, die gesamte Außenhülle sowie alle Innenkonturen auf das sorgfältigste abgesucht. Wir wollten auf keinen Fall einen dieser Energiesauger in die Galaxis einschleppen. Wer weiß, wie diese Biester sich dort vermehren würden.

Wieder musste sich jeder einen sicheren Platz suchen. Dann folgte das Signal, und der Sprung begann. Wahnsinnskräfte zerrten, wie jedes Mal, an unseren Leibern, zerrissen diese in ihre energetischen Bestandteile und brachten es fertig, alles genau wieder so zusammenzusetzen wie es vorher war. Für mich war es jedes Mal ein beängstigendes Riesenwunder, ganz egal, wo ich solche Sprünge erlebte.

Kaum angekommen, begann wieder die Suche nach nutzbaren Energieströmen. Recht schnell fand man auch welche, hängte das Schiff ein, und weiter ging die Fahrt in Richtung der ersten Sonnensysteme, die entdeckt wurden.

Wir kamen unserer Galaxis immer näher. Dort würden wir unbekannte Spiralnebelarme zu durchqueren haben, die zudem angefüllt sein werden, mit intergalaktischen Staubnebeln. Manche von ihnen würden sicher reine brodelnde Hexenkessel sein, deren Energieblitze ganze Planeten zerstäuben könnten. Diese Gebiete sollten wir lieber umschiffen. Aber das hatte die Crew des Schiffes zu entscheiden. Ich vertraute ihren Fähigkeiten.

Aber selbst am Rande der Galaxis durfte man nicht schlafmützig sein. Bevor wir irgendeinen Planeten näher kommen konnten, um Informationen zu sammeln, standen uns plötzlich, wie aus dem Nichts kommend, zwei gewaltige Raumschiffe einer fremden Rasse gegenüber. Unser Schiff war schon groß, aber diese beiden Dinger waren übermächtige, wesentlich größere, und wie zu erkennen, stark bewaffnete Kampfschiffe. Gewaltige Rohre zielten auf uns.

Jetzt bloß keine falsche Entscheidung treffen, dachte ich und hoffte, dass sich die Führungsoffiziere unseres Schiffes daran hielten. Wir stoppten mit einem gebührlichen Abstand vor diesen beiden, fremden Schiffen. Unser Verhalten sollte nicht provozierend wirken. Natürlich konnten wir nur nach bestem Wissen und Gewissen handeln, denn wer weiß schon, welche Geste genau das Gegenteil bewirkt.

Kurz danach entstand, wie mir später gesagt wurde, ein reger Funkverkehr zwischen den Schiffen. Die Fremden versuchten herauszubekommen, wer wir waren und woher wir kamen, und wir versuchten zu erkennen, wer sie waren.

Dann plötzlich wurden wir durchleuchtet, bezugsweise man scannte uns. Ein dunkelblau leuchtender Lichtkamm, glitt durch unser Schiff. Er glitt durch alles einschließlich meiner Person. Frechheit, dachte ich, aber vielleicht hatten sie einfach nur Angst und wollten genauer wissen, wer wir waren. Schließlich kamen wir, für diese Fremden, von außerhalb der Galaxis. Immerhin bewegten wir uns auf sie zu. Woher sollten sie auch wissen, dass wir durch einen dummen Zufall aus der Galaxis hinaus geschleudert wurden und nur zurück wollten. Was für eine mächtige Rasse mussten wir in ihren Augen wohl sein, wenn wir sogar den elend weiten Abstand zwischen den Galaxien überwinden konnten.

Also waren sie uns gegenüber genau so vorsichtig, wie wir ihnen gegenüber. Man kann ja nie wissen, welche üblen Hintergedanken unbekannte Fremde mit sich herumschleppen und außerdem wollte sich ja auch jeder schützen.

Die Kontaktversuche über Funkverkehr führten erst mal zu nichts. Zwar konnte man sich gegenseitig empfangen, aber eben nicht verstehen. Nachdem für die Fremden feststand, dass wir wohl nicht gefährlich waren, nahmen sie uns zwischen ihre großen Raumkreuzer, erzeugten ein Feld, welches alle drei Schiffe einhüllte und im nächsten Moment befanden wir uns auf einer Kreisbahn um einen Mond. Danach verließ uns eins der Schiffe. Das zweite blieb als Eskorte und zu Sicherheit bei uns. Die trauten uns noch nicht, das war ja klar, wir ihnen allerdings auch noch nicht.

Kommunikationsversuche

Wieder versuchte man über Funkverkehr zu kommunizieren. Beide Seiten arbeiteten mit Hochdruck an einer Methode zur Übersetzung der Sprachen.

Ich weiß nicht wie viele Mondumkreisungen wir machten, bis endlich ein Erfolg in der Kommunikation erreicht war.

Ein kleines Schiff näherte sich uns. Man wollte scheinbar direkten Kontakt. Eine Bildwand wurde an einer Seite des Schiffes aufgebaut und das Schiff an eine Stelle, an der man vermutete, dass wir alles gut sehen würden, hingesteuert. Dann begann darauf eine Serie von Symbolen abzulaufen. Unsere Crew hatte die Methode verstanden und ließ eilends eine ähnliche Bildwand aufbauen. Beide Seiten arbeiteten jetzt daran eine gemeinsame Sprache zu entwickeln.

Sehr interessant fand ich, dass die anderen keine Probleme mit unserem Zustand hatten, denn für die materielle Welt waren wir normalerweise unsichtbar. Die Idorianer wirkten nicht sonderlich erstaunt. In der Tat war ihnen solch eine transzendente Begegnung schon bekannt und den Fremden anscheinend auch. Beide Parteien kamen also durch ihre Erfahrung, mit der Situation klar.

Aber die fremde Rasse hatte andere Werte. Daher gestaltete sich der Informationsaustausch sehr schwierig. Man verstand sich also nicht in der gleichen Weise, wie zwischen Menschengattungen oder menschenähnliche Spezies.

Sie waren eben doch wesentlich anders und sie konnten sich anscheinend problemlos in die spirituelle, also materielose Existenzform konvertieren.

Ich staunte bald über nichts mehr, alles schien möglich. Es dauerte einige Zeit, aber dann plötzlich funkte es und von da an ging es immer schneller. Am Ende war eine ausreichend gute Basis für eine Kommunikation geschaffen. Natürlich war unser Wissensdurst genau so groß, wie jener der anderen.

Die erste Frage, die an uns gerichtet wurde war, aus welcher fremden Galaxis wir kämen. Das Erstaunen war dann sehr groß, als wir übermittelten, dass diese Galaxis hier unsere Heimat sei und wir durch eine explodierende Sonne aus ihr herausgeschleudert wurden. Wir dagegen fragten ob wir Hilfe für unseren Heimweg erhalten könnten.

Der Informationsaustausch wurde sehr rege und war letztendlich auch sehr erfolgreich. Nachdem man sich näher kennengelernt hat und feststellte, dass der jeweils andere ungefährlich war, wurde der Kontakt enger bis hin zu gegenseitigen Besuchen und Freundschaftsbekundungen.

Als ich diese fremden Wesen zum erstenmal sah, war ich erstaunt, es waren in meinen Augen lustige kleine Wesen, allerdings mit höchster Intelligenz. Also gewiss nicht dümmer als wir. Ihre Körperform war rundlich und hatte die Größe eines irdischen Kindes oder kleinen Erwachsenen, mittleren Alters.

Die Plopps

Das erstaunliche an ihnen war, dass sie mehrere Arme hatten, die aber nicht wie menschliche Arme mit Gelenken und Fingern aussahen. Man sollte sich ein Wesen vorstellen, welches... Äh, nein, vielleicht ein... Auch nicht! Entschuldigung. Nein! Es gibt einfach kein irdisches Wesen, mit dem man sie vergleichen könnte, zumindest kenne ich ein solches nicht. Die Natur hat unendlich viele Möglichkeiten, Wesen zu erschaffen. Sie waren einfach eine spezielle Form aus dieser möglichen Unendlichkeit.

Sie waren wie schon gesagt etwas rundlich, bewegten sich aufrecht und sie hatten mehrere Arme, die sie in ihrem Körperinnern verschwinden lassen konnten. Wie immer das auch funktionierte. Zwei Extremitäten benutzten sie zum Laufen und die anderen zum Arbeiten. Am Ende ihrer Arme, die sehr beweglich waren, hatten sie fingerähnliche Glieder, mit denen sie sehr geschickt hantieren konnten. Mit etwas Fantasie, oder halbblind betrachtet, könnte man sagen, dass sie einem kleinen Menschen ähneln.

Auffallend an ihnen war, dass sie Gliedmaßen, die Arme meine ich, einzogen, wenn sie diese nicht brauchten, so wie eine Schnecke dies mit ihren hornähnlichen Fühlern tut. Immer, wenn sie eine Arbeit verrichteten und einen zusätzlichen Arm brauchten, stülpten sie diesen einfach heraus. Das machte dann ein Geräusch, welches ähnlich wie „plopp" klang. Darum nannte ich sie einfach Plopps, denn ihre richtige Bezeichnung, war für mich unaussprechlich und klang wie eine Folge kratzender Konsonanten, die ein mit schlimmer Heiserkeit geplagter Mensch auszusprechen versucht. Ein Mensch aus dem Land der Schweiz, hätte es vielleicht geschafft diesen Namen perfekt auszusprechen, ich jedoch nicht. Die Idorianer übernahmen natürlich den korrekten Namen.

Normalerweise bewegten sie sich auf zwei Gliedmaßen voran, mit ihren Armen konnten sie aber variieren. Meistens benutzten sie zwei, aber man sah schon auch mal einen mit mehreren oder keinen Armen herumlaufen.

Sie waren sehr gelenkig und mancher von ihnen versuchte die menschliche Form und Bewegung nachzumachen, was durchaus manchmal gelang. Eine komische Laune der Natur, dachte ich, was es doch nicht alles gibt.

Das Lustige, was wir mit unserer Ankunft bewirkten war, dass es einige schick fanden, sich Bekleidung zu schneidern, die der unseren ähnelte. Damit liefen diese dann herum, und ließen sich von ihren Artgenossen bestaunen.

Wichtig zu wissen ist, dass die Plopps den gleichen energetischen Zustand, wie wir, einnehmen konnten. Sie waren fähig mit energetischen wie mit materiellen

Seinszuständen umzugehen. Wäre es anders, so hätten sie unser Schiff womöglich nicht entdeckt.

Sie lebten in einer Art Symbiose mit materiellen und spirituellen Lebensformen, was für beide Seiten sehr nutzvoll war. Die materiellen Wesen auf ihren Planeten, waren sich dessen bewusst und nutzen die Möglichkeiten, die sie dadurch hatten. Die Erdenmenschen dagegen, bis auf wenige, lehnten die Existenz, solcher für sie unsichtbaren Lebensformen, einfach ab.

Eine reichhaltige interessante Kultur, hatte sich hier draußen am Rande der Galaxis entwickelt. Die Kontakte zu den Plopps waren, sehr erfolgreich. Wir erhielten Karten und Wegbeschreibungen für die vor uns liegende Raumbereiche, mit Hinweisen und Warnungen. Eine sehr gefährliche Strecke hatten wir zu überwinden. Interstellarer Staub hatte sich zu weitläufigen, dichten Nebeln zusammengeballt, die diesen Bereich hier, von der restlichen Galaxis weitgehend isolierten. Sie versperrten uns den Weg. An einigen Sonnen mit sehr harter Strahlung, äußerst gefährlich weit über das eigene System hinaus, mussten wir vorbei. Unberechenbare Energiefelder die alles zerreißen, was ihnen zu nahe kommt. Energieblitze die alles pulverisieren und die Überreste wie überschnelle Geschosse quer durch den Raum schickten.

Die Abgesondertheit der Planetensysteme der Plopps vom Rest der Galaxis, in diesem Randbereich hier, hatte es ihnen ermöglicht, eine Hochkultur nach ganz eigener Art zu entwickeln. Sehr faszinierend für uns. Aber auch die Plopps waren überaus stark an uns interessiert. Für sie waren wir höchst interessante Fremde, die viel unbekanntes zu bieten hatten. Ein hervorragender Vorteil für beide Seiten war, dass unsere Biologie so verschieden war, dass keine Wechselwirkung stattfinden konnte. Mit anderen Worten wir konnten uns nicht gegenseitig mit Krankheiten anstecken.

Man sollte nun nicht meinen, wenn man keinen stofflichen Körper hätte, ginge dies sowieso nicht. Krankheitskeime sind leider auch im spirituellen Körper vorhanden und können sehr leicht zu anderen Menschen überwechseln.

An einem Kulturaustausch war man sehr interessiert und für die Idorianer bot sich die Möglichkeit ihr System von Handelsrouten weiter auszubauen. Aber erst einmal wollten wir heil nach Hause kommen.

Ein Angebot der Plopps war für uns höchst willkommen. Zwei mutige und abenteuerlustige von ihnen, baten mitkommen zu dürfen. Sie wollten die fremden Zivilisationen kennen lernen. Wie sie wieder nach Hause kommen wollten, überließen sie bewusst dem Schicksal. Ich dachte dabei mit sehr gemischten Gefühlen an mein eigenes. Für uns dagegen erschienen sie mit ihrem Wissen, über die vor uns liegenden Raumgebiete, sehr nützlich. Als Gegenleistung hatten die Idorianer eine gute Belohnung und Hilfe für ihre Rückkehr nach Hause versprochen.

03.04 Unbekannte Gebiete

Die Abreise
Die Idorianer hatten die Zeit genutzt, um das Schiff wieder in Bestzustand zu bekommen. Dabei halfen ihnen die Plopps so gut sie konnten. Sicher auch aus

Eigeninteresse. Ein fremdes Schiff mit unbekannter Technik ist immer höchst interessant.

Leider bin ich kein Techniker und kenne mich daher in den Details nicht aus. Aber das Schiff sah nach der Generalüberholung schöner und besser aus als vorher. So kam es mir jedenfalls vor. Es war wirklich ein beeindruckendes Schiff, ich staunte wie damals, als ich es zum ersten Mal sah. Im matten Glanz der hiesigen Sonne hing es schwerelos vor uns in der Atmosphäre, als wäre es wirklich eines jener großen Luftschiffe, wie sie einst auf der Erde gebaut wurden. Die riesigen Tentakel vorn und hinten, waren noch eingefahrenen.

Irgendwann kam unvermeidlich die Zeit sich zu verabschieden. Unsere Abreise begann. Alle, die in der Nähe waren, kamen zum Abschied. Eine unüberschaubare Menge der unterschiedlichsten Wesen, hatten sich um das Schiff herum platziert. Die einen, wie auch ich, waren mit dem Schiff gekommen, die anderen lebten hier, auf diesem und anderen Planeten der Gegend hier am Rand der Galaxis. Es war wohl das größte kulturelle Ereignis, welches diese abgeschiedene Zivilisation je erlebte.

Nach und nach verschwanden alle, die nicht hier bleiben wollten im Rumpf des Schiffes. Ein paar wenige von uns, blieben tatsächlich hier, aus welchen Gründen auch immer.

Die Plopps veranstalteten eine großartige und faszinierende, multidimensionale Schau zum Abschied. Ein Geschwader kleinerer Begleitschiffe, die neben uns schwebten, stiegen zusammen mit uns auf, in die oberen Schichten der Lufthülle des Planeten.

Es war ein Anblick, als ob sich eine stolze Königin, umringt von einem Schwarm ihrer Getreuen, erhob.

Unsere Heimat rief und wir waren bereit, die nächste Etappe unserer Rückreise, in Angriff zu nehmen. Die mächtigen Energiespeicher unseres Schiffes waren randvoll geladen. Mit ihnen konnten wir das Sonnensystem verlassen, um in die Nähe eines energiereichen Jetstromes zu gelangen.

Der Planet hier, auf dem wir relativ lange Gäste waren wurde hinter uns zusehends kleiner und verschwand alsbald im Dunkel des Alls. Nur die Sonne war lange Zeit noch als ein markanter Lichtpunkt zu erkennen. Eines der Ploppschiffe begleitete uns noch aus dem Sonnensystem hinaus. Ein letzter Abschiedsgruß noch und los ging es, wieder hinein in weite unbekannte Gefilde.

Tiefer in die Galaxis hinein

Die Schwärze des Alls umfing uns. Aber dort wo menschliche Augen nichts sehen konnten, war doch sehr viel los. Denn in unserer Nähe bewegte sich ein mächtiger Energiejetstrom. Er driftete in die Galaxis hinein. Einen solchen hatten wir gesucht. Von ihm wollten wir uns mitschleppen lassen, bezugsweise die Energie abzapfen, die wir für unsere Reise brauchten. Man sah ihn mit bloßem Auge nicht, aber empfindliche Wesen konnten durchaus eine starke energetische Kraft wahrnehmen. Die Energietentakel des Schiffes fuhren aus und griffen in den Strom hinein, leiteten die Energie in das Schiff und brachten es mit dieser Kraft auf Überlichtgeschwindigkeit.

Die gewaltigen Ausdehnungen der Galaxis werden einem erst dann richtig bewusst, wenn man über hundert mal schneller als das Licht ist und sich doch wie eine langsame Schnecke vorkommt. Für mich war es sehr belastend, weil ich eigentlich woanders sein wollte und nun mit Hoffen und Bangen wünschte, dass wir bald wieder bekannte Gegenden erreichten. Vor allem wollte ich ja, wie ich es ab und zu betont hatte, wieder nach Hause zu meiner Familie. Womöglich hatten die mich schon lange abgeschrieben, wer weiß. Schließlich war ich für sie verschollen.

Ich saß mal wieder vor einem der großen Panoramafenster und starrte in die dunkle Unendlichkeit hinaus. Nur ganz langsam veränderten sich die Sternbilder. Sie verschoben sich und zogen sich letztendlich wie Kaugummi in die Länge um neue Formationen zu bilden.

Obwohl wir schon ein paar Tage mit Höchstgeschwindigkeit flogen, befanden wir uns immer noch in den Randgebieten der Galaxis. Doch irgendwann konnte man erkennen, dass sich die Stern- und Nebelformationen verdichteten. Jetzt erst erreichten wir wirklich den Rand der Galaxis.

Durch die Drehung der Galaxis, schoben sich in den Randbereichen Staubnebel und Materiefragmente zusammen und verdichteten sich über große Bereiche. Diese hatten durchaus Ausdehnungen von sehr vielen Lichtjahren. Es war sicher keine dichte, undurchdringliche Wand, die vor uns lag, aber für die hohen Reisegeschwindigkeiten entstand eine gefährliche Wirkung. Die Geschwindigkeit wurde daher etwas gedrosselt.

Sicher stellte sich die Frage, ob es nicht besser wäre einfach diese Verdichtungen zu umgehen. Tatsache war aber, dass die Energieströme, die wir für unseren Antrieb brauchten sich genau hier befanden. Drum herum gab es energetisch gesehen, nur Wüste. Zum Glück waren die Idorianer erfahrene Leute. Sie blickten auf Jahrhunderte erfolgreiche Raumfahrt zurück und hatten sicher schon schlimmeres bezwungen.

Auch die energetische Struktur des Schiffes war erfreulicherweise nicht so empfindlich wie eine materielle Struktur. Dies war ein sehr großer Vorteil. Sternhaufen und einzelne Sterne rückten immer näher an uns heran. Obwohl ihre harte Strahlung gefiltert wurde, war sie doch manchmal unangenehm stark. Während ich so in Gedanken versunken dasaß, spürte ich plötzlich einen mächtigen Kraftsog. „Wusch" machte es, ein gewaltiger Materiebrocken, ein kleiner Komet vielleicht, huschte recht dicht mit hoher Geschwindigkeit an uns vorbei. Ein Schock, wie ein elektrischer Schlag, durchfuhr mich und meine Haare standen mir zu Berge. Einigen der anderen erging es genauso. Angst kam wohl jetzt bei manchem auf. Aus diesem Grunde erfolgte eine beruhigende Durchsage:

„Dieser Komet wurde von uns schon lange vorher bemerkt und der Abstand als ungefährlich angesehen, ansonsten wäre eine Kursänderung erfolgt. Unsere Sensoren arbeiteten gut und zudem wurde die Energie der Schutzschirme erhöht."

Das bedeutete, dass man den großen Brocken ausweichen konnte, während die kleinen am Schutzschirm abprallten. Ich war beruhigt und entspannte mich wieder. Dass nicht unser Schutzschirm die Materiebrocken wegdrücken würde, sondern diese uns, kam mir nicht in den Sinn.

Durchbruch

Jetzt wurde es ernst. Wir tauchten nun richtig ein, in die verdichteten Randbereiche unserer Galaxis. Die Befehlstöne der Schiffsoffiziere wurden härter, entschiedener und folgten schneller aufeinander. Wichtige Stationen besetzte man doppelt. Höchste Wachsamkeit war jetzt verordnet, zum Schutze aller. Die Informationen von den Plopps, die sie uns freigiebig mitgegeben hatten, wurden für diese Gebiete hier sehr spärlich. Viel weiter waren ihre Leute leider auch nicht vorgedrungen.

Alles war hier ständig in Bewegung, Planeten, Sonnen, Kometen, ganze Meteoritenfelder, Energieströmungen, Staubnebel, Energieentladungen zwischen den Ansammlungen loser Materieklumpen. Und zum Leidwesen der Offiziere, die den Kurs festlegten, hatte sich schon in relativ kurzen Zeiträumen die ganze Gegend verändert. Das ganze Gebiet, welches wir durchqueren mussten, war ein einziger, gewaltiger, brodelnder Kochtopf.

Dort, wo die Plopps freien Raum markiert hatten, war jetzt ein riesiges Asteroidenfeld, und die Sternkonstellationen hatten sich schon lange verschoben.

Nur anhand spezifischer Spektrallinien, konnte man die Sterne wiederfinden, die von den Plopps mal aufgezeichnet wurden und damals ganz woanders standen. Aber hier befand sich ja schließlich so etwas ähnliches, wie eine gewaltige tektonische Bruchkante. Eine solche entsteht zwischen zwei einzelnen Kontinentalplatten eines Planeten, die sich gegeneinander verschieben. Auf der Erde gut bekannt, nur hier am Rande der Galaxis überdimensional größer und gewaltig weiträumiger. „Wie die Finger Gottes, die solch ein kleines Staubkorn, wie unser Schiff, mit Leichtigkeit zerreiben", sagte irgend jemand in meiner Nähe.

Hier waren es verdichtete Materieansammlungen, so dicht gepackt, dass man sie kaum noch als Nebel bezeichnen konnte. Konkurrierende Gravitationsfelder verhinderten ein Zusammenballen dieser Materienebel und verschoben sie gegeneinander. Und, was auf der Erde ein paar Kilometer ausmacht, waren hier Lichtjahre. Solches konnte tödlich für durchjagende Sternenschiffe sein.

Die Situation wurde für uns alle sehr Nerven belastend. Das Schiff ließ sich zwar, da es materielos war, leicht navigieren, aber alles, was nicht festgezurrt war, rutschte umher. Einem plötzlichen Richtungswechsel folgte ein schlagartiger Stopp, dann schnelle Beschleunigung, um kurz danach abzutauchen und rechts oder links auszuweichen, dann wieder nach oben und mit flotter Geschwindigkeit vorwärts zu schießen, um das gleiche Manöver wie zuvor, nochmals durchzuführen.

Die Crew des Schiffes gab ihr bestes. Sie arbeiteten in Doppelschichten und machten Überstunden. Man sah es ihnen an, diese Herausforderung zerrte an ihren Nerven. Die meisten Passagiere, mich eingeschlossen, fühlten sich so, als währen sie auf einem kleinen Fischkutter auf hoher, stürmischer und äußerst aufgewühlter See. Die meisten von uns waren ein solch grobes Geschaukel nicht gewohnt. Wir hingen eigentlich nur noch irgendwo im Schiff herum, hofften und beteten, dass wir bald diese unwirtliche Gegend durchquert hatten.

Aber statt dessen kam es immer schlimmer. Ähnlich wie es bei Gewitterfronten geschieht, wenn die Wolken sich aneinander reiben und mit Elektrizität aufladen, so geschah es auch hier. Kamen sich manche Staubwolken oder Materieansammlungen zu nahe krachten gewaltige Blitze durch den Raum. Da zerstäubte schon mal ein kometengroßer Materiebrocken. Seine Bruchstücke flogen dann, wie tödliche Geschosse umher. Alles, selbst ein Planet, war bei den Größenordnungen hier, nur eine winzige Murmel.

Unser Problem war, dass wir noch wesentlich kleiner waren, also in höchster Gefahr, wenn wir auch nur ansatzweise, in die Nähe einer solchen Energieentladung kommen würden. Das bedeutete für die Schiffscrew, höllisch aufpassen. Die geringsten Abweichungen der telemetrischen Energiesensoren, wurden mit größter Aufmerksamkeit beachtet. Mögliche Auswirkungen von Energieansammlungen im Nahbereich wurden zügig ausgewertet, um rechtzeitig aus dem Gefahrenbereich zu kommen.

Wir befanden uns allen Ernstes in einem überdimensionalen Kochtopf, einem Hexenkessel sozusagen. Vor den Aussichtsfenstern zu sitzen wurde mit der Zeit lebensgefährlich. Auch wenn es dem Schiff nicht schadete, die harte Strahlung drang leider durch den Schutzschirm. Strahlung ist nun mal Energie und diese wirkt sich daher auch in feinstofflichen Bereichen aus. Ich musste daher tiefer in das Schiff hinein.

Die Crew kämpfte sich mit dem Schiff und uns, einem Haufen seekranker und hilfloser Passagiere, durch diese Hölle. Einfach stehen zu bleiben war genauso gefährlich, wie mit zu hoher Geschwindigkeit hier durchzufliegen. Aber wir mussten ja weiter kommen, unser Weg war noch lang.

Die Stimmung wurde immer gereizter und die Situation immer brenzliger.

Aber es dauerte, denn diese Region wollte scheinbar kein Ende nehmen. Irgendwann, unendliche Zeit später, meldeten die Schiffssensoren eine spärliche Auflockerung des verdichteten Raumbereichs. Hoffnungsgefühle lebten in uns auf und alle entspannten sich - dummerweise zu früh. Leider ließ durch die gute Nachricht die Aufmerksamkeit in der Schiffscrew nach. Das war kein Wunder, denn alle waren durch die Überlastung ausgelaugt und müde. So kam es, wie es dann auch zweifellos kommen musste. Zu spät erkannte man ein starkes statisches Energiefeld in einer großen, mächtigen Staubwolke, der man sich näherte. Zwar war das Schiff noch weit genug weg, um zerstört zu werden, aber die Energieentladung, die kurz darauf folgte, überlud einen Schiffskonverter. Er explodierte und riss ein großes Segment der Schiffshülle weg. Das ganze Schiff wurde gewaltig durchgeschüttelt, wir Passagiere natürlich auch. Ein Riesenloch klaffte hinten unten am Heck. Auf See wären wir jetzt garantiert abgesoffen, aber hier trieben wir mit unserer momentanen Geschwindigkeit einfach weiter. Allerdings brachte uns der Ausstoß von Energie an dieser Stelle in eine Rotation über Bug und Heck des Schiffes. Wir purzelten sozusagen vorwärts. Glücklicherweise kam niemand zu Schaden. Passagiere durften sich dort sowieso nicht an kritischen Stellen aufhalten, und die

Bediensteten hatten sich wohlweislich, rechtzeitig in Sicherheit gebracht. Die Situation war ihnen einfach zu gefährlich geworden. Sich zu entfernen, war dem Personal, welches Dienst hatte, zwar verboten und so etwas wie Befehlsverweigerung, aber der Kapitän war froh, dass er keine, seiner Leute verloren hatte. Relativ schnell brachte man das Schiff wieder in eine stabile Lage.

Alle waren wir gestresst und müde. Jeder gab sich der Erleichterung hin, dass wir keine Leben zu beklagen hatten, ich natürlich auch. Die Explosion hatte uns alle kräftig durchgeschüttelt, daher mussten wir erst mal wieder zu uns selber finden.

Wo sind meine Beine? Ah, da unten, sind noch dran, gut. Was ist das für ein Knubbel auf meinem Hals, ach ja, mein Kopf, äh, wirklich meiner, wenn ja, warum tut der dann weh, mein Kopf tut normalerweise nicht weh. Arme habe ich auch noch, wie schön, kann ich gut brauchen. Hatte ich die vorher auch schon? Was war eigentlich passiert? Langsam ordnete sich in meinem Bewusstsein wieder alles. Mein Weltbild brachte sich auch wieder in Ordnung.

Lange hingen wir halb erschlagen und betäubt hier herum. Viel zu lang. Unsere Geschwindigkeit trug uns trotzdem noch hinaus in relativ freie und normale Raumbereiche.

Wir waren durch, und hatten die Materie- und E-nergieverdichtungen hinter uns gelassen. Eigentlich ein Grund zu Jubeln, aber das Schiff hatte großen Schaden genommen. Wir trieben erst mal ohne An-trieb dahin. Der Schaden sollte zumindest notdürftig repariert werden, bevor man wieder auf Geschwindigkeit ging. Das Schiff war in diesem Zustand nicht sehr belastbar. Zum Glück hatten die Antriebsaggregate nichts abbekommen. Sie waren heil und einsatzfähig geblieben. Aber ohne den Konverter fehlte die volle Antriebsenergie. Würden wir den anderen alleine arbeiten lassen, wäre er schnell überlastet. Daher entschied man sich zuerst den explodierten Konverter durch einen neuen zu ersetzen. Dieser musste natürlich erst noch geschaffen und eingebaut werden. Die dafür notwendige Ausrüstung war vorhanden, also begann man mit der Arbeit. Die restliche Besatzung versuchte sich von den Strapazen der letzten Zeit, die uns alle ziemlich mitgenommen hatte, zu erholen. Infolge dessen, hingen wir müde und unaufmerksam im Schiff herum.

Piraten

Dass es nicht sonderlich gut ist, in unbekannten Gegenden zu lange an einer Stelle herumzuhängen, wurde uns bald, und zwar in dramatischer Weise, beigebracht. Unsere relativ niedere Geschwindigkeit, die wir noch innehatten, gab uns das Gefühl, in der weiten unbesiedelten Leere, auf der Stelle zu stehen.

Gewisse kriminelle Elemente gewannen auch diesen Eindruck und begannen ihn nutzen zu wollen. Wir merkten nicht, dass es da draußen jemanden gab, der wach war, höchst wach sogar, im Gegensatz zu uns. Es war jemand, der gierig auf Dinge war, die er gut brauchen konnte. Dinge, die wir zur Genüge hatten. Er beobachtete uns sehr genau, und wartete geduldig auf seine Chance. Und dann plötzlich schlug er zu. Unbemerkt kam er, war verdammt schnell und überaus exakt. Ehe wir es richtig bemerkten, wurden an verschiedenen Stellen des Schiffes, Teile der Außenhülle entfernt. Dann kamen sie herein, nicht etwa wie Seeräuber, mit viel Geschrei und scharfen Klingen. Nein, sie erschienen eher wie Monteure mit normalem Werkzeug, die nur Wartungsarbeiten durchführen sollen. Sie hielten sich auch nicht mit Nebensächlichkeiten auf, wie etwa Kampfhandlungen. Sie gingen dem Personal und uns Passagieren einfach aus dem Weg. Ihre Gestalt glich ungefähr jener der Plopps. Die genetische Verwandtschaft war unverkennbar. Auch unsere beiden Plopps staunten. Aber Kommunizieren mit den Fremden war ihnen nicht möglich. Wie selbstverständlich machten sich die Piraten an den Geräten und Anlagen zu schaffen, zerlegten diese und transportierten die Einzelteile ab. Um Personal und Passagiere kümmerten sie sich nicht. Sie zeigten auch kein feindliches oder aggressives Verhalten. Sie fügten uns nicht einmal einen Schaden zu, sondern gingen flink aber gleichgültig um uns herum. Sie hatten aus ihrer Sicht einfach wichtigeres zu tun.

Wurde einer von ihnen von Besatzungsangehörige weggezerrt, waren schon zwei andere da und machten an der gleichen Stelle weiter.

Die Besatzung vermied Waffeneinsatz, denn man wusste nicht, wie die Fremden sich wehren würden. Die Passagiere waren wichtiger als das Schiff. Doch die Fremden bekamen nicht genug. Das Schiff wurde zusehends auseinander genommen. Es waren einfach zu viele Eindringlinge. Die Situation konnte man durchaus vergleichen mit dem Angriff eines Schwarms Barrakudas auf einen großen verletzten Fisch vergleichen, der ausversehens in deren Gewässer eingedrungen war und den sie blitzschnell zerlegten, bis nur noch die Rippen seines Skelettes übrig blieben.

Ich weiß nicht ob es überhaupt möglich wäre, dass größere Fische, in solche Gewässer gelangen können, aber schließlich waren ja auch wir in einer fremden Gegend, in die wir nicht gehörten, und in die wir, zugegeben, eigentlich auch nicht wollten.

Als ein Trupp der Piraten sich an den Antriebsaggregaten zu schaffen machte, reagierte der Kapitän sofort und leitete wieder mal einen Notsprung ein. In dem Augenblick, als die Aggregate aufheulten machten sich die Fremden schnell wie Wiesel, aus dem Staub und nahmen natürlich alles, was sie noch schleppen konnten mit. Als das Schiff sprang, waren sie alle weg und mit ihnen das halbe Schiff.

Irgendwo in den Weiten der Galaxis fanden wir uns wieder. Unser Schiff kam mir jetzt vor wie ein trauriges Skelett. Die Schiffshülle fehlte zu großen Teilen. Inneneinrichtungen waren entfernt worden. Viele wichtige Geräte, darunter Navigationsgeräte, Sensoren und sogar Bedienelemente waren weg. Wir hingen schutzlos im Raum und wussten nicht, wo wir jetzt waren. Sie waren einfach zu viele, handelten zu schnell und unsere Entscheidungen waren zu langsam. Die Idorianer kannten so etwas nicht und hatten daher falsch reagiert.

Nach der Bestandsaufnahme war klar, dass wir große Probleme hatten. Der Sprung hatte fast unsere gesamte Energie verbraucht. Besatzung und Passagiere drängelten sich zudem in einigen wenigen verbliebenen Räumen zusammen. Die Lage war katastrophal.

Unser Vorteil war, dass wir uns in körperlosen Seinszuständen befanden und daher keine Atemluft brauchten. Das rettete uns das Leben. Wir mussten nur beim Schiff bleiben, damit wir nicht abtrieben, denn es waren ein paar, wirklich große Öffnungen entstanden. Mein schönes großes Panoramafenster war auch weg. Das machte mich so richtig böse, obwohl der Ausblick jetzt wesentlich größer und dadurch eigentlich besser war.

Wir alle mussten uns eingestehen, dass wir unter diesen Umständen nicht lange durchhalten würden. Problemlösungen waren gefragt, denn hier konnten wir auf keinen Fall bleiben, denn wer weiß, was noch alles kommt.

03.05 Verloren

Irgendwo im Nirgendwo
„Ich will endlich nach Hause", entfuhr es mir etwas zu laut.

„Willkommen im Club", meinte ein anderer.

„Nach Hause? Kannst du vergessen, das Schiff ist kaputt!", kam von einem dritten.

„Was soll es", mischte sich ein weiterer ein, „das Wichtigste, was wir brauchen haben wir - ein paar hübsche Frauen - lasst uns einen schönen Planeten suchen und dann fangen wir von vorne an!"

Alle starrten wie auf Kommando zu demjenigen hin, der das gesagt hatte. Er war ein athletischer Hüne, der scheinbar nur darauf wartete, seiner Bestimmung nachkommen und Stammvater einer neuen Rasse werden zu können.

„Was guckt ihr den alle so?", fragte er, „ist doch ne ganz normale Sache, woanders würden wir doch auch nur das gleiche tun. Ist also egal wo wir sind. Wir machen einfach das Beste daraus."

„Das würde dir Spaß machen, was?!", erwiderte ihm jemand.

„Na klar, mit diesem Skelett von einem Raumschiff, kommen wir sowieso nirgends mehr hin. Vielleicht erreichen wir noch einen nahen Planeten."

Wir wussten natürlich, dass er Recht hatte, wollten es uns aber nicht eingestehen.

„Ja, lasst uns nach Planeten suchen! Ein angenehmer Steinplanet wäre gut", rief einer von den Steinfressern mit quieksender Stimme, „ich habe einen Riesenhunger auf ein paar schöne Steine!"

Man sollte erwähnen, dass es sich bei den Steinen, die er meinte, um eine ganz bestimmte Pflanzensorte handelte. Sie wuchs auf einigen Planeten und ihre Früchte hatten eine ähnliche Konsistenz wie Steine, die für ihn aber durchaus genießbar waren. Der musste wohl reine Salzsäure oder noch schlimmeres als Magensaft haben.

„Steine? Blödsinn!", rief ein Aquarianer, „ich brauche Wasser, am besten viel Wasser, sonst verdurste ich.
Außerdem hasse ich das ewige Trockenfutter, was man hier bekommt."

Ja, mit der Ernährung hier war das schon so eine Sache. Sie war so ganz anders, als man es von daheim gewohnt war. Wie schon erwähnt, befanden wir uns in einen materielosen Zustand und da ist eben alles ein bisschen anders.

„Ein Planet, wie der, auf dem ihr mich aufgegabelt habt, wäre gut, allerdings ohne eine solche halbintelligente Rasse, wie sie dort existiert“, warf ich ein.

„Meinst du das Sonnensystem mit den beiden Gasriesen, von denen der äußere eine gewaltige flache Ringscheibe hat?“ Fragte jemand.

„Ja, genau dieses“, gab ich zurück.

„Das ist eines der Systeme, auf denen meine Vorfahren vor vielen tausend Jahren, ihren giftigen Biomüll entsorgten. Damals waren keine Lebensformen auf ihm zu finden. Kann schon sein, dass aus diesem Müll inzwischen was entstanden ist, aber doch nie und nimmer eine intelligente Rasse?“

„Nein, nein“, korrigierte ich mich ein wenig stotternd, „da muss ich mich wohl versprochen haben. Intelligent sind die bestimmt nicht, die waren gerade dabei, sich gegenseitig zu zerstören. Da kann man ernsthaft nicht von Intelligenz reden“, kommentierte ich. „Die wollten Atombomben für die gegenseitige Vernichtung entwickeln. Dies war sicher kein Akt der Intelligenz. Ob die wirklich mal intelligent werden bezweifle ich, ein paar wenige vielleicht, den Rest kann man vergessen.“ Sarkasmus hatte mich ergriffen. Die Situation, in der wir waren, stresste auch mich.

„Und was hast du dort gemacht“, fragte mich ein anderer.

„Ich hatte einen Forschungsauftrag“, erklärte ich ihm, „ unsere Wissenschaftler wollten wissen, was auf diesem Planeten los war. Leider wurde ich dabei ausversehens abgeschossen.“

„So, so, abgeschossen“, stichelte ein dritter, „das zeugt aber auch nicht von Intelligenz.“

Da hatte ich es, man sollte doch nicht alles so erzählen, wie es wirklich war.

„Das mag ja sein", gab ich zurück, „doch eure Intelligenz hat euch auch nicht aus diesem Schlamassel hier herausgehalten, immerhin sitzen wir hier gemeinsam in der gleichen Situation."

Die Suche nach einem Planeten
Der Kapitän sah es scheinbar als angebracht eine beruhigende Durchsage zu machen. Er bereitete uns darauf vor, dass die Crew versuchen werde, einen geeigneten Planeten zu erreichen, auf dem wir überleben könnten. Er meinte dies sei mit den verbliebenen Ressourcen noch möglich, wir sollten Ruhe bewahren und die Hoffnung nicht aufgeben. Man werde versuchen, das Schiff soweit wie möglich umzugestalten und wieder reisefähig zu machen. Ich hatte aber nicht das Gefühl, dass er selbst von dem überzeugt war, was er sagte. Doch was soll es, was besseres wusste keiner.

Die Mitglieder der Crew liefen und hangelten sich durch dem, was vom Schiff übriggeblieben war und machten Bestandsaufnahme vom traurigen Rest.

Sie begannen manches umzubauen und hatten anscheinend sehr viel Erfahrung im Improvisieren. Die Passagiere wurden bei Laune gehalten, durch entsprechende Betreuung und Animation. Man durfte jetzt keine hoffnungslosen Gedanken zulassen. Verbliebenen Räumlichkeiten wurden umgestaltet und neu aufgeteilt. Meine schöne Lounge war nicht mehr da. Dafür drängelten sich jetzt überall Passagiere.

Unsere Crew überprüfte derweilen, die noch erreichbaren Sonnensysteme nach geeigneten Planeten.

Den einen richtigen zu entdecken, wäre natürlich ein Glückstreffer gewesen. In Wirklichkeit ging es aber nur darum, das kleinste Übel zu finden. Viele geeignete Planeten gab es, in unserer momentanen Umgebung, nicht.

Irgendwann erhielten wir aber die Information, dass ein akzeptables Objekt gefunden wurde. Der Planet war nahe genug, um ihn mit den verbliebenen Ressourcen erreichen zu können. Alles, was man aus dieser Entfernung, es handelte sich um ein paar wenige Lichtjahre, erkennen konnte war, dass er eine Lufthülle mit einer genügenden Menge Sauerstoff hatte. Auch Wasser war vorhanden.

Was wir auf ihm aber wirklich vorfinden würden, blieb vorerst ein Geheimnis. Die Sensoren waren nicht in der Lage, dies aus der Entfernung zu klären. Das spielte jetzt aber kaum eine Rolle, denn andere Chancen hatten wir nicht. Ein weiteres Sonnensystem konnten wir nicht mehr erreichen. Wir mussten nehmen, was da kommt und das Beste daraus machen. Vielleicht könnte man Terraforming durchführen. Sicher werden wir eine lange Zeit dort durchhalten müssen. Der stolze Hüne wird bestimmt auf seine Kosten kommen und beginnen können, seine eigene Rasse in diese noch fremde Welt zu setzen.

Die letzte Reise des stolzen Schiffes?

Wir waren verschollen niemand wusste, wo wir uns aufhielten, am wenigsten wir selber. Nach einem undefinierten Sprung durch den Hyperraum ohne die Möglichkeit einer genauen Positionsbestimmung, war keine exakte Aussage über unsere Position mehr möglich.

Wir wussten nur, dass wir uns immer noch in der anderen Hälfte der Galaxis befanden. Irgendwelche markanten Gebilde konnten nicht entdeckt werden. Die Fernsensorik, äußerst empfindliche Geräte, wie ich erfahren hatte, waren schon nach dem ersten Notsprung zerstört worden. Die explodierende Sonne hatte sie ruiniert. Was trotzdem übrig blieb hatten die Piraten geklaut. Ein paar von den etwas robusteren Nahsensoren, hatten wir noch, aber die reichten nur ein paar wenige Lichtjahre weit.

Nun ja, was soll es, ich könnte auch auf einen öden Mond leben, ging es mir durch den Kopf. Meinen Körper hatte ich schon längst verloren, der war kein Problem mehr. Nur dadurch, dass die Mitreisenden in einen ähnlichen Zustand versetzt wurden, ließ mich dies vergessen. Die anderen hatten wirklich Probleme, denn übermäßig lange konnte ihr materieller Körper nicht in einem separaten Datenspeicher für materielle Dinge aufbewahrt werden. Ihre Körper würden dort im Laufe der Zeit Schaden nehmen. Zum Glück waren diese Speicher aber sehr gut verstaut und zu gut geschützt, um für die Piraten leichte Beute zu sein. Sie waren also noch da. Wir konnten nur hoffen, dass der gefundene Planet alles notwendige für materielles Leben hatte. Die Crew begann das Schiff, oder zumindest das, was von ihm übrig geblieben war, auf das anvisierte Sonnensystem auszurichten. Langsam, ganz langsam begann es sich zu drehen, so als wäre es ein alter seniler Mensch, der sich auf seinem Bett, mit Ächzen und Stöhnen, wendet. Irgendwann war der Vorgang kaum wahrnehmbar beendet.

Ein Startsignal schallte dumpf durch die Räume und dann - dann passierte nichts. Scheinbar passierte nichts. Die Bewegung des Starts war so geringfügig, dass sie keiner wirklich merkte. Lediglich verschiedene Anzeigegeräte auf der Kommandobrücke, bewegten sich. Dies war das einzige, was wahrnehmbar war.

Aber das Schiff beschleunigte stetig und erreichte nach einer gewissen Zeitspanne eine akzeptable Geschwindigkeit. Viele lange, unendlich lange Tage folgten. Nur, wer ein gutes optisches Gedächtnis hatte, konnte kleine Änderungen an den Sternkonstellationen erkennen. Was unter normalen Umständen den Bruchteil eines Augenblickes dauerte, wurde jetzt zu einer fast unendlichen Tortur. Wir mussten durchhalten, es ging ja nicht anders. Außerdem war es nicht das erste Mal, wir hatten ja Übung. Irgendwann konnte man aber deutlich erkennen, dass sich ein Stern in die Flugrichtung geschoben hatte.

Lange Zeit, viele Tage, blieb er ein unscheinbarer Lichtpunkt. Doch er wurde stetig größer und heller. Unsere Hoffnung und Erwartung stieg, aber auch unsere Angst, dass wir dort nichts brauchbares vorfinden könnten.

Ein einsamer Planet

Dann, endlich, nach vielen Tagen, hatten wir das System erreicht. Hell stand die Sonne des Systems vor uns und einige Planeten waren sogar mit bloßen Augen zu erkennen. Unser Schiff bewegte sich auf jenen Planeten zu, der mit telemetrischer Hilfe ausgewählt wurde.

Der Abbremsvorgang hatte, unmerklich wie der Startvorgang, schon lange eingesetzt. Wir lechzten mit

Hoffen und Bangen nach den ersten Bildern unserer neuen Heimatwelt. Dann, nach einigen Tagen, stand der Planet vor uns. Sein Durchmesser lag irgendwo zwischen Mars und Erde. Er hatte zwei Monde. Einen größeren im nahen Orbit und einen kleineren weiter draußen. Wir drängelten uns alle gierig an die wenigen Fenster, um den Planeten genauer betrachten zu können. Wolken, Meere und viel Land konnten wir erkennen. Der Planet sah wirklich nach einem Glückstreffer aus. Na ja, was man unter diesen Umständen eben als einen solchen bezeichnen kann.

Langsamer als langsam, driftete unser Schiff mit seiner letzten Energie in eine Umlaufbahn um den Planeten. Jetzt konnten wir vieles deutlicher sehen, als noch ein paar Tage zuvor.

Unsere Freude wurde aber etwas gedämpft, als wir dann endlich in einem nahen Orbit, um ihn kreisten. Es war leider ein recht karger Planet, aber wie schon gesagt, er war das kleinste Übel, welches wir finden konnten. Was besseres gab es nicht. Trotzdem war alles notwendige, was wir zum Überleben brauchten, vorhanden. Sauerstoff, ein wenig Pflanzenbewuchs, Wasser und Land. Die Temperaturen im Äquatorbereich waren mild und angenehm.

Gefahren durch größere Tiere konnten keine festgestellt werden. Was natürlich nicht bedeutete, dass es hier keine größeren, oder gefährlichen Tiere gab. Wir hatten einfach keine entdeckt. Aber auch kleine Tiere und Insekten könnten sehr gefährlich werden. Solange wir aber nicht materialisierten, würde es keine Probleme geben, so hofften wir.

In Anbetracht unserer Situation, war dieser Planet wirklich ein gutes Geschenk des Schicksals. Wir befanden uns zwar alle zur Zeit noch im materielosen Zustand, aber nicht für alle war dies der richtige Lebenszustand.

Zum Glück hatten die Piraten, wie schon erwähnt, die Anlage, mit den Speichern der materiellen Körper, nicht in die Hände bekommen.

Somit war es möglich denjenigen, die in materieller Form existierten, ihre materiellen Körper wiedergeben zu können.

In meinem Fall und bei den irdischen Gästen war es nicht möglich. Für uns gab es keine Speicherung unserer materiellen Körper. Dies war die harte Tatsache, mit der ich wieder mal konfrontiert wurde. Vielleicht aber auch ein Vorteil in dieser Situation, mal sehen, dachte ich. Die Konvertierung materieller Dinge in digitale Information und deren Speicherung, war für die Idorianer ein üblicher Vorgang, den sie für Weltraumreisen praktizierten. Dies war eine der ungefährlichsten Methoden, um schnell große Entfernungen überwinden zu können. Ohne materiellen Ballast gab es eben viele Probleme nicht.

Die Schiffsführung hatte inzwischen einen Planungsstab ins Leben gerufen, um Passagiere wie auch Ladung, geordnet auf den Planeten abzusetzen. Einfach war dies nicht, weil auch die Landefähren bis auf zwei weg waren. Und sie funktionierten auch nur deshalb, weil sie in der Zeit des Anfluges zu diesem Planeten hierher, repariert wurden.

Gestrandet

Da standen wir also nun auf einer fremden Welt, irgendwo im Nirgendwo. Trotz des Glücks wieder festen Boden unter den Füßen zu haben, fühlte ich mich doch erschlagen. Die Ereignisse der letzten Zeit hatten mich sehr mitgenommen. Eigentlich wollte ich ja schon lange wieder zu Hause sein, bei meinen Lieben, aber das Schicksal hat wohl Spaß daran, mich durch die Galaxis zu jagen, an Orte zu denen ich überhaupt nicht wollte. Was hatte ich nur böses angestellt, dass ich so geplagt wurde?

Ich nahm mir vor, mich gelegentlich für dieses Schicksal rächen zu wollen, ohne natürlich zu wissen, wie so etwas überhaupt gehen könnte, aber ich war wild entschlossen, es den Verantwortlichen, wer immer diese auch waren, Heimzuzahlen.

Dachte ich aber sachlich über mein Schicksal nach, so musste ich mir ehrlicherweise eingestehen, dass es so schlecht eigentlich nicht war. Ich hatte in den letzten Jahren Dinge erlebt, von denen ich mir nie hätte träumen lassen, dass es sie gibt.

Wie klein war doch mein Weltbild gewesen. Wie engstirnig hatte ich das Universum und das Leben darin betrachtet. Ich war von meiner Mentalität her kein Forscher oder Entdecker, eher ein Stubenhocker.

Wir hatten ja alles was wir brauchten. Es ging uns gut. Warum also sollten wir uns die Mühe machen, weit draußen, im Universum, Dinge und Wissen zu suchen und heim zu schleppen, wenn alles notwendige schon vorhanden war.

Nun stand ich also hier, auf einem fernen Planeten zusammen mit den unterschiedlichsten menschlichen und menschenähnlichen Wesen der Galaxis.

Noch konnte ich mit allen kommunizieren, doch das würde sich bald ändern. Bald würden die Idorianer den Konverter für die Materialisierung in Aktion setzen und beginnen die gespeicherten Körperdaten auszulesen, um den Leuten ihre Körper wieder zu geben. Wenn erledigt war, würden mich nur noch wenige wahrnehmen können.

Ich werde mir wohl hier eine eigene, einsame Existenz aufbauen müssen. Die Erdenmenschen, die in ähnlicher Lage, wie ich waren, wurden von den Idorianern in einem separaten Gebiet betreut. Manchmal besuchte ich sie.

Mit den beiden Landesphären wurden die Einzelteile des Konverters herunter auf die Oberfläche gebracht. Es schien sicherer zu sein, hier unten die Konvertierung vorzunehmen. Der Apparat musste montiert, an eine Energieversorgung angeschlossen und getestet werden, bevor er in Betrieb ging. Dies dauerte seine Zeit, denn verschiedene Teile der Maschine waren noch beschädigt und sollten zuvor repariert werden. Inzwischen begannen einige der Leute schon mal nach geeigneten Plätzen zu suchen, an denen sie sich niederlassen, bezugsweise wo sie siedeln wollten. Die Idorianer waren wirklich gewissenhaft. Wer ihnen sein Leben anvertraute, war in guten Händen. Sie arbeiteten sehr sorgsam, keiner sollte, aufgrund von Nachlässigkeit oder Unaufmerksamkeit, mit einem verkrüppelten Körper herumlaufen müssen. Dies wäre für sie unverzeihlich gewesen und verstieß auch gegen ihren Ehrenkodex, ganz zu schweigen von dem Imageschaden, denn irgendwann, und da waren sie sich sicher, würden sie gefunden werden. In den Analen der Geschichtsbücher sollte kein Bericht über ein Versagen auftauchen.

03.06 Das karge Exil

Eine neue Heimat

Die Idorianer hatten es nicht sehr eilig den Konverter in Betrieb zu setzen. Sie waren mehr daran interessiert die Gegend genauer zu erkunden. Es sah alles sehr friedlich aus, aber man weiß ja nicht. Auch den ganzen Planeten begannen sie genauer zu untersuchen. Wenn doch eine unerkannte Gefahr auftauchen sollte, so waren wir in unserem jetzigen Zustand besser geschützt. Außerdem gibt es vielleicht irgendwelche Dinge, die uns helfen könnten. Zudem war Neugier auch bei unserer Crew verbreitet. Man muss den Idorianern zugestehen, dass sie sehr besorgt um ihre Passagiere waren. Ich denke, sie gaben sich die Schuld an der Situation. Wären sie nicht so nahe an diesem instabilen Stern vorbeigeflogen, sondern hätten eine andere Route gewählt, so wären wir alle sicher an unsere Reiseziele angekommen. Es hätte dann zwar, durch den Umweg, etwas länger gedauert, wäre aber sicherer gewesen. Mir war allerdings schon längst klargeworden, dass nichts in diesem Universum sicher ist. Ein Umweg hätte bestimmt auch seine Tücken gehabt. Alles kann passieren, vor allem die Dinge, die man nicht erwartet. Der große Schicksalslenker liebte es anscheinend mit uns zu spielen. Aber seien wir mal ehrlich, die Plopps hätten wir dann auch nicht entdeckt. Lukrative Handelsbeziehungen könnten durch den Kontakt entstehen. Das wäre die Sache doch wert gewesen.

Keiner der Passagiere war zum Glück wirklich zu Schaden gekommen. Nur bei einigen wenigen von ihnen, zeigten sich emotionale Störungen aufgrund eines Schocks durch den Überfall der Piraten. Solche Probleme konnten aber gut und erfolgreich behandelt werden.

Das allerwichtigste war natürlich, dass keiner von uns verloren ging. Auf Kampfhandlungen zu verzichten hatte sich in der Hinsicht ausgezahlt. Auch die Crew des Schiffes war noch vollzählig vorhanden. Es schien zu ihrem Ehrenkodex zu gehören, die Passagiere auf jeden Fall zu schützen, koste es, was es wolle.

Wie ich herausgefunden hatte, betrieben sie schon über tausend Jahre Liniendienste, um Passagiere oder Güter zu transportieren. Allerdings nur in dem Quadranten der Galaxis, in dem der Planet Erde sowie auch mein Heimatplanet lagen. Über den Quadranten, in dem wir jetzt waren, hatten sie noch keine Informationen, ihn hatten sie bisher noch nicht erkundet. Er lag wohl auch zu weit weg und außerhalb ihrer Interessenssphäre. Was sich jetzt aber ändern dürfte.

Die Idorianer hatten für verschiedene Notfälle eine entsprechende Ausrüstung. Diese war zum Glück auch nicht an die Piraten gefallen. Mit ihr konnten wir uns eine Weile behelfen. Aber auf lange Sicht gesehen, sollten wir uns etwas einfallen lassen. Mit dieser Ausrüstung konnten sie zum Beispiel die energetische Integrität spiritueller Strukturen sichern. Also Dinge vor dem Zerfall schützen.

Niemand wusste, welchen Zeitraum wir überbrücken mussten. Vielleicht kamen wir hier nie wieder weg. Vielleicht suchte man aber schon nach uns. Vielleicht hatten wir Glück und irgend ein friedliches Schiff kreuzt durch diese Gegend. Vielleicht... vielleicht... vielleicht..., wer weiß.

Wie findet man eine Stecknadel, wie uns, in einem galaktischen Heuhaufen? Ich hatte keine Ahnung und konnte wie alle anderen nur hoffen.

Die Tage begannen ins Land zu ziehen. Man hatte inzwischen verschiedene Nahrungsquellen gefunden, die eine materielle Existenz erlaubten. Daraufhin begannen die Idorianer die materiellen Körper der Passagiere, aus der digitalen Speicherung herauszuholen und den Leuten wiederzugeben.

Ein wirklich seltsamer Vorgang. Und es war höchste Zeit um Schäden durch Langzeitspeicherung zu vermeiden.

Eine Folge der Schäden könnte zum Beispiel sein, dass Betreffende ihre Familienverhältnisse nicht mehr richtig verstehen und ein falscher Partner die Hauptpriorität erhält, was natürlich zu schlimmen Eifersuchtszehnen führen würde. Im Geschäftsleben wäre es noch katastrophaler, wenn man sich nicht mehr an seine Abmachungen erinnert und mündlich abgeschlossene Verträge vergessen hat.

Meine Berufserfahrung war ein Fundus von eventuellen Möglichkeiten. Immer wieder hatte ich es mit Streitereien und Auseinandersetzungen, durch mangelhaft ausgeführte Verträge, zu tun gehabt. Vor allem, wenn sie aus Zeitmangel mündlich zustande kamen.

Mein Job war es ja, damals Zuhause, mich mit den jeweils richtigen Formularen auszukennen. Diese gab es für jede Gelegenheit, in unterschiedlichster Form. Alles war bei uns bestens formell geregelt und jeder hielt sich normalerweise daran. Ausnahmen gab es natürlich, aber diese dann zu regeln, war ein Teil meines Jobs. Und ich war wirklich gut. Ich fragte mich manchmal, wie die jetzt daheim, ohne mich wohl zurechtkommen. Da muss doch schon längst Chaos herrschen.

Aber ich saß hier leider fest, im Augenblick ohne Chance hier je wieder wegzukommen.

Weitere Schäden, mit denen man bei zu langer Speicherzeit rechnen muss, sind Funktionsstörungen der Organe und leider auch der Sinne. Die Idorianer machten aber ihre Arbeit so gut wie sie nur konnten und materialisierten nacheinander die Körper der Leute.

Manche Personen quälten sich wirklich damit herum, ihren Körper wieder in Besitz zu nehmen. Manche hatten eine Weile auch Ausfallerscheinungen. Es dauerte seine Zeit, bis sie Arme und Beine sowie auch gewisse Muskeln wieder kontrollieren konnten. Ganz zu schweigen von den Verdauungsvorgängen. Da ging so manches regelrecht, und im wahrsten Sinne des Wortes, in die Hose, was andere die Nase rümpfen ließ. Aber wirkliche Probleme, gab es nicht.

Wir alle lebten uns mit der Zeit hier ein. Es war genug Platz und Nahrung für alle da. So ging bald jeder, seines Weges, erforschte die Gegend, baute sich ein Heim und sorgte selbst für seine Lebenshaltung.

Für Notfälle aller Art, gab es immer noch die Idorianer. Sie halfen, wo sie nur konnten.

Einsamkeit
Einsam war ich geworden. Wer seinen Körper wiederhatte, das waren ja eigentlich alle anderen, war nicht mehr fähig, die Dinge der spirituell-energetischen Welt wahrzunehmen. Ausnahmen davon waren mal gerade die beiden Plopps und ein paar andere, die wir von der Erde mitgebracht hatten. Die wurden von den Idorianern betreut.

Mein Vorteil bestand darin, dass ich nicht so abhängig von materiellen Dingen wie zum Beispiel dem Wettergeschehen oder materieller Nahrung war. Probleme machten mir nur statische sowie auch dynamische Energiefelder, die den anderen dagegen nichts anhaben konnten. Ich aber hatte wenig Sorgen mit materiellen Dingen.

Mein Domizil hatte ich mir in einer Gegend gesucht, in der ich mich wohlfühlte. Es war nicht allzu weit weg von dem Platz, auf dem wir den Planeten zum ersten Mal betraten. Ein Felsen auf einem Berg mit weiter Aussicht über das Land gefiel mir sehr gut. Unter seiner Spitze befand sich eine kleine Höhle, in der ich es mir bequem machte.

In den ersten Tagen unserer Ankunft war alles sehr interessant gewesen, aber die Monate zogen ins Land, und bald war gefühlsmäßig ein Jahr herum. Langweilig war es inzwischen geworden.

Den stolzen Hünen umschwärmten die Frauen, die er alle glücklich machte. Im Gegenzug umsorgten und versorgten sie ihn. Zu einem rechten Pascha wurde er im Laufe der Zeit. Seine Figur hatte sich auch etwas verändert, zu seinem Nachteil. Ich war gespannt, wie er wohl ein weiteres Jahr später aussehen würde. Meine Erwartungen wurden nicht enttäuscht. Dick geworden, war er ein Jahr später. Von seiner athletischen Figur war nicht mehr viel zu sehen. Aber die Frauen liebten ihn trotzdem. Und wie mir schien, sogar mehr als zuvor.

Der Steinfresser hatte die Gegend erkundet und Pflanzen gefunden, die fast genau so hart waren, wie die Steinpflanzen seiner Heimat. Er war glücklich und hatte begonnen, ein Feld für diese Pflanzen anzulegen.

Der Aquarianer ließ sich an der Küste des nahen Meeres nieder. Er brauchte das Wasser zum Leben, genauso wie ein Fisch. Es schmeckte ihm zwar etwas bitter, aber er gewöhnte sich daran. All die anderen hatten sich ebenfalls einen Platz und einen Lebensinhalt gesucht.

Die Idorianer bauten eine Station auf, in der sie mit ihren verbliebenen Geräten das All nach Signalen absuchten. Sie hatten nicht aufgegeben, denn das war nicht ihre Art. Für uns anderen waren sie immer zugänglich, egal mit welchen Problemen wir kamen. Sie halfen immer im Rahmen ihrer Möglichkeiten. Obwohl jeder machte was er wollte, blieben die Idorianer von uns als Ordnungsinstanz anerkannt.

Die beiden Plopps wurden meine Freunde. Sie waren diejenigen, die eine Verbindung zwischen mir und den anderen herstellen konnten. Es war ihre einzigartige Fähigkeit zwischen den Lebensebenen wechseln zu können. Sie waren in der Lage, ihren Köper zu entmaterialisieren um dann Teil der spirituellen Lebenssphäre zu sein. Im nächsten Moment allerdings konnten sie ihn wieder in stoffliche Form bringen und ganz selbstverständlich mit materieller Körperform leben und herumhantieren. Wahnsinn! Dafür bewunderte ich sie immer wieder. Wie sie das zustande bekamen, begriff ich nicht. Sie versuchten zwar, es mir zu erklären, aber hören sie mal zwei geschwätzigen Leuten zu, bei denen der eine nicht warten kann, bis der andere mit Reden fertig ist. In solchem Fall erscheinen die einfachsten Dinge unendlich kompliziert. Die Konvertierung zwischen energetischen und materiellen Zustand hin und zurück, blieb daher für mich damals unverstehbar. Ich hatte lediglich soviel begriffen, dass Materie auch nur eine Form von Energie ist. Ein Energiebyte bekommt für die dritte Dimension lediglich noch eine Komponente hinzu. Aber ich wette, dass vergessen wurde ein paar wichtige Dinge, zu erwähnen.

Es gab, wie schon gesagt, noch ein paar andere von den Passagieren die wussten wie das funktioniert, doch die hatten sich irgendwo in der Landschaft verkrümelt. Mir war nicht klar, wo ich sie finden konnte. So besuchten mich also hin und wieder nur die beiden Plopps. Sie waren zwei lustige und quicklebendige Leute, die gerne mit Händen und Füßen reden. Auf der Erde soll es ähnliche lebensfröhliche Wesen geben, die beim Reden ihre Hände benutzen. Man nennt sie dort Italiener.

Durch die beiden Plopps wusste ich immer, was gerade so los war. Und sie waren überglücklich, wenn sie wieder mal einen gefunden hatten, den sie alles klitzeklein und ausgiebig erzählen konnten. Ich war danach zwar ziemlich erschlagen, aber bestens informiert. Wenn sie sonst keinen fanden, ich war ja immer da.

Reste einer alten Zivilisation
Eine Gruppe der Idorianer hatte sich aufgemacht, den Planeten genauer zu untersuchen. Sie erforschten das Land und besuchten auch die anderen Kontinente. Dass das seine Zeit dauerte, war natürlich klar. Es mögen drei Jahre ins Land gezogen sein, da machte plötzlich eine Sensation die Runde.
Wieder kamen die beiden Plopps zu mir. Eines Tages standen die beiden äußerst aufgeregt, vor meiner Wohnung.

„Stell dir vor", schnatterten sie los, „auf diesem Planeten hier, hat es schon einmal eine Zivilisation gegeben." Ganz aufgeregt sprachen sie durcheinander und hüpften aufgeregt vor mir herum.

„Was? Hier draußen im Nirgendwo gab es schon einmal eine Zivilisation?", fragte ich ungläubig zurück.

„Ja, man hat Überreste von Gebäuden gefunden. Da war eine Felswand abgerutscht und dadurch wurde eine Erdschicht freigelegt. In ihr fand man alte Grundmauern. Die Idorianer analysieren gerade die Funde. Es scheint sich um eine einfache Rasse gehandelt zu haben, die hier mal lebte. Man gräbt weiter, vielleicht kommt noch mehr zum Vorschein."

Interessante Neuigkeiten, dachte ich. Allerdings war es auf diesem Planeten so stinklangweilig, dass alles zu einer Sensation wurde. Doch ein paar Tage später standen die Idorianer vor meiner Tür. Sie baten mich ihnen zu helfen, den Fundort genauer zu untersuchen. Da es mir wie schon gesagt möglich war Materie zu durchdringen, wäre ich eine große Hilfe. Da ich nichts besseres zu tun hatte, willigte ich ein. Ich war ja, wie ihr schon wisst, ausgiebig mit Nichtstun beschäftigt. Die beiden Plopps waren bei dieser Erkundung natürlich auch dabei, ihre Neugier trieb sie. Es konnte also nicht langweilig werden. In einem ihrer beiden verbliebenen Shuttles, brachten die Idorianer mich zu dem Fundort. Das Shuttle befand sich, wie auch das andere und ebenso das Restschiff, welches noch im Orbit kreiste, im Zustand der materielosen Energieform. Nur die paar wenigen Leute der Besatzung konvertierten bei Bedarf vom materiellen in den spirituellen Zustand.

Wir flogen ungefähr eine Stunde über Land, dann erreichten wir eine Gegend, in welcher die seismischen Aktivitäten stattgefunden hatten. Die Landschaft war relativ flach. Eine große Fläche, ungefähr ein Quadratkilometer, war eingebrochen. Sie war an der Bruchkante über fünfzig Meter nach unten gerutscht. Ein fast glatter Schnitt war zu sehen. Wir landeten unten am neu entstandenen Abhang vor dem Fundort.

Fast zwanzig Meter über uns konnte man Mauereste erkennen. Sie ragten etwas über den Abgrund heraus.

„Wir waren schon oben und haben uns umgeschaut," sagte einer der Leute, „wir wollten euch bitten, auch mal innen nachzuschauen. Vielleicht haben wir irgend etwas übersehen."

Innen war natürlich alles verschüttet und man hätte die Erde weggraben müssen, mit der Gefahr, dass von oben Gestein nachrutscht. Da war es natürlich wesentlich einfacher uns zu fragen, ob wir mal nachschauen.

Wir drei, die beiden Plopps und ich, stiegen hoch. Das war für uns fast genau so einfach, wie es sich ausspricht. Materielos geht eben vieles leichter.

Zum besseren Verständnis sollte ich erwähnen, dass es keine absolute Trennung zwischen der materiellen und spirituellen Sphäre gibt. Beide sind Energiezustände. Ein spiritueller Körper fällt nicht einfach durch einen materiellen durch. Es ist sogar ein gewisser Kraftaufwand für eine Durchdringung notwendig. Er ist zwar sehr gering aber man muss ihn aufwenden. Aber schon allein unser Denken und Wollen bewirkt ein Vorankommen.

Oben angelangt durchsuchten wir die Räumlichkeiten. Da waren noch mehr Zimmer mit allerlei Mobiliar, ansonsten aber nichts besonderes. Danach erforschten wir die Umgebung. Wir durchdrangen Mauern und das Gestein drum herum. Es waren Ablagerungen aus groben und feinem Schutt, gemischt mit Asche und Sand. Wirklich seltsam, was war hier nur passiert?
Hinter diesem, ersten Gebäude fanden wir weitere, zerstörte Behausungen, letztendlich fast eine ganze Siedlung. Allerdings fanden wir absolut keine Überreste auch nur eines einzigen Bewohners. Nur ein paar Skelette kleinerer Lebewesen konnten wir entdecken.

Der kulturelle Entwicklungstand der ehemaligen Einwohner entsprach einer vorindustriellen Zeitperiode. Wir fanden keine nennenswerten technischen Geräte. Möbel und Haushaltsgräte waren sehr einfach gestaltet. Es blieben für uns hier, eine Menge Fragen offen.

Wer waren diese Bewohner und wo sind sie geblieben? Und, vor allem, was war hier passiert?

Der Fundort wurde mit unseren Angaben in eine Karte eingetragen. Dann flogen wir zurück. Von jetzt an bekam die Erkundung des Planeten und die Suche nach ihren Bewohnern oberste Priorität. Wir wollten die Rätsel, vor denen wir standen, unbedingt lösen.

Die geheimnisvollen Kugeln

Mein Leben änderte sich grundlegend. Ich kam kaum noch zur Ruhe. Ständig war ich unterwegs zu den entlegendsten Plätzen dieses Planeten. Wir waren erstaunt wie viel wir fanden. Auf dem ganzen Planeten verstreut entdeckten wir Siedlungen. Aber über allen lag eine dicke Schuttschicht.

Der Entwicklungsstand der Bewohner war wie schon gesagt, ein vorindustrieller einfacher Stand. Wir fanden keine Hinweise auf eine für uns nutzbare Technik. Aber wir machten weiter.

Immer noch war uns unklar, wie es zu der Überdeckung des ganzen Planeten, mit einer mehrere Meter dicken, Schuttschicht kam. Sicher war nur, dass dies vor ein paar hundert Jahren geschah. Was aber diese Katastrophe verursacht hatte, konnten wir uns noch nicht erklären. Und wo waren nur all die Bewohner abgeblieben?

Eines Tages betraten wir, die beiden Plopps und ich, ein verschüttetes Gebäude, bei dem ich gleich ein seltsames Gefühl hatte. Etwas war hier anders, aber ich wusste nicht was.

Wir durchsuchten die Räumlichkeiten. Sie waren zwar nicht verschüttet aber genauso gebaut, wie all die

anderen, die wir bisher sahen. Ähnliche Einrichtungsgegenstände, mehr oder weniger Unordnung, ansonsten fanden wir nichts besonderes.

Bis, - ja, bis ich einen weiter hinten gelegenen
Raum betrat. Da traf mich fast der Schlag. Vor mir lag
ein Skelett, zerfallen und verstaubt wie all das andere
um uns herum, so, wie eben etwas nach hunderten
von Jahren aussieht.

Zum erstenmal war da ein konkretes Überbleibsel
eines Bewohners dieser vergangenen Kultur. Die beiden Plopps standen staunend neben mir, ich merkte es
nicht einmal, so sehr zog mich dieser Fund in seinen
Bann. Es war das Skelett eines Wesens, das einem
Menschen glich. Wieso war es da? Wieso war dieser
Bewohner nicht wie all die anderen auch verschwunden?

Wir durchsuchten weiter und jetzt neugieriger das
Gebäude sowie den Bereich drum herum.

„Schaut mal, Kugeln", hörte ich einen der beiden
Plopps sagen. Ich schaute hin und sah, wie er mit zwei
faustgroßen Kugeln zu jonglieren begann. Es machte
ihm Spaß. Wirklich sehr verspielt, dachte ich. Seine
neuen Spielzeuge hatten eine helle Färbung, aber in
dem halbdunkel hier, erschien alles noch ein bisschen
dunkler.

Apropos Sehen, im spirituellen Lebensbereich, der
eigentlich ein Energiezustand ist, funktioniert das Sehen ein klein wenig anders und ist umfangreicher,. Es
ist schwer zu erklären, aber im Endeffekt doch fast das
Gleiche.

„Wo hast du die Dinger her", fragte ich ihn.

„Dort aus dem Kästchen."

Ich schaute hin und erblickte ein ganz normales einfaches Kästchen aus Holz, wie es überall in den vielen Wohnungen, die ich bisher sah, herumgestanden hatte. Allerdings konnte ich mich nicht erinnern, jemals etwas darin gefunden zu haben und ich habe viele aufgemacht und hineingeschaut, denn ich bin auch sehr neugierig.

„Schau an", bemerkte ich überrascht.

„Etwas stimmt mit diesen Kugeln nicht", meinte er nachdenklich. Er hielt in jeder Hand eine und schaute sie grüblerisch an.

„Wir sollten sie unbedingt mitnehmen und im Camp ...", weg war er, einfach weg, mitsamt den beiden Kugeln - weg.

Ich stand fassungslos da und war geschockt. Wieso war der Plopp plötzlich weg? Was war passiert? Jetzt bekam der andere einen Anfall von Panik.

„Urm ist weg", stammelte er.

„Uuurm, wo bist du?", rief er laut, „Urm, UU-UURRMM!!!" Keine Antwort, nur Stille. Dann begann er wie wild durch die Zimmer zu jagen und nach seinem Freund zu suchen. Ich half im dabei und war genauso entsetzt wie er. Lange haben wir gesucht, alles haben wir durchsucht, aber Urm war weg und blieb weg. Sein Freund Orm war schon krank vor Sorge.

„Wir müssen wieder raus", sagte ich, „wir sind schon zu lange hier im Berg!"

„Ohne Urm gehe ich hier nicht weg!", sagte er mit entschlossener Stimme.

„Wir brauchen Hilfe und vor allem Geräte zum Suchen, wir machen oben ein Zeichen und kommen so schnell, wie möglich wieder, los komm!", forderte ich ihn auf. Nur zaghaft willigte er ein.

Draußen entbrannte zuerst eine heiße Diskussion, aber dann jagten wir mit Höchstgeschwindigkeit zum Camp zurück. Noch ganz aufgelöst und fast blind vor Angst um seinen Freund Urm, sprang Orm aus dem Shuttle. Benebelt vor Sorge und verstört rannte er ins Lager und schrie Urm ist weg, Urm ist weg, bis er plötzlich realisierte, dass er direkt vor Urm stand.

„Urm, da bist du ja", rief er erleichtert. Beide hüpften vor Freude wie wild umher, lagen sich in den Armen und kugelten, wie eine einzige große Kugel, herum. Es dauerte eine Weile, bis sie sich wieder beruhigten. Wir anderen standen da, schauten zu, waren ebenfalls erleichtert und lachten. Die beiden sahen in ihrer fröhlichen Ausgelassenheit einfach zu drollig aus.

„Wie kommst du hierher?", fragte Orm.

„Weiß nicht", antwortete Urm, „ich dachte an das Camp und war dann plötzlich hier. Keine Ahnung wie das ging. Wahrscheinlich sind diese Kugeln Schuld daran. Sie sind wirklich irgendwie seltsam."

Dann wurden diese Kugeln Mittelpunkt des Interesses. Jeder wollte sie sehen. Aber sie sahen aus, wie ganz normale, runde Kugeln aus einem hellen, metallischem Material.

„Wir müssen sie genauer untersuchen", sagte jemand, „wer weiß, was diese Dinger noch alles können. Vielleicht sind wir alle in Gefahr irgendwohin zu verschwinden, so wie all diese Einwohner."

Das Wissenschaftsteam der Idorianer, nahm diese Kugeln in Empfang und begann sie sorgfältig, vorsichtig und gewissenhaft zu untersuchen.

Ich selber zog mich vorerst wieder in meine Behausung zurück. Suchte meine Schlummerecke auf und dachte über die letzten Stunden nach. Der Schreck, der auch mich getroffen hatte war inzwischen wieder verschwunden.

Die Bilder der Erinnerung zogen mir noch eine Weile durch den Kopf. Es kam mir wirklich sehr seltsam vor, was uns passiert war. Ich fragte mich wie diese Kugeln mit der einfachen Kultur der verschwundenen Bewohner zusammen passten? Welches Geheimnis verbirgt dieser Planet vor uns. Was es doch nicht alles gibt, dachte ich und dämmerte mal wieder übermüdet hinweg.

03.07 Überraschung

Eintönigkeit

Mehrere Monate waren inzwischen vergangen. Fast der ganze Planet wurde von uns untersucht. Auch die wenigen Meere wurden, soweit es möglich war, erforscht.

Es handelte sich bei den Bewohnern um eine in einfachen Verhältnissen lebende Spezies. Ihr kultureller Zustand entsprach, wie schon erwähnt, einer vorindustriellen Stufe. Wir fanden einfache Werkzeuge aus verschiedenen Materialien, einige Metallgegenstände, Aufzeichnungen und Bilder von Familien. Auch ein paar Landschaftsbilder, aber äußerst wenige. Sie zeigten Gegenden, die wir nirgends finden konnten. Es war wohl alles unter der Geröllschicht begraben. Viele Dinge waren inzwischen verrottet, zerfallen oder von den Schuttmassen zerstört. Da diese Bewohner nur wenig hatten, war auch nicht viel zu finden. Sie lebten scheinbar wirklich in einfachen Verhältnissen.

Was war auf diesen Planeten überhaupt geschehen? Wie kam es zu der Katastrophe, die fast den ganzen Planeten mit einer Schuttschicht überdeckte? Wo waren all die Bewohner geblieben? Was für Leute waren sie überhaupt? Was hat es mit diesen seltsamen Kugeln auf sich? Für was wurden sie gebraucht?

Das große Rätsel, welches sie uns bescherten, konnten wir bisher nicht lösen. Es wurden, bis auf zwei weitere, keine mehr gefunden. Aber nur dort, wo wir solche Kugeln fanden, waren auch Überreste des wahrscheinlichen Besitzer vorhanden. Alle anderen mitsamt diesen komischen Kugeln waren weg. Es ließ sich die Erkenntnis zusammenreimen, dass diese Kugeln anscheinend etwas mit dem Verschwinden der Leute zu tun hatten. Wohin die Leute aber verschwanden, blieb uns ein Geheimnis. Wie kam eine so einfache Gesellschaft zu solchen hochtechnischen Geräten, über die selbst die Idorianer staunten.

Anhand der Skelette erkannten wir, wie schon erwähnt, dass es sich um menschähnliche Wesen handelte. Wahrscheinlich, so dachte ich mir, ist diese biologische Bauform, am besten für intelligente Wesen geeignet. Denn, bei den unendlichen Möglichkeiten des Seins, müssten mir doch eigentlich viel mehr intelligente Wesen mit unterschiedlichen Körperformen, begegnet sein. Immerhin bin ich ja schon ein paar Jahre von Zuhause weg. In dieser Zeit habe ich inzwischen die Galaxis durchquert. Widerwillig und nicht geplant, zugegeben, aber dennoch wahr, und wenn auch zähneknirschend, so doch von mir heldenhaft ertragen. Ja, ein bisschen Lob, muss ich mir auch zukommen lassen.

Was die Bauform intelligenter Wesen anging, so konnte ich mir durchaus auch vorstellen, dass in den anderen unbekannten Quadranten der Galaxis, die Sache ganz anders sein könnte. Wer kennt schon all die Wege und Möglichen der Evolution.

Unsere Forschungen ergaben nicht viel neues. Diese Kugeln schienen für die ehemaligen Bewohner so etwas wie ein Allzweckwerkzeug zu sein. Vorsichtig wurden sie von uns getestet und erprobt. Ich sah wie einer mit Hilfe dieser Kugeln einen Felsbrocken, mit vielen Tonnen Gewicht, anhob und ihn mehre Meter, von einem Ort zu einem anderen, transportierte. Ein anderer Wissenschaftler versuchte sich von diesen Kugeln tragen zu lassen. Er stützte sich auf sie ab und konnte so ein wenig in die Luft aufsteigen, verlor dann aber das Gleichgewicht, stürzte ab und landete unsanft auf den harten Boden.

Auch die Teleportation, wie sie dem einen Plopp zustieß, wurde erprobt. Aber keiner traute sich diese Möglichkeit auszureizen. Wer weiß, wo man da landen würde. Es musste trotzdem damit gerechnet werden, dass vielleicht einer versuchen würde mit den Dingern nach Hause kommen zu wollen, um dann eventuell im Nichts des Universums, tragisch zu enden. Aus diesem Gunde wurden sie gut gesichert und auch bewacht. Ohne umsichtige Kontrolle durfte niemand sie benutzen.

So gingen die Tage dahin, die sich zu Monaten addierten und letztlich zu Jahren zusammenflossen. Immer wieder dachte ich an meine Heimat, wo ich eigentlich glücklich leben wollte, ohne diese gentlich glücklich leben wollte, ohne diese nervenaufreibenden Abenteuer.

Auch dachte ich manchmal an die Zeit auf dieser seltsamen Erde zurück, zu der ich eigentlich gar nicht wollte. Der Gedanke, dass ich da nicht hin wollte, scheint sich in meinem Kopf zu einem sich wiederholenden Kreislauf entwickelt zu haben.

Der Aufenthalt im Camp des Meister Wu, war damals allerdings eine interessante, und auch schöne Zeit. Diese möchte ich wirklich nicht missen. Irgendwie fühlte ich mich da auch ein wenig zu Hause. Ob ich dies alles je wiedersehen würde?

Meister Wu

Eines Tages, ich wollte mich mal wieder in meine Höhle zurückziehen, merkte ich, dass ich einen Besucher hatte. Ich nahm ihn zuerst nur schemenhaft wahr. Doch, als wir uns dann gegenüber standen, erkannte ich ihn. Es war Meister Wu - mein Meister aus meiner Erdenzeit.

„Meister Wu", fragte ich erstaunt und natürlich auch sehr erfreut ihn zu sehen, „wie kommst du hierher?"

„Da du nicht bei Toras auf Endrin aufgetaucht bist, beschloss ich dich zu suchen."

„Das war sicher nicht so einfach", bemerkte ich so nebenbei.

„Ja, das stimmt", sagte er, „ich habe fast eine halbe Stunde gebraucht um dich zu finden."

„Was, nur eine halbe Stunde", rief ich erstaunt. „Wir sind hier schon eine Ewigkeit und wissen immer noch nicht genau, wo wir sind und du brauchst mal gerade nur eine halbe Stunde."

„Ja, diese Fähigkeiten hat jeder", betonte er, „du auch, und wie man sie aktiviert und nutzt kannst du bei mir lernen, aber du bist ein etwas schwieriger Fall! Trotzdem solltest du nicht aufhören zu lernen und dich weiter zu entwickeln. Du bist sozusagen aus deinem Nest gefallen, und nun findest du nicht mehr zurück."

Ein Meister weiß und kann alles, dachte ich etwas bedrückt, außer sich in seinen Schüler zu versetzen.

„Also", begann er wieder, „da ich nun hier bin, sag mir, was du hier tust?", er wartete fast eine halbe Minute, aber ich hatte keine vernünftige Erklärung. Dann sprach er weiter: „Du solltest doch Toras auf dem Planeten Endrin besuchen?"

Ich bekam ein schlechtes Gewissen. „Wir sitzen hier fest und wissen zudem nicht genau, wo wir sind", antwortete ich und fügte hinzu: „Wir haben bisher versucht das Geheimnis dieses Planeten zu lüften, und wir hofften Informationen zu finden, die uns weiterhelfen."

„Und?" Meister Wu schaute mich fragend an.

„Nichts. Wir kommen einfach nicht weiter", musste ich deprimiert zugeben.

„Willst du dies wirklich akzeptieren?", kritisierte er.

„Nein, aber was soll ich tun?"

„Zumindest nachdenken! Hast du denn nichts bei mir gelernt?"

„Kannst du uns den nicht helfen?", bat ich.

„Ein Meister hilft seinen Schülern nicht! Er lehrt sie, sich selbst zu helfen! Das wäre gewiss schön, gleich alles fertig serviert zu bekommen. Da wärst du recht schnell am Ende deines Weges und hättest doch nichts gelernt."

„Und was ist das Ende meines Weges", fragte ich enttäuscht.

„Du wirst zerrissen, zerstückelt und verteilt!"

„Was?", entfuhr es mir entsetzt, „wie das?"

„Die Kräfte und Mächte des Schicksals können sehr grausam sein. Sie bieten zwar jedem eine Chance, aber sie sind auch richtend und entschieden handelnd. Sie können wie ein wildes Pferd sein, welches dich töten kann, aber sie können dich auch bequem überall hin tragen, wenn du es zu deinem Freund machst und es richtig behandelst. Es gibt für dich nur eine Chance, nämlich zu lernen, dir selbst zu helfen." Er sah mich mit der Erwartung an, dass ich das verstanden habe.

„Fang also an nachzudenken, Toras wartet!" Mit diesen Worten verschwand er wieder. Er ließ mich stehen und löste sich einfach in Luft auf, bevor ich noch irgendeine Frage stellen konnte.

Ja, so sind sie halt, die Meister, ging mir durch den Kopf. Ein wenig enttäuscht, war ich schon, ein paar Tipps hatte er doch noch geben können. Trotzdem, er hatte mich nicht vergessen und nach mir gesucht, das war schon etwas wert. Dafür sollte ich zumindest dankbar sein.

Die Suche nach einer Problemlösung

„Toras wartet", klang es in meinen Ohren nach. Ich war enttäuscht, weil ich hoffte, dass Wu uns aus dieser Notlage heraushelfen würde, aber wer kennt schon die Gedanken eines Meisters.

Mir blieb nichts anderes übrig als nachzudenken, was ich tun könnte. Ich setzte mich also in mein Lieblingseck und ließ mir noch ungedachte Gedanken durch den Kopf ziehen.

Langsam kamen aus meinem Unterbewusstsein Antworten. Ich hatte doch im Camp etwas gelernt! Warum bin ich bis jetzt nicht darauf gekommen dies anzuwenden?

Ich saß bequem und es wurde still in mir. Alles, was sich mir in den Weg stellte, seinen es Sorgen oder Ängste, Verpflichtungen oder Wünsche, alles entließ ich in die Unendlichkeit des Seins. Es wurde still in meinem Kopf, und nur ein Wunsch blieb. Es war der Wunsch, die Rückreise fortzusetzen, und dafür die nächsten Schritte zu finden. Dieser Wunsch durchdrang die Tiefen meiner Seele. Ich erinnerte mich an das, was ich tun sollte.

Erstens sollte ich mir darüber bewusstwerden, dass alles möglich ist. Dies führt zu einer offenen Geisteshaltung. Dann kann auch alles, was für eine Problemlösung nötig ist, wahrgenommen werden. Die Vielfalt des Universums ist ein Beweis dafür. Energetischer oder materieller Zustand, spielen dabei keine Rolle. Das Hauptproblem ist man meistens selber, mit seinen Ängsten und dem begrenzten Denken.

Zweitens entspannen und loslassen von fixen Lösungsgedanken, und auch von dem Problem selbst. Das bedeutete, bereit zu sein, alle Gedanken, wie etwas gelöst werden kann oder muss, aufzugeben. Weiter sollten alle emotionalen Belastungen, wie Zorn, Ärger, Zweifel, Schuldgefühle, Ängste und ähnliches losgelassen werden. Dann bleibt es still im eigenen

Denken und im Unterbewusstsein können sich die richtigen Lösungsgedanken zusammenfinden. Man wird dann innerlich freier, um feine Wahrnehmungen und Inspirationen aufzufangen.

Drittens seinen Zielgedanken klären. Was will man letztendlich wirklich? Diese Vorstellung visualisieren, und sich davon durchdringen lassen.

Viertens Loslassen von allen Wünschen und Zulassen dessen was an Inspiration kommt. Darauf achten, dass nicht das eigene Ego zum Akteur wird, sondern die große Schöpfungsinstanz. Diese hat alle Möglichkeiten, um die Sache letztendlich zum Erfolg zu bringen.

Fünftens Achtung und Respekt haben, denn alles ist lebendig und fühlt. Es gibt keine tote Materie. Das Sein ist nun mal so, ob man dies glauben mag oder nicht.

„Sei dem Sein ein Freund und es wird dir ein Freund sein!" Dies waren Worte von Meister Wu, die er mir auf meine Reise damals mitgab.

Die Monde

Ich weiß nicht wie lange ich so dasaß. Plötzlich fuhr ich hoch. Ein Gedanke durchblitzte mich - DIE MONDE! Natürlich die Monde, wir müssen die Monde untersuchen. Warum kam bis jetzt noch keiner darauf? Ist doch klar, dachte ich, wer erwartet schon von einer mittelalterlichen Gesellschaft, die nur mit Eselskarren umherzieht, dass sie Interesse an den Monden hat. Vielleicht würden sie diese eher anbeten, als von ihnen mehr zu erwarten, als ein Licht in der Nacht. Und doch mussten dort die Lösungen der Rätsel zu finden sein, vielleicht sogar Informationen, die uns weiterhelfen könnten. Wir mussten unbedingt zu den Monden - unbedingt!

Ich flog regelrecht aus meiner Sitzposition hoch, raste aus meiner Wohnung, den Hügel hinab, runter ins Tal und der Station entgegen. Ich hätte auch fliegen können, so wie Jonas es mir beigebracht hatte, aber da dachte ich im Moment nicht dran. Die Monde füllten im Augenblick mein Denken vollkommen aus.

Sofort ging ich zu den Idorianern, und versuchte ihnen klarzumachen, dass wir unbedingt zu den Monden mussten. Die Antwort war, was ich gefühlsmäßig schon erwartet hatte, zuerst einmal Desinteresse.

„Was sollen wir dort, das sind doch nur öde und leere Gesteinsbrocken. Die Leute hier hatten doch gar nicht die Fähigkeit, dort etwas zu machen."

Die beiden Monde waren in der Tat nur Gesteinsbrocken. Sie waren wesentlich kleiner als zum Beispiel der irdische Mond, sie entsprachen eher den Marsmonden und zudem waren sie viel zu weit draußen. Der größere der beiden hatte einen Durchmesser von ungefähr zehn Kilometern und war über fünfhunderttausend Kilometer entfernt. Der kleiner dagegen war mehr als doppelt soweit weg. Dieser war eigentlich nur ein großer Steinhaufen von ungefähr vier Kilometern Durchmesser. Die Entfernungen wären normalerweise, nur ein unbedeutender Katzensprung, aber in Anbetracht der Sorgen, die wir leider hatten, waren sie ein Problem.

„Unsere Ressourcen sind äußerst gering, wie du weißt, wir können sie nicht unbedacht verschwenden.

Um mit einem Shuttle dorthin zu fliegen brauchen wir einen großen Teil der verbliebenen Energie."

„Weiß ich", gab ich zurück, „aber wir haben den ganzen Planeten abgesucht und nichts gefunden. Bleiben nur die beiden Monde. Wenn wir zögern, vergeben wir unsere Chancen und wenn die Ressourcen alle sind, werden wir die Monde womöglich nie mehr erreichen können!"

Sie wurden nachdenklich, und einer meinte: „Wenn diese einfachen Leute, die hier mal lebten, so etwas wissenschaftlich hochwertiges, wie diese Kugeln hatten, muss einfach mehr zu finden sein. Und außerdem, wo sind die vielen Leute überhaupt geblieben? Kann mir das mal einer sagen? Wir müssen weiter suchen und sei es auf den Monden!"

„Wir würden zuviel von unseren verbliebenen Ressourcen vergeuden," widersprach ein anderer.

„Wir dürfen aber auch nicht unsere Chancen ungenutzt lassen!", warf der nächste ein.

Eine heiße Diskussion entbrannte. Die Monde erschienen wirklich nur wie trockene Gesteinsbrocken, für die es sich nicht lohnte Energie zu verschwenden.

„Worin liegt den der Unterschied, ob wir die Ressourcen in zwei oder in drei Jahren aufgebraucht haben, wenn wir sowieso die nächsten hundert Jahre hier bleiben müssen?", fragte ich zurück.

Gewonnen! Die Mehrheit von ihnen war jetzt dafür. Ein Shuttle wurde nun klargemacht und mit Instrumenten für die Suche nach etwas unbekanntem vollgepackt. Ich bebte innerlich, irgendetwas musste da oben sein. Hoffentlich fanden wir auch was. Die

Besatzung bestand aus einem Wissenschaftler, einem Piloten und mir.

Drei Leute waren für diese Mission ausreichend. Dann ging es los. Wir stiegen gemächlich auf, sahen wie die Atmosphäre immer dünner wurde und schwebten alsbald im Orbit.

Über uns war das dunkle, unendliche Universum und unter uns erstreckte sich der Planet, in strahlender Helligkeit. Ein faszinierender Anblick. Ein paar unbedeutende Wolken warfen einzelne Schatten auf das karge Land. Am Horizont war im Dunst die Andeutung eines der Meere zu sehen. Dieser Planet würde auf unbestimmte Zeit unsere Heimat sein, wenn wir nichts finden, was uns weiterhelfen könnte. Hoffen und Bangen durchzog meine Gefühlswelt. Der Pilot brachte uns auf den Weg zu dem größeren Mond. Er war unser erstes Ziel, weil er von den beiden am nächsten war. Hinter uns schrumpfte der Planet zusammen und das unendliche Schwarz hüllte uns ein.

Da wir sparsam mit unserer Energie umgehen mussten, dauerte die Reise relativ lange. Zu lange für das, was wir gewohnt waren. Sie war recht langweilig, die Reise, aber wir kamen unserm Ziel näher. Irgendwann hatten wir zumindest optisch die Mitte zwischen Planet und Mond erreicht. Der Mond erschien uns jetzt schon so groß wie der Planet hinter uns und sein optisches Volumen wuchs von Minute zu Minute.

Der Pilot begann die Geschwindigkeit zu drosseln. Wir wurden langsamer, und alsbald schwenkten wir in einen Orbit um den Mond ein.

03.08 Dem Geheimnis auf der Spur

Die Suche nach dem Geheimnis

Unter uns lag die Oberfläche des größeren Mondes. Die Scanner und andere Messgeräte wurden aktiviert. Wir schlugen einen Kurs ein, der uns über jeden Punkt des Trabanten hinwegführte. Eine trostlose Einöde, voller Krater und Geröllflächen, bekamen wir zu sehen. Irgendwann mal, vor langer Zeit, wurde die Oberfläche von Meteoriten aufgerissen und Gesteinsbrocken in der Gegend umhergestreut.

„Was suchen wir eigentlich genau", wollte der Pilot wissen.

„Alles, was nicht natürlich ist und eigentlich nicht hierher gehört", bekam er von mir zur Antwort.

So verging Stunde um Stunde in höchster Anspannung. Es musste etwas da sein und wir mussten es finden. Aber mit jeder weiteren Stunde schmolz unsere Hoffnung dahin. Viele Male, in unzähligen Stunden, hatten wir inzwischen den Mond umrundet und garantiert alle Stellen abgesucht. Eine Flut von Daten und Bildern, zur späteren Auswertung gedacht, füllten unsere Datenspeicher.

Nichts hatten wir gefunden - absolut nichts. Ich war enttäuscht und frustriert.

„Da muss was da sein!", schimpfte ich.

„Da ist nichts, absolut nichts", widersprach der Wissenschaftler etwas genervt.

Der Pilot meldete sich: „Wir müssen weiter, der andere Mond kommt bald in Position. Wenn wir noch lange warten, fliegen wir ihm hinterher! Wenn ihr jetzt nichts mehr habt ändere ich den Kurs!"

Keiner von uns hatte eine neue Idee, also machten wir uns auf den Weg zu dem äußeren Mond.

Der äußere und kleinere Mond
Wieder vergingen viele Stunden, bis wir ihn erreichten. Angekommen, bogen wir auch hier in eine Umlaufbahn ein, die uns über alle Gebiete der Oberfläche führte. Die Sensoren und Aufnahmegeräte machten ihre Arbeit und speicherten alles ab. Durch die schwache Gravitation, war unsere Geschwindigkeit sehr gering und daher brauchten wir für eine Umrundung sehr lange. Trist und leer war die felsige Landschaft. Auch hier war nach Stunden und doppelter Suche, kein Anzeichen von Technik oder Fremdeinwirkung zu finden.

„Das war's wohl", meinte unser Pilot.

Ich wollte aber nicht aufgeben, darum bat ich ihn noch eine Weile weiterzufliegen.

„Da ist nichts weiter, nur ein großer Felsbrocken voller Geröll, von ungefähr vier Kilometern Durchmesser und einem Volumen von annähernd fünfundzwanzig Kubikkilometer, laut unseren Sensoren", bemerkte der idorianische Wissenschaftler.

Ich war gereizt und argumentierte mehr aus Frustration heraus, als aus Nachdenken: „Dies ist zuwenig für den Durchmesser?"

„Aber bei leichtem Gestein, nichts besonderes", sagte der Pilot.

„Na ja", meinte der Wissenschaftler, „hundertprozentig erfassen die Geräte Masse und Volumen nicht, aber wir können ja ihnen zuliebe mal genauer nachrechnen."

Er begann herumzurechnen, mir zuliebe. „Den mittleren Durchmesser berechnen und ihn in die Volumenformel eingeben, dazu die Massenformel um das wirkliche Gesteinsvolumen herauszubekommen und dann haben wir - haben wir - Moment bitte."

Nachdenklich schaute er sich seine Formeln an, dann meinte er: „Der Mond, mit seiner annähernden Kugelform und seinem Durchmesser von ungefähr vier Kilometern, müsste ein Volumen von - D hoch drei mal Pi geteilt durch sechs - von nahezu dreiunddreißig Kubikkilometer haben."

„Und was sagen ihre Geräte für die Volumenerfassung?", wollte ich wissen.

„Kommt sofort, - Moment bitte - interessant," war sein erstaunter Kommentar, nachdem er die Werte verglich.

„Irgendetwas stimmt nicht," bemerkte er, „die Werte liegen zu weit auseinander. Es fehlen wirklich mehr als acht Kubikkilometer. Die Sensoren können nicht das Gesamtvolumen erfassen, die Tiefenmesser dringen nicht weit genug hinein, irgend etwas hindert sie. Wirklich seltsam." Ungläubig betrachtete er seine Geräteanzeigen und prüfte noch einmal seine Einstellungen und die erfassten Werte.

Ein inneres Feuer flammte in mir auf. Hatten wir etwa gefunden, was wir suchten?

„Lasst uns landen, ich gehe da rein! Ich will sehen, was da ist", sagte ich entschlossen. Es war ja nicht das erste Mal, dass ich Erdschichten durchdrang.

Es war nun mal ein gewaltiger Vorteil für mich, in einer solchen Situation körperlos zu sein. Ich würde die Materie durchdringen und direkt nachsehen. Luft zum Atmen, in gasförmigen Zustand, die es hier sowieso nicht gab brauchte ich nicht. Den energetischen Ersatz für Luft gab es überall.

An einem geeigneten Platz landeten wir. Mit den Worten: „Sei bloß vorsichtig, wir wissen nicht, was für ein Ei wir da anstechen!", ermahnten mich die anderen. Die dachten wohl eher an ein Saurier- als an ein Hühnerei. Sie schienen aber auch vom Forscherdrang angesteckt zu sein und da ist nun mal Vorsicht das oberste Gebot. Wer weiß schon, welche üblen Dinge auf mich da warteten. Oder ahnten sie etwas, was ich nicht, oder noch nicht wahrnehmen konnte? Ich machte mich auf den Weg.

Eine gefährliche Falle

Recht mühelos durchdrang ich die Oberflächenschichten des Trabanten, doch in einer Gewissen Tiefe wurde es immer schwieriger. Irgendwann kam ich absolut nicht mehr weiter. Eine seltsame Kraft hielt mich auf.

Es müssen wohl ungefähr fünfzig, oder sechzig Meter gewesen sein. Ich vermutete ein Energiefeld zum Schutz dessen, was dahinter verborgen war. Aber Neugier und Entschlossenheit trieben mich an, ich wollte unbedingt da rein. Da drinnen waren die Antworten, die wir suchten. Dessen war ich mir sicher. Aber je mehr ich mich anstrengte, desto schlechter kam ich voran. Verbissen kämpfte ich, verbrauchte meine Energie und kam doch kaum einen einzigen Schritt vorwärts. Ein blöder Spruch kam mir in den Sinn: „Je eiliger man es hat, desto langsamer kommt man voran!"

Das war so eine Weisheit, von den Großeltern. Mein Unterbewusstsein gab mir mit diesem Spruch ein Signal, kam mir in den Sinn. Also, was tun? Nachdenken! Gut, ich wurde ruhiger, die Verbissenheit fiel ab und mein Hirn wurde etwas klarer. Was ist, wenn es gar keinen Schutzschirm gibt, sondern eine Verfestigung, die in dem Eindringling, mich also, nur initiiert wird? Eine Materialisierung, die in mir selber stattfindet?

Jetzt bekam ich es mit der Angst zu tun. Ich saß in einer gefährlichen Falle. Das merkte ich, als ich in panischer Aktion zurück wollte.

„Verdammte Hunde!", fluchte ich. Zurück müsste es doch eigentlich leichter gehen, aber das Gegenteil war der Fall. Jetzt durfte ich absolut keinen Fehler mehr machen, sonst wäre es um mich geschehen. Meine eigenen Anstrengungen wurden gegen mich verwendet. Ich würde wohl ein Teil des Mondgesteins werden, wenn ich nicht ganz ruhig und gelassen blieb.

Ich musste mich unbedingt beruhigen, erst mal stillhalten, Angst und Ärger abwerfen und ganz, ganz langsam handeln. Je stiller ich innerlich wurde, desto leichter ging es auf dem Weg zurück. Millimeter um Millimeter schob ich mich zurück in Richtung Oberfläche. Mit größerem Abstand zu diesem Schutzschirm, oder was immer es auch war, konnte ich mich leichter bewegen und etwas schneller vorwärtskommen. Irgendwann nach Stunden hatte ich es geschafft, ich tauchte wieder auf.

In einiger Entfernung von mir stand das Shuttle. Ich steuerte darauf zu. Ein vorwurfsvoller Wortschwall kam mir entgegen: „Wo warst du nur solange, wir waren in großer Sorge!"

Zuerst einmal musste ich innerlich ruhiger werden und mich wieder fangen. Alles, was ich sagte war: „Wir sind auf den richtigen Kurs! Ich brauche erst einmal etwas Ruhe."

„Was sollen wir jetzt tun?" fragte der Pilot.

„Warten!", war meine knappe Antwort. Dann zog ich mich für eine halbe Stunde zurück. Das musste jetzt sein.

Ungeduldig warteten die anderen auf mich. Nach einer Weile war ich wieder ansprechbar, aber alle Fragen, die auf einmal über mich ausgeschüttet wurden, konnte ich nicht sofort beantworten. Also berichtete ich schön in Reihenfolge, was geschehen war. Blieb zum Schluss die große Frage, wie diese Barriere gefahrlos durchdrungen werden kann. Gibt es vielleicht eine Stelle, an der das Feld schwächer ist, oder eine Methode mit der man durch den Schutz durchkommt?

Und was ist dahinter? Vielleicht die Büchse der Pandora? Da wir nicht wissen, was hier mal los war, müssen wir mit allem rechnen und äußerst vorsichtig vorgehen, wenn wir da eindringen.

„Ich muss nachdenken", sagte ich, zog mich wieder zurück und begann zu grübeln. Alle Dinge sind möglich, wenn man es nur richtig anstellt. Wie kommt man in eine Burg, wenn drum herum dicke Mauern sind? Von oben vielleicht? Welch andere Möglichkeit gibt es noch, um in eine Festung zu gelangen? Durch einen Tunnel? Geht hier leider nicht.

Brainstorming war jetzt gefragt. Vielleicht durch Assimilation, also Anpassung. Mit der richtigen Verkleidung so zu tun, als gehöre man zum Personal, was es aber nicht gab. Oder könnte man in diesem Fall vielleicht hindurchkommen mit Diffusion? Aber könnte man so etwas überhaupt bewerkstelligen? Alles nur Unsinn und nicht praktikabel, dachte ich!

Das Unterbewusstsein hat Möglichkeiten, die man erst erkennt, wenn man sie nutzt.

Wichtig ist es manchmal das eigene Ego, zurückzunehmen und zwar nicht nur soweit es geht, mit der Ausrede, ich kann eben nicht weiter, sondern wirklich absolut. Natürlich gehört dazu totales Vertrauen in das eigene Selbst. Das Unterbewusstsein ist fähig sich besser zu schützen, als es das Ego mit seinem Willensdrang es je könnte.

Wenn ich mich also der Führung meines Unterbewusstseins hingebe, und auch bereit bin mich anpassen, könnte ich Erfolg haben. Wenn ich also alles zulasse, was mein Unterbewusstsein vorhat, um das Ziel zu erreichen, könnte ich eine Chance haben, um durch diese Sperre durchzukommen. Natürlich war ich mir nicht wirklich sicher, ob ich überhaupt verstanden hatte, was ich mir da ausgedacht hatte, aber ein Gefühl sagte mir, dass es die beste Möglichkeit sei und schon gelingen werde. Eines war mir klar, beim ersten Versuch hatte ich falsch gehandelt, diesmal musste ich es besser machen.

Den anderen, die mich erwartungsvoll ansahen, erläuterte ich mein Vorhaben so gut es ging. Aber natürlich kamen sofort Warnungen. Sie sorgten sich um mich. Doch ich wollte diese Möglichkeit unbedingt ausprobieren. Die Angst, den Rest meiner Tage auf den Planeten hier, weitab von der Heimat, verbringen zu müssen, war größer als die Furcht vor dieser Barriere.

Ich verlangte von den anderen, sie sollten sich viel Zeit nehmen und warten, auch wenn es einige lange Stunden dauern sollte. Nachdem ich sicher war, dass sie dies verstanden hatten, machte ich mich auf den Weg.

Die unsichtbare Barriere

Diesmal war ich vorbereitet und wusste, wie ich handeln wollte. Nachdem ich in die Bodenschicht eingedrungen war und bevor ich in die Nähe der Sperre kam, begann ich meditativ meine innere Einstellung zu ändern. Ich ließ mich lediglich von meinem Wunsch in das Innere zu gelangen, führen. Damit dies funktionieren konnte, enthielt ich mich jedem gedanklichen Kommentar und sah einfach nur zu, was geschah, bei meiner Vorwärtsbewegung.

Ich nahm ein aktives energetisches Wellenmuster wahr. Anfangs noch ganz schwach, fast nicht zu erkennen. Aber, nachdem ich tiefer war, als beim ersten Mal, begann es an mir zu zerren und zu schieben. Sehr schmerzhafte Empfindungen entstanden. Es schien meine Bewegungen lähmen zu wollen. Ich unterdrückte aber Abwehrreaktionen. Es fühlte sich fast an, als ob mich eine Säge mit mehren Blättern nebeneinander, zerschneiden wollte.

Aber durch absolutes inneres Loslassen, erreichte ich eine Flexibilität, die ich selbst nicht erwarte hätte. Und je mehr ich loslassen konnte, desto geringer wurden die Schmerzen.

Eine Ewigkeit schien zu vergehen. Zweifel tauchten auf, die ich aber sofort wegschob, sie wären für mich zu einem Verhängnis geworden. Irgendwann aber, war ich durch und war noch heil. Trotzdem brauchte ich eine Weile um die Folgen der Traktuhr zu überwinden.

Wo war ich jetzt überhaupt? Ich sah mich um. Einen kahlen Raum erblickte ich, vielleicht ein leerer Lagerraum oder so etwas ähnliches. Aber es war keine Höhle, der Raum war verputzt. Hier war jemand am Werk gewesen. Ich verließ den Raum durch eine Türöffnung und kam auf einen Gang, den ich entlang eilte. Ich sah Räume neben Räume und diverse Hallen, deren Sinn ich nicht erkennen konnte. Dieses Labyrinth schien kein Ende zu nehmen. Es war also wirklich etwas da, etwas das irgendwann mal von intelligenten Geschöpfen geschaffen wurde. Etwas so wertvolles, dass es von einer Sicherheitssperre geschützt wurde. Ich hoffte, dass sich hier nun die Rätsel der Planetenbewohner lösen ließen, und ob wir vielleicht Hilfen für unseren Weiterflug nach Hause, finden konnten. Ich hoffte es sehr. Wir sollten die Sache hier genauer erforschen.

Alleine würde ich dies nicht schaffen, die Idorianer mussten dies tun. Bevor ich aber weiterging und womöglich die Orientierung verlor, drehte ich mich um und machte mich auf den Rückweg.

Ich musste wieder durch diese Folterwand, wie ich sie nannte, zurück. Wiederstrebend packte ich es an. Heraus ging es etwas leichter als beim Hereinkommen. Vielleicht war es dem Lernfaktor zu verdanken, da ich ja jetzt wusste wie es ging. Trotzdem war das Leiden schlimm genug. Ich möchte dies auch keinem anderen zumuten, aber wie sollen wir anders hineinkommen. Es sei denn wir finden den richtigen Eingang.

Endlich erreichte ich wieder die Oberfläche und machte mich schnellstens auf dem Weg zum Shuttle. Wieder waren ein paar Stunden vergangen und mit sorgenvollen und fragenden Gesichtern erwarteten mich die anderen.

Zuerst brauchte ich wieder einige Minuten, um neue Kraft zu sammeln. Die Tortur hatte mir auch diesmal sehr viel Kraft gekostet.

Als ich wieder fit und erholt war, begann ich zu erzählen. Detailgetreu erläuterte ich ihnen was passierte und wie es mir ergangen war.

Die Tatsache, dass sich hinter dieser Sperre ein ganzer Komplex von geschaffenen Räumlichkeiten befand brachte die beiden zum Erstaunen.

„Wir fliegen jetzt zurück und berichten es den anderen!", kommandierte der Pilot. „OK, machen wir uns auf den Weg", war meine kurze Antwort. Ich hatte meinen Job getan, jetzt sind die anderen dran.

Das Shuttle hob ab, flog noch einmal über die Gegend hinweg und drehte sich dann, in einer geschwungenen Kurve in die Rückflugrichtung zum Planeten. Währenddessen diskutierten wir heiß über den Fund und unsere Mutmaßungen.

Die Sensation

Unten wurden wir mit Hochspannung erwartet. Der Pilot hatte natürlich schon die Bodenstation informiert und die wollten genaueres wissen. Wir wurden umla-

gert und mit Fragen bombardiert. Unser Fund war die
größte Sensation, seit wir hier waren.

Keiner hätte erwartet, dass sich in diesem öden Stein-
brocken, der diesen Planeten umkreiste, eine große
Station befindet. Die Ausmaße waren in Wirklichkeit
noch weit größer, als ich es mir vorgestellt und gesehen hatte. Das merkten wir aber erst später.

Pläne wurden geschmiedet. Wir mussten die
Schutzbarriere durchdringen und erst einmal hineinkommen, dann könnte man von innen vielleicht den
richtigen Eingang finden, oder diesen Schutz ausschal-
ten.

Aber wer sollte dies tun? Oder gab es eine technische Möglichkeit? Alle Augen starrten mich an.

„Na ja“, sagte ich, „die Anlage ist scheinbar sehr
weitläufig und das Durchdringen der Barriere geht an
die Grenzen meiner Belastungsfähigkeit. Ich kann
nicht ständig rein oder raus kommen. Wir werden viel
Zeit zum Erkunden brauchen und sollten hauptsächlich die Eingänge suchen.“

Die beiden Plopps meldeten sich. Sie wollten unbedingt dabei sein.

Oh, Gott, dachte ich, die stellen doch nur Unfug
an, wenn sie nicht schon vorher an der Sperre ihr Leben aushauchen.

„Nein, nein, lasst das lieber sein, ihr geht womöglich dabei drauf. Es wäre wirklich schade um euch“,
wies ich sie, beschützen wollend, zurück. Sie hatten
sich aber schon entschlossen und wollten auf jeden
Fall mit. Ich hatte sehr gemischte Gefühle und hoffte,
dass alles gut gehen möge.

Später merkte ich dann aber, dass die beiden belastbarer waren als ich. Einer der Idorianer mit dem komischen Namen „Xylm" hatte sich auch entschlossen mitzukommen. Er war ein Wissenschaftler und hatte Kenntnisse, die sehr nützlich sein konnten. Dafür blieb sein Kollege auf dem Planeten zurück. Xylm musste sich in die energetische Körperform, die auch zum Reisen benutzt wurde, konvertieren lassen. Sein materieller Körper war dann wieder als digitales Programm, in einem der Programmspeicher abgelegt und gesichert.

So etwas brachte mich immer wieder zum Staunen. Was es doch nicht alles gibt - phantastisch!

Unser kleiner Erkundungstrupp stand. Auch das Shuttle war abflugbereit. Der Pilot wartete schon auf uns. Durch die Konvertierung in den energieförmigen Zustand, hatten wir alle viel mehr Platz in dem kleinen Shuttle.

Man wünschte uns viel Glück und Erfolg, mit der Hoffnung, dass wir etwas finden mögen, was uns aus unserer misslichen Lage befreien könnte.

Am meisten wünschte natürlich ich uns Erfolg, denn ich wollte ja endlich weiter. Erst zum Planeten Endrin und dann nach Hause. Ich war mir ganz sicher, dass meine Lieben immer noch sehnsüchtig auf mich warteten.

Kapitel 4

Meister Toras

04.01 Das Geheimnis des Planeten

Die Stadt im Mond

Unter uns lag wieder die Oberfläche des kleineren Mondes. Die Scanner und andere Geräte erfassten wieder nichts, von den Einrichtungen unter der Oberfläche. Daher landeten wir an der gleichen Stelle, wie vorher.

Der Wissenschaftler, die beiden Plopps und ich verließen das Shuttle und tauchten in das Mondgestein hinein. Bis etwa fünfzig Meter Tiefe war wieder nichts zu spüren, doch dann machten sich die Ausläufer des Schutzfeldes bemerkbar. Ich warnte die anderen. Zuvor hatte ich sie auch instruiert unbedingt ruhig zu bleiben, ihr Leben hinge davon ab, warnte ich sie. Wir mussten unbedingt gelassen bleiben und die Schmerzen ertragen.

Die beiden geschwätzigen Zappelphilippe, die Plopps, taten sich sehr schwer damit, aber ich hatte sie gewarnt. Ein Quietschen und Jammern war zu hören. Nur der Wissenschaftler Xylm blieb ruhig und still. Was aber die beiden Plopps mit Leichtigkeit wegsteckten, brachte ihn fast um. Doch er hielt durch und nach geraumer Zeit hatten wir diesen Schutzschirm durchdrungen. Während wir anderen uns nach der Tortur langsam wieder sammelten, brach Xylm bewusstlos zusammen. Still lag er da und wir waren uns nicht sicher, ob er noch lebte. Wir hofften es lediglich. Aber nach einer Weile begann er sich wieder zu regen und kam langsam zu Bewusstsein. Trotzdem dauerte es fast noch eine Stunde, bis er wieder ansprechbar war.

„Da gehe ich auf keinen Fall wieder durch!", war das erste, was er sagte. Er muss aber wieder durch, wenn er nicht hier bleiben will, es sei denn, wir finden einen normalen Ausgang. Wir warteten noch eine Weile, bis er sich so weit erholt hatte, dass wir mit dem Erforschen der Anlage beginnen konnten. Xylm war ein Forscher, dies war offenbar. Er begann Gänge und Räume zu kartographieren und kennzeichnete gleichzeitig all die Bereiche, die wir durchquert und angeschaut hatten.

Es war wirklich erstaunlich, was wir hier alles fanden, und es nahm kein Ende. Da waren Unterkünfte mit Sanitäranlagen, Werkstätten mit Maschinen und Werkzeugen, Einkaufs- und Freizeitbereiche, Läden, Butiken, Kioske, ja ganze Kaufhäuser waren vorhanden. Die Waren lagen noch in den Regalen, hingen an Ständern oder befanden sich noch in verschlossenen Kisten. Alles sah so aus, als hätten die Bewohner erst gestern die Anlage verlassen. Lediglich eine dünne Staubschicht bedeckte alles. Auf einer Art Prachtstraße bewegten wir uns immer tiefer in die Anlage hinein.

In unseren energetischen Zustand konnten wir die Dinge und Räumlichkeiten sehr gut erkennen. Daher brauchten wir keine Lichtquelle. Für uns leuchtete alles mit der eigenen matten, lichtartigen Schwingung. Würde aber hier jemand mit seinem materiellen Körper entlang laufen und mit menschlichen Augen schauen, so wäre für ihn alles absolut dunkel. Vielleicht gibt es hier irgendwo einen Generator, der noch genug Energie, für die Lichtversorgung erzeugen könnte. Irgendwann würden wir ihn sicher finden.

Was für uns, in unserem Zustand, auch nicht von Bedeutung war, merkten wir vorerst gar nicht, es war die Gravitation.

„Hier muss mal Gravitation geherrscht haben", erwähnte der Wissenschaftler, „alles ist so gestaltet, dass es nicht anders sein kann. Der Mond selbst hat fast keine, also muss irgendwo im Mondzentrum ein Gravitationsgenerator sein!"

Wir entdeckten immer neue Bereiche, und auch Dinge, deren Sinn oft nicht zu erkennen war. So verging Stunde um Stunde. Xylm meinte irgendwann, dass diese Anlage für uns vier viel zu groß sei, um sie in ihrer Weitläufigkeit zu erkunden, geschweige denn zu erforschen. „Wir müssen die anderen holen", sagte er.

Ich war bereit dies zu tun, und nahm Urm, einen der beiden Plopps mit. Blieb nur die Frage, wie die andern, die kommen sollten, dann durch den Schutzschirm hindurch kämen.

Wir machten uns erst einmal auf den Rückweg zu der Stelle, an der wir in diese Anlage eingedrungen waren. Vor lauter Neugier hatten wir nicht gemerkt, wie weit wir uns von dort entfernt hatten. So dauerte es relativ lang, bis wir die Stelle wieder erreichten.

Zurück zum Shuttle

Urm und ich durchdrangen wieder die Sperre. Es war die gleiche Quälerei, wie beim Eintritt. Aber wir schafften es und erreichten bald darauf das Shuttle.

Jetzt musste erst einmal mit dem Piloten durchdiskutiert werden, was als nächstes zu tun sei.

Über Funk wurde die Bodenstation auf dem Planeten verständigt. Dort wurde schnellstens ein umfangreiches Team zusammengestellt. Auch alle möglichen und notwendigen Geräte und Werkzeuge packte man zusammen. Mit dem größeren der beiden verbliebenen Shuttles flogen sie los. Auf Grund der knappen Energieressourcen dauerte es fast einen ganzen Tag, bis das Team hier ankam.

Für uns hier waren es unendlich lange Stunden, da wir im Moment nichts weiter tun konnten, als warten.

Hier angekommen wollten sie erst einmal genau wissen, was wir vorgefunden hatten. Dann schwärmten sie aus, ähnlich einem Bienenschwarm auf der Suche nach Honig.

Sie untersuchten den Schutzschirm, forschten auf der Oberfläche nach einem Eingang, machten Bohrungen im Gestein, testeten mit Hilfe von Schallresonanzen die Struktur der Gesteinsoberfläche und versuchten herauszufinden, was hier in den letzten Jahrhunderten geschehen war.

Ein paar spärliche Daten, die nicht viel aussagten, trugen sie nach Stunden der Suche und Forschung zusammen. Die große Frage, wie man in die Anlage hinein kommt, blieb aber noch ungelöst. Keiner wusste wie man es anstellen konnte.

„Was ist mit den Kugeln, die wir auf dem Planeten fanden", fragte plötzlich jemand.

„Soweit wir die Funktion kennen, bringen sie einem nur an Orte, die derjenige schon kennt, der die Dinger benutzt", war die Antwort.

„Ich kann sie ja mal austesten", meldete sich Urm. „Wo habt ihr die Dinger?"

Natürlich waren sie nicht mitgenommen worden. Man hätte ja ein Grundprinzip des Lebens verletzt, das da lautet: Vergiss die Dinge, die du brauchst, damit du einen Grund hast, noch einmal zurück zu müssen, bezugsweise etliche Male unnötig hin und her zu fliegen!

Das kleine Shuttle wurde zurückgeschickt um diese Kugeln zu holen. Das dauerte natürlich. Wieder hieß es warten. Derweilen forschte und suchte man weiter. Etwas anderes konnte man sowieso nicht tun.

Irgendwann, nach etlichen Stunden, kehrte das Shuttle mit den Kugeln und verschieden anderen nützlichen Geräten, zurück. Urm kam in das Shuttle, holte sich die Kugeln und machte sich sofort an die Arbeit. Er schaffte es wirklich mit diesen Dingern, in den Bau hinein zu teleportieren.

Im nächsten Moment war er wieder zurück. Holte sich, ohne viel zu reden, die anderen beiden Kugeln und war wieder weg. Kurze Zeit später erschien er mit Xylm, dem Wissenschaftler, der es mit den anderen beiden Kugeln herausschaffte. Der war höchst erleichtert, dass er auf diese Weise die Mondstation verlassen konnte. Wieder sprang Urm in die Station und kam gleich darauf mit Orm zurück.

Jetzt erst begann so richtig eine Diskussion loszubrechen. Urm und Orm waren erleichtert wieder beisammen zu sein, hüpften aufgekratzt hin und her und ließen ihrer Redeflut freien Lauf. Orm und der Wissenschaftler Xylm hatten beide Sorgen und Angst gehabt, dass keiner mehr zu ihnen zurückkam, da sie lange in der Station warten mussten und waren jetzt erleichtert, dass alles gut ging.

Der Wissenschaftler war inzwischen in das andere Shuttle hinübergegangen und berichtete dort seinen Kollegen, was er entdeckt hatte. Nun wurden Pläne geschmiedet, wie man mit der Erforschung vorgehen wolle und Vermutungen angestellt, was man dort wohl alles finden werde.

Natürlich waren auch die Hoffnungen groß irgendwas zu finden, was helfen könnte das Schiff zu reparieren.

Wir wollten ja, wenn möglich, irgendwann wieder nach Hause. Natürlich waren die ehemaligen Bewohner und ihre Nachlass für uns auch sehr interessant. Wo mögen sie wohl geblieben sein?

Mit Hilfe der Kugeln

Mit Hilfe dieser Teleportationskugeln, wie wir sie jetzt nannten, gelangten dann die Wissenschaftler recht problemlos in die Station. Es war uns inzwischen klar geworden, dass diese Kugeln und die Mondstation zusammengehörten. Also war dieses verschwundene Volk nicht ganz ohne fortschrittliche Technik. Aber warum sie auf dem Planeten, wie in einem vorindustriellen Zeitalter, ohne nennenswerte technische Hilfsmittel lebten, blieb uns unklar. Will denn nicht jeder sein Leben erleichtern, wenn er dazu die Möglichkeit hat?

Irgendwer meinte mal, dass es vielleicht Aussteiger waren, die in einer natürlich belassenen Umgebung leben wollten, oder vielleicht Strafgefangene, die hierher, fernab ihrer eigentlichen Heimat verbannt wurden. Wir rätselten herum. Die Wissenschaftler dagegen, verteilten sich in der Station und begannen mit ihren Erkundungen. Mich und auch beide Plopps, trieb die Neugier voran, also durchstreiften wir die Station.

„Fassen Sie nichts an, bitte fassen Sie bitte nichts an!", bekamen wir immer wieder zu hören. Groß war die Angst, dass wir irgendwas gefährliches in Gang setzten. Keiner wusste ja, was hier alles schlummerte.

Die Plopps waren wirklich sehr nervig und vor allem krankhaft neugierig. Immer wieder hatten sie ihre Finger an irgendwelchen Dingen, von denen sie angeblich ganz genau wussten, was es sein konnte. Oft entfuhr mir ein ärgerliches und lautes: „Finger weg!"

Wir stolperten von einer Überraschung in die nächste. Wahnsinn, was die alles hier gebaut hatten. Noch nie war mir so etwas unter die Augen gekommen. Irgendwo in der Mitte der Mondstation, hunderte Meter unter der Oberfläche, betraten wir einen großen kugelförmigen Raum. Es ging ungefähr zehn Meter nach oben und ebenfalls nach unten.

In der Mitte, sozusagen in der Äquatorebene, befand sich ein Steg, auf dem man innerhalb der Kugel, mit mehreren Metern Abstand zur Wand rundherum laufen konnte. Ein Geländer diente zum Festhalten. Die Gravitation hier, fast in der Mitte des Mondes war, zumindest im Augenblick, so gut wie Null.

Dieser Raum machte auf uns den Eindruck, ein Observatorium zu sein. Ein paar Idorianer waren gerade dabei ihn zu erforschen. Mit irgendwelchen Geräten prüften sie die Energiezuleitungen und versuchten den Sinn der vorhandenen Apparaturen zu erkennen.

Ein anderer Trupp von ihnen suchte nach der zentralen Energieerzeugung. Irgendwo mussten die Generatoren, die den ganzen Komplex mit Energie versorgten, ja sein. Dann würde man sehen, welches Geheimnis dieser kugelförmige Raum offenbarte.

Wir machten uns weiter auf den Weg durch diese Station. Es war schon faszinierend, was da so alles lag oder herum stand. Irgendwann und irgendwo, ein paar hundert Meter weiter, befanden wir uns plötzlich im Eingang einer überdimensional großen Halle. Unser Sternenschiff, welches immer noch beschädigt um den Planeten kreiste, würde hier bequem zweimal hineinpassen. Aber Tore konnten wir keine entdecken. Trotzdem mussten welche da sein, dessen war ich mir sicher.

Auch hier tummelten sich schon verschiedene Idorianer, mit ihren Messgeräten, herum. Wir marschierten weiter und staunten nicht schlecht. Nach zweihundert Metern, standen wir in einer noch größeren Halle. Danach folgten noch ein paar relativ kleinere Hallen.

Schon seltsam, unten auf dem Planeten lebten die Leute wie im Mittelalter und hier oben auf dem Mond, hatten sie womöglich Raumschiffe geparkt, ging mir durch den Sinn. Einen anderen Nutzen konnte ich mir nicht denken. Was es doch nicht alles gibt.

Plötzlich durchzog ein feines Zittern den ganzen Komplex. Erschreckt schauten wir uns an. Was war das? Urm fragte einen Idorianer nach der Ursache.

„Wir haben gerade die zentrale Energieversorgung in Betrieb genommen. Die Vibration wurde durch die

Generatoren verursacht“, sagte er und schon war er weiter.

Jetzt ging überall die Beleuchtung an und Leben kam in die Station. Unbekannte Stimmen waren aus Lautsprechern zu hören. Sicher irgendwelche Anweisungen an das, schon lange nicht mehr vorhandene Personal.

Die Notbeleuchtung der Idorianer wurde abgeschaltet. Inzwischen meldeten sich auch die leitenden Offiziere über die Lautsprecher zu Wort und gaben einen allgemeinen Lagebericht ab.

Überall wuselten unsere Techniker herum. Es erschien mir fast so, als ob eine Horde halbverhungerter Wölfe, über eine schlafende Herde von Schafen herfiel. Der Unterschied war nur, dass die Idorianer alles sehr vorsichtig prüften und zerlegten. Schließlich wollten sie keine verhängnisvollen Fehler machen. Sie lernten, wie diese Mondstation zu bedienen war, brachten es fertig die Luftversorgung, die bis jetzt noch ein großes Problem war, in den Griff zu bekommen und fanden auch heraus, wie die Schleusen der großen Schiffshallen zu bedienen waren. Unser kaputtes Sternenschiff war inzwischen schon auf dem Weg hierher.

Die Techniker begannen sich in die Datenbanken einzuloggen. Schwierig war natürlich, die Sprache der Fremden und vor allem deren Befehlscode zu entschlüsseln. Aber irgendwie schafften die Idorianer es. Sprache und Verhalten der verschwundenen Bewohner schienen nicht zu exotisch zu sein.

04.02 Hinterlassenschaften

Die verschwundenen Bewohner

Die Rätsel um die verschwundenen Einwohner des
Planeten und der Mondstation, lösten sich nach und
nach. Es war, wie schon vermutet, nicht ein Volk,
welches hier mal lebte, es waren Gefangene, die zu
einem einfachen Leben auf diesem Planeten verurteilt
waren. Aus welchen Gründen auch immer. Diese Station hier oben auf dem kleinen Mond diente der Ü-
berwachung, Versorgung und Verbindung zur Heimat.

Als eine Katastrophe über den Planeten herein-
brach, wurden alle Bewohner evakuiert. Dies war der
Grund, warum wir, bis auf die Überreste von zwei
Bewohnern, keine weiteren fanden. Auch dieser Mond
hier, hatte etwas von dem Unheil abbekommen. Er
war eigentlich kein Mond, sondern eine große Raum-
station. Das, was wir als Oberfläche definierten, war
Geröll und Staub. Beides hatte sich hier im Laufe der
Zeit angelagert und verfestigt.

Wie man herausbekam, entstand die Katastrophe
durch den Zusammenstoß von relativ großen Meteor-
trümmern, die in den Orbit des Planeten gelangten
und sich dort zerrieben. Durch die Reibungshitze explodierten Teile von ihnen. Die Fragmente verteilten
sich über den ganzen Planeten. Dies musste mächtig
gekracht haben und so gelangte auch eine Menge Material in die Umlaufbahn des kleinen Mondes.

Die meisten Trümmer durchdrangen die Atmosphäre des Planeten und verstreuten sich über seine

Oberfläche. Der Rest verschwand im Nirgendwo des Alls.

Unser Schiff war inzwischen in einen Hangar untergebracht worden. Man hoffte es so gut wie nur möglich wieder herrichten zu können. Die Ausrüstung, die hier noch herumlag, war sehr hilfreich. So kam man mit den Reparaturarbeiten gut voran.

Natürlich wäre es sehr schön gewesen, wenn diese Fremden die gleiche Technik benutzt und dazu noch genau die Teile, die wir brauchen, hier gelassen hätten.

Logischer Weise ist so etwas nicht zu erwarten. Wir waren schon höchst glücklich, überhaupt etwas gefunden zu haben, was uns Hoffnung gab.

Fremde Antriebstechnik

Die idorianischen Techniker waren indessen dabei die Antriebsart der Raumschiffe der Fremden zu erforschen. Leider war keines der Schiffe mehr vorhanden, aber die Aufzeichnungen, die man in den Datenbanken fand, enthielten viele gute Hinweise. Sie bestanden aus Betriebs-, Wartungs- und Reparaturanleitungen. Es waren zwar fremde Raumschiffe, aber die Schriften waren gut zu verstehen, daher konnte man aus ihnen einiges lernen.

Als man die Grundzüge der Fortbewegungsart verstanden hatte war klar, dass es sich um eine ganz andere und unbekannte Art Antrieb handelte. Dieser war höchst interessant und schien auch sehr effektiv zu sein. Man fand in einer Reparaturabteilung zurückgelassene Aggregate, sogar in recht gutem Zustand. Diese Hinterlassenschaften versuchte man zu nutzen und an das Idorianische Schiff anzupassen.

Der Antrieb unseres Schiffs wurde auf dieses fremde System umgestellt. Es soll mich aber keiner fragen, wie die Ingenieure das gemacht hatten, denn das idorianische Schiff war ja vollkommen anders und es befand sich zudem nicht in einem materiellen Zustand. Aber sie bekamen es trotzdem irgendwie hin, wie auch immer sie das anstellten.

Soweit ich die Sache mit dem Antrieb überhaupt verstanden hatte, funktionierte die Technik der Fremden in der Weise, dass man die Kraft der Sterne anzapft. Der ausgesuchte Zielstern, liefert dem Raumschiff die Kraft, die dann dem Schiff ermöglicht, zu diesem Stern hinzufliegen.

Ich habe mächtig Probleme, dies zu verstehen. Wie soll so ein winziges Licht, welches von einem fernen Stern kommt ein Schiff bewegen können? Es scheint aber, dass die Fremden, die hier mal Boss waren, dieses Geheimnis gelöst hatten. Man erklärte mir, dass dieses kleine Sternenlicht nur für ein kleines Auge klein erscheint. Ein Auge mit dem gewaltigen Durchmesser von, sagen wir mal tausend Kilometern, würde eine gewaltige Menge an Energie von dem fernen Stern einsammeln.

Es ist sicher verständlich, dass man einen Stern von jeder beliebigen Stelle auf der Planetenseite, die sich dem Stern zuwendet, sehen kann. Dies entspräche viele Millionen Quadratkilometer. Man muss nur so etwas, wie eine supergroße Sammellinse haben. Und da ist schon die nächste Unmöglichkeit des Verstehens für mich. Eine solch große Linse kann es gar nicht geben, war meine Meinung.

Aber ich hatte mich zu sehr auf den Begriff einer Linse, aus Glas konzentriert. Es ist keine Linse im wörtlichen Sinne, sondern ein flaches Kraftfeld, von gewaltiger Ausdehnung. Dieses Kraftfeld sammelt die Energie des Sterns, und führt sie einem Konverter zu, der die Energie dann dem Schiffsantrieb liefert.

Nun, ja, wenn die meinen. Es kann ja so groß sein, warum nicht, Platz ist ja genug da. Aber wie nur soll das funktionieren? Zum Glück war das Problem schon von den Fremden gelöst. Die Idorianer brauchten es nur verstehen und an ihr Schiff anpassen.

Des Rätsels Lösung war einfach. Es gab genug Informationen und Aufzeichnungen, davon konnte man lernen. Die Vorbesitzer dieser Anlage hier, hatten ja zudem in ihren gewaltigen Wartungshallen genug Ersatzteile zurückgelassen. Die Idorianer brauchten diese Teile eigentlich nur in ihr Schiff einbauen.

Natürlich war es nicht so einfach, wie gesagt. Man musste die Geräte in ihrer Funktion, erstens verstehen und zweitens anpassen und danach natürlich noch testen.

Der Schaden, den die Piraten an unseren Antrieben angerichtet hatten, war nicht wieder gut zu machen. So war es für uns ein Geschenk des Himmels, hier einen Ersatzantrieb zu finden.

Der Kugelförmige Raum, den wir vor einer Weile mitten in der Station entdeckten, war ein Observatorium. Man forschte im Augenblick noch daran herum.

Programme für die Darstellung der Stern- und Nebelkonstellationen, waren recht komplex, doch die Idorianer waren schlaue Leute und knackten nach und nach all die Rätsel. Inzwischen konnten sie sogar recht exakt unsere Position in der Galaxis bestimmen.

Mein dringender Wunsch, endlich wieder die Heimreise anzutreten, wurde immer realistischer. Ein kleines Freudenfeuer aus Hoffnung flammte in mir auf.

Irgendwann war die Station ausreichend erforscht und die Reparaturmannschaft hatte unser Schiff in den bestmöglichen Zustand versetzt, der unter den gegebenen Umständen möglich war. Es stand nun reisebereit in dem großen Hangar. Ein wenig anders sah es jetzt aus, aber es war, laut Aussage, der Ingenieure funktionstüchtig.

Die Stabilität des Schiffes war wieder hergestellt. Durchbrüche oder fehlende Hüllenelemente gab es keine mehr. Alle notwendigen Geräte und Sensoren waren entweder neu, repariert oder ersetzt aber vor allem betriebsbereit.

Auch der Passagierbereich war wieder in Ordnung, alle Kabinen waren sauber und ordentlich. Sogar meine geliebte Lounge mit dem schönen Panoramafenster war wieder da. Ich staunte nicht schlecht. Wie haben die das nur so perfekt wieder hinbekommen? Ein neuer Antrieb glänzte am Heck des Schiffes, so als würde er immer schon dazu gehören. Wirklich erstaunlich. Die Idorianer waren für mich zu Halbgöttern aufgestiegen. Tolle Kerle waren sie und vor allem, technische Zauberkünstler. Man mussten sie einfach mögen. Ich war voller Glückseligkeit.

Abschied nehmen

Jetzt begann die Zeit des Abschiednehmens. Klar, dass dies nicht ohne viel Emotion und Tränen abging. Wir waren in der Zeit, eine zusammengewachsene Gemeinschaft geworden.

Der stolze Hüne, mit seinem Harem und seiner inzwischen großen Kinderschar, wollte auf jeden Fall hier bleiben. Hier war er ein Herrscher und König. In seiner Heimat hätte er sich wieder unterordnen müssen, was er nicht mehr ertragen wollte.

Der Aquarianer und auch der Steinesser wollten ebenfalls hier bleiben. Der Aquarianer hatte hier alle Meere, mit vielen köstlichen Fischen, für sich alleine. Und dem Steinesser fraß hier niemand seinen Schatz weg. Viel Energie hatte er in seinen Garten gesteckt und sogar mit Neuzüchtungen begonnen. Dieser Schatz bestand aus verschiedenen Sorten, bester Steingewächse, die er mit dieser Qualität noch nirgends gefunden hatte.

Eine Handvoll anderer Leute wollte ebenfalls hier bleiben, ein wenig Landwirtschaft betreiben und ansonsten von dem leben, was der Planet hergab. Der Boden war zwar karg, brachte aber dennoch genügend Nährstoffe hervor. Man müsse ihn nur richtig bearbeiten, meinten sie. Aber hauptsächlich fühlten sie sich hier frei. Hier gab es keine Administration, die ihnen Regeln und Gesetze vorschrieb, die ihnen ihr Leben einschränkten. So glücklich wie hier, hatten sie sich daheim nie gefühlt, sagten sie.

Die Idorianer versprachen gelegentlich mal wieder vorbeizuschauen. Hier ließe sich vielleicht ein Stützpunkt, bezugsweise eine Handelsmission für diesen

Raumquadranten einrichten. Handelsbeziehungen zu den Völkern, die es ja hier irgendwo geben musste, könnten sehr lukrativ sein, wenn man die Technik der Station zum Maßstab nimmt.

Den Planeten offiziell in Besitz nehmen, wollte man noch nicht, denn es könnte durchaus noch ein fremder Besitzanspruch bestehen. Dies wollten sie zuvor geklärt haben.

Unser Sternenschiff kreiste inzwischen wieder um den Planeten. Alle seine Energiespeicher waren randvoll geladen. Majestätisch und machtvoll zog es seine Bahn im Orbit des Planeten. Von der Oberfläche aus, war es mit bloßen Augen deutlich und klar zu sehen. Es schien sogar in einem viel besseren Zustand zu sein, als je zuvor, könnte man meinen. Auf jeden Fall sah es jetzt ein wenig anders aus. Die Tentakel waren nicht mehr zu sehen und dafür befand sich am Heck ein gewaltiger Wulst.

Die Abschiedsparty wurde unten auf der Oberfläche ausgiebig gefeiert. Nach und nach trafen alle, die mitkommen wollten, auf dem Schiff ein. Mit dem kleinen Shuttle wurden die letzten an Bord gebracht.

Ein letztes Lebewohl ließ der Kapitän den „Neusiedlern“ verkünden, dann gab er den Befehl, das Schiff auf den Heimatkurs einzuschwenken. Für die zurückgebliebenen wurde die Silhouette des stolzen Schiffes langsam kleiner, verblasste im Blau des Himmels und verschwand im Dunkel des weiten Universums.

Ich atmete kräftig durch. Ich war wieder auf dem Heimweg. Lange hatte ich darauf warten müssen. Im

Stillen dankte ich Meister Wu, dass er mich besucht hatte.

Doch bevor ich meinen Heimatplaneten wieder betreten würde, hatte ich noch den Planeten Endrin aufzusuchen. Ein neues Abenteuer lag vor mir.

04.03 Richtung Heimat

Rückreise

Wir waren endlich wieder unterwegs in Richtung Heimat. Vorbei waren Angst und Bedrückung, dass wir auf dem einsamen Planeten, der irgendwo in den Weiten der Galaxis, um seine kleine Sonne kreiste, bleiben müssen. Sicher wäre ich dort nicht alleine gewesen, aber mich drängelte es wieder nach Hause zu kommen, zu meinen Lieben, die sicher immer noch auf mich warten.

Je länger ich wegblieb, desto stärker wurde der innere Druck, den mein Heimweh verursachte. Meine Heimat rief und ich wollte endlich kommen. Aber wer weiß, ob die überhaupt noch an mich dachten, vielleicht hatten sie schon lange eine Verabschiedungszeremonie für mich abgehalten und mich sozusagen zu den Akten gelegt. Auf der Erde würde man sagen, für tot erklärt.

So etwas wollte ich natürlich nicht glauben. Derartige Gedanken wies ich mit Entschiedenheit zurück. Ich war doch beliebt, na ja nicht jeder mochte mich, aber die meisten auf jeden Fall. Da war ich mir ziemlich sicher. Man wusste doch auch, dass eine solche Erkundungsmission nicht ganz ungefährlich war und ich eventuell länger brauchte, um wieder nach Hause zu kommen.

Ich hoffte, dass dieser Meister Toras auf dem Planeten Endrin mir helfen konnte, meine körperliche Gestalt wiederzubekommen. Andernfalls musste ich in der spirituellen, körperlosen Form verbleiben. Wie sollte ich mich dann bemerkbar machen und wie überhaupt mein normales Leben weiterleben.

Solche Gedanken zogen mir durch den Kopf, während ich grübelnd vor dem großen Panoramafenster in der Aussichtslounge saß. Es war, durch das Können der Ingenieure, wieder vorhanden. Lange hatte ich darauf verzichten müssen, aber jetzt genoss ich die phänomenale Aussicht aufs neue. Ich lümmelte mich meistens viele Stunden faul und träge, auf dem bequemen Sessel, vor dem großen Fenster herum. Was sollte ich auch anderes tun? Es gab auf dem Schiff Tag- und Nachtzeiten, obwohl keine Sonne diese Zeiten anzeigte. Aber ein geregelter Tagesrhythmus ist nun mal gut für das Befinden der Leute.

Die Techniker hatten es fertiggebracht, den neuen Antrieb, des Schiffs sowie auch die Besatzung in einen energetischen feinstofflichen Zustand zu konvertieren. Somit war ich auch für die anderen sichtbar, da sie sich ja im gleichen Zustand befanden. So kam es nicht vor, dass sich jemand ungewollt auf mich setzte, was sicher passieren könnte, ich aber absolut nicht mochte.

Wie es möglich war, dass dieser Antrieb auch in einem feinstofflichen Zustand funktionieren konnte, blieb für mich ein Rätsel. Aber das meiste an diesem Schiff war mir sowieso ein Rätsel. Für mich war nur wichtig, dass wir jetzt mit Höchstgeschwindigkeit nach Hause flogen.

Aber so einfach ging dies dann doch nicht. Der neue Antrieb hatte seine Tücken und alles konnten die Ingeneure auch nicht verstehen. Man sollte bedenken, dass er von einer anderen Rasse entwickelt wurde, die andere Denkweisen hatte. Sicher blieben physikalische wie auch mathematische Regeln und Gesetze überall die gleichen, aber wie diese für den Antrieb angewendet werden mussten, war dann doch nicht so einfach zu erkennen. Das führte dazu, dass es hin und wieder mal Probleme gab. Manchmal war es einfach unmöglich die Frequenzen eines Zielsterns zu erfassen, um das Schiff auf seinen Strahl zu setzen. Das konnte durchaus daran liegen, dass hinter dem Stern ein weiterer Stern war und die Lichtstrahlen des vorderen beeinflusste. Es könnte aber auch sein, dass eine vorgelagerte Gaswolke den Strahl verwischt. Mit ganz unterschiedlichen Störfaktoren hatten die Ingenieure zu kämpfen. Wir mussten daher manchmal einen anderen Stern auswählen, was uns weit vom Kurs abbrachte. Denn nicht jeder Stern hatte einen geeigneten Strahl mit genügend Energie.

Ab und zu traten auch Funktionsstörungen an diesem Antrieb auf, so dass wir antriebslos durch den unendlichen Raum schwebten.

Ich war dann immer aus lauter Furcht, dass wir in dieser dunklen Unendlichkeit stranden würden, schnell am Beten. Die Erdenmenschen hatten mich mit ihren Glauben an diese große, helfende Instanz angesteckt.

Ihr könnte mir glauben, wenn man da draußen im dunklen Nirgendwo, recht hilflos herum hängt, weit weg von daheim, und nichts tun kann außer Hoffen und Bangen, da wird es einem aber wirklich ganz anders. Da möchte man wirklich glauben, es gäbe eine solche helfende Instanz, an die man sich wenden kann. Und da ich auf meiner Reise mitbekommen hatte, dass es vieles gibt, was mir noch unbekannt war, schloss ich nichts mehr aus. Also betete ich so gut ich konnte und unsere Reise ging weiter. Ob meine Art des Betens wirklich half, wusste ich natürlich nicht. Den Technikern gelang es zum Glück immer wieder, den Antrieb neu zu starten.

Einmal saßen wir sogar in einer dunklen Wolke fest, da war absolut kein Stern zu sehen. Das war eine schlimme Zeit. Zum Glück befanden wir uns nahe des Randes der Wolke und konnten uns mit einigen Impulsstößen aus ihr befreien. Trotzdem dauerte es ein paar Tage, die an meinen Nerven zehrten.

Da wurde mir mal wieder die Realität des Seins bewusst. Zwischen Sein und Nichtsein, liegt oftmals nur eine kleine Unaufmerksamkeit.

Eine kleine Nachlässigkeit, oder eine kleine fehlerhafte Entscheidung und schon ist es passiert. Dass es manchmal die kleinen Dinge sind, die große Geschehnisse bewirken, wurde mir dadurch klar. Ich glaube, ich sollte ein Buch über die Philosophie des Seins schreiben. Mein Leben spielte sich in dieser Zeit oft zwischen Bangen, Beten und Hoffen ab.

Zum Glück waren die Idorianer immer wachsam und trafen meistens die richtigen Entscheidungen.

Bekannte Gefilde

Die Flugroute unseres Heimfluges glich eher einer weitläufigen Zick-Zacklinie als einer geraden Flugstrecke. Doch wir kamen voran, langsam aber sicher und das war mir wichtig. Das Wort langsam ist natürlich relativ, unsere Geschwindigkeit lag durchaus im hohen Überlichtbereich. Aber natürlich war es eine langsame hohe Geschwindigkeit. Ich verfiel in Wortspielereien über langsam und schnell im unvorstellbaren Überlichtbereich. Vorteil war, dass dadurch die Zeit schneller verging.

Wir näherten uns irgendwann dem Zentrum der Galaxis. Zum Glück mussten wir nicht direkt hindurch, denn die Dichte der Sterne schuf starke energetische Felder, die uns schaden konnten. Ein Vorteil war allerdings, dass wir eine bessere Auswahl an energiereichen Sonnen zur Verfügung hatten. Die Flüge waren zwar kürzer und wir mussten öfter die Flugrichtung neu justieren, aber dafür kamen wir wesentlich schneller voran.

Nachdem wir am Zentrum vorbei waren, konnten einige bekannte Sternkonstellationen mit den Sensoren erfasst werden. Das riss uns aus unserer Lethargie heraus und ließ in uns Hoffnung aufleben. Und bald erreichten wir die ersten Ausläufer bekannter Sternbereiche. Das Wort „bald", bedeutet natürlich einige Wochen. Dies ist hier nun mal so, denn die Galaxis ist wirklich elend groß, vor allem, wenn in einem das Heimweh brennt.

Wir kreuzten weiter, wie schon beschrieben in Zick-Zacklinien, unserem Heimatquadranten Lichtjahr um Lichtjahr entgegen. Mit der Zeit machte sich eine

Aufbruchstimmung breit. Wir wurden alle entspannter, hoffnungsfroher und freundlicher.

Eine Familie waren wir in der langen Zeit geworden, eine verschworene Familie im Kampf gegen die Widrigkeiten unseres gemeinsamen Schicksals. Zusammen hatten wir Abenteuer bestanden, die keiner vorher erwartet hätte. Daher überlagerte langsam ein Gefühl der Bedrückung unsere Freude, bald daheim zu sein, denn wir würden uns trennen müssen. Jeder hatte dann wieder seine eigenen Wege zu gehen.

Die Idorianer versuchten ihre Heimatwelten zu kontaktieren. Dies war nicht so einfach, die Entfernung war noch zu groß. Doch mit jedem Tag, den wir näher kamen, verbesserte sich die Chance, gehört zu werden.

Dann, eines Tages war es soweit, unsere Rufe wurden von irgend jemanden gehört und - beantwortet.

Das ganze Schiff verwandelte sich in einen lebhaften, munteren Ameisenhaufen, die Leute rannten alle durcheinander. Jeder wollte jedem zuerst die Sensation verkünden: „WIR HABEN KONTAKT - WIR HABEN KONTAKT!!!"

„Hast du schon gehört? Wir haben Kontakt mit der Heimat."

Nach langen Jahren in der Fremde hatten wir wieder Kontakt mit Daheim. Wir jubelten, tanzten, sprangen vor Freude in die Luft und lagen uns in den Armen. Irgendein einsames Handelsschiff, welches sehr weit entfernt der Heimatwelten seine Bahn zog, fing zuerst unseren Ruf auf. Es war gerade auf der Suche nach neuen Handelspartnern. Bereitwillig übermittelte die Crew des anderen Schiffes unsere Botschaft weiter zum nächsten Außenposten der idorianischen Förderation.

Ein reger Informationsaustausch entwickelte sich. Zwischen den offiziellen Funkgesprächen durften auch die Passagiere Nachrichten in ihre Heimat senden. Das war natürlich auch für mich eine gute Gelegenheit, Zuhause mal was von mir hören zu lassen. Aber mein Heimatplanet war in der idorianischen Förderation leider nicht bekannt. Mein Schicksal kennt wohl keine Abkürzung, ging mir durch den Sinn. Ich war wohl der einzige, der traurig herumhockte.

Einige Stunden später bekamen wir die Nachricht, dass wir von einem anderen Raumschiff abgeholt werden. Dies war auch gut so, denn unser Schiff bekam mit dem fremden Antrieb immer öfter Probleme. Schon in den letzten Wochen fiel dieser regelmäßig aus. Zum Glück hatten die idorianischen Techniker ihn aber immer wieder in Gang bringen können. Improvisieren hatten sie inzwischen gut gelernt.

Es vergingen noch einige Tage, dann plötzlich schwebte einer dieser riesigen idorianischen Raumkreuzer neben uns. Immer wieder ein großartiger und faszinierender Anblick, diese helle kristallähnliche Struktur des Schiffes, mit dem schwachen silbernen Leuchten. Vor dem Panoramafenster in der Lounge, saß ich in meinem Sessel, und staunte.

Diesmal war ich weggerissen von dem Anblick des anderen Schiffes. Die Gewaltigkeit, scheinbare Leichtigkeit und Stille überwältigte mich. Es schwebte neben uns, wie ein Traumbild, als käme es aus einer anderen Welt, um uns, aus unserer Einsamkeit zu befreien.

Sicher sah unser Schiff von der anderen Seite auch sehr eindrucksvoll aus, zudem war es nach dem Umbau etwas fremdartig geworden. Ich hatte es nur teilweise von außen gesehen. Damals, vor unserem Start, stand es noch im großen Hangar, auf dem kleinen Mond. Alle waren aufgeregt und sozusagen aus dem Häuschen. Fast unendlich lange hatten wir keinen Kontakt mehr mit der Heimat. Wobei ich selber ja auch hier noch in der Fremde war und trotzdem von Heimat sprach.

Alle waren gespannt, was geschehen würde. Bald darauf erklang eine Durchsage in den Lautsprechern. Wir wurden darauf vorbereitet, bald das Schiff zu wechseln, um mit dem anderen Schiff unsere Heimreise fortzusetzen.

Urm und Orm die beiden Plopps liefen mir über den Weg. Zappelig wie immer schwatzten sie auf mich ein, und ich konnte mal wieder nur die Hälfte verstehen. Aber ich mochte die beiden in ihrer Art, obwohl sie manchmal recht nervig waren. Uns unterschied im wesentlichen, dass sie hinaus ins Universum wollten und ich endlich wieder heim, nach Hause zu meiner Familie.

Für die beiden war hier alles neu und fremd und das war es wohl auch, was sie erleben wollten. Zusammen gingen wir zu den Sammelstellen, um uns auf das andere Schiff überbooten zu lassen. Die Prozedur dauerte eine Ewigkeit.

Stewards eilten geschäftig hin und her und verschafften sich einen Überblick über das Chaos. Mitten im Andrang, über die Schultern der Passagiere hinweg, erteilten sie Anweisungen, regelten Dinge, gaben etwas genervt aber freundlich Auskunft und organisierten das Übersetzen zum anderen Schiff.

Irgendwann kamen auch wir dran, die beiden Plopps und ich. Die Füße taten mir inzwischen weh. Natürlich nicht wirklich, den die waren ja Fischfutter geworden, aber meine körperlichen Empfindungen waren eben irgendwie noch da. Phantomschmerz heißt dies wohl. Nun gut, wir drängelten uns in ein angedocktes Shuttle.

In solcher Situation lernt man erst so richtig die Unterschiede zwischen den Spezies kennen. Es war wirklich kaum auszuhalten.

Normalerweise würde man sich ja aus dem Weg gehen, bezugsweise Abstand halten, aber hier geht es halt nicht. Da musst du eben durch, dachte ich. Man könnte zwar meinen, in dem körperlosen spirituellen Zustand wäre dies doch eine problemlose Sache, aber wer so etwas, schon einmal durchmachen musste, weiß wovon ich rede. „Da is nix mit problemlos!"

Von einem materiellen Körper nimmt man meist nur die äußere Gestalt und seine Ausdünstung war, im spirituellen Zustand aber eröffnet sich einem der ganze innere Misthaufen, den mancher in sich angesammelt hat. Mist ist noch milde ausgedrückt. Es handelt sich bei einigen Zeitgenossen um Ansammlungen von schlechtesten Geisteshaltungen, miesesten Gedanken und niedrigsten Emotionen, wie Brutalität, Gier, Geiz bis hin zu Mord und Totschlag. Dies erlebt man als unmittelbar danebenstehender leider direkt und ungefiltert.

Normalerweise achtet man die Intimität anderer. Man spioniert nicht in das Innenleben Fremder herum, weil man sich nicht unnötig mit fremden Problemen belasteten will und zudem nicht die eigene Psyche beschmutzen möchte. Man macht sich einfach nicht dreckig am Schmutz anderer. Außerdem wünscht man sich, auch selbst geachtet zu werden. Solches wird einem aber erst bewusst, wenn man in einer entsprechenden Situation steckt.

Das sind universelle Regeln, die man in den spirituellen Zuständen automatisch beachtet, schon allein aus Gründen des Selbstschutzes.

Bei Nichtbeachtung kann man sich im schlimmsten Fall, in die Kausalität eines fremden Schicksals verstricken und in einen Sog hineingezogen werden, aus dem man sich, im schlimmsten Fall, nicht mehr befreien kann. Solches kann sehr tragisch enden. Daher versuchte ich mit aller Kraft, so etwas wie einen spirituellen Schutzschirm um mich herum aufzubauen. Dieser bestand hauptsächlich aus den Vorstellungen: Ich höre nichts, ich sehe nichts, ich rieche nichts, ich will nichts, ich habe eine Schutzhülle um mich herum. Das half etwas, mir jedenfalls.

Ich möchte meine Mitreisenden nicht verteufeln, sie können ja nichts dafür, dass sie so sind. Sie kommen eben aus einer Welt, die nicht besser ist. Es fehlte dort leider noch der entscheidende geistige Evolutionssprung.

Die Überfahrt dauerte nur eine kurze Zeit, die mir aber auf Grund der beschriebenen Umstände sehr lang vorkam. Durch die Fenster konnten wir die beiden gewaltigen Schiffe sehen. Wie klein waren wir doch, in dieser winzigen Büchse hier.

Riesige Scheinwerfer tauchten das ganze Umfeld in ein magisches Licht. Die Silhouetten der beiden Schiffe erstrahlten in ihrer silbernen astralen und kosmischen Färbung. Sie füllten fast das gesamte Sichtfeld aus. Wahnsinn, dachte ich. Dann umgab uns aber der dunkle Schatten, den die Tore der Shuttleschleuse warfen, und die Fenster zeigten uns eine andere Umgebung. Hinter uns schlossen sich die Schleusentore. Vor uns öffnete sich die Halle eines Hangars. Scheinwerfer leuchteten alles aus. Lotsen wiesen dem Shuttle einen Platz zu und Bedienstete eilten regelnd hin und her.

Stewards standen bereit uns zu empfangen. Dann öffneten sich die Türen unseres Shuttles. Wir quollen heraus, ähnlich wie zusammengepresste Luft aus einem Ballon. Ich empfand es als große Erleichterung. Die Stewards wiesen uns den Weg zu den Passagierbereichen. Dort sammelten und verteilten wir uns wieder. Jeder suchte sich einen Platz oder ein bequemes Eck.

Die Letzte Etappe

Die Letzte Etappe unserer langen Odyssee durch die Galaxis lag vor uns. Die neue Idorianische Crew war sehr hilfsbereit und freundlich zu uns. Sie wussten, was wir durchgemacht hatten. Ein bekanntes Brummen durchzog das Schiff. Das hatte ich schon lange nicht mehr gehört, so klang unser Schiff auch mal, als es noch unbeschädigt war. Die Antriebe begannen zu arbeiten. Durchsagen drangen aus den Lautsprechern. Aufbruchstimmung machte sich breit. Es ging los. Unser altes Schiff, welches die letzten Jahre unsere

Heimat war, wurde hinter uns zusehends kleiner. Wehmut stieg in mir auf. Dort waren wir alle zu einer großen Familie geworden, ganz unabhängig von unseren unterschiedlichen Wesensarten. Wir waren aufeinander angewiesen und hatten zusammengehalten. Dadurch konnten wir die Machenschaften des Schicksals relativ gut überstehen.

Doch nun löste sich unsere große Familie zusehends auf. Unsere bisherige idorianische Crew, die auch dazuzählte, war auf dem alten Schiff geblieben, um es zur Reparatur und Überholung nach Hause in den Raumhafen zu bringen. Später hörte ich mal, dass man dieses Schiff als ein Ausstellungsstück in einem Museum untergebracht hatte. Immerhin war es das erste Schiff, welches die Galaxis durchquert hatte. Zudem hingen auch sehr viele Emotionen daran. Und, man sollte sich bewusst sein, dass dieses Schiff ein Produkt zweier weltraumfahrender Spezies ist. Es hat zudem die Erwartungen voll erfüllt, und schiffbrüchige, durch die Galaxis nach Hause gebracht. Die Idorianer erfüllte der Anblick des Schiffes daher mit Stolz.

Wir Passagiere dagegen, sollten nacheinander zu unseren eigentlichen Zielorten gebracht werden. Dadurch, waren wir ständig am Verabschieden. Die vielen emotionalen Bande die wir geknüpft hatten, wurden zwangsläufig zerrissen. Es war ein bisschen wie sterben. Wir tauschen Adressen aus und versprachen uns gegenseitig zu besuchen. Auch ich hatte mir vorgenommen, wenn ich wieder daheim war, alle einzuladen und ein großes Fest zu machen. Aber ich hatte ja schon längst festgestellt, dass das Schicksal seine eigene Planung hat. Für das Schicksal waren wir doch nur

Spielfiguren, die umhergesetzt werden. Wer mich kannte wusste, dass ich nur ein Ziel hatte und kann daher vielleicht auch meinen Frust, den ich mit mir herumtrug, verstehen.

Wir flogen einen Planeten nach dem anderen an, setzten einige Passagiere ab und nahmen ein paar andere auf. Die einen waren hier zu Hause, andere mussten umsteigen und eine andere Route nehmen. Ein paar Fremde kamen neu hinzu, weil sie die gleiche Route nutzen wollten. Wir wurden immer weniger. Aber als Ausgleich kamen, wie schon gesagt, neue Passagiere an Bord.

Urm und Orm, die beiden Plopps hatten kein bestimmtes Ziel, sie wollten einfach nur den Rest der Galaxis kennen lernen. Da beide die Fähigkeit hatten mühelos ihren körperlichen Zustand zu wechseln, also vom materiellen, in den spirituellen und umgekehrt, waren die Idorianer sehr daran interessiert beide als Spezialisten für Sonderfälle zu bekommen. Auf diese Weise hatten beide ein freies Flugticket zu interessanten Zielen, die natürlich die Idorianer auswählten, aber dies war ihnen gerade recht.

Blieb noch meine Wenigkeit. Ich musste nach Endrin, um meinen neuen Meister aufzusuchen. Was würde er für ein Mensch, oder Wesen, sein? Würde ich mit ihm zurechtkommen? Ich hoffte dort zu lernen, wie ich wieder meinen normalen materiellen Zustand erreichen konnte.

Die beiden Plopps verstanden nicht, was ich eigentlich für Probleme hatte. Für sie war Körperkonvertierung eine ganz einfache Sache. Viele Male hatten sie mir schon gezeigt und erklärt, wie man mit seinen

Körper vom materiellen Zustand, in den spirituellen wechselt, also die Materie auflöst und sie wieder herstellt, aber die Struktur meines spirituellen Körpers ließ dies wohl nicht so einfach zu. Es macht wohl doch einen Unterschied, in welchen Teil der Galaxis man zur Welt kommt.

Meine Hoffnungen hingen an diesem Meister. Ich wollte schließlich nicht ewig für normale Menschen „tot" bleiben. Na ja, so richtig tot war ich ja eigentlich nicht, aber wie sollte ich dies denen klar machen, die täglich in ihrem materiellen Körper leben, den Solids, wie sie manchmal genannt wurden. Sie waren ja normalerweise nicht fähig spirituelles wahrnehmen zu können. Die meisten jedenfalls. Für sie bestand die Welt nur aus Atomen, Molekülen und anderen materiellen Dingen. Zu solchen Leuten gehörte leider auch mein Volk und meine Familie. Mein Gefühlszustand bewegte sich zwischen Hoffen und Bangen.

Dann eines Tages schwebten wir über Endrin. Ein kleiner Planet war dies und dazu noch unter einer Wolkendecke verborgen. Ich hatte mich in den Shuttlehangar einzufinden. Urm und Orm begleiteten mich. Sie waren die letzten, die verblieben waren, und nun musste ich gehen. Meine Gefühle waren zerrissen.

Unser Abschied war herzlich und wir hofften uns eines Tages wiederzusehen. Die Stewardess, die mir die Türe offen hielt, bat mich noch einmal um Verzeihung für die vielen Umstände, die entstanden waren und wünschte mir eine gute erfolgreiche Weiterreise. Die beiden Plopps winkten mir noch zu, als ich im Shuttle verschwand. Beide hatten sich angepasst und benutzten nur noch, wie wir anderen zwei Glieder als

Arme. Nur in Sonderfällen stülpten sie, mit diesem markanten Ploppgeräusch, ihre weiteren Glieder aus.

Ich schaute zurück. Mit allen ihren Armen winkend hüpften sie aufgeregt von einem Fuß auf den anderen. Sie riefen mir Abschiedsgrüße zu, die ich winkend erwiderte. Wirklich zwei kleine, lustige, rundliche Kerlchen. Ich werde sie sehr vermissen. Dann schloss sich die Shuttleluke und ein weiterer neuer Lebensabschnitt begann für mich.

04.04 Planet Endrin

Raumhafen Endrin

Das Shuttle verließ das Raumschiff und steuerte den Planeten an. Hinter mir lag eine lange Odyssee deren guter Ausgang sich anfangs niemand vorzustellen wagte.

Ich schaute jetzt nach vorn, denn es gab für mich noch viel zu lernen. Ich muss, im Nachhinein zugestehen, dass ich wirklich keine Ahnung von den Hintergründen und Zusammenhängen meines Lebens hatte. Ich lebte bis jetzt immer noch in den alten Denkmustern meines Volkes, die Jahrtausende alt waren und mir eine Menge Probleme bereiteten, weil die Dinge anders liefen. Ich litt sehr darunter, denn die Denk- und Verhaltensweisen, die ich brauchte kannte ich nicht. Daher musste ich mich kreativ verhalten und hoffen, dass ich richtig lag. Obwohl ich mich jetzt schon recht lange im körperlosen Zustand befand und somit einige Erfahrungen in der materielosen Sphäre hatte, fiel es mir doch schwer manche Erfahrungen zu akzeptieren. In meiner Kultur daheim war vieles von den täglichen Erfahrungen, die ich machte, unbekannt und wurde daher nicht vermittelt.

Der Pilot meldete unseren Anflug dem Raumhafen und bat um Einweisung. Seit die idorianische Förderation diesen Planeten regelmäßig anflog, war das Empfangsgebäude mit Geräten ausgerüstet, die auch feinstoffliche, spirituelle Strukturen erfassen konnten. Man würde mich also deutlich wahrnehmen können.

Der Tower fragte nach dem Grund der Landung und bekam als Antwort, dass ein Passagier anreiste. Uns wurde ein Landeplatz zugewiesen, den wir kurze Zeit später erreichten. Nicht weit davon entfernt war das Empfangsterminal. Ich verabschiedete mich vom Piloten und dankte ihm für seine Mühe. Dann stieg ich aus und machte mich auf den Weg in das Gebäude. Auf einen Planeten zu landen ist eine offizielle Angelegenheit und wird auch so behandelt. Man will ja schließlich wissen, wer da kommt und nicht jeder ist erwünscht.

Ein Offizier erwartete mich. Mit Hilfe der entsprechenden Geräte, eine Art Brille mit Mikrofon und Ohrhörer, konnte er mich deutlich sehen und mit mir kommunizieren. Er wollte Grund und Ziel meiner Reise wissen. Ich sagte ihm, dass ich zu einem Mann namens Toras wolle, um dort eine Lehre zu beginnen. Was ich denn lernen wollte, war seine weitere Frage. Wie ich meinen Körper wieder zurück bekommen kann, war meine ehrliche Antwort. Ich dachte nicht darüber nach, ob er überhaupt ermessen konnte, von was ich rede.

In diesem Moment mischte sich ein kleiner, älterer Mann mit dunklem Haar ein.

„Entschuldigen Sie, ich bin hier um den Besucher abzuholen, der von den Idorianern gebracht wurde."

„Ohne diese Geräte hier werden sie unseren Besucher wohl kaum erkennen können", behauptete der Offizier etwas selbstgerecht.

„Oh", meinte der Mann, „seit meiner Geburt kann ich körperlose Leute sehr gut sehen und auch mit ihnen reden."

Der Offizier staunte. Er hatte wohl noch nie jemanden kennengelernt, der dies ohne Geräte konnte.

„Na gut", meinte der Offizier, „hier ist er, dann nehmen sie ihn mal mit und vergessen sie nicht, ihn in unseren Verhaltensregeln und den wichtigsten Gesetzen zu unterrichten. Hier, ich brauche noch ihre Unterschrift!" Er hielt ein Formular hin und bekam von dem Mann was er wollte.

Danach grüße er in seiner formellen Art und wandte sich anderen Aufgaben zu.

Meister Toras

„Sind sie Meister Toras?", fragte ich den Fremden.

„Ja", antwortete er, „und nun lass uns gehen." Er zerrte mich regelrecht zum Ausgang hin. Ich staunte schon ein wenig darüber, dass Meister Toras schon da war, um mich abzuholen. Die Sorgen, wie ich ihn wohl hätte finden könnte, waren überflüssig geworden. Wie heißt es doch so schön: Ist der Schüler soweit, kommt der Meister von selbst! Na ja, dachte ich, schauen wir mal was sonst noch kommt.

Wir verließen das Empfangsgebäude. Draußen brandete uns der städtische Verkehr entgegen. Ein Verkehrsgetümmel mit Krach und Gestank, wie überall in den Metropolen der galaktischen Welten. Alle ihre Bewohner haben immer etwas wichtiges zu tun. Sie drängen, eilen, hetzen, hasten, schreien, schimpfen und transportieren alle möglichen Sachen umher, wie zum Beispiel Taschen, Beutel, kleine und große Kisten, oder irgendwelche Dinge. Sie zerren ihre schreienden Kinder mit stressverzerrten Gesichtern, hinter sich her. Das absolute Chaos eben!

Toras schob mich energisch in einen Bus, der gerade vor uns hielt und dessen Türen aufschwangen. Sein Auspuff entließ einen Gestank, dass sogar ich mir, die Nase zuhalten musste. Ich fragte mich, ob der Motor wohl ein uralter Diesel von der Erde sei und womöglich noch aus einem Museum geklaut wurde.

„Schnell weg aus diesem Chaos!", sagte Toras kurz. Im Bus war es allerdings noch schlimmer als draußen. Der Krach durch überlautes Geschwätz und Geschrei marterte meine beiden Trommelfelle. Irgendwo hielt ich mich fest. Sitzen war gar nicht möglich. Vorteil war lediglich, dass der Bus die Stadt verließ, wobei er sich nach und nach langsam leerte, viel zu langsam, für meine geplagten Nerven. Es wurde angenehmer. Irgendwann waren auch Plätze frei und wir konnten uns setzen. Die Gebäudereihen an den Straßenseiten lockerten sich auf.

Ab und zu konnte man ein bisschen von der Landschaft außerhalb der Stadt erkennen. Dann waren wir auf einer Ausfallstraße, die uns wirklich aus der Stadt hinausführte.

„Das war Endrin-City", bemerkte Meister Toras sarkastisch, „ein Hort von Abschaum, Schmutz, Unrat, Kriminalität und Destruktion. Halte dich fern von hier."

Langsam kehrte in meinen Kopf wieder klares Denken ein. Jetzt war mir auch klar, warum Toras mich bei der Eingangskontrolle eilig weggezerrt hatte. Die letzten Ereignisse gingen mir durch den Kopf.

Toras hatte mich weggezerrt, das geht doch eigentlich gar nicht. Einen köperlosen Geist wie mich, kann man eigentlich nicht fassen, wie man irgend ein materielles Ding ergreift. Etwas ähnliches hatte ich nur bei Jonas erlebt. Und warum eigentlich hatte ich alles so intensiv wahrgenommen und erlebt, als würde ich mit meinem alten Körper hier sein?

Ich grübelte, bis ich darauf kam, dass mir auch ohne materiellen Körper alles genau so zugänglich ist. Eigentlich wusste ich es ja, aber die Umstände hier waren überwältigend.

Bevor ich eine Frage formulieren konnte, meldete sich Meister Toras: „Du hast sicher viele Fragen, habe etwas Geduld, sie werden alle beantwortet."

Wir fuhren ungefähr eine Stunde durch die Landschaft. Auf den ersten Blick war sie nicht anders als auf anderen Planeten. Jeder hatte seine speziellen Geländeformationen und Vegetationszonen und irgendwie ähnelten sie sich. Da waren Meere, Kontinente, Gebirge, Seen, Wälder, Steppen, Eisfelder und Wüsten. Allerdings gab es auch durchaus Eigenheiten, die sehr eindrucksvoll sein konnten und so gestaltet, wie man sie sonst nirgends fand. Hier fuhren wir gerade durch eine Gegend mit einem gemäßigten Klima, gut für Landwirtschaft.

Es gibt aber zum Beispiel Planeten mit liegender Achse innerhalb der habitablen Zone eines Sonnensystems. Dort muss sich die Natur etwas besonderes einfallen lassen, um überlebensfähige Pflanzen und Tiere zu erschaffen. Diese sind dann auch meist sehr andersartig, und passen nicht in einen normalen Rahmen. Menschen hätten dann ein Leben, wie die Eskimos auf der Erde, ein halbes Jahr hellen Tag und ein halbes Jahr dunkle Nacht. Aber Endrin war ein normaler Planet, ähnlich meiner Heimatwelt oder die Erde. Inmitten eines kleinen Ortes wurde der Bus langsamer, fuhr an die Seite und hielt an.

„Hier steigen wir aus", sagte Toras, und schob mich aus dem Bus. Endlich wieder frische Luft, ich atmete auf. Die Lebensprozesse waren hier auch nicht anders, als bei mir Daheim. Darum wunderte es mich nicht, dass hier grüne Pflanzen wuchsen und die Bäume grüne Blätter hatten. Trotzdem gab es natürlich irgendwelche Ausnahmen.
Es gab immer irgendwelche Pflanzen, die anders waren. Bei denen musste man besonders vorsichtig sein, zumindest bis man ihre Eigenheiten kannte. Die konnten durchaus sehr unangenehm sein.

Der kleine Gasthof
Gegenüber befand sich ein Restaurant. Auch auf Endrin müssen die Bewohner essen, dachte ich. Toras zerrte mich mit sich, in das Restaurant hinein, als ob ich verloren gehen könnte. In einem ruhigen Eck stand ein Tisch, den steuerte er an. Setz dich dahin, wies er mich an. Mehr konnte er nicht sagen, weil schon der Wirt neben uns stand.

„Hallo Toras, bist du auch mal wieder hier? Hast du wieder einen deiner unsichtbaren Freunde mitgebracht - Ha, Ha?

Ich freue mich ja über jeden Gast, aber deine unsichtbaren Freunde essen und trinken ja nichts, eigentlich schade."

Er hatte wohl mitbekommen, dass Meister Toras etwas zu mir sagte.

„Na gut, dann bring mir heute halt mal zwei Essen. Du weist ja, was ich mag." Der Wirt schaute etwas ungläubig. „Zwei Essen heute? Kommt sofort."

Was soll das werden, dachte ich. Im spirituellen Zustand brauchte ich kein Essen, und schon gar kein materielles, eigentlich sollte er dies wissen. Es dauerte nicht lange und der Wirt kam mit zwei Essen zurück. Auf dem Raumschiff hatte ich gegessen, aber nicht aus Hunger, sondern mehr aus Appetit. Aber das waren ja die Energieformen von materiellen Lebensmitteln. Eines stellte der Wirt vor Toras hin und das andere an den Platz, an dem er mich vermutete.

„Lasst es euch schmecken", sagte er und ging dann grinsend zur Theke zurück. Mir war klar, dass er uns von dort aus beobachtete. Toras sah etwas griesgrämig drein. Innerlich schimpfte er wohl auf den Wirt.

„Iss!", sagte er im Befehlston zu mir.

„Wie soll das gehen?", gab ich zurück.

„Frag nicht soviel, iss einfach!"

„Nun gut, ihm zuliebe wollte ich so tun, als ob ich von dem, vor mir stehenden Essen, etwas nehmen würde. Ich griff zu der danebenliegenden Gabel, durch die natürlich meine Finger rutschten, ohne dass die Gabel sich bewegte. Aber, ich hielt das feinstoffliche

Duplikat der Gabel in den Fingern. Toras war mit dem Essen beschäftigt und ließ mich machen. Als nächstes begann ich von dem Essen etwas zu essen, wobei natürlich das sichtbare liegen blieb. Aber auch hier hatte ich eine feinstoffliche Kopie an der Gabel stecken. Interessiert betrachtete ich das Stück Gemüse, welches an der Gabel hing. Es sah einem Stück Kartoffel sehr ähnlich.

„Nun iss schon", trieb mich Toras an, da er sah, dass ich eher herumspielte als zu essen. Also versuchte ich das Stück zu essen, so wie ich es auf dem Schiff auch gemacht hatte. Es schmeckte und verschwand in mir, wie Essen in einem eben verschwindet. Ich spürte, wie das Stück sich in mir auflöste und wie sich seine Energie in meinem geistig spirituellen also feinstofflichen Körper verteilte. Ich kannte diese Vorgänge noch von der Erde her und von der Reise mit den Idorianern, war aber immer wieder davon fasziniert. „Na, schmeckt es dir?"

„Wie ist das möglich?", fragte ich zurück. Ich hatte ehrlich gesagt noch nie mit meinem feinstofflichen Körper probiert materielles, also normal gekochtes, Essen zu essen, seit ich meinen Körper verloren hatte. Bei den Idorianern war alles schon in einem feinstofflichen Zustand vorbereitet und im Himalaja, damals, hatte ich einen materiellen Körper. Ich blickte fragend zu Toras.

„Dein Denken und Vorstellen, ist die Ursache", sagte er, und er ergänzte: „Im Augenblick wohl eher mein Denken und Vorstellen, aber du wirst es bald lernen."

Bei Jonas hatten wir uns mit Essen, nicht beschäftigt. In dem Camp bei Meister Wu hatte ich wie eben gesagt einen materiellen Körper und in den Schiffen der Idorianer konnte sich jeder, der es wollte, an den Theken mit feinstofflichem Essen bedienen. Dies waren Nahrungsmittel, welche nicht mehr aus materiellen Dingen bestanden.

Ich genoss regelrecht dieses Essen hier, als ob ich schon ewig nichts mehr gegessen hatte. Meister Toras schaute mir nun entspannt und schmunzelnd zu.

„Mit etwas gutem im Bauch fühlt man sich doch gleich etwas wohler“, meinte er freundlich. Nach einer Weile kam der Wirt zum Abräumen.

„Na, hat es dir und deinem Gast geschmeckt?“, fragte er höflich und neugierig. Natürlich sah der Wirt, dass auf meinem Teller noch alles so dalag, wie er es hingestellt hatte.

„Ein fades Essen hast du uns serviert“, antwortete Toras mürrisch.

„Kann nicht sein Toras, unser Essen ist immer gut!“, entgegnete der Wirt ungläubig.

„Dann probier es doch selbst mal“, forderte ihn Toras auf. Der Wirt nahm die Gabel und begann mein Essen zu kosten, welches ja noch scheinbar unberührt dastand. An seinem Gesicht konnte man deutlich erkennen, dass etwas nicht stimmte, es schmeckte ihm nicht.

„Es tut mir leid Toras“, meinte er „das Essen schmeckt wirklich fade. Denen in der Küche werde ich jetzt was erzählen. So etwas soll nicht wieder vorkommen. Die Rechnung geht daher auf das Haus.“

Der Wirt brachte uns noch etwas zu trinken, natürlich auch kostenlos.

„Wieso war das Essen eigentlich fade?", wollte ich von Toras wissen.

„Ganz einfach", erklärte er mir, „du hast die Lebensenergie der Speise weggegessen. Diese feinstoffliche Kopie, bestand aus der Lebensenergie der Speisen, die dann der Speise fehlte. Das Bild der Dinge, hast du selbst kreiert. Ich hatte nur ein wenig nachgeholfen."
Ich staunte, denn das war mir bis jetzt nicht bewusst.

Ausreden
Toras begann zu entspannen und ich fühlte mich auch besser.

„Du bist also der Bruchpilot von der Erde", begann Meister Toras das Gespräch.

„Na ja", entschuldigte ich mich, „ich bin nicht von der Erde. Meine Aufgabe war es nur, dort Informationen zu sammeln. Allerdings hatte ich nicht erwartet, dass die mich gleich abschießen."

„So, was hast du denn erwartet?"
„Eine eigentlich leichte Arbeit. Unsere Wissenschaftler fanden heraus, - ich weiß nicht wie - dass auf diesem Planeten die Hölle los war. Daher wollten sie wissen, ob uns dies in irgend einer Weise schaden könnte. Ich sollte daher nur mit unseren Sensoren, Kameras und anderen Aufnahmegräten, aus dem Orbit heraus die Vorgänge auf der Oberfläche aufzeichnen und dann schnellstens wieder zurückkommen. Aber stattdessen sitze ich nun hier ohne mein Schiff und noch schlimmer ohne meinen Körper. Dabei wollte ich nicht einmal dorthin fliegen."

„Und warum bist du dann da hingeflogen?“, fragte er mich, während er mich prüfend anblickte.

„Ich musste diesen Auftrag ausführen, dies war ein Befehl und es war niemand anderes verfügbar“, antwortete ich, „die anderen hatten sich leider alle rechtzeitig verdrückt.“

„Nur du nicht“, kommentierte Meister Toras, „es war dir wohl nicht so wichtig zu Hause zu bleiben?“

„Natürlich wollte ich zu Hause bleiben, aber was kann man schon gegen sein Schicksal machen. Nein zu sagen, war nicht möglich“, erwiderte ich etwas vorwurfsvoll.

„Es ist dein Schicksal, weil du die Voraussetzungen geschaffen hast, auch wenn du es nicht zugeben willst oder es dir nicht einmal bewusst ist.“ Toras sah mich prüfend an. „Was willst du als nächstes tun?“

„Bei Meister Wu hatte ich gehört, dass es möglich ist wieder einen Körper zu bekommen. Ohne einen solchen erkennen mich meine Leute nicht und ich kann nichts für sie tun.“

„Aber der spirituelle Zustand ist auch etwas wert“, entgegnete Toras, „er hat einen großen Vorteil. Es gibt wenig Hindernisse, große Entfernungen können recht bequem überwunden werden, und das Lebensempfinden ist wesentlich intensiver. Das solltest du nicht gering achten.“

„Ha!“, entfuhr es mir laut, „große Entfernungen bequem überwinden. Wenn dies nur so einfach wäre, dann hätte ich mir garantiert nicht die weite Reise mit dem idorianischen Raumschiff angetan. Und das intensivere Lebensempfinden, es war eine Katastrophe. Die kraftzehrenden Ängste, irgendwo im Nichts zu stranden, waren oft übermächtig. Ich hätte gerne darauf verzichtet."

„Und du hättest auch auf viele wichtige Erfahrungen und Erlebnisse, die dich klüger machen verzichten müssen!", versuchte er mir klarzumachen.

„Aber was soll ich denn damit anfangen?", fragte ich ihn.

„Du kannst irgendwann einmal deinen Enkeln von deinen Erlebnissen erzählen und sie werden dich bewundern."

„Ich werde mich hüten das zu tun", protestierte ich, „womöglich wollen die dann ins Universum hinausfliegen und auch diese Qualen der Ungewissheit, ob man je wieder gesund nach Hause kommt, erleiden. Nein, nein, lieber nicht."

Toras grinste. Anscheinend fand er meine Bedenken belustigend, was ich wiederum nicht verstehen konnte. Hatte er womöglich Freude an solchen Leiden, wie ich sie durchgemacht hatte?

„Willst du wirklich wieder einen solchen materiellen Körper haben?", fragte er mich prüfend, „Solch ein Gebilde von Abermillionen an Körperzellen, die überempfindlich sind und schnell an allem möglichen leiden, krank werden, Schmerzen verursachen und dich plagen. Solch ein Ding mit seinen ungestümen Emotionen, die kaum zu kontrollieren sind, die das eine wollen und das andere anstreben?"

Trotz all der scheinbaren Nachteile, die er mir aufzählte und die ich eigentlich kannte, blieb ich doch bei meinem festen Wunsch. Ich wollte unbedingt wieder einen solchen materiellen Körper haben. „Ich will nichts anderes als endlich wieder nach Hause, zu meiner Familie und mit ihnen leben. Was besseres kann ich mir nicht vorstellen! Und dazu brauche ich eben einen stofflichen Körper", war meine feste Antwort.

Toras blickte auf den Tisch und grinste wieder. Was mochte er wohl denken? Ich hatte ein Riesenproblem, und er fand es belustigend. Ein seltsamer Meister, ob er wirklich fähig war mir zu helfen? Aber, wenn Meister Wu, den ich sehr achtete, ihn empfahl, musste er mir doch, in irgend einer Weise, helfen können.

04.05 Die Einweihung

Die ersten Informationen

„Um seine Ziele zu erreichen und Wünsche zur Erfüllung zu bringen, hat man gewisse Dinge zu lernen," fuhr Meister Toras fort, „da sind die inneren Gesetzmäßigkeiten nach denen dein Körper und deine Seele arbeiten und die äußeren Lebensgesetze, sowie der große Kontext aller Dinge und Wesen, mit denen wir zusammenleben, wie ein Fisch im Wasser. Daraus ergeben sich unendlich viele Möglichkeiten des Lebens, doch immer unter der Beachtung der Freiheit des anderen. Alles ist Leben, es gibt keine tote Materie und es gibt auch keinen Zwang, alles geschieht freiwillig oder nicht. Lebensenergie sowie die Formen von Freiheit und Liebe, sind die Kräfte, die Bindung schaffen, ansonsten driften die Dinge auseinander. Durch diese Bindung entstehen die Wesen."

„Es gibt keine tote Materie?", zweifelte ich, „ist ein Stein etwa auch ein lebendes Wesen?" Ich hatte diese

Frage kaum ausgesprochen, schon kam ein „Ja", von Meister Toras.

Ich sah ihn verwundert an, das wollte ich nicht glauben.

„Nicht im allgemeinen Sinne, aber alles, ist Seele und Seele besteht aus Lebensenergie. Auch, wenn wir keine Bewegung sehen können. Jedes Ding besteht aus Bionen, bezugsweise Seelenatomen. Sie haben keine Materie, sind aber fähig, durch Zusammenschluss, welche zu bilden. Sie sind Leben, und dieses braucht eine Form in der es sich ausdrücken kann. Glaube und Vorstellungskraft visualisieren eine Form. Willst du etwas erschaffen, so musst du dir eine Struktur erdenken und von ihrer Wirklichkeit überzeugt sein. In einer Struktur können die Bionen sich sammeln, diese ausfüllen und darin ihre Energie austauschen. Dein Glaube sammelt, leitet und bindet die Bionen, die Energiequanten der Lebensenergie. Du willst einen neuen materiellen Körper haben. Die Bionen können dir einen erschaffen."

Ich begriff, dass Wünschen und Wollen allein nicht ausreicht. Ich hatte also viel zu lernen.

„Mit deinem Wunsch und deiner Vorstellungskraft aktivierst du energetische Felder, in denen die Informationen gespeichert sind, die du zur Verwirklichung brauchst. Alle Gestaltung und alle Funktionen sind schon unendliche Male entstanden und irgendwo präsent.

Sie dienen als Entwürfe und was es schon gibt, braucht man nicht neu erschaffen. Es handelt sich bei allen Vorgängen der Schöpfung, trotz der Genialität, nur um das Wirken subtiler, unbewusster Intelligenz, die immer da ist, und nicht um intellektuelle, kognitive Denkvorgänge. Diese Form der Intelligenz, ist eine Art Schwarmintelligenz.

Vergiss nicht, das Universum ist viele Milliarden Jahre alt, es ist daher sehr trainiert in den Schöpfungsvorgängen."

Ich hörte Meister Toras aufmerksam zu, aber ich wusste auch, dass zwischen Theorie und Praxis, Welten liegen.

Toras merkte, dass sich meine Gedankengänge verbogen, beim Versuch seine Erläuterungen zu verstehen.

„Hab etwas Geduld, du wirst es schon noch verstehen", meinte er nachsichtig.

Alles ist Seele

Wir verließen den Gasthof und wanderten einen Pfad entlang, der uns einen Berg hinaufführte. Ein Zuschauer hätte wahrscheinlich nur einen älteren, schnaufenden Mann gesehen, der dort alleine dahinmarschierte und in Selbstgesprächen versunken ist. Mich konnte in meinem Zustand ja kein normaler Mensch sehen.

Der Berghang war wenig bewachsen, nur grasähnliche Pflanzen und ein paar Büsche. Irgendwann weiter oben, erreichten wir ein kleines Tal. Dort bog unser Weg ab und wir und gingen in das Tal hinein. Hier wurde es etwas schattig, weil hohe Bäume die Sonnenstrahlen dämpften. Die Luft wurde etwas feucht, blieb aber sehr angenehm. Ursache war ein kleiner Bach, der neben dem Weg dahinfloss. Vogelgezwitscher hallte durch das Tal. Solche Flugtiere gab es sicher auf jeden Planeten mit ähnlicher Fauna und Flora.

Meister Toras fuhr mit seinen lebensphilosophischen Ausführungen fort: „Alles, was du hier siehst, der Baum, der Busch, die Ameise, der Stein, der Vogel, die Blume, alle diese Dinge, obwohl sie materiell erscheinen, sind energetische Kompositionen. Milliarden und Abermilliarden Bionen haben sich zu Ideen des Lebens zusammengefunden, wunderschöne Symphonien, aus Form, Farbe, Bewegung und Klang. Alles ist in Schwingung und hat seinen eigenen Zauber. Das ist auch der Hintergrund bezugsweise Sinn des Lebens - Schönheit, Freude und die Freiheit zur Erfüllung des eigenen Strebens.

Du solltest lernen zu spüren, zu fühlen, zu hören. Du musst dich, in die Schöpfungen und ihr Leben hinein versetzen, und es von innen heraus erfahren. Alle Wesen erzählen dir auf diese Weise ihre Geschichte und lassen dich an ihrem Leben teilhaben und du spürst, wie ihre Kraft in dich hineinfließt und dich belebt. Sie eröffnen dir ihr inneres, belebendes Leuchten und alles wird Licht in dir, und du freust dich deines Lebens wie nie zuvor.
Versuch es und es wird dir gefallen!“ Er sah mich an und wiederholte: „Versuch es einfach und du spürst eine wundervolle Freude.“

An meinem Blick erkannte er wohl, dass ich etwas Zeit brauchte um seine Lehre zu verstehen. Schließlich habe ich solches noch nie zuvor gehört. Nach einer Weile begann er erneut mit seinen Ausführungen: „Bevor du wieder einen eigenen Körper bekommst, solltest du erst einmal das Leben um dich herum kennen und verstehen lernen. Das ist wichtig, weil du ein Teil des Lebens um dich herum bist. Damit ist nicht nur diese Gegend hier gemeint, sondern das ganze Universum. Schau dir diesen Stein an. Er war mal eckig und kantig. Das Leben hat ihn rund und glatt geschliffen. Jetzt ist er wunderschön und harmonisch. Fass ihn an, fühle seine Konturen, die Schönheit seiner Form, sein Gewicht, seine Färbung, seine Struktur und seine glatte Oberfläche. Mach dir seine Geschichte bewusst.

Er ist aus irgendeinem Felsen im Gebirge, vor langer Zeit, herausgebrochen und heruntergefallen. Auf einer Geröllhalde ist er mit vielen anderen nach unten gerutscht und hat dabei seine Kanten verloren. Wassermassen haben ihn in ein Bachbett gespült. Dort ist er über unzählige Jahre abgeschliffen und gerundet worden. Mach dir auch seine Zukunft bewusst, die sicher viele tausend Jahre dauert. Er wird zu Sand werden, sich ablagern und wieder verfestigt werden. Das Leben wird ihn weiter verändern, aber eines Tages, auch wenn es Millionen von Jahren dauert, wird er, in anderer Form, neu entstanden sein. So geht es mit allem, in diesem unendlichen Universum, auch mit uns selbst. Wir werden vom Schicksal geschliffen und bearbeitet, bis wir unsere verletzenden Ecken und Kanten verloren haben und uns harmonisch in das Sein einfügen. Aus einem kleinen Stück hartem Fels wird oft ein wundervoller Edelstein.

Lebensenergie

In den folgenden Tagen vertrieben wir uns die Zeit mit Übungen. Ich sollte lernen, offen zu werden für

Erfahrungen mit der Lebensenergie. Wir saßen dann auf einer Wiese und beschäftigten uns mit den Pflanzen und Tieren, die dort lebten.

„Gib dich dem Leben hin", forderte Meister Toras mich auf, „nur dann kann die Energie dich durchströmen und stärken."

Ich wendete mich einer der bunten Blumen zu, die um mich herum wuchsen, roch an ihr und betrachtete ihre Form.

„Lerne loszulassen und den Zauber des Seins in dir aufzunehmen, mache deinen Kopf frei und still, und lerne auch, dich im Sein geborgen zu fühlen. Es trägt und schützt dich, wenn es erkannt hat, dass du ein Teil von ihm bist.

So vergingen die folgenden Tage. Ich versuchte all das, was er mir vermittelte zu verstehen und anzuwenden. Ich bewunderte seine Geduld mit mir. Würde es sich um mathematische Gleichungen handeln, die ich hätte lernen sollen, wäre sicher alles leichter gegangen. Doch hierbei befanden wir uns auf einer anderen Lernebene, in einem, für mich, neuem Unterrichtsfach.

Wieder betrachtete ich eine dieser wunderschönen Blumen. Ich war total entspannt und dachte an nichts, ich sah nur diese Blume. Ich empfand so etwas wie Zuneigung zu diesem kleinen Geschöpf. Sie war wirklich sehr schön. Mit meiner Empfindung folgte ich der Form ihrer Blütenblätter. Sie waren prächtig. Ihr Duft zog mich in sie hinein.

Ich war mir in diesem Moment nicht bewusst, was gerade mit mir geschah. Ihre wunderschönen Farben begannen mich zu durchdringen und ich ging förmlich in ihnen auf. Mit dem Duft und den Farben durchströmte mich eine beglückende Energie. Ich lebte innerlich auf als wäre ein tiefer Durst, den ich in mir trug, endlich gestillt. Ich erlebte eine Entspannung und ein Glücksgefühl, wie ich es bis dahin nicht kannte. Ich begann die Schöpfung zu lieben, ohne Kritik und ohne Vorbehalte. Alle Härte fiel von mir ab. In welch dunklen Loch hatte ich nur bis jetzt gelebt! Ich empfand einen kurzen Augenblick, in dem sich für mich das Universum auftat und mich mit Schönheit und Liebe überflutete. Lebensenergie in ihrer reinsten, erfrischensten und schönsten Form durchdrang und belebte mich.

Meister Toras schwieg. Ich war mir nicht einmal mehr bewusst, dass er neben mir saß. Ich lag nur da und genoss diesen Moment. Stunden müssen vergangen sein, so kam es mir vor. Dann plötzlich geschah in mir etwas. Meine rationale Selbstkontrolle griff nach mir. Sie zwang mich wieder in meine normale Welt zurück.

Dieser weltliche Zensor, diese nüchterne Steuerungsinstanz, zog mich zurück in mein weltliches Wachbewusstsein und ich wurde mir meiner wieder bewusst. Dort, wo eben noch der erfrischende Kraftfluss war, breitete sich wieder mein Tagesbewusstsein mit kühler Rationalität aus. Ich versuchte verzweifelt das eben erlebte Gefühl festzuhalten, aber es entzog sich, wie ein Traum morgens beim Aufwachen.

Der Alltag hatte mich wieder. Ich war zwar voller neuer Energie, aber auch frustriert, weil ich loslassen musste. Langsam richtete ich mich wieder auf und sah meinen Lehrer fragend an.

„Die Lektion ist für heute beendet", meinte er nur, „lass uns gehen."

04.06 Das Leben spüren

Die kleinen Dinge erforschen

Die Wochen vergingen. Die Gegend hier war sehr schön und wirkte auf mein Gemüt überaus entspannend. Dies erwies sich als eine gute Voraussetzung für das, was Meister Toras mir zeigen wollte.

„Die wirkliche Welt und das wirkliche Leben findet in dir selbst statt", meinte er beiläufig.

Ich hatte mich daran gewöhnt, dass er immer irgendeinen Spruch drauf hatte, den ich nicht, oder zumindest nicht gleich, verstand. Er meinte dann aber nur, ich solle abwarten, der Zeitpunkt käme, irgendwann würde ich es verstehen. Es waren die kleinen Dinge, auf die er mich hinwies. Dort der Käfer, da der Schmetterling, ein Vogel im Geäst, der Baum und sogar die Wolke am Himmel.

„Versuche ihre Energie und ihr Leben zu fühlen und zu spüren. Versetze dich in sie hinein", drängte er mich.

„Fang mit diesen kleinen Dingen an, die großen kommen später. Versuche ihr inneres Leben zu erfassen. Spüre es und lass dich von davon bewegen! Sei der Käfer, der Vogel, die Blume, der Baum, der Berg oder sogar die Wolke. Fühle dich in sie hinein und erlebe sie von innen. Aber nehme dich selbst, dein unruhiges und dominierendes Ego, zurück und versuche nicht zu denken, zu planen oder zu steuern, dann wirst du von den Dingen bewegt werden und erlebst die Freude des Lebens. Lasse dich selbst los und lasse alles einfach zu", forderte er mich auf. Ich begann zu üben und entdeckte immer mehr und intensiver die Kraft und Schönheit der Dinge und Wesen um mich herum.

Oft lagen wir beide, Toras und ich, einfach nur so, auf irgendeiner bunten Wiese herum und spürten den Dingen nach.

Alles lebt aus Freude

Ich begann langsam zu verstehen, dass alles lebt. Es gibt einfach keine unbelebte Materie, alles ist Leben. Mir wurde auch klar, dass ich früher, daheim alles für normal und selbstverständlich hielt. Meine Umwelt war wie sie war. Ich hatte mich nie wirklich mit ihr befasst. Warum auch, es war ja alles in Ordnung, da war mein Leben und mein Job, und damit war ich ausgelastet. Und jetzt staunte ich über alles, was ich hier erlebte.

Manchmal fragte ich mich, ob Meister Toras nicht irgendwann mit einem Training beginnen wolle. Ich meinte, das müsse so etwas hartes sein, was einem fordert und in die richtige Form bringt. So etwas mit Schweiß, Plage und Stress. Aber das war wohl nicht sein Ding. Er sagte dazu nur, dass das Leben sich selbst entdecken müsse, und zwar aus Freude und Interesse am Sein, jeder Zwang bewirke das Gegenteil. Das Grundprinzip des Lebens sei Freiheit, Freude und Spaß, betonte er.

„Freude ist der einzige wirkliche Lebensantrieb", war seine Meinung. „Ohne genug Lebensfreude kann man seine Pflichten nicht wirklich korrekt erfüllen.

Freude ist der Grundantrieb! Frustrierte Menschen, denen Lebensfreude verweigert wird, suchen ihre Freude darin, etwas kaputt zu machen oder andere zu schädigen. Der Betreffende schädigt andere und letztendlich sich selber, durch seinen Frust. Freude gibt neue Lebensenergie. Keiner kann mehr Energie hergeben, als er hat. Tut er es doch, wird er krank.

Oftmals sind es Verhaltensmuster, Erwartungen, Regelungen und Pseudopflichten, die wir uns aufbürden lassen, in denen unser eigenes Leben austrocknet, erstarrt und verkümmert."

Altes Denken überwinden

Das war scharfes Geschütz gegen meine Weltvorstellung und meine Auffassung von Verantwortlichkeit.

Es fiel mir nicht leicht. Die vielen Jahre der Erziehung in meiner Welt hatten mich doch sehr stark geprägt. Ich war schließlich ein ordentlicher, vernünftiger und zuverlässiger Bürger, meiner Gesellschaft geworden, der nicht danach fragte, ob er gerade Lust oder Spaß hatte. Und jetzt versuchte mir Toras das Gegenteil zu vermitteln. Erst viel später fügte sich für mich alles, in der richtigen Weise zusammen.

Wir machten uns auf den Weg nach Hause. Mittlerweile kannte ich mich hier schon ganz gut aus, trotzdem fand Toras immer wieder neue interessante Stellen dieser Umgebung, die ich noch nicht gesehen hatte. Die Gegend bestand aus kleinen bewaldeten Tälern mit quirligen Bächen und Hügeln.

Die Bäume gaben uns in der Mittagssonne genug Schatten. Hatte es mal geregnet, so duftete es im Wald recht intensiv nach würzigem Humus. Ich lebte dann richtig auf.

Mein altes Büroleben schloss solche erfrischenden Dufterlebnisse leider aus. Alte angestaubte Akten waren dort das höchste der Gefühle. Aber das erkannte ich leider erst jetzt. Ich war wohl doch zu sehr mit meiner Arbeit verheiratet, die ich ja schließlich für außerordentlich wichtig hielt, auch heute noch. Daher war meine Welt, dort im Amt, immer ganz in Ordnung.

Der neue Tag kam, und neue Übungen standen an. Ich bewunderte wieder mal die Ausdauer meines Mentors. Auch wenn ich oft, an meinen eigenen Fähigkeiten zweifelte, er war jedoch nicht bereit aufzugeben.

„Es kommt der Tag, da wirst auch du ein Meister sein. Ein menschlicher Geist, wenn er sich erst einmal als das erkannt hat, was er ist, kann alles vollbringen. Er arbeitet an seinem Wachstum, an seinen Fähigkeiten und damit an seiner Vervollkommnung. Das bringt ihm Überlebensfähigkeit, Freiheit und Freude am Sein."

Schweigend liefen wir, auf unserem Heimweg, eine Weile nebeneinander dahin. Er wusste, dass ich meine Zeit brauchte um seine Worte zu verstehen.

04.07 Neuer Körper

Anfängliche Misserfolge

Viele Monate, angefüllt mit Übungen folgten - mühsam und oft frustrierend, doch irgendwann kamen Ergebnisse zustande, die mich motivierten. Anfangs waren es kleine Dinge, aber wenn man mal den Dreh heraus hat, kommt man auch gut voran. Dann wuchs auch der Wille in mir durchzuhalten. Toras zeigte mir, nach und nach mit bewundernswerter Ausdauer, die kleinen Kniffe und Tricks.

Im Rückblick gesehen, scheint es eine lange Zeit zu sein, aber sie war dank Meister Toras doch recht kurzweilig. Er zeigte mir viel von seinem Planeten und ich erfuhr eine Menge über unsere Galaxis. Ich fühlte mich manchmal wie eine graue Maus, die aus ihrem Mauseloch herausgescheucht worden war und nun über die unfassbare Weite des Seins staunte.

Trotz all der faszinierenden Dinge vergaß ich aber nicht den Sinn meines Hierseins und versäumte nicht zu trainieren. Es ist einfach ein Unterschied, ob man etwas macht, weil man es so gelernt hat, oder ob man etwas in einer bestimmten Weise tut, weil man die Sache versteht.

Erst wenn man versteht, was man macht, stellt sich wirklicher Erfolg ein. Lange Zeit übte ich Körperformen zu materialisieren, natürlich vergebens. Aber ich übte einfach weiter.

Irgendwann hatte ich es vollbracht und meine Schöpfungen materialisierten sich. Anfangs noch nicht vollständig. Doch mit der Zeit wurden sie besser, gewannen aber nie Autonomie. Als Folge fielen sie wieder in sich zusammen, lösten sich auf oder blieben einfach, als ein vergammelnder Haufen undefinierbares Zeug, liegen.

Ich hatte wieder mal das Gefühl, dass ich absolut nicht weiter kam. Fragend sah ich meinen Meister an: „Woran liegt es, dass aus meinen Kreationen nichts wird?“

„Die Sache ist ganz einfach", meinte er, „es fehlt die führende Seele. Wenn sie nicht zugefügt wird, bleibt nur tote Mechanik übrig."

„Warum hast du mir das nicht schon längst gesagt", murrte ich vorwurfsvoll.

„Alles zu seiner Zeit", war seine knappe Antwort. Er machte mir klar, dass es sehr nachteilig ist, wenn man eine Sache nicht ausreichend genug trainiert hat, bevor man zur nächsten Stufe übergeht. Dann ist man mit seinen Sinnen nicht bei der Sache, und man wird nachlässig bei dem, was man gerade macht. Da ich ja nicht irgendwas erschaffen wollte, sondern nur einen neuen Körper für mich, sollte die Sache eigentlich etwas einfacher sein. Wenn man da überhaupt von Einfachheit sprechen konnte. Es war notwendig, dass ich mich, in diesem Fall, selbst inmitten meiner Schöpfung befinden musste. Ich selbst also war für meine Schöpfungen die führende Seele. Bisher hatte ich immer, aus Vorsicht Abstand gehalten. Nicht ein paar Meter von mir entfernt, sondern um mich herum musste ich den Körper projizieren. Jetzt ging es weiter, natürlich mit neuen Problemen, wie sollte es auch anders sein.

Die Tage strichen dahin, angefüllt mit praktischen Übungen, sie sammelten sich und füllten bald ein halbes Jahr aus. Langsam bekam ich ein Gefühl für die eigentümliche Kraft, die sich um mich herum aufbaute. Je öfter ich trainierte, desto wirklicher und spürbarer wurde dieses Kraftfeld, das meinen neuen Körper bilden sollte. Meistens zerfiel dieses räumliche Feld aber recht schnell wieder. Toras meinte, dass es so lange geschehen wird, bis das Gebilde eine innere Selbsterhaltung entwickeln kann.

Eines Tages schaffte ich es tatsächlich einen stabilen Zustand des Gebildes zu erreichen. Das Kraftfeld zerfiel nicht mehr, sondern entwickelte sich zu meinem Erstaunen selbstständig weiter. Es begann sich innerlich und äußerlich auszuformen zu einer stabilen Gestalt. Diesmal hatte ich darauf geachtet, dass das morphogenetische Informationsfeld, welches unbedingt dazugehörte, harmonisch mit dem Körper in Einklang stand.

Eigendynamik der Schöpfung

Doch dann wurde es beängstigend. Ich konnte das Geschehen weder aufhalten noch kontrollieren. Mir war plötzlich, als ob ich einen dicken Mantel aus Millionen und Abermillionen Ameisen anhatte. Ameisen, die über meine Haut krabbelten und mich kitzelten. Es kribbelte, krabbelte und juckte überall am Körper. Zuerst war alles nur außen, auf der Haut, aber dann begann es auch innen, in meinem Innern zu kribbeln und zu kitzeln. Wahnsinn, ich versuchte wegzulaufen, aber dieses Ding hüllte mich ein, blieb an mir kleben und in mir sitzen, egal wohin ich lief.

Meister Toras saß auf einen großen Stein und grinste still vor sich hin. Anscheinend wusste er wieder mal vorher, was passieren würde. In meinen Gedanken drehte ich ihm den Hals um, stoppte aber sofort diesen Wunsch, weil ich wusste, dass er meine Gedanken lesen konnte.

Ich versuchte krampfhaft diesen komischen Ameisenhaufen abzuschütteln, hüpfte herum und wedelte, recht hilflos, mit den Armen, aber es war unmöglich, mich davon zu befreien.

„Halte durch!“, wies Toras mich an, „es wird bald besser werden.“

„Ich halte das nicht mehr aus“, rief ich geplagt zurück. Ich weiß auch nicht wie lange diese Folter wirklich dauerte, bis sich endlich ein erträglicher Zustand einstellte, es fühlte sich jedenfalls unendlich lange an.

Das nächste Übel, welches sich einstellte, war die Schwerkraft, die ja alles nach unten zieht, die ich aber nicht mehr gewöhnt war.

Mein stofflicher Körper entwickelte anscheinend eine Dichte, auf die sich die Schwerkraft sehr dominierend auswirkte. Ich hatte ganz vergessen, dass es so etwas wie Schwerkraft gab und ehrlich gesagt, ich hatte noch viel mehr vergessen. Wäre ich nicht so sehr besessen davon, unbedingt wieder einen stofflichen Körper haben zu wollen, würde ich es mir jetzt wirklich sehr gut überlegen.

Die Erdanziehung zog mich nach unten, in jedes kleine Loch hinein, welches ich nicht rechtzeitig sah. Ich war nur noch am Schimpfen und Fluchen. Toras lief still neben mir her und grinste in sich hinein, was mich noch ärgerlicher machte.
Ich hatte einen Haufen Probleme und er fand es lustig und amüsierte sich.

Ein weiteres Problem bestand darin, dass ich nicht alleine auf freier Flur war. Es standen verschiedene Bäume herum und mehrere große Steine lagen dazwischen. Vorher war das absolut kein Problem. Wenn ich zum Beispiel mit meiner Schulter einen Baum durchdrang, weil ich zu faul war drum herum zu gehen, spürte ich fast nichts. Jetzt aber stieß die Masse meines neuen Körpers dagegen und leitete die Information des Aufpralls direkt an mein Schmerzzentrum weiter. Eine Folter, sage ich euch. Ich wurde daraufhin etwas vorsichtiger.

Es war wirklich ein Kampf mit den Dingen. Mein neuer Körper war immer noch in der Phase der Ausformung, doch je strukturierter er wurde, desto schmerzhafter wurden die Begegnungen mit der materiellen Umwelt. Das Kribbeln und Kitzeln, welches ich am ganzen Leib erlebte, waren die Vorgänge, die bei der Verknüpfung meines spirituellen Körpers mit dem stofflichen Körper stattfanden, erklärte mir Meister Toras. Es war ein Gefühl welches dem eines eingeschlafenen Gliedes sehr nahe kam.

Irgendwann hörte es aber auf und ich begann meine Umwelt mehr und mehr durch die Sinne des neuen Körpers wahrzunehmen. Ich war bestürzt darüber, wie begrenzt doch der Wahrnehmungsbereich eines stofflichen Körpers ist. Zwar hatte ich mein Leben lang damit gelebt und fand dies auch immer in Ordnung, doch nach der langen Zeit, die ich im rein spirituellen Wahrnehmungsbereich mit seiner Rundumsicht verbrachte, war ich über die jetzige Begrenzung geschockt. Ich sah nicht rechtzeitig, was mir im Weg lag und worüber ich dann stolperte oder welchen Bäumen ich zu nahe kam und dann gegen rannte. Ich hatte neu zu lernen, wie körperliche Augen funktionierten.

Kaum, dass ich einen stofflichen Körper hatte, wies dieser schon einige arge Benutzungsspuren auf. Diverse Schrammen und Beulen hatte ich mir geholt. Und dazu kam noch etwas ganz anderes - innerer Stress.

Meine neuen Organe wollten mitreden, bezugsweise mich manipulieren.

Meine Lungen und auch mein Herz bremsten mich aus. Die normale Bewegungsweise, die ich als rein spirituelles Wesen hatte, war nicht mehr möglich, die neuen Muskeln machten einfach nicht das, was ich wollte und mein Magen begann inzwischen böse zu knurren. Langsam wurde mir klar, wie kompliziert das Leben mit einem Köper doch war und wie leicht mir mein Leben in den letzten Jahren ohne ihn fiel. Aber ich wollte ja unbedingt, einen neuen Körper haben und wieder nach Hause gehen.

Meister Toras dagegen war des Lobes voll. Ich hätte es endlich, nach langer Zeit geschafft. Aber, meinte er, es wird noch eine gewisse Zeit dauern, bis ich mich wieder an einen stofflichen Körper gewöhnt habe. Nun ja, der Anfang war gemacht. In meinen Gedanken war ich schon auf meinem Heimatplaneten, bei meiner Familie. Ich war voller Begeisterung und wollte am liebsten gleich mit dem nächsten Schiff losfliegen, aber Meister Toras dämpfte meinen Drang.

Aber alles in allem, sage ich euch, passt auf euren stofflichen Körper gut auf, damit ihr ihn nicht ausversehens verliert. Sich einen neuen beschaffen zu müssen, ist eine arge Katastrophe.

Entsetzen

In der Nähe war ein altes Gebäude in dem Toras mir etwas zeigen wollte. Also gingen wir hin. Es war nicht mehr bewohnt, aber verschiedene Einrichtungsgegenstände waren noch vorhanden. Er führte mich herum und plötzlich stand ich vor einem großen Spiegel, merkte aber nicht gleich, das es ein Spiegel war. Ich dachte erst, ich stünde vor dem früheren Besitzer und bestaunte das skurrile Wesen, welches hier wohnt. Gleich darauf durchfuhr mich aber ein gewaltiger Schock. Das da war nicht der frühere Bewohner, das da war ich - ich selbst - ICH - NEIN, ich wollte es nicht glauben. Nein, das kann nicht sein, durchfuhr es mich. Diese hässliche Gestalt bin nicht ich, ich sehe nicht so hässlich aus!

„Doch, das ist dein neuer Körper“, sagte Meister Toras mit ernster Stimme.

„Wie? Was?“, stotterte ich, „so ein hässliches Ding habe ich mir zugelegt? Niemals!“

Die Nase war eine Knollenmasse, der Mund viel zu groß, die Zähne hingen schief und schräg im Mund herum und die Ohren standen ab wie Segel. Meine Haare waren borstig und nicht nur auf dem Kopf, sondern überall am ganzen Körper.

„Ich sehe ja aus wie ein Gnom - schrecklich“, sagte ich erschüttert, „nur gut, dass ich so nicht nach Hause geflogen bin, die hätten garantiert geglaubt ich sei ein Verbrecher und mich ins Gefängnis einliefern lassen.“

Meister Toras zeigte wieder sein Grinsen und meinte: „Ja, du musst noch ein bisschen üben, bevor du wieder bei deinen Lieben vorbeischauen kannst. Du hast das Prinzip der Harmonie und Schönheit sehr vernachlässigt.“

Schock und Enttäuschung saßen mir in den Gliedern. Erschlagen und müde tapste ich neben Meister Toras her. Irgendwie waren auch meine Beine nicht gleichlang. Das hatte ich bis jetzt noch gar nicht bemerkt. Der Waldboden war ja uneben, da fiel es nicht auf. Ich sah nicht wohin wir gingen und passte auch nicht auf, wohin ich trat, das war mir inzwischen auch egal. So kam es, das er mich manchmal stützen musste damit ich nicht hinfiel.

Der Sturz

Wie gesagt, ich passte nicht auf, und so kam es, dass ich plötzlich schneller stürzte, als er zufassen konnte. Wäre auch weiter nicht schlimm gewesen, wenn da nicht eine kleine Furche die Sache verschlimmert hätte. Sie ließ mich zu einem nahen steilen Abhang hinstolpern. Äste, nach denen ich in meiner Not griff, brachen ab und Meister Toras konnte mich mit seiner Hand nicht mehr erreichen. So fiel ich über die Kante des Abhangs, auf vorstehende Felsen, viele Körperlängen in die Tiefe.

Schmerzen und ein Energieschock, vom stofflichen Körper ausgehend, durchdrangen mich, wie ein Feuerball. Unten, vor der Felswand, blieb mein neuer, materieller Körper, ramponiert liegen.

Ich rang um Besinnung. Was war passiert? Benommen hing ich in einer geringen Höhe über den Boden. Unter mir lag mein neuer Körper mit verdrehten Gliedern, er war nicht mehr funktionsfähig. Inzwischen war auch Meister Toras da.

„Ich glaube", meinte er aufmunternd, „du bist ganz froh, ihn wieder los zu sein - stimmt es?"

Ich war innerlich noch etwas durcheinander. So etwas wie einen Trennungsschmerz glaubte ich zu verspüren. Ein paar Kraftlinien vom Körper ausgehend zerrten noch an mir, aber sie ließen schnell nach.

„Können wir den Körper denn so liegen lassen? Was ist, wenn ihn jemand findet?“

„Mach dir keine Sorgen“, meinte mein Meister, „es warten schon ein paar hungrige Mäuler, dort in den Büschen. Bis heute Abend ist nicht mehr viel da. Die Natur verwertet alles, selbst die Knochen, sie sind wertvolles Mineral für die kleinen gierigen Beißer dort im Wald.“

Wir verließen den Wald. Ich hatte das Gefühl, dass Meister Toras mein Schicksal so lenkte, wie er es für sinnvoll hielt. Ich glaubte auch nicht, dass ich wirklich schon fähig war mir einen Körper zu erschaffen, obwohl ich die meiste Zeit, die ich hier war, geübt, gelernt und trainiert hatte. Ich denke, dass er kräftig nachgeholfen hatte. Immerhin besteht die Gefahr, dass man Mut und Lust verliert, wenn sich die mühsamen und erfolglosen Zeiten des Übens zu lange hinziehen. Kleine Erfolgserlebnisse helfen die Totpunkte zu überwinden.

Vom Prinzip der Schönheit und Harmonie hatte er mir noch nicht viel gesagt. Vielleicht wollte er, dass ich diesen Schock erlebe, um mir nachhaltig zu merken, worauf es ankommt. Er riss mich aus meinem Denken und zog mich fort.

„Wir werden in nächster Zeit an kleinen Dingen die Perfektion üben“, meinte er beiläufig.

Eine lange Zeit des Übens folgte. Obwohl ich mir größte Mühe gab, kam ich nur langsam voran. Das läge in der Natur der Dinge, meinte er beiläufig, als mich mal wieder Frust plagte. Er war allerdings nicht daran interessiert, dass ich, wenn ich dies alles gelernt hatte auf einen kleinen unbekannten Planeten in einem staubigen Büro verschwinde und belanglose Diagramme ausarbeite. Aber das wusste ich damals nicht. Da es bei uns eine Ehre ist einem anderen zu helfen, kamen mir keine Gedanken über seine Motive. Das Universum hatte sich mir geöffnet und ich wollte allen Ernstes wieder in ein kleines enges Büro zurück. Welch ein Unsinn.

Selbsterkenntnis

Ein kleines Stück Sternenstaub bin ich, verloren in der Weite des Universums, ging es mir durch Kopf und Gemüt. Was wusste ich schon von der Einheit aller Dinge oder der Relativität von Zeit und Raum. Ich staunte lediglich darüber, dass solche Leute wie Meister Wu oder Toras mit Teleportation die Weiten des Universums scheinbar spielend überwinden konnten, wusste aber nichts, von der Einfachheit der Vorgänge. „Merke dir" sagte Toras, „wenn der Geist des Menschen sich erst einmal als das erkannt hat, was er ist, hört er nicht mehr auf, daran zu arbeiten, sich weiterzuentwickeln. Er ist ein Kind der Freiheit und strebt diese mit Entschiedenheit an. Nichts kann ihn mehr aufhalten.

Er will die Möglichkeiten des Seins nutzen und sich die Schönheiten und Freuden des Seins erschließen. Krankheit, Alter und Tod, sind für ihn nur der Nachhall von Unwirklichkeiten, die ihn einstmals gefangen hielten, jetzt aber überwunden sind. Der Aufstieg zu diesen Höhen des freien Seins mag mühsam sein, aber wer ihn begonnen hat, will nie mehr zurück.

Sei also wachsam, damit du nicht abrutscht, von diesem oft schmalen Pfad zur Selbstbestimmung und Freiheit!"

Er hatte mir dieses schon öfters gesagt und ich würde es sicher noch ein paar weitere Male hören müssen. Das solle ich mir ruhig hinter die Ohren schreiben, empfahl er mir. Dort kann ich sie zwar nicht lesen, aber ich verstand durchaus, was er meinte.

04.08 Unvollkommenheit

Zu kurze Arme und Beine

Die Zeit strich dahin und irgendwann versuchte ich wieder, mir einen neuen Körper zu erschaffen. Diesmal wollte ich nicht wieder ein Gesicht wie ein Monster haben.

Die Erschaffung eines Körpers klappte beim zweiten Mal wesentlich besser. Ich gab mir diesmal, wirklich größte Mühe, war aber viel zu sehr auf das Aussehen meines Gesichtes konzentriert und achtete folgedessen zu wenig auf andere Bereiche meines Körpers. Welche Katastrophe ich damit heraufbeschwor merkte ich erst als ich mit meinem neuen Körper herumzulaufen begann. Verdammt schwer, dachte ich. Dann sah ich an mir herunter und bemerkte, dass meine Beine irgendwie ziemlich kurz geraten waren. Das ist nicht optimal, ging es mir durch den Kopf. Sie waren zwar gut zu bewegen, ich konnte also laufen, aber ich war dem Erdboden viel zu nah. Das gefiel mir absolut nicht.

„Zwar keine Missbildung, aber zu kurz", meinte Toras. Bei der Benutzung meiner Arme, stellte ich ähnliches fest, auch zu kurz. „Verdammt", kam es mir wieder über die Lippen. Mein Meister schaute mit ernstem Gesicht. Wahrscheinlich dachte er darüber nach, wie mit der Situation umzugehen sei. Wir machten uns auf den Weg nach Hause.

Er ging im normalen Schritt, ich aber wuselte hinterher. Das war ganz schön anstrengend. Der Vorteil war jedoch, dass ich nicht so tief fiel, wenn ich mal stolperte. Das passierte jetzt leider ständig. Es soll ja Menschen geben, die so geboren werden. Die müssen ihr ganzes Leben damit zurecht kommen. Ich wollte mir nicht schon wieder einen neuen Körper schaffen müssen. Dies war für mich verdammt anstrengend.

Der Vielfraß

Wir waren dabei den Wald zu durchqueren. Ich hoppelte mit meinen zu kurzen Beinen so gut es ging, meinem Meister hinterher. Plötzlich hörten wir ein Geräusch in den Büschen hinter uns. Irgendwas brach sich durch das Unterholz des Waldes, und kam direkt auf uns zu. Es kam mit krachendem Geräusch näher, immer näher. Undefinierbare Umrisse waren zu erkennen. Vielleicht ein großer Felsbrocken, der sich auf uns zuwälzte, aber ein Felsbrocken hat kein Fell und auch keine langen Reißzähne. Mächtige Angst schoss in mir hoch. Meister Toras versteckte sich schnell hinter einem Baum, während sich meine Beine selbstständig, in Bewegung setzten. Ich wollte weg, einfach nur weg von hier, weg, weg, weg. Ich rannte drauflos, so schnell, wie es mit diesen kurzen Beinen möglich war, doch das war einfach zu langsam. Dieses undefinierbare Ungeheuer war hinter mir her. Es war groß wie zwei ausgewachsene Männer, die nebeneinander stehen. Da ich nicht schnell genug wegkam, wollte ich auf einen Baum klettern. Ich rannte auf einen zu, sah einen Ast, sprang hoch um ihn zu fassen, und - landete recht schmerzhaft vor dem Baum, auf meinem Bauch.

Ich war es gewohnt längere Arme zu haben und höher springen zu können. Kaum hatte ich mich wieder aufgerichtet fegte mich ein Sturmwind aus messerscharfen Klauen und noch schärferen Zähnen hinweg. Er wirbelte mit mir einige Meter weiter, wobei Laub, kleine Äste und auch ein paar Steine umhergeschleudert wurden. Dann lag dieses wilde Ding über mir bezugsweise auf mir.

Ein weites Maul mit scharfen Reißzähnen öffnete sich und ein betäubender Atemgestank benebelte mir meine Sinne. Der sollte wirklich mal etwas gegen seinen Mundgeruch tun, kennen die keine Hygiene hier, ging es mir noch sarkastisch durch den Kopf.

Das waren dann aber auch meine letzten Gedanken in diesem Kopf. Ein gezielter Biss an der rechten Stelle - und ich stand wieder ohne einen materiellen Körper da. Dafür saß da ein wildes Pelzding und hielt Malzeit.

Wie eine Welle schwappte der Schreck, noch eine Weile in mir auf und ab. Ganz so einfach war die Trennung vom materiellen Körper nicht. Meine Gefühle lösten sich von dem Körper. Bis die letzten spirituellen Verknüpfungen, getrennt waren, dauerte es eine kurze Weile und es fühlte sich auch unangenehm an. Auf mein körperliches Gesicht konnte ich noch kurz einen Blick werfen, es war einigermaßen gut gelungen. Aber was nützt das schon, wenn der Rest nichts taugt.

Meister Toras stand plötzlich neben mir. Das Biest interessierte sich nicht für ihn, es hatte mit meinem Körper genug zu tun. Ein Knurren und Schmatzen war noch zu hören, dann war mein neuer Körper weg.

Scheinheilig meinte Meister Toras: „Ich wusste gar nicht, dass hier solch ein Raubtier herumschleicht. Das muss wohl so ein hungriger Vielfraß sein. Normalerweise greifen sie keine Menschen an, aber man geht ihnen besser aus dem Weg.“

Ich war mir absolut sicher, dass Toras hinter dem Angriff dieser Bestie steckte. Garantiert hatte er diese Situation inszeniert. Das brauchte ich ihm nicht vorwerfen, er konnte ja meine Gedanken lesen.

„Sei nicht traurig“, tröstete er mich, „der nächste Körper wird bestimmt besser.“

Da hatte ich es, er wollte, dass ich weitermache und Übung darin bekomme, mir neue materielle Körper zu schaffen. Ich ahnte schlimmes und hatte nicht unrecht.

Versagen der Organe

Toras hatte gut reden, so einfach ist es wirklich nicht, sich einen neuen Körper zu erschaffen. Es erfordert sehr viel Hingabe. Vorteil war natürlich, dass es mit jedem Mal besser klappte. Aber was man wirklich geschaffen hat, merkt man erst dann, wenn man mit der Arbeit fertig ist, dann, wenn man in seinen neuen Körper drinnen hängt und emotional fest mit ihm verbunden ist. Die Eingewöhnungszeit, mit dem lästi-

gen Ameisenkribbeln, wurde mit jedem neuen Körper
kürzer.

Ein paar Tage später begann ich mit der Schaffung
eines neuen Körpers. Meister Toras half mir wie üblich dabei.

Diesmal war an der Gestalt wirklich nichts auszusetzen. Der neue Körper war echt gut. Sein Aussehen
und seine Gestaltung waren hervorragend und ich
fühlte mich recht wohl in ihm. In den folgenden Tagen machten wir wieder Wanderungen. Vor einem
Vielfraß hatte ich diesmal keine Angst, ich war jetzt
groß und schnell genug, um mich im Ernstfall in Sicherheit zu bringen zu können. Ich freute mich echt
über diesen neuen Körper. Schnell und leichtfüßig
konnte ich meinem Meister folgen. Ich stolperte in
keine dieser Vertiefungen mehr hinein, ich übersprang
sie einfach.

Nach ein paar Tagen stellte sich allerdings Müdigkeit ein, die mit jedem neuen Tag schlimmer wurde.
Ich müsse meine Ernährung umstellen, meinte Meister
Toras. Anfangs half es auch, aber die Schübe von Müdigkeit kamen wieder.

Bald hatte ich keine Lust mehr außer Haus zu gehen. Ich wollte lieber in meinem Bett liegen bleiben
und die Tage verstreichen lassen, aber mein Meister
trieb mich an. Er meinte, dass eben alles, seine Zeit
brauche und ich solle mich nicht gehen lassen.

Der hat gut reden, dachte ich und brachte als Antwort nur ein tiefes Gähnen heraus. Eine weitere Ernährungsumstellung half wieder nur kurzzeitig. Besseren Erfolg brachte eine ganz bestimmt auf mich zugeschnittene Bewegungstherapie, die er für mich zusammenstellte. Das war zwar mühsam, aber sie verbesserte meinen Zustand. Doch auch dies war nur von kurzer Dauer. Bald fingen die Probleme erneut an.

„Was habe ich falsch gemacht?", fragte ich ihn.

„Ich denke mal, du hast dich zu sehr auf dein Äußeres konzentriert und deine inneren Organe vernachlässigt. Die sind nicht richtig aufeinander abgestimmt und arbeiten daher nicht optimal zusammen", war seine Antwort und genau so kam es mir auch vor. Verschlackung oder Vergiftung oder beides schienen die Folgen zu sein. Inzwischen fühlte ich mich verdammt elend.

Ich hatte absolut keine Lust mehr irgendwelche Wanderungen zu unternehmen. Mein Lieblingsplatz war mein Bett geworden. Der von außen betrachte stattliche und starke Körper zerfiel zusehends. Da die seelisch, körperliche Verbindung sehr stark war, litten alle Bereiche meiner Seele, mit anderen Worten, ich selbst litt an diesem Zustand.

Meister Toras brachte mir alles, was ich brauchte und betrachtete stumm den Werdegang. Er wusste sicher, wie es in mir aussah und verstand mein Leiden.

Die Tage schlichen dahin, während ich im Delirium dalag. Mein Bewusstsein verschwand mehr und mehr.

Doch eines Tages konnte ich plötzlich wieder klar denken. Ich fühlte mich wieder gut, stand auf und suchte Meister Toras. Ich dachte, dass er mir Medizin gegeben hätte und ich deshalb wieder gesund sei. Er begrüßte mich freundlich und meinte, dass ich es jetzt überstanden hätte.

„Heute können wir wieder wandern, ich ziehe mich nur schnell an, dann können wir was essen und raus in die Natur gehen", rief ich ihm zu, während ich mich umdrehte und zurück in mein Zimmer wollte.

Eine Antwort wartete ich erst gar nicht ab. Ich musste in meiner freudigen Hektik, wohl die falsche Türe geöffnet haben, dachte ich erst, denn da lag jemand in meinem Bett.

„Hast du einen Gast?", fragte ich ihn erstaunt, weil er mir nichts davon gesagt hatte. Doch gleichzeitig durchpflügte mich eine schmerzhafte Erkenntnis. Das war kein Gast - das war mein schöner neuer Körper. Dahingeschieden, war er, und ich hatte es nicht einmal gemerkt. Ich war sehr erstaunt, kann so etwas überhaupt sein?

„Ja, so ist der Lauf der Dinge", hörte ich meinen Meister neben mir, „die Materie taugt nicht viel, wenn die innere Steuerung nicht stimmt. Also komm, lass uns wandern gehen und neue Impulse und Inspirationen sammeln, du warst lange genug im Haus."

Natürlich war ich erst einmal niedergeschlagen, es ist schon so, dass man bei solch einer Sache ein Stück von sich selber loslassen muss. Es steckt eben doch, im übertragenen Sinne gemeint, eine Menge Herzblut in einem Körper, in dem man eine Weile gelebt hat, auch wenn das Zusammenleben mit ihm, belastend war.

Der nicht zu bändigende Magen

Wieder trottete ich in meinem federleichten, spirituellen Körper, meinem Meister, hinterher. In Gedanken versunken, hing ich den letzten Erfahrungen nach.

„Nur Vollkommenheit ist eine Garantie, für eine gute Funktion des geschaffenen", meinte er beiläufig.

Ja, ja, dachte ich, hinterher ist man immer schlauer. Natürlich hatte ich nicht vergessen, dass er mich anfangs fragte, ob ich wirklich wieder einen materiellen Körper haben möchte. Wahrnehmung und Erleben sind in einem rein spirituellen Körper wirklich eindrucksvoll intensiver. Natürlich nicht alles, wie ich später merkte. Aber mein Verlangen, als normaler Mensch wieder nach Hause zurückzukehren, war immer noch ungebrochen. Daher wollte ich unbedingt in einem gesunden Körper, mit dem man mich erkennen konnte, wieder heimkommen, und ich beabsichtigte, mich wieder in meine Familie zu integrieren und meine Arbeit weitermachen. Liebend gerne hätte ich dieses ungewisse und aufreibende Leben der letzten Zeit, gegen mein kleines, sauberes Büro eingetauscht. Abends dann mit meiner Familie zusammenzusitzen und einen Plausch zu halten, fehlte mir doch sehr. Gerne würde ich wieder den Kindern beim Spielen zusehen und später am Abend ein paar anregende Getränke zu mir nehmen. Wir haben da ein Zeug - ich sage dir - wenn du das trinkst - WOW - das haut dich vom Hocker. Aber so etwas trinken wir natürlich nur bei besonderen Anlässen, zum Beispiel, wenn man nach einer langen Reise wieder nach Hause kommt. Und schon allein dieses Zeug, war für mich ein Grund heimzukommen. Im Augenblick war ich richtig gierig danach, aber dafür braucht man eben einem materiellen Körper, mit einer guten Zunge. Frustriert und teilnahmslos tappte ich Toras hinterher.

In den folgenden Tagen begann ich wieder mit der Arbeit, mir einen geeigneten Körper zu erschaffen. Diesmal achtete ich konzentriert auf die innere Harmonie meiner Organe. Deren Zusammenspiel musste unbedingt harmonieren. Ein paar mal zerfiel er mir wieder, bevor er vollständige Gestalt annahm. Innere Stabilität ist äußerst wichtig und die hängt eben von der vollkommenen, energetischen inneren Harmonie ab. Das hinzubekommen ist gewiss nicht einfach, aber irgendwann hatte ich es geschafft und steckte wieder in einem materiellen Körper. Dessen äußere Erscheinung war nicht so schön wie das des letzten Körpers, aber dafür war ich mir sicher, dass die Organe funktionierten. Das tat er sogar besser, als ich erwartet hatte. Jetzt konnte ich wieder den Genuss des materiellen Lebens auskosten.

Alles Essbare duftete verführerisch und schmeckte phantastisch. Ich konnte mich nicht daran erinnern, dass mir jemals etwas so gut schmeckte. Ich aß, ja eigentlich fraß ich alles, was nach Essen roch. So manchmal musste mich Meister Toras stoppen: „Das ist ungesund! Lass es liegen, da drüben die Kräuter dort, schmecken wesentlich besser."

Es gab hier aber auch wirklich viel, was hervorragend schmeckte. Da waren die süßesten Beeren, die würzigsten Kräuter und gehaltvollsten Wurzeln. Es gab zudem die unterschiedlichsten Arten der Nüsse. Sie waren mein Lieblingsimbiss, für den kleinen Appetit zwischendurch sozusagen. Eine Tasche hatte ich immer voll von den Dingern. Wo ich welche fand, steckte ich sie ein, und knabberte daran rum, bis die Tasche wieder leer war. Meister Toras erklärte mir die Pflanzen, ihre Nahrhaftigkeit und ihre Wirkungen.

„Diese Pflanze hier", meinte er, „sollte man unbedingt meiden. Sie verursacht starke Blähungen".

Aufmerksam hörte ich ihm zu, während ich gleichzeitig auf etwas herum knabberte, was so ähnlich aussah.

„Frisst du das etwa gerade?", fragte er erschreckt.

„Weiß nicht", sagte ich etwas scheinheilig, „aber es schmeckt wirklich wahnsinnig gut".

Er schüttelte nur seinen Kopf und ging weiter. Nach einer Weile merkte ich, dass er immer schneller lief. Ich versuchte aufzuholen.

„Komm mir bloß nicht zu nahe", raunzte er mich an. „In der Giftgaswolke, die du erzeugst, bekomme ich keine Luft. Du solltest wirklich nicht alles gleich in dich hineinschlingen. Frage mich lieber vorher!"

Das war leichter gesagt als getan, wenn man von einem magisch süßen Duft angezogen wird. Meine Verfressenheit, die sich entwickelt hatte, führte dazu, dass jeder meine Spuren, durch Wald und Gelände erkennen konnte, sie waren deutlich zu sehen. Da waren nach Beeren durchwühlte Büsche, herausgerissene Wurzeln, und abgebrochene Zweige an den Bäumen, an denen etwas nussähnliches hing. Sie bildeten den Pfad meines ungezügelten Appetits, durch den Wald.

Das war allerdings nicht alles, denn ich musste das, was ich gegessen hatte, nach dem Verdauen, auch wieder los werden. Also suchte ich hin und wieder einen schönen, stillen Platz, an dem ich mich erleichtern konnte.

So kam es, dass in gewissen Abständen, an etwas abgelegenen Plätzen im Wald kleine, manchmal auch größere Haufen, von ausgeschiedenen, übelriechenden Substanzen herumlagen. Dass dieses Zeug stank, war anscheinend nur mein eigenes Empfinden, denn kaum war ich fertig, stürzten sich Hordenweise kleine Krabbeltiere drauf. Dicke fliegenartige Fluginsekten kamen hordenweise angebrummt und labten sich daran. Igitt, igitt, aber Geben und Nehmen, bestimmt nun mal den Kreislauf des Lebens. So gesehen, gab ich wirklich gern, denn ich brauchte ja neuen Platz für die Dinge, die ich als schmackhaft empfand.

Toras wurde meinem Fressdrang gegenüber wachsamer, ich allerdings mit dem Hineinstopfen schneller, zu meinem Leidwesen, wie ich bald feststellte. Mein Gewicht hatte ungezügelt zugenommen und meine Körperform änderte großzügig ihre Konturen, ich wurde immer fülliger und runder.

Eines Tages, nach einer ausgiebigen Mahlzeit fühlte ich mich wirklich verdammt schlecht.

„Was hast du in dich hineingestopft?", wollte mein Meister wissen.

„Ach, verschiedenes", antwortete ich, „ein paar Beeren, verschiedene Nüsse, zwei, drei Wurzeln und diese leckeren, runden, bunten Dinger, die da unten bei den Felsen, an dem wir vorhin vorbeikamen, wuchsen.

„Diese leckeren, runden, bunten Dinger", wiederholte er bedächtig und fuhr fort, „das sind zufälligerweise nur die giftigsten Dinger, die auf diesem Planeten hier wachsen. Hatte ich nicht gesagt, du sollst vorher fragen, bevor du Dinge isst, die du nicht kennst!"

„Die rochen aber so gut und schmeckten auch wirklich gut", entschuldigte ich mich, „ich dachte, so etwas gutes könne ich ruhig essen. So etwas gutschmeckendes kann doch nicht giftig sein."

Er schaute mich mit ernstem Gesicht an und ich wusste, dass er keinen Spaß machte. Und so ging auch diesmal alles, seinen Weg. Meine Maßlosigkeit hat meinem Körper das Ende bereitet. Ich hätte wirklich vorher fragen sollen, bevor ich diese Dinger in mich hineinstopfte.

04.09 Eigenwilliger Körper

Zu gut gemacht

Wie viele Körper werde ich mir wohl noch schaffen müssen, bis endlich einer insgesamt, einigermaßen in Ordnung ist.

Ich begann also mit einem neuen Versuch. Diesmal wollte ich mich darauf konzentrieren, dass der gesamte Körper, mit all seinen Organen und Gliedern, seinen Muskeln und seinem Skelett harmonisch arbeitet.

Keiner seiner Teile sollte dominieren. Sie sollten alle aufeinander abgestimmt zusammenarbeiten, füreinander und nicht gegeneinander. Ohne Sorgfalt und Konsequenz, wird die Sache garantiert wieder in einer Katastrophe enden. Eine optimale Gestaltung, materiell und energetisch, wird nur gelingen, wenn inneres Gleichgewicht herrscht.

Meister Toras half mir wieder. Ohne ihn hätte ich es wohl nie so weit geschafft. Er ließ mich aber durchaus immer meine Fehler machen, man lernt am besten aus seinen Fehlern, meinte er. Das eine und andere Misslingen, und da war ich mir absolut sicher, hatte er extra provoziert. Er nutzte meine Frustrationstoleranz schamlos aus. Aber die wichtigsten Schritte, um voranzukommen, die brachte er mir bei. Manchmal trieb er mich auch energisch voran, wenn meine Lethargie mal wieder Auswüchse zeigte.

Wieder begann ich mir einen neuen Körper zu erschaffen. Langsam wird es zur Routine, sogar das Fehlermachen, dachte ich. Ich sollte unbedingt achtsamer sein. Nach einer gewissen Zeit, ein paar Stunden vielleicht, wenn man die irdische Zeitrechnung verwendet, hatte ich es geschafft. Wieder steckte ich in einer materiellen, menschlichen Gestalt.

Dieser Körper fühlte sich sogar richtig gut an. Er bewegte sich, meinen Wünschen entsprechend, leicht und schnell. Die interne Zusammenarbeit der Organe machte keine Probleme. Hunger und Appetit waren im Gegensatz zum letzten Mal auf Normalniveau. Kurz gesagt, ich fühlte mich recht wohl. Die Sinne funktionierten, die Organe waren in Ordnung, die ganze Körpergestalt war bestens, ich war rundum zufrieden. Auch Meister Toras lobte mich: „Gute Arbeit, diesmal." Natürlich hatte er unauffällig mitgewirkt, alleine hätte ich das garantiert nicht fertiggebracht.

Jetzt begannen wir wieder mit unserem üblichen Programm. Das hieß, durch die Gegend zu streifen, uns die Schönheiten anzuschauen und das vielgestaltige Leben in den Dingen, Pflanzen und Tieren zu entschlüsseln.

Wenn man geboren wird, nimmt man alles als gegeben und selbstverständlich hin. Wenn man sich aber eine Sache erkämpfen muss, wie ich zur Zeit, versteht man erst, wie abhängig man ist, von all dem Leben um einem herum. Man lernt die Dinge besser wertzuschätzen.

Die Tage vergingen und mein Körper verbesserte
sich, je mehr ich mit ihm unternahm. Meine Bewe-
gungsabläufe wurden harmonischer und effektiver. Im
Laufe der Zeit empfand ich eine Stärke und Selbstsi-
cherheit, wie ich sie schon lange nicht mehr erlebt
hatte. Ich fühlte mich wohl, entwickelte Eigendynamik
und wollte nicht mehr ständig meinem Meister hinter-
herlaufen.

Gefährliches Paradies

Als ich eines Tages im Wald, ein interessantes Geräusch hörte, bog ich ab und schlug ohne zu fragen,
einen anderen Weg ein.

„Wo willst du hin?", hörte ich meinen Meister mir
hinterher rufen. Ich hätte auch was sagen können, aber
ein Gefühl von Eigenwilligkeit durchzog mich. Ich
begann die Dinge anders zu wollen als er, mir war
dieses Geräusch im Augenblick wichtiger.

Natürlich fragte ich mich, wie es dazu kommen
konnte. Aber ich begriff nicht, dass mein neuer Körper eine Autonomie entwickelte, seine Bedürfnisse
und Eigensinnigkeit, beeinflussten mein Fühlen und
folglich auch mein Handeln. Durch die enge Verbun-
denheit zwischen Seele und Körper lässt sich nicht
immer erkennen, ob die Motivation von einem selbst,
oder vom Körper kommt. Ich verstand mich als ein
spirituelles Wesen, aber der Körper überlagerte, mit
seinen Emotionen, meine spirituellen Ambitionen,
und damit leider auch meine Vernunft.

Ich begriff also nicht, dass inzwischen mein Körper
mich steuerte. Er entwickelte die Eigenwilligkeit eines
kleinen Kindes, welches noch keine Vernunft kennt.

Ich merkte es nicht, weil ich mir einbildete, ich selbst wollte es, obwohl ich mir nicht erklären konnte warum.

Es ist manchmal wirklich nicht einfach, komplexe psychologische Vorgänge zu durchschauen. Gerade, wenn sie in einem selber stattfinden, scheint es am allerschwierigsten zu sein.

Im Nachhinein fragte ich mich natürlich, wie ich nur so handeln konnte und was mich da getrieben hatte. So kam dann auch unausweichlich, was da kommen musste. Wir waren einige Tage später, in einem mir noch unbekannten Gelände, unterwegs. Diese Gegend war sehr faszinierend. Ich hörte wieder mal ein interessantes Geräusch, welches mich magisch anzog.

„Sei vorsichtig, die Gegend hier besteht aus viel losem Geröll", hörte ich die Stimme meines Meisters.

Ein kleiner Pfad schlängelte sich durch Gebüsch und Bäume mit tiefhängenden Ästen voller grünem Laub. Ein lebendiger Vorhang, gewebt aus einzelnen Lianen, verdeckte mir die Sicht. Helles Licht strahlte hindurch, in das Halbdunkel unter den Bäumen. Kleinere Pflanzen mit hellen runden Blüten, leuchteten in den hellen Lichtstrahlen. Einige Meter weiter vorn, öffnete sich dieser Vorhang und ich stand staunend vor einer weiten und tiefen Schlucht. Zu meinen Füßen gähnte ein gefährlicher Abgrund, der dem Anblick einen besonderen Reiz gab. Die Gefahr, die von ihm ausging, erzeugte ein Kribbeln in meinem Gedärm. Dies machte mich aber leider nicht vorsichtiger. Überwältigt von dem Eindruck stand ich da. Wundervolle Pflanzen mit prachtvollen, traubenförmigen, dunkelroten, Blüten hingen von den Bäumen herab und schlängelten sich um die zerklüfteten grauen Felsen. In allen nur möglichen Farbkompositionen leuchteten grandiose Blüten. Da war strahlendes Gelb zu sehen, umrandet mit kräftigem purpurnem Rot und majestätischem Blau.

Irisierende Farbgestaltungen vermittelten einen überirdischen Glanz. Ein erhebendes Erlebnis für mich. Hier muss wohl ein Schöpfermeister am Werk gewesen sein, ging mir durch den Kopf. Gegenüber rauschte ein breiter Wasserfall von vorstehenden Klippen in die Tiefe. Ein Fluss, der sich über die Hochfläche schlängelte, lud seine Wassermassen hier ab und ließ sie geräuschvoll in die Tiefe stürzten. Sonnenstrahlen zauberten tief unten, über den Gischtwolken, die den Grund der Schlucht geheimnisvoll einnebelten, einen wundervollen Regenbogen. Ich verlor mich in dieser himmlischen Pracht und vergaß dabei, wo ich mich befand, die Ansicht war einfach bezaubernd. Mehr noch, sie wirkte hypnotisierend und zog meine Augen nach unten, um einen Blick unter den Felsvorsprüngen zu erhaschen.

Mit meinen Augen zog die Neugier meinen ganzen Körper nach vorn. Ich war mir in diesem Augenblick nicht mehr der Schwerkraft bewusst, die ständig an meinem materiellen Körper zog. Und so passierte es, ein falscher Tritt, und das poröse Gestein gab nach. Eine Liane, die ich noch greifen konnte, gab auch nach und löste sich. Dann ging es für mich schnell abwärts. Rums - rums - rums, vorstehende Felsen fügten mir gewaltige Schmerzen zu. Sie durchzogen mich wie mächtige Faustschläge, auf meinen Weg über diese

Felskanten nach unten. Sie raubten mir letztendlich die Besinnung.

Wie sich mein spiritueller Körper aus dem materiellen herauslöste, erlebte ich nicht, denn ich wurde auch in meinem spirituellen Körper bewusstlos und nahm eine Weile nichts wahr.

Irgendwann kam ich aber wieder zu Bewusstsein. Meister Toras stand neben mir und ein paar Meter weiter sah ich ein Bündel liegen, welches kurz zuvor noch meine Behausung war. Problemlos konnte ich mich erheben, denn ich war ohne den stofflichen Körper wieder federleicht.

„Du hattest deinen Körper zu gut gemacht!“, erklärte er mir.

„Wie meinst du das?“

„Dein Körper war zu autonom, zu eigensinnig, geworden“, fuhr er fort, „er war zwar sehr gut und ausgewogen gestaltet, ein Meisterwerk sozusagen, aber er hat gemacht, was er wollte. Er hat dich gesteuert, und du hast es nicht einmal gemerkt.

Du solltest unbedingt lernen zu erkennen, woher die Emotionen, die dich steuern, kommen und dich fragen ob es deine eigenen, oder die deines Körpers, oder vielleicht sogar fremde Emotionen sind. Vielleicht sind es Gefühle, die dir von außerhalb zugefügt wurden. Alles um uns herum lebt, hat Ziele und natürlich auch emotionale Kräfte, die sich in dir fangen können.

Du musst die Sachlage, in der du steckst, erkennen. Dein Körper muss immer von dir abhängig bleiben, er darf dich nicht manipulieren. Ohne deine Führung muss er im Wartezustand verharren.“

Ich hatte also noch einiges zu lernen, auf meinem weiten Weg durch die Galaxis nach Hause - wie sollte es auch anders sein, dachte ich mitgenommen und irgendwie müde von den letzten Erlebnissen. Langsam hatte ich genug davon mir ständig einen neuen Körper schaffen zu müssen. In Zukunft wollte ich äußerst vorsichtig sein und mir mein Werk möglichst lange erhalten.

Der letzte Versuch

Meister Toras wusste, dass mir die ganze Sache stark an die Nerven ging. Obwohl ich doch inzwischen erfolgreich war, drängte mich ein inneres Verlangen, endlich einen Abschluss zu finden und den Ruf meiner Heimat zu folgen. Zu lange war ich schon von Zuhause weg, würde man überhaupt noch an mich denken?

Wieder begann ich mir einen materiellen Körper zu gestalten. Mit Hilfe meines Meisters schaffte ich es dann, mir einen recht guten Körper zu erschaffen. Diesmal hatte er mir gleich gesagt, dass er mir bei der Gestaltung helfen wolle. Die Grundprinzipien des Vorgehens kannte ich ja inzwischen, und was Wachsamkeit sowie Integrität bedeuten, hatte ich auch begriffen.

Ich war auf das Ergebnis recht stolz und freute mich darüber. Als ich kurze Zeit später irgendwo zufällig in einen Spiegel schauen konnte, fiel mir auf, dass dieser Körper fast das gleiche Aussehen, meines alten Körpers von früher hatte. Nur ein wenig älter sah er aus, aber das war keinesfalls nachteilig, denn seit meiner Abreise von daheim war wirklich viel Zeit vergangen.

04.10 Das Schwingungskontinuum

Gedanken an die Heimreise
Mein Heimweh meldete sich wieder. Ich war der Meinung alles Wichtige gelernt zu haben. Wie man sich einen materiellen Körper erschaffen kann, wusste ich jetzt und auch, wie man ihn heilt, wenn er mal einen Schaden hat. Sicher hat mich Meister Toras bei allem kräftig unterstützt und ob ich eine umfangreichere Heilung, wirklich ohne ihn vollbringen könnte, war mir nicht klar. Aber ich verdrängte diesen Gedanken. Im Notfall würde ich wieder hierher kommen müssen.

Ich begann zu überlegen, wie und wo ich ein Schiff für meine Heimreise bekommen könnte. Das große Problem war nur, dass ich nicht wusste wo mein Heimatplanet zu finden war. Weder die Richtung noch der allgemeine Name des Raumbereiches, waren mir bekannt. Vielleicht war mein Heimatplanet unter einen anderen Namen bekannt. Ich sollte mit den Idorianern Kontakt aufnehmen, die kennen sich doch bestens in der Galaxis aus, zumindest in dem Quadranten, in dem mein Heimatplanet liegen musste. Ich konnte mir nicht vorstellen, dass er zu weit entfernt sein sollte. Sie waren doch eine Handelsrasse, und ständig auf Handelsrouten in der Galaxis unterwegs. Die mussten doch irgendwie meinen Heimatplaneten finden können. Aber vielleicht wusste Meister Toras, wie ich am besten nach Hause käme, wo ich ein Schiff finden könnte, welches mich mitnehmen würde, und wie ich die Reise finanzieren sollte.

Ja, ja, in Science-Fiction Geschichten ist das alles so einfach: Da nahm er dieses Schiff und dann jenes Schiff und, und, und...

Doch wie man seine Reise bezahlen konnte, wenn man keine Finanzmittel oder wertvolle Waren hatte, darüber schwiegen die Schriftsteller.

Aber vielleicht könnte ich an Bord eines Schiffes, die Reisekosten mit Arbeit begleichen. Doch was konnte ich schon? Ich wusste, wie man Anforderungsbogen ausfüllt, wie man Waren-Abgleiche schriftlich anfertigt, mit welchen Formularen man Anträge für die Zuteilungen an Formularpapier bestellt. Aber wer braucht schon so etwas auf einem Raumschiff, es sei denn es handelt sich um so einen Bürokratendampfer, die es natürlich nicht gab. Ich machte ein sorgenvolles Gesicht.

„Was für ein Problem hast du?", fragte mich Meister Toras.

„Ich denke gerade darüber nach, wie ich wieder nach Hause komme, wo ich ein geeignetes Schiff finden könnte und wie ich die Reise bezahlen soll."

„Ja, das ist ein großes Problem. Hier beim Planeten Endrin führt keine der großen Hauptrouten vorbei. Die Idorianer hatten dich sozusagen aus Dank und Wiedergutmachung her gebracht.

Du könntest mit einem Transportschiff, welches einmal im Jahr hier vorbeikommt, mitfahren. Dann kannst du vielleicht eine der großen Zentren erreichen, in denen sich mehrere Handelsrouten kreuzen. Dort müsstest du fragen, ob jemand deinen Heimatplaneten kennt. Vielleicht findest du sogar einen Navigator, der dir vielleicht weiterhelfen könnte. Mir selber ist kein Planet bekannt auf den deine Beschreibung passt. Auch dein Volk ist mir unbekannt. Das Universum ist sehr groß und es gibt viele Rassen. Einige leben zurückgezogen und sind daher nicht bekannt."

Ich erzählte ihm, dass ich mit Meister Wu meine Heimat einmal, mit Hilfe der Teleportation, kurz besucht hatte. Er wusste, wo mein Heimatplanet zu finden war.

Teleportation

„Hast du im Camp von Meister Wu nichts über Teleportation gelernt?", fragte er mich. Ich erinnerte mich. Da war Garrras, mit drei R geschrieben, der Navigator, mit einem Aussehen einer großen Heuschrecke.

„Doch", sagte ich, „ich habe einen Vortrag gehört über das Reisen mittels spiritueller Navigation. Ich wollte dieses Reisen lernen, aber dann kam das Schiff der Idorianer. Ich war der Meinung, dass es einfacher wäre, mit einem Schiff heimzureisen, als langwierig Teleportieren zu lernen."

„Das bedeutet, dass du zwar Teleportation erlebt und etwas darüber gehört hast, aber nicht weist wie es geht. Richtig?"

„Richtig", antwortete ich.

„Teleportation wäre natürlich der einfachste Weg, um wieder nach Hause zu kommen. Hatte dein Volk nicht eine Methode entwickelt, mit der du die Erde erreichen konntest?"

„Ja", antwortete ich, „aber es ist eine sehr komplizierte Technik. Diese verstehen nicht einmal unsere

Fachleute richtig. Sie wurde vor nicht allzu langer Zeit, eigentlich nur zufällig, entdeckt. Man weiß lediglich, wie man sie anzuwenden hat, aber man weiß nicht warum es funktioniert. Man arbeitet mit einem Sender und einem Empfänger. Der Empfänger wird hinausgeschickt und funktioniert nur dann, wenn das Umfeld keine Gefahren aufweist."

„Sicher könnte man es noch komplizierter machen", meinte Toras etwas ironisch, „aber es scheint zu funktionieren."

„Mir wäre es lieb gewesen, wenn es nicht funktioniert hätte. Diese Neuerungen machen doch nur Probleme", ließ ich hören.

„Also", sprach mein Meister weiter, „dann, solltest du unbedingt lernen wie die einfache Teleportation funktioniert. Eine solche Fähigkeit ist sehr nützlich, und die Entfaltung der Persönlichkeit ist das Bestreben der Evolution. Das Ziel ist, die größtmögliche Freiheit zu erlangen und dazu gehört nun mal auch die Fähigkeit teleportieren zu können. Dies ist nicht so schwierig wie du glaubst. Eigentlich sind nur zwei Dinge wichtig, erstens den wirklichen Aufbau des Seins zu kennen und zweitens das richtige Gefühl für die Sache zu haben. Das bedeutet, in der richtigen Stimmung für einen Sprung zu sein.

Es ist wie beim Schwimmen im Wasser. Du kennst die Eigenschaft des Wassers und wenn du dir mit etwas Übung ein Gefühl für das Schwimmen angeeignet hast, geht es von ganz alleine. Du wirst es dann dein Leben lang nicht mehr vergessen."

Alles ganz einfach und leicht gesagt, dachte ich wieder mal etwas spöttisch. Wie lange hatte ich gebraucht um mir einen neuen Körper schaffen zu können, und das ging auch nur mit kräftiger Unterstützung von Meister Toras.

„Also, was willst du, auf das nächste Schiff warten oder Teleportieren lernen?" Mit dieser Frage riss er mich, aus meinen Gedanken.

Als ob ich da eine große Wahl hätte. Ich entschied mich natürlich dafür, das Teleportieren zu lernen. Wenn ich schon mal hier bin, kann ich das auch noch lernen. Wer weiß, wo ich letztendlich landen würde, wenn ich auf gut Glück meinen Weg durch die Galaxis suchte.

„Lass uns anfangen", war meine Antwort. Ich konnte meinen Frust, nicht verbergen. Anstatt nach Hause aufbrechen zu können, musste ich mich wieder, mit Lernen befassen. Im Nachhinein war mir natürlich klar, dass ich eine gute Entscheidung getroffen hatte. Aber meine Gefühle waren eher der Meinung, dass ich keine Teleportation brauchte, wenn ich wieder zu Hause lebte. Normalerweise hatte ich sowieso keine großen Entfernungen zurückzulegen und die wenigen Wege, die blieben, lief ich eigentlich ganz gern, denn etwas Bewegung ist notwendig und auch gesund. Glücklich war ich über meine Entscheidung, weiterzulernen nicht. Wer weiß, wie lange ich jetzt noch hier zu bleiben hatte.

Die Teleportation musste meiner Meinung nach, sehr schwierig sein, denn die Himmelskörper lagen so weit auseinander, dass in der Zeit, die das Licht für den Weg zu meiner Heimat brauchte, mein Planet Tausende Male unsere Sonne umrundete. Man musste also wesentlich schneller sein als das Licht.

Theorie

Meister Toras versuchte mir die Angst vor dieser Riesenaufgabe zu nehmen. Er beteuerte, dass es nicht so schwer sei, dies zu erlernen, wie ich glaubte.

„Die Entfernungen, die wir sehen, wenn wir in den Nachthimmel blicken, gibt es nicht wirklich. Unser Gehirn übersetzt uns die Differenz, die wir wahrnehmen als eine räumliche Entfernung. In Wirklichkeit handelt es sich bei dem, was wir unter Entfernung verstehen, nur um unterschiedliche Schwingungszustände des Schwingungskontinuums, in dem wir leben. Das Universum ist nicht wirklich so, wie wir es wahrnehmen.

Zum Beispiel die Farben um uns herum, die Blumen dort, schau sie dir an!“

Die Blumen, die er meinte, wuchsen vor der Terrasse seines Hauses, auf der wir gerade saßen. Sie blühten in wirklich prächtigen Farben.

„Du siehst ihre Farben!“, sprach er weiter, „aber in Wirklichkeit gibt es keine Farben, denn Farben sind nur eine Schöpfung deines Hirns. Es gibt in Wirklichkeit nur unterschiedliche, elektromagnetische Schwingungen. Aber dein Hirn macht daraus für dich Farben. Die Impulse, welche durch die Schwingungen in deinen Augen erzeugt werden, lösen in dir Gefühle aus, und diese Gefühle lassen in deiner Vorstellung Farben entstehen. Jede Farbe und jede Farbkombination hat ihr eigenes Gefühlsmuster. Auch die Helligkeit, die wir wahrnehmen, gibt es nicht. Es ist alles dunkel um uns herum. Doch die Rezeptoren in unseren Augen wandeln die elektromagnetischen Schwingungen, welche

die Umgebung durchfluten, zu Nervensignale und
senden diese an unser Hirn. Dieses lässt dann für uns
die Illusion von Licht und Helligkeit entstehen. Das
alles sind unbewusste Vorgänge in unserem Kopf. Der
Nerv, der vom Auge zum Gehirn führt, ist kein Licht-
leiter, sondern nur ein Impulsleiter.

Die Wahrnehmung der Entfernung ist eine ähnliche Sache. Wir leben in einem Kontinuum welches aus
Schwingungen besteht. Alles ist nur Schwingung, auch,
wenn es unsere Vorstellungsfähigkeit weit überschreitet, es ist trotzdem so.

Entfernungen sind in Wirklichkeit nur unterschiedliche Schwingungszustände. Daher müssen wir keine
weiten räumlichen Entfernungen überwinden, sondern
nur unsere eigenen Raumschwingungen verändern. Sie
definieren unseren Platz im Ordnungssystem des gemeinsamen Schwingungskontinuums.“

Er machte eine Pause, während ich versuchte, das
Gesagte zu verstehen. Es gibt kein Licht, keine Farben
und auch keine Entfernungen. Alles ist nur eine Illusion, die aus Schwingungen besteht? Unser eigenes Gehirn macht erst etwas verstehbares daraus. Na ja, ich
habe es noch nicht verstanden.

„Menschen wie auch andere intelligente Wesen
nehmen normalerweise nur einen ganz kleinen Teil des
Seins war, versuchen aber mit diesem kleinen Teil das
ganze Universum und die Schöpfung zu erklären. Daher kommen sie oft in ihrer Entwicklung nicht weiter,
weil sie ihre Denk- und Vorstellungsgrenzen nicht
überspringen können oder wollen. Sie schaffen es
nicht, die eigenen Illusionen zu erkennen, in der sie
verstrickt sind. Manchmal aber, hebt das Schicksal

einzelne, so wie dich, aus diesem Teufelskreis heraus
und zwingt sie zu neuen Erfahrungen und Erkenntnissen. Sei also nicht bedrückt über deine Situation, sondern nutze sie.“

„Was muss ich also tun“, fragte ich.

Alles ist Schwingung

„Beschäftige dich mit dem Gedanken, dass alles Sein
nur aus Schwingung besteht. Jedes Wesen und jedes
Ding, jedes Gefühl und jede Stimmung, sind nur
Kompositionen von Schwingungen. Zudem sind sie
nicht, in einem unendlichen Universum, weit verstreut.
Alles ist im gleichen Schwingungskontinuum zentriert.
Es durchdringt sich, beeinflusst sich, überschneidet
sich, sammelt sich, vereinzelt sich, zerfällt und gestaltet sich neu. Unser Hirn macht aus dem allen die Welt,
die wir um uns herum sehen.

Wir bewegen uns nicht von einem Ort zum anderen. Wir ändern nur die entsprechenden Schwingungsfrequenzen und glauben, wir würden uns zu einem
anderen Ort hin bewegen. Das kann sehr langsam
gehen, dann nennt man es Laufen, aber auch absolut
schnell, dann nennt man es Teleportation. In jeden
Fall ist es aber nur die Änderung von Schwingungszu-
ständen.

Wenn du das verstanden hast, dann hast du auch
begriffen, dass du nirgends hingehen oder dich hin
teleportieren musst, denn du bist schon dort, bevor du
losgehst. Du warst immer schon dort, eben nur in
einem anderen Schwingungszustand.“

Wieder machte er eine kleine Pause. Der Kampf in
meinem Hirn tobte weiter. Was Meister Toras sagte

stellte mein ganzes Weltverständnis auf den Kopf. Lebten wir wirklich in einer ganz anderen Welt, als diejenige, die wir täglich wahrnahmen? Wie sollte ich mir das nur vorstellen. Kann es wirklich sein, dass alles, das große, weite Universum, keine Ausdehnung hat, sondern sich an einem einzigen Ort zentriert, an einem einzigen Punkt womöglich, sich dort durchdringt, beeinflusst und neue Kreationen hervorbringt?

Sollte dies die Einheit des Seins bedeuten? Fragen über Fragen gingen mir durch den Kopf. Wie erkennt man eine Raumschwingung, wie bestimmt man eine Position, was ist, wenn man nicht weiß, wo das Ziel liegt?

„Versuche nicht gleich alles in deinen Kopf hineinpressen und verstehen zu wollen. Nur die wichtigsten Dinge zu kennen, reicht aus. Du verbiegst oder überlastest nur dein Hirn", meinte Toras.

„Das ist schon lange verbogen bezugsweise nicht mehr in Ordnung. Nach dieser verrückten Odyssee, die hinter mir liegt, kann man von mir kein klares Hirn mehr erwarten", antwortete ich ihm frustriert.

Er grinste wieder mal vor sich hin, sagte nichts, überlegte aber garantiert, was er mir als nächstes antun - äh - lehren wollte.

„Der Schwingungskomplex deines Wesen ist im gesamten Kontinuum, genauer gesagt im gesamten Universum präsent. Du bist dir dieser Tatsache nur deshalb nicht bewusst, weil du dein Ichbewusstsein ständig nur an einer einzigen Position zentrierst. Du bist absolut davon überzeugt, dass dein ganzes Wesen immer nur an einem Platz sein kann.

Zudem verbindest du dich und interagierst mit den Wesen und Dingen deiner Umgebung, die dich ebenfalls, an diese eine Stelle binden. Sie geben dir das Gefühl, dass du dich genau an diesem einen Platz befindest, und alles was, du machen kannst, ist mit Hilfe deiner Füße oder anderer Hilfsmittel, Entfernungen zu überwinden.

Die alten Gründer der einzelnen Rassen, wussten dies noch, aber das Wissen verschwand, im Laufe der Zeit.

Für das tägliche Leben ist es nicht notwendig, aber wenn es nicht trainiert wird, geht es verloren.

Merke dir, was du erlernt hast, musst du üben und trainieren, sonst verlierst du es wieder."

373

Kapitel 5

Rückkehr in die Heimat

05.01 Teleportieren

Wahrnehmen

Ich gewann im Laufe der Zeit eine andere Sicht der Dinge und lernte nach und nach, alles voneinander zu unterscheiden. Die Erinnerung kam mir wieder in den Sinn, dass alle Dinge in meiner Kindheit, für mich voller Leben waren. Alles hatte einen eigenen Glanz und ein inneres Leuchten. Es war von Lebensenergie erfüllt. Leider hatte ich diese Fähigkeit der Wahrnehmung verloren, als ich erwachsen wurde. Anderes war zu jener Zeit wichtiger geworden. Jetzt begann ich wieder dieses innere Leuchten der Dinge zu erleben.

In der richtigen Stimmung zu sein ist das große Geheimnis, dann arbeitet das gesamte eigene Wesen mit.

Meister Toras fragte nicht lange, sondern begann mit den Übungen indem er mich am Arm packte und ehe ich mich versah, hatten wie einen Teleportationssprung gemacht. Eben waren wir noch im Wald, und im nächsten Moment standen wir vor seinem Haus.

Dies geschah so unvermittelt, dass ich mich nicht darauf einstellen konnte. Ich fühlte mich herausgerissen, aus der Situation im Wald und hatte ein Gefühl, als ob ich eine unerledigte Arbeit zurückgelassen hätte. Ein seltsames Gefühl war dies und schlecht zu beschreiben, als ob ich wieder zurück wollte, um die Dinge, die ich dort hinterließ zu ordnen - einfach verrückt. Es fühlte sich wirklich so an, als ob ich ein Loch hinterlassen hatte. Ich konnte mir nur vorstellen, dass durch mein plötzliches Verschwinden der vorhandene Schwingungskontext aus dem Gleichgewicht kam.

Auch der Wiedereintritt, an der Stelle vor seinem Haus war seltsam. Dies wiederum fühlte sich an, als würde ich in eine geschlossene Gesellschaft unerwünscht eindringen. Die Dinge des Umfeldes hatten scheinbar eine gemeinsame Schwingungsbasis, die ich mit meinem Erscheinen störte. Ebenfalls ein sehr seltsames Gefühlserlebnis. Ich beschrieb meinem Meister die Erfahrung. Er meinte aber nur, dass dies am Anfang normal sei und ich lernen werde damit umzugehen. Es folgten viele Wochen mit Übungen und Lernen.

Der Baum, der zu nah war
Vorerst übernahm mein Meister die Führung, wenn wir einen Teleportationssprung unternahmen. Das bedurfte dann immer einen Körperkontakt. So bekam ich das notwendige Gefühl für den Vorgang.
Doch als ich das erste Mal einen Sprung alleine machte kam es fast zu einer Katastrophe, die mir mein neues Leben hätte kosten können. Ich zittere immer noch, wenn ich daran denke.

Wir hatten uns die Gegend, in der wir materialisieren wollten, genau angesehen und waren dort herumgelaufen. Es war ein einfaches Gelände, eigentlich nur eine große Wiese, mit ein paar wenigen, auseinander stehenden Bäumen. Danach entfernten wir uns weit genug um einen Sprung machen zu können. Ich betrachtete in meinen Gedanken das Bild der Gegend, die wir ausgesucht hatten und wählte eine Stelle zwischen den Bäumen.

Als ich dann dort materialisierte, stellte ich fest, dass ich den genauen Platz, nicht erwischt hatte. Etwas weiter seitlich kam ich wieder zum Vorschein. Dann wollte ich zu Toras gehen, der einige Meter weiter weg stand, aber als ich mich wegbewegte, spürte ich plötzlich einen brennenden Schmerz an meinem linken Oberarm. Ich war geschockt, direkt neben mir befand sich einer der Bäume - zu nah - viel zu nah. An seiner Rinde befand sich etwas von meiner Haut, die eben noch Teil meines Oberarms war. Ich schaute genauer hin und erkannte, dass diese Hautpartikel nicht etwa nur oberflächlich an der Borke hingen, wie es durch eine Abschrammung geschieht, sondern regelrecht hineingewoben waren. Blut lief an meinem Arm hinunter. Es schmerzte erheblich. In meinem Hemd fehlte ein großes Stück Stoff, welches eben noch die Stelle, an der jetzt die Wunde war, bedeckte. Auch der Stoff schien in die Rinde des Baumes hineingewoben zu sein. Das, was man von dem Stoff sehen konnte, umrundete den Bereich, an dem sich meine Haut befand. Meister Toras schaute sich alles genau an und meinte, dass die Verletzung nicht schlimm sei, die Wunde würde schnell wieder heilen. Aber wie konnte das passieren, fragte ich, der Platz den ich gewählt hatte, war doch weit genug weg von den Bäumen. Er begann mir meinen Fehler zu erklären.

„Du hast wahrscheinlich ein Erinnerungsbild aus deinem Gedächtnis ausgewählt um dich zu orientieren. Das könnte der Fehler sein. Erinnerungsbilder verändern sich. Raum, Zeit und Konturen unterliegen in der Erinnerung Veränderungen. Du darfst dich nie darauf verlassen, nicht eine Sekunde!“

Ich traute mich nicht die Frage zu stellen, warum er mir das nicht schon vorher gesagt hatte. Seine Antwort kannte ich schon, „alles zu seiner Zeit", würde er sagen. Ich vermutete sogar, dass er extra dafür gesorgt hatte, dass es so gekommen ist. In dieser Hinsicht konnten seine Lehren wirklich hart sein.

Ich schaute mir wieder meinen Oberarm an, es hatte aufgehört zu bluten. Der Stoff meines Hemdes hatte das meiste Blut aufgesogen, nur ein paar wenige Tropfen fielen auf die Erde.

„Das Geheimnis", begann er wieder, „liegt darin, mit dem Bewusstsein schon vorher dort zu sein, wo man hin will, bevor der Körper materialisiert. Man darf nicht auf ein im Gedächtnis gespeichertes Bild schauen, sondern man muss immer unbedingt die momentane Realität erkennen. Mit anderen Worten, du musst mit deinem Bewusstsein und deiner Wahrnehmung schon da sein, bevor du mit deinem Körper kommst."

„Und was ist, wenn hier Gras wachsen würde", wollte ich wissen, „es müsste doch im Leder meiner Sandalen stecken?"

„So etwas wird verhindert durch die Art der Materialisierung, die du allerdings noch lernen musst. Die Materialisierung, wenn sie richtig gemacht wird, geschieht von innen nach außen und verdrängt dadurch andere vorhandene Dinge. Also Überlagerung muss unbedingt vermieden werden, sie würde, wie du an deinem Arm gesehen hast zur Verschmelzung führen. Die Dominanz deiner Schwingungen muss stärker sein, als die Präsenz des Vorhandenen und es sozusagen wegdrücken.

Du siehst Teleportation ist nicht ungefährlich, darum achte auf das, was ich dir sage."

Ich sollte und musste die Schwingungsfelder der Dinge wahrnehmen, indem ich zuerst mein Bewusstsein an dem Ort verlagerte, zu dem ich wollte. Dies übten wir in der folgenden Zeit ausführlich und ich merkte, wie mit der Zeit in mir eine Art innerer Automatismus entstand, der mich sicher an dem ausgewählten Platz materialisieren ließ. Die richtige Technik der Materialisierung lernte ich durch viele Übungen.

Es ist wie Schwimmen, wenn es der Körper gelernt hat, geht es automatisch.

Routine

Im Laufe der Zeit wurde ich immer besser. Mein Meister traute mir nach und nach immer größere Sprünge zu. Der weiteste Sprung, den ich irgendwann machte, führte mich auf die andere Seite des Planeten. Natürlich war Meister Toras immer neben mir und brachte mir bei, wie ich mein Bewusstsein ausdehnen konnte um die weit entfernten Orte zu erkennen. Dadurch konnte ich meine Sprünge sauber steuern. Es passierte mir nicht noch einmal, dass ich mit einem Gegenstand ein wenig verschmolz.

Durch diese Sprünge lernte ich den Planeten besser kennen. Seine Weiten und Schönheiten waren wirklich sehr reizvoll. Vor allem aber konnte ich jetzt endlich mal der Gegend, die bisher meine Lehrstube war, entfliehen.

Wir sonnten uns am Strand eines kleinen Meeres, im Schatten großer fächerartiger Blätter. Ein großer Busch breitete sie über uns aus. Wie lange hatte ich schon keinen Sand mehr an meinen Füßen und zwischen meinen Zehen gespürt. Ich genoss meine neue körperliche Realität.

Das war ein Moment, an dem ich fühlte, wie schön es ist einen materiellen Körper zu haben. Ich spürte einen sanften, kühlen Wind, auf meiner Haut der vom Meer her kam, und war glücklich, endlich mal wieder glücklich - richtig glücklich. Wir bestiegen die höchsten Berge des Planeten, und schauten uns die weit unten liegenden grünen Täler an. Glitzernde Flüsse schlängelten sich durch die Ebenen. Einige weiße Wolken schwebten gemütlich zwischen den Bergen dahin. Sie warfen wandernde Schatten auf dem Talgrund. Über uns erstreckte sich ein weiter tiefblauer Himmel. Die Luft am Horizont wurde von Staub und Aerosolen eingetrübt.

Wir besuchten auch einige der wichtigen Städte des Planeten. Nicht alle waren ein solcher Moloch wie Endrin-City. Es gab schöne Städte. Dort konnten wir Gebäude mit faszinierender Architektur bewundern. Reiche und Wohlhabende bewohnten, wie wahrscheinlich überall, ihre eigenen Stadtviertel. Prachtbauten hatten sie dort hingesetzt. Es roch förmlich nach Adel und Geld. Alles war sauber und gepflegt, ein gewaltiger Abstand zu den stinkenden Straßen in Endrin-City.

Viele schöne Orte und faszinierende Plätze bekam ich hier zu sehen. Eine eindrucksvolle Geologie hatte dieser Planet. Da seine Schwerkraft nicht sehr groß war konnten sich gewaltige Hochebenen mit eigener Fauna und Flora auftürmen. Sie bildeten einen krassen Gegensatz zu den Weiten des Tieflandes. Ich liebte es, über den Planeten zu streifen. Vor allem liebte ich die sonnigen, warmen Stellen am Strand des kleinen Meeres, in der Nähe von unserem Domizil.

Glücksgefühle durchzogen mich wieder. Auch Meister Toras war glücklich, es war ihm anzusehen, aber nicht, weil es hier so schön war, sondern weil er wieder mal einen Schüler zum Erfolg geführt hatte. Einen manchmal sehr widerspenstigen Schüler, wie ich leider zugebeben muss.

Schüler zu haben und sie auszubilden, sie aus ihren dunklen, geistigen Löchern herauszuholen und ans Licht des wirklichen Lebens zu führen, war wohl seine Lebensaufgabe. Natürlich ist Erfolg, relativ gemeint, denn das Universum hat noch viele und unbekannte Herausforderungen parat. Mein Sammeln praktischer Erfahrungen, begann eigentlich erst jetzt und nun würde sich zeigen, wie gut ich wirklich war. Auf jeden Fall hatte ich den Anfang gemacht. Aber mal ehrlich, wenn mir dies jemand vor ein paar Jahren geweissagt hätte, ich würde denjenigen einen Phantasten und Träumer genannt haben. Doch die Realität oft noch verrückter als die Träume, die man hat.

Die Entscheidung

Es war Nacht, eine warme milde Nacht. Wir hatten uns einen schönen Platz gesucht, hoch oben auf einem Berg. Er war nur einen Katzensprung von unserem Domizil, der Hütte von Meister Toras, - für uns. Die Entfernung betrug ungefähr fünfhundert irdische Kilometer - ein Katzensprung eben. Wenn man einmal verstanden hat, dass man überall gleichzeitig ist und eigentlich nur sein Bewusstsein verlagern muss, dann wird Teleportation ein Kinderspiel.

Mein Meister wies mich mal wieder darauf hin, dass es eigentlich keine Teleportation, wie man sie im üblichen Sinne versteht, gibt. Da ist nichts zu teleportieren, weil man schon da ist, sagte er. So ist es eben mit den Lehrern, sie wiederholen immer wieder das gleiche und irgendwann hat man es endlich verstanden - glaube ich.

Wir saßen, wie gesagt, im Dunkel der Nacht. Über uns funkelten unzählbar viele Sterne. Sie fingen mein Denken ein und zogen es hinaus in die unendlichen Weiten. Irgendwo da draußen war meine Heimat. Ein ebenfalls kleiner Planet, doch für mich gewaltig groß. Er füllte mein Denken und meine Seele aus. Ein starkes Gefühl von Wehmut stieg in mir hoch. Ich musste mich beherrschen, um nicht von meinen Gefühlen hinweggespült zu werden.

Eigentlich könnte ich doch sofort zu meinem Heimatplaneten hinspringen, ging es mir durch meinen Kopf. Doch dies lag noch weit außerhalb meiner Fähigkeiten.

Toras wollte nicht mit mir hinspringen, da meine Angaben ihm zu vage erschienen, sagte er zumindest. Ich war mir aber absolut sicher, dass er sofort hinspringen könnte, wenn er es wollte, aber er wollte etwas anderes. Ein Meister hat eben so seine Hintergedanken, und für einen Schüler wie mich, meistens nicht zu erfassen.

05.02 Zurück zur Erde

Verantwortung

Meister Toras hatte mich einen langen Weg des Lernens und Erkennens geführt und ich bin ihm sehr dankbar. Ohne ihn hätte ich es nie so weit geschafft. Lange Zeit ist verstrichen, Jahre nach irdischer Zeitrechnung, und ich bin jetzt wirklich in der Lage, mir einen Körper nach meinen Wünschen zu erschaffen und auch zu erhalten. Natürlich entsprechend meiner Fähigkeiten, denn ein Meister bin ich noch lange nicht. Auch hatte er mir Teleportieren beigebracht. Den wirklichen Wert seiner Lehren hatte ich aber noch nicht begriffen. Ich wollte eigentlich nur endlich wieder nach Hause. Mein Heimweh war oft sehr schmerzhaft und ich fühlte mich manchmal wie ein verlorenes Kind. Die Zeit war manchmal wirklich hart, oft auch voller Qualen und vielen Enttäuschungen, aber auch mit Erfolgen und Glücksgefühlen. Wir waren Freunde geworden, Meister Toras und ich, doch ich nannte ihn immer noch ehrwürdig meinen Meister.

Eines späten Abends, als wir wieder einmal draußen saßen und die Pracht der unzähligen Sterne betrachteten, bat er mich, alles das, was er mir beigebracht hatte sehr sorgsam zu benutzen. Weder Eitelkeit noch Überheblichkeit sollten mein Handeln leiten.

Er sagte: „Wir alle haben mal klein und schwach angefangen und waren den Mächten und Kräften, die über uns walteten, ausgeliefert. Alles Leben in diesem Universum, ist eine einzige Familie. Wir sind alle voneinander abhängig und aufeinander angewiesen. Alles lebt in seinem Bereich und erledigt seine Aufgabe, angefangen bei den Bakterien und Mikroben über Pflanzen, Tiere, Menschen bis hin zu den machtvollen Wesenheiten, die über weite Bereiche des Universums, herrschen. Verliere nicht Achtung und Liebe zu allem Lebenden, alles ist für dich da, wenn du es brauchst. Es hilft dir, führt und schützt dich, weil du selber ein Teil von allem bist."

Er bat mich weiter das Wissen achtsam zu handhaben und nur an solche Schüler weiterzugeben, die in ihrer Entwicklung bereit sind! Sonst könnte großer Schaden entstehen.

„Je höher du jemanden hebst der nicht bereit ist, um so tiefer wird er fallen. Es wird dann sehr schwierig werden, den Schaden an seiner Seele und Psyche zu heilen. Achte darauf, dass die innere Harmonie seiner Kräfte und Schwingungen in einem stabilen Zustand bleibt. Einseitiges Wachstum macht instabil."

Ich verstand ihn sehr gut. Nach der langen und mühsamen Zeit des Lernens und Übens, würde es mir schwer fallen, andere damit zu quälen. Ich hatte es ertragen, weil ich unbedingt wieder nach Hause wollte.

Bei uns ging es allen gut, niemand würde von mir irgendwelche Lehren brauchen, und ich beabsichtigte nicht, dies zu ändern.

Es fiel mir nicht leicht Meister Toras darauf anzusprechen, dass es mich weiterdrängelte. Ich wollte endlich mal nach meinen Lieben sehen. Ich war schon so lange weg, aber sie würden mich sicher wiedererkennen, auch wenn ich inzwischen etwas älter aussah. Sicher hatten sie mich vermisst, nicht nur meine Familie auch meine Arbeitskollegen.

Keiner hatte meinen umfangreichen Arbeitsbereich so gut im Griff wie ich. Disponieren war mein zweiter Name, ich wusste, wo die Dinge herzubekommen waren, wie sie richtig verteilt werden mussten, wie man sich behalf, wenn mal was schief ging, wie man die Ressourcen vorteilhaft einsetzte, wer zu beauftragen war und wie man ihn richtig motivierte. Man musste ihn nur das richtige Formular ausfüllen lassen und schon hatte er begriffen um was es ging und warum seine Arbeit so wichtig war. Bei mir lief immer alles reibungslos, und alle waren zufrieden.

Der Ärmste, der nach mir meinen Job übernehmen musste, er tat mir leid. Er würde sicher froh sein, wenn ich wieder zurück käme. Ja, es ist wirklich Zeit, dass ich wieder Zuhause erscheine, dachte ich gedankenverloren. Mein stilles Sinnieren hatte meinen Meister aufmerksam gemacht.

„Du willst wieder nach Hause?", stellte er fest. „Wie wäre es, wenn wir uns zur Erde begeben und mit Meister Wu alles weitere besprechen?"

„Einverstanden, wann?", war meine sofortige Antwort. Ich freute mich über seinen Vorschlag.

„Lass uns morgen hier klar Schiff machen, aufräumen und so weiter, dann können wir losziehen."

Zurück zur Erde

Am folgenden Tag machten wir, wie besprochen Ordnung im Haus.

„Komm!", sagte er nach unserer Aufräumarbeit, mit fordernder Stimme, „lass uns jetzt schauen, was Meister Wu und seine Leute machen." Wir stellten uns mitten in seinem Wohnraum auf.

Ich hatte ja inzwischen viele Teleportationssprünge gemacht und daher einige Erfahrung, aber zu einem weit entfernten Planeten, von dem ich nicht einmal wusste, wo er lag, war mir neu. Meine angstvolle Phantasie plagte mich. Sie malte mir alle möglichen, schlimmen Gefahren aus.

„Mach dich für einen Sprung bereit, Ich konzentrier mich jetzt, wenn ich soweit bin greife ich nach deinem Arm."

So geschah es. Als ich mitten in meiner Konzentration war, griff er nach meinem Arm. Da mich Meister Toras in sein Bewusstseinsfeld mit hineinnahm, konnte ich den Vorgang miterleben. Er begann sein Bewusstseinsfeld auszudehnen. Ich nahm wahr, wie sich unsere Schwingungsfrequenzen änderten. Obwohl wir am gleichen Fleck stehen blieben, änderte sich doch das Umfeld unserer Wahrnehmung. Ich erlebte eine Gewaltigkeit der Bewusstseinsausdehnung. Toras löste uns aus den Frequenzbereichen, die uns an den Platz hier auf Endrin banden. Ich sah förmlich, wie sich Bänder von Wellen zueinander verschoben. Das, was uns hier an Endrin band verlor seine Kraft. Ich sah mehrere sich überlagernde Bilder vor meinen Augen, einerseits die alten Bilder der materiellen Entfernungen und andererseits, Wellenbänder deren Schwingungen sich fortwährend änderten, sich überlagerten und verschoben.

Bei den kleinen, kurzen Sprüngen auf dem Planeten hatte ich solches nicht erlebt. Warum weiß ich nicht. Mir stockte der Atem. Schon als die Wellenlängen der Frequenzen die Größe dieses Sonnensystems erreicht hatten, wurde mir fast schwindelig, aber er hörte nicht auf, nicht beim nächsten Sonnensystem und auch nicht beim übernächsten. Er machte weiter und weiter.

Einen gewaltigen Raumbereich schloss er ein und plötzlich, irgendwo, weit, weit draußen, glitzerte ein kleiner Punkt. Dieser wuchs an, wurde größer und größer, bis er in seiner Mächtigkeit vor uns stand. Ein kleines Gebiet, umrandet von schneebedeckten massigen Bergen, rückte in das Zentrum, dehnte sich aus und zog uns an. Details schälten sich heraus, der Park, die Wohnsiedlung und der Weg, den ich vor langer Zeit schon einmal betreten hatte. Endrin, der kleine Planet, der meine Heimat für eine lange Zeit war, verschwand aus meiner Wahrnehmung. Ein leises, feines, hochfrequentes Knistern ließ mich erkennen, dass mein Körper materialisierte. Diesen Vorgang kannte ich schon, nur von Planet zu Planet hatte ich noch nie erlebt, musste aber feststellen, dass es funktioniert hat.

Wir standen auf einem der kleinen Wege, die zum Hauptgebäude führten. Vor uns erkannte ich zwei Personen, Meister Wu und Mama Nien Yen. Sie standen da und hatten anscheinend auf uns gewartet. Trotz meiner Wiedersehensfreude fragte ich mich doch, woher sie wussten, dass wir kommen. Toras musste es ihnen wohl gesagt haben. Viel später, als ich ihn mal darauf ansprach, sagte er mir, dass er uns nicht angemeldet hatte. Er erklärte mir, dass Wu ein sehr fähiger Meister sei, der in mehreren Dimensionen zu Hause sei und durchaus im Vorab wisse, was geschieht.

Ich staunte und fragte mich, wie man im Voraus trotz dieser weiten Entfernung wissen könne, was kommt. Aber ich hatte schon akzeptiert, dass es da Dinge gab, die meine Vorstellungen weit überstiegen.

Der kleine Meister Wu und seine Haushälterin standen vor uns, wie ein Herz und eine Seele. Sie strahlten eine Liebe und Freude ab, wie ich es schon lange nicht mehr erlebt hatte.

Toras und Wu begrüßten sich wie Brüder. Sie lagen sich in den Armen, klopften sich gegenseitig auf die Schultern und freuten sich wie kleine Kinder. Mama Nien Yen wendete sich mir, in ihrer liebevollen freundlichen Art zu. Sie nahm mich in den Arm und meinte es sei sehr schön, dass ich wieder hier bin. Sie fragte mich, ob es mir gut ginge, und ob ich alles gut überstanden hatte. Sie wusste ja, dass ich auf Endrin war, um eine Ausbildung zu machen.

Plötzlich tauchte Chang auf. Auch er freute sich sehr, dass ich wieder hier war und zog mich gleich in ein Gespräch: „Wie ich sehe hast du es geschafft und dir einen neuen Körper zugelegt. Sieht verdammt gut aus. Wenn du das schaffst, dann kannst du noch viel mehr. Bleib hier bei uns und ich zeige dir, was es noch alles gibt."

Das war zwar ein sehr verlockendes Angebot, aber ich war zu sehr darauf versessen, wieder nach Hause zu gehen und dort mein Leben weiterzuleben. Ich bedankte mich für seinen Vorschlag und wären die Dinge anders, so hätte ich ihn bestimmt angenommen. Mama Nien Yen forderte uns auf ins Haus zu kommen und etwas zu essen und zu trinken, dabei könnten wir weitererzählen. Das machten wir dann auch. Unser Gesprächstoff nahm fast kein Ende. Ich erzählte von meinen Erlebnissen, als ich versuchte mir einen neuen

Körper zu schaffen, wie entsetzt ich war, als ich zum ersten Mal mein neues Gesicht sah und wie ich verzweifelt versuchte, mit zu kurzen Armen und Beinen auf einen Baum zu flüchten.

Dies waren damals Katastrophen für mich, aber heute lachten wir alle fröhlich darüber. Ich wurde mehrmals gelobt, dass ich durchgehalten hatte. Aber wäre ich nicht so sehr entschlossen gewesen, wieder in mein altes Leben zu gelangen, hätte die Sache anders ausgehen können. Ich musste ausführlich über mein altes Leben erzählen, was ich auch sehr gerne tat. Dabei merkte ich wie sehr ich mein Sein durch meine Tätigkeit und meinem sozialen Status definierte. Die Frage drängelte sich mir auf, wer ich eigentlich ohne das alles wäre? Bin ich ohne meinen Status, den ich mir daheim erworben hatte, überhaupt wer? Kann ich eigentlich überhaupt etwas? Ein unsichtbares schwarzes Loch tat sich unter mir auf, in das ich zu stürzen drohte.

Ich musste nach Hause, unbedingt nach Hause, ich musste wieder Boden unter meinen Füßen bekommen und wissen, wo ich hingehörte.

Man merkte mir an, dass mich irgendetwas quälte. Meister Wu meinte aber, ich sollte mir hier ein paar schöne Tage machen und dann würde er mir gerne helfen, wieder nach Hause zurückzukehren.

Gefühlsmäßig saß ich zwischen Tür und Angel. Wenn es nach mir ginge, würde ich sofort aufbrechen, aber der einzige, der mich gefahrlos heimbringen konnte, war Meister Wu.

Im Habitat von Meister Wu

Ich vertrieb mir also die Zeit, schaute mir noch mal die Dinge an, die mir Chang damals gezeigt hatte, sprach mit den Leuten, die mich noch kannten und genoss diesen wundervollen Park. Bei Mama Nien Yen trank ich Tee und hielt ab und zu ein Schwätzchen mit ihr.

Sogar Garrras der Navigator lief mir über den Weg. Er erinnerte sich noch an mich und fragte, ob ich mich schon eingehender mit spirituellen Reisen befasst hatte. Ich bejahte, betonte aber, dass es sich nur um Reisen auf einem Planeten handelte und nicht um Reisen durch die Galaxis. Hierher zur Erde war diesmal meine erste Teleportation durch das Universum, aber die hatte ich ja nicht selbst, sondern mit Toras unternommen. Er hatte sie durchgeführt. Reisen durch das Universum solle ich unbedingt noch lernen und richtiges Navigieren, sei dafür äußerst wichtig, meinte er in seiner unverkennbaren Raa-Sprache.

Ich erläuterte ihm, dass gerade dieses im Augenblick ein sehr großes Problem sei, deshalb müsse ich auf Meister Wu warten, damit er mich auf meinen Heimatplaneten bringt. Dann allerdings werde ich es wohl nie mehr brauchen, denn ich hatte nicht die Absicht, jemals wieder meinen Planeten zu verlassen.

Das sei sehr schade meinte er und fragte mich ob ich wirklich allen ernstes, auf diese große Freiheit, zu welcher spirituelles Reisen verhilft, verzichten wolle. Ich bejahte zu seinem Erstaunen, erklärte im aber, dass ich seit dem Verlassen meiner Heimat, soviel in der Galaxis herumgekommen sei, dass dies für mein restliches Leben ausreiche. Aber er blieb skeptisch.

Wir verabschiedeten uns. Er wünschte mir alles Gute und bat mich noch einmal gründlich über seine Worte nachzudenken.

Ich war mir absolut sicher, dass ich darüber nicht mehr nachzudenken brauchte, was ich ihm allerdings nicht sagte. War ich erst einmal wieder zu Hause, so wollte ich meine Heimat nie wieder verlassen. Vielleicht würde ich auf dem Planeten ein wenig hin und her springen, aber den Gedanken nahm ich gleich wieder zurück. Das sollte ich lieber sein lassen, denn so etwas war bei uns nicht bekannt und würde nur Unverständnis erzeugen. Was soll es auch, ich habe die Teleportation vorher nicht gebraucht, warum sollte ich sie jetzt brauchen.

Die meiste Zeit, während meines Wartens auf Wu, verbrachte ich mit Chang. Er schwärmte mir von der Schönheit, Weite und Gewaltigkeit des Universums vor. Ich wusste natürlich, was er damit bezweckte, ich sollte hier bleiben und in seine Fußstapfen treten. Es gäbe so viel zu tun und es sei höchst befriedigend, wenn man aufstrebenden Kulturen bei ihrer Entwicklung helfen könne.

„So wie Jonas und seine Leute dieser Kultur hier geholfen haben“, kam es etwas vorwurfsvoll über meine Lippen. Ich wollte ihn nicht verletzen, aber ich konnte einfach meinen Mund nicht halten.

„Ja, du hast recht, es ist oberstes Gebot sich nicht grob, in die Entwicklung einer Kultur einzumischen. Über das, was hier gemacht wurde, kann man sich streiten. Aber hätte man noch ein paar wenige Jahre gewartet, dann hätten alle der mächtigsten Völker der Erde gewaltige Massenvernichtungswaffen gehabt.

Bei den nationalen Rivalitäten wäre es garantiert wieder zu Kriegen gekommen mit hundert mal schlimmeren Folgen. Der ganze Erdball wäre atomar verseucht worden und die Menschen hätten neu anfangen müssen.

Meister Wu dagegen ist da hart, er sagt, man solle der Entwicklung ihren Lauf lassen und sich besser nicht einmischen."

Mir klapperten die Ohren, Chang hatte mir gerade all die Argumente geliefert, die mich davon überzeugten, unbedingt in meine heile Welt zurückzukehren und dort zu bleiben. Nein, ich wollte mich nicht einmischen - nirgends - absolut nicht.

Chang merkte, dass er mich eher abschreckte, als mich zu begeistern. So erzählte er mir, dass es viele kulturell hochstehende Zivilisationen gab, die in einem universellen Verbund lebten und absolut nichts gegen Einmischung hatten, im Gegenteil. Sie halfen einander, wenn mal einer in Not war oder seine persönliche Entwicklung voranzubringen wollte.

„Du hast doch sicher schon mal von den Gilden gehört? Dort gibt es sehr interessante Aufgaben und sie suchen immer Mitglieder. Du könntest hier bleiben und weiterlernen, theoretisch und praktisch, bis du genau weißt, was dein Talent ist. Das ganze Universum steht dir dann offen. Das ist deine Chance."

Chang wollte mich begeistern und ich verstand ihn sogar. Aus seiner Sicht gab es eben nichts reizvolleres.

Ich überlegte, wie ich ihm klarmachen konnte, dass ich meine Wahl schon längst getroffen hatte. Ich wollte ihn nicht zurückstoßen, er war mein Freund geworden, aber ich wollte unbedingt wieder nach Hause.

Das Heimweh, welches mich plagte, war inzwischen zu einem körperlichen Schmerz geworden. Ich musste endlich wieder nach Hause.

Ich brauchte aber nichts sagen, er sah es mir an, dass ich schon lange meine Entscheidung getroffen hatte.

Trotz allem wurde mir doch auch bewusst, dass dies hier, das Tal des Meister Wu, mit seinen Menschen, Freunden, Gärten und Schönheiten, zu einem gewissen Teil meine Heimat geworden war, die ich durchaus mit schweren Herzen verlassen würde.

05.03 Wieder zu Hause

Sprung in die Heimat

Meister Wu hatte mir bewusst die paar Tage gegeben, damit ich überdenken konnte, was ich wirklich wollte. Ich hatte mich für das entschieden, was ich immer schon wollte, nämlich wieder nach Hause gelangen.
Er willigte ein, mich auf meinen Planeten zu bringen. Es war ihm klar, dass er mich nicht halten konnte, trotz aller Vorteile, die ich hier hatte.

Dann war es soweit. Alle die mich kannten, waren gekommen um mich zu verabschieden. Sie wünschten mir alles Gute und sagten, ich solle sie nicht vergessen und sie bald wieder besuchen kommen. Chang bot mir noch an, wenn ich irgendwelche Probleme hätte, mir zu helfen. Ich solle nicht zögern, mich bei ihm zu melden. Er wollte dann kommen. Ich bedankte mich herzlich bei allen für die Unterstützung und die sehr schöne Zeit hier.

Dann übernahm Meister Wu das Kommando. Ich stellte mich neben ihn und begann mich zu konzentrieren. Kurz danach griff er nach meinem Arm und wieder konnte ich den Vorgang des planetenweiten Teleportierens erleben.

Ein direkter Bewusstseinsstrahl ging von ihm hinaus, in die Weiten des Universums. Sein Geist durchdrang die Schwingungsebenen von Raum und Zeit, löste unsere Bindungen zur Erde und passte uns beide an die Raumschwingung meines geliebten Heimatplaneten an.

Unser Bewusstsein verlagerte sich weg von der Erde und hin zu meiner Heimat. Dann ging alles ganz schnell. Plötzlich standen wir vor meinem Elternhaus.

Meister Wu wünschte mir noch alles Gute und viel Erfolg, dann war er wieder weg. Er wusste genau, jeder ist selbst seines Glückes Schmied, und muss selbst seine Möglichkeiten ausloten und seine Grenzen finden.

Wieder Daheim

Alles sah noch so aus, wie ich es verlassen hatte. Ich war glücklich. Eine schwere Last, die Angst, dass ich vielleicht nie mehr hierher finden würde, fiel von mir ab. Vor lauter Freude hätte ich tanzen können, doch ich achtete auf die Etikette, die hier galt, es schickt sich bei uns nicht.
Ich machte mich daher mit einem innerlichen Freudentaumel auf den Weg zum Eingang meines Elternhauses.
Ich trat ein. „Hallo Mutter, hallo Vater, ich bin wieder da!", rief ich überglücklich in die Wohnung hinein.

Aufgeschreckt kamen meine Eltern aus dem Wohnzimmer herbeigelaufen.

„Wer sind Sie?", fragten sie irritiert und sahen mich erschreckt an. Ich stutzte ein wenig, fing mich aber gleich wieder.

„Euer Kind natürlich, ich war doch zu diesem fremden Planeten geflogen um zu schauen, was da los war. Jetzt bin ich wieder hier." Ich achtete nicht auf meinen Übermut und meine freudige Begeisterung, ich überrollte sie regelrecht mit meinen Gefühlen. „Freut ihr euch denn gar nicht." In diesem Moment realisierte ich wirklich nicht, dass inzwischen viele Jahre vergangen waren. Sie sahen einen Fremden vor sich.

„Was soll dieser makabere Scherz?", raunzte mich mein Vater grob an, „unser Kind ist schon lange nicht mehr am Leben, leider. Wer also sind sie und was wollen sie?"

Ich war entsetzt über diese Abfuhr. Hatten sie mich denn wirklich schon abgeschrieben? Sicher waren Jahre vergangen und ich sah auch etwas älter aus, aber eine Hoffnung musste doch bleiben.

„Ich war doch damals losgeflogen, zu diesem fremden Planeten um zu schauen, was dort los ist. Das war doch mein Auftrag, den ich zu erfüllen hatte. Ich habe viel ertragen müssen, um wieder hierher zurück zu kommen."

„Wer immer sie sind, sie sind nicht unser Kind! Als wir damals keine Antwort bekamen, haben unsere Wissenschaftler eine Sonde hinterhergeschickt. Sie hat das Raumschiff gefunden. Es lag zertrümmert auf dem Grund eines kleinen Meeres.

Diese Sonde hat auch die Karte mit dem Biocode unseres Kindes telemetrisch entdeckt und die Signatur elektronisch lesen können. Sie lag ebenfalls dort unten, wo die Reste des Schiffs liegen. Was also wollen sie?"

Ich war sprachlos. Dann erzählte ich aus meinem bezugsweise unserem Leben, in der Hoffnung, dass sie daran erkannten wer ich war. Aber sie meinten nur, dass dies allgemein bekannt sei. In den Sozialdateien sei alles nachzulesen, sogar mit allen gemachten Fotos.

Sie waren nicht zu überzeugen und warfen mich förmlich aus dem Haus.

Ich war schockiert, aufgebracht und sehr enttäuscht. Das hatte ich wirklich nicht verdient. Nach all den Entbehrungen und Qualen fern von Daheim, nach meinen ständigen Mühen wieder Heim zu finden, dem langen gefahrvollen Weg, nach Zeiten der Hoffnungslosigkeit und des dennoch Weiterkämpfens, das hatte ich nicht verdient.

Trotz allem musste ich aber einsehen, dass meine Geschichte für ihre Ohren sehr utopisch klang. Womöglich hätte ich sie selber nicht für echt gehalten. Es war ja auch für mich ein Wunder, dass ich es wieder nach Hause geschafft hatte. Ich beruhigte mich. Es muss doch einen Weg geben, zu beweisen, wer ich war, ging mir durch den Kopf.

Plötzlich fiel mir ein, dass ich eigentlich der Planetenschutzbehörde, die mich auf die Reise geschickt hatte, Bericht erstatten musste. Mit dem Gedanken, "mal sehen, was die sagen", machte ich mich auf den Weg. Schon am Eingang wurde ich neugierig beäugt. Der Pförtner, der mich fragte, was ich will, informierte die entsprechende Stelle mit den Worten: „Hier ist einer, der behauptet damals den Flug zu dem fremden Katastrophenplaneten gemacht zu haben."

Dann beschrieb er mir skeptisch den Weg zum Büro des Abteilungsleiters. Dieser hörte sich freundlich meine Geschichte an, erzählte mir aber das Gleiche, was mir schon meine Eltern gesagt hatten. Der Leiter hielt mich für einen Spaßvogel, der sich einen Streich mit ihm ausgedacht hatte. Er war zwar über meine Detailkenntnisse verwundert, ließ aber die Sache dann doch auf sich beruhen. Ich war enttäuscht. Er konnte sich einfach nicht vorstellen, dass das möglich war, was ich ihm erzählte. Was sollte ich machen? Mir kam der Gedanke ein paar Tage vergehen zu lassen und es dann noch einmal zu versuchen. Da ich mich hier auskannte, wusste ich wo ein Unterschlupf zu finden war. Dort verbrachte ich die Nacht. Am anderen Tag suchte ich einen Freund auf, in der Hoffnung, dass er mehr Verständnis und Geduld hatte, mich anzuhören.

Er nahm sich zwar die Zeit und hörte mir auch geduldig zu, fand die Geschichte sehr interessant, glaubte aber nicht, dass ich der war, der ich behauptete zu sein. Auch er hatte von den Nachforschungen, die bezeugten, dass mein Raumschiff abgestürzt war, gehört.

„Sich einen neuen Körper zu machen, klingt wirklich sehr utopisch. Von so etwas habe ich noch nie gehört und ehrlich gesagt, glaube ich das auch nicht. Eine gewisse Ähnlichkeit im Aussehen ist nicht abzustreiten, aber es gibt viele Leute, die sich ähnlich sehen. Ich weiß nicht wer du bist, und was diese Geschichte soll, ich jedenfalls werde mich da nicht einmischen“, sagte er und schob mich aus seiner Wohnung hinaus.

Langsam wurde mir klar, dass diese introvertierte, begrenzte Lebensweise unserer Gesellschaft, das Denken und Vorstellen ebenfalls einschränkte. Es konnte für sie nicht sein, was nicht vorstellbar war. Die Möglichkeiten des Seins, waren für die Leute hier nicht erfassbar. Man hatte ja alles, was man zum Glücklichsein brauchte, was interessierten da die Geheimnisse des Universums.

Nur die Planetenschutzbehörde hatte ein gewisses Interesse an den Vorgängen da draußen, aber auch nur soweit, wie dies eine Gefahr für den Planeten und seine Bewohner darstellen könnte.

05.04 Versuch der Integration

Sekundär Revision

Ich muss unbedingt beweisen, wer ich war, dachte ich. Aber wie? Mir kam der Gedanke in mein altes Büro zu fahren und zu zeigen, dass ich hierher gehörte. Da ich mich hier bestens auskannte und wusste, dass es keinen anderen gab, der mir in diesem Aufgabenfeld das Wasser reichen konnte, machte ich mir Hoffnung. Ich war vorsichtig geworden und überlegte mir einen Plan. Mein alter Arbeitsplatz war natürlich besetzt. Ich konnte also nicht plötzlich hereinplatzen und meinen Nachfolger vertreiben. In solch einem Falle würde man ganz schnell mich vertreiben.

Dieses Amt war relativ groß und weitläufig und nicht jeder kannte jeden. Das war meine Chance. Es gab einige leerstehende Büros, ich würde einfach eines belegen. Vorsichtig schlich ich mich in das Gebäude hinein.

Ein Teleportationssprung schien mir zu heikel. Sollte mich jemand dabei sehen, wäre ich gleich aufgeflogen. Hereinzukommen war kein Problem, ich wusste ja, wie man ungesehen hineinkommt. Unauffälligkeit war mein oberstes Gebot. Ein etwas abseits gelegenes Büro sagte mir zu. Doch zuerst musste ich meine alte Bekleidung loswerden und etwas konformes anziehen. Ich wusste, das im Materiallager, in dem Büromöbel gelagert wurden, in einem Eck auch getragene Bekleidung zu finden war. Da ich mit dem alten Zeug von Toras eher wie ein Handwerker oder Lagerarbeiter aussah, hatte ich keine Probleme dorthin zu gelangen. Ich deckte mich mit dem notwendigen ein und wechselte an einem stillen Ort meine Sachen.

Die Standartbekleidung im Amt war recht einheitlich und erweckte den Eindruck einer Uniform. Der Sinn war, dass uniformierten Angestellten einfach mehr Respekt entgegengebracht wird.

Nach dem Umkleiden sah ich wieder wie ein Angehöriger dieses Amtes aus. Ich besorgte mir einen Packen verschiedener Formulare. Sie sollten mir helfen die notwendigen Einrichtungsgegenstände zu bekommen.

Auf normalem Weg ging ich zu meinem neuen Büro, suchte aus dem Pack Formulare, das für die Anfertigung eines Türschildes aus und brachte es selbst in die kleine Werkstatt des Amtes. Meine Bitte um sofortige Ausführung kam man gerne nach, besonders als man den Text „Sekundär Revision“ gelesen hatte. Dazu muss ich betonen, dass die Revision der Zentrale unterstellt war, die sich in einem anderen Teil des Landes befand. Ich hatte nur den Begriff „sekundär" zugefügt. Dies bedeutete, dass es meine Aufgabe war, den anderen Abteilungen auf die Finger zu sehen.

Meine Absicht war es, mich hier in diesem Amt wieder zu integrieren und baute auf Zeit. Es war ja nicht da erste Mal, dass eine neue Abteilung zugefügt wurde. Zudem baute ich darauf, dass keiner gern seine Unwissenheit entblößte und die Sache lieber als selbstverständlich hinnahm. Wer wollte sich schon gern blamieren, indem er bei der Zentralstelle nachfragte.

Mit den entsprechenden Formularen ließ ich mir die notwendigen Möbel zustellen. Das waren im wesentlichen Schreibtisch, Sessel, Schrank und zwei Stühle. Übertreiben wollte ich es nicht, denn ein rationaler Anschein musste gewahrt bleiben.

Arbeitsalltag

Jetzt begann für mich wieder der Alltag nach dem ich mich so lange gesehnt hatte. In der Kantine bekam ich wie immer und ohne irgend eine Frage mein Essen. Die sanitären Bereiche standen mir auch zur Verfügung und meinen Schlafplatz hatte ich vorerst in meinem Büro. Der Alltag spielte sich ein. Zumindest hier konnte mein gewohntes Leben weitergehen.

Ich wollte mich nicht verstecken, sondern wieder ein angesehener Mitarbeiter dieses Amtes werden. Daher besuchte ich die anderen Abteilungen, stellte mich vor und begann mit meiner Arbeit, die ich mir selbst zugeteilt hatte. Ich war streng aber auch großzügig. Das brachte mir viel Sympathie ein.

Es gab jedoch den einen oder anderen, der mich noch von früher kannte und mich ansprach. Die große Ähnlichkeit fiel auf, aber ich tat es als eine Laune der Natur ab.

Das, was ich nicht beachtete und langsam zu einem Problem wurde, war der Rückgang der Fehlerquoten. Normalerweise ein schöner Vorgang, aber genau dies wurde mir zum Verhängnis. Schon allein die Tatsache meiner Anwesenheit brachte die Angestellten dazu, besser aufzupassen. Meine genaue Kontrolle tat dann noch das übrige.

Das Amt wurde leistungsfähiger. Meine Arbeit war eben sehr effektiv und mein Stolz verbot es mir, geringere Leistung zu zeigen. So begann ich, ohne es wahrhaben zu wollen, mir mein eigenes Grab zu schaufeln.

Die Verbesserung der Arbeit wurde in der fernen Zentrale wohlwollend wahrgenommen, mit dem Effekt, dass der Direktion meines Amtes eine Belobigung ausgesprochen wurde.

Die Direktion begann daraufhin nachzuforschen, worin die Ursachen für diese Effektivitätssteigerung lagen. Durch die Befragung der Mitarbeiter fanden sie schnell heraus, dass die neue Sekundär Revision dahinter steckte. Seit dem diese eingerichtet wurde, sank auch die Fehlerquote. Das führte dazu, dass ein Mitarbeiter der Direktion bei mir erschien und sich für die gute Arbeit bedankte. Ich war hoch erfreut und sah mich schon auf dem Weg der Rehabilitierung.

Die mussten doch erkennen können, dass nur ein Eingeweihter, der die ganzen Abläufe hier verstand, eine solche Leistung vollbringen konnte. Und wer außer mir sollte das schon sein. Aber da hatte ich wohl doch falsche Vorstellungen. Sie erkannten mich nicht. Obwohl die Direktion Zugriff auf alle Daten der Mitarbeiter hatte, kamen sie nicht darauf, dort mal nachzuschauen. Ein Blick in meine Akte, und sie hätten gewusst wer ich bin.

Die Direktion bedankte sich lediglich dummerweise bei der Zentralstelle für die Überlassung eines hervorragenden Mitarbeiters. Die wiederum begannen dann natürlich nachzuforschen, wer das sein könnte. Trotz intensiver Suche fanden sie keine Hinweise, außer, das die Zentralstelle gar keine Sekundär Revision eingerichtet hatte. Das Erstaunen in der Zentrale war groß und der Drang diese mysteriöse Sache aufzuklären leider auch.

Enttarnung

So kam es dann, dass sie mich fanden und nach meiner Identität verlangten.

Ich gab ihnen meinen Namen und erzählte meine Geschichte. Eigentlich hatte ich jetzt erreicht, was ich wollte. Sie sollten an meiner Leistung sehen, was ich konnte und wie wertvoll ich für dieses Amt war. Anhand der Tatsachen, die ich inzwischen hier im Amt geschaffen hatte, mussten sie doch erkennen, wer ich war, und dass meine Behauptungen stimmten.

Doch trauriger Weise konnte ich nur feststellen, dass ein Amt und seine Beamten noch weniger geistig flexibel waren, als Normalmenschen. Mit anderen Worten, was nicht auf einem Formular gefasst und vermerkt war, gab es nicht. Und ein Formular für verstorben geglaubte Zurückkehrer gab es eben nicht.

Aber schließlich war ich ja nicht gekündigt oder rausgeworfen worden, sondern musste für das Amt für Planetensicherheit eine zeitweilige Aufgabe übernehmen. Das war als junger Mensch meine Pflicht. Danach würde ich selbstverständlich meine Arbeit hier wieder übernehmen. Das konnten sie doch nicht ignorieren.

Doch sie waren uneinsichtig. Ich erhielt keinerlei Dank, nicht für das risikoreiche Unternehmen, von dem ich heimgekehrt war und auch nicht für meine Arbeit in der letzten Zeit, in der ich die Qualität der Arbeit des Amtes erheblich gesteigert hatte. Im Gegenteil ich wurde als ein Krimineller betrachtet, der unerlaubt hier eingedrungen war und widerrechtlich handelte. Ordnungskräfte wurden gerufen, die mich abführten. Eine Anzeige wurde ebenfalls gemacht, und ich wanderte ins Gefängnis.

Da saß ich nun in einer kleinen Zelle. Ich wollte doch nur wieder zu Hause sein und mein Leben weiterleben. Meinen alten Status wollte ich wiederhaben und ein geachtetes Mitglied der Familie und der Gemeinschaft wollte ich wieder sein. Niedergeschlagen hockte ich da, was sollte nur werden?

Mir kam der Gedanke, noch einmal mit meinen Eltern zu sprechen. Vielleicht haben sie doch erkannt, dass ich es bin und zurückgekehrt bin. Ich entschloss mich dies zu tun.

Die Mauern dieser Zelle hier konnten mich nicht aufhalten. Ich sprang in die Nähe meines Elternhauses, an einen Platz, der nicht einzusehen war. Dann ging ich zum Eingang des Hauses und trat ein. In der Küche fand ich meine Mutter. Sie erschreckte sich sehr. Da ich aber keine Anstalten machte ihr etwas zu tun, beruhigte sie sich wieder.

„Ich wollte nur noch einmal mit euch reden", begann ich.

„Da gibt es nichts zu reden. Wir haben uns noch einmal im Amt für Planetenschutz über den Vorfall erkundigt und keine neuen Informationen erhalten. Die Sonde, die zur Nachforschung, hingeschickt wurde, hatte eindeutige Informationen zurückgeschickt. Es gibt keinen Zweifel. Sie sind nicht unser Kind! Bitte verlassen sie uns jetzt!"

Was ich bei diesem Gespräch nicht mitbekam war, dass mein Vater im Nebenraum, alles gehört hatte und die Polizei informierte. Noch ehe ich das Haus verlassen konnte, standen sie vor mir. Sie legten mir Handschellen an und nahmen mich mit. Enttäuscht und traurig ließ ich mich abführen.

Wie ich aus der Zelle entkommen war, wurde ich gefragt. Die Türen waren nicht richtig verschlossen, erzählte ich ihnen. Die wussten natürlich, dass sie die Zellentüren richtig verschlossen hatten, daher brachten sie mich in eine andere Zelle, in der sie Kameras versteckt hatten. Das sagten sie mir aber nicht und sehen konnte ich diese Dinger auch nicht. Sie hofften herauszufinden, wie ich es machte, aus einer verschlossenen Zelle zu fliehen. Sie erwarteten es und ich fiel darauf herein.

Ich überlegte zwar ob ich nicht ein paar Tage hier ausruhen sollte, um das Geschehene zu verdauen, doch wer weiß was die Behörden mit mir anstellen wollen. Das Beste, so dachte ich, ist es die Zelle noch in dieser Nacht zu verlassen und so tat ich es dann auch. Ich machte einen Sprung in eine andere Gegend der Stadt. Doch was ich damit in Gang setzte, ahnte ich nicht.

Die Kriminalpolizei schaute sich die Videoaufnahmen genauestens an. Und natürlich merkten sie, dass ich etwas konnte, was auf diesem Planeten kein anderer kann. Für die Behörden war ich jetzt ein Außerirdischer mit eventuell gefährlichen Fähigkeiten. Ich war ihnen zu riskant, und wer weiß, was ich noch alles konnte. Daher begannen sie mich zu jagen.

Das wusste ich aber auch noch nicht, daher fühlte ich mich sicher, lief durch die Straßen und überlegte, was ich als nächstes machen könnte. Mir fiel leider nichts hilfreiches ein. Ohne dass ich es realisierte, suchten die Behörden nach mir. Am folgenden Tag, als ich wieder unterwegs war, wobei ich mich relativ sicher fühlte, spürte ich plötzlich einen stechenden Schmerz auf meinem Rücken.

Bevor mir klar wurde, was die Ursache war, wurde es dunkel um mich. Ich merkte nur noch, dass ich zu Boden fiel. Dann war alles schwarz.

05.04 Gejagt

Gefangen

Als ich wieder erwachte, lag ich auf einer harten Liege, in einem kleinen, weißgetünchten Zimmer. Vor mir saß ein Mann mit grauem, schütterem Haar und einem ebenso grauen Gesicht. Das Wort „Stoffwechselstörung", ging mir durch den Kopf. Er sollte mal etwas dagegen tun. Als ich ihn mir genauer ansah fröstelte es mich. Die Kälte seines Gemüts trieb ihm wohl das Blut aus dem Gesicht.

Er trug eine Uniform. Anscheinend war er ein Offizier des Staatsschutzes. Die Frage, weshalb wir eigentlich einen Staatsschutz brauchen drängte sich mir in den Kopf. Wir hatten doch eigentlich keine Feinde. Ich fand im Augenblick keine Erklärung dafür. Ich hatte auch noch nie darüber nachgedacht.

Als er merkte, dass ich erwachte, sagte er mit scharfem Ton: „Springen sie nicht weg, sonst werden sie gleich wieder eingeschläfert. Wir wollen nur mit ihnen sprechen.“

Nun gut, dachte ich, dann erzähle ich ihm halt auch meine Geschichte, was macht es schon aus. Geduldig hörte er zu, aber er glaubte mir genau so wenig, wie alle anderen. „Eine schöne Geschichte“ war seine Antwort, „aber eben nur eine Geschichte. Niemand auf diesem Planeten kann das, was sie können. Sie sind gefährlich für uns, besonders, wenn sie in die falschen Hände geraten.“

Mit so jemand wie diesem, war ich bisher noch nie zusammengeraten. Ob es wohl noch mehr von dieser Sorte gab, fragte ich mich. Und außerdem, was für falsche Hände sollte es denn geben. Ich verstand ehrlich gesagt, nicht recht von was er redete.

Die Menschen unserer Gesellschaft waren doch anständige Leute, und, dass es in unserer Gesellschaft kriminelle Elemente geben sollte, wagte ich zu bezweifeln. So etwas gab es doch nur in Märchen und die las ich sowieso nicht.

Er schaute mich nachdenklich an, dann huschte sein Blick kurz über mich hinweg, als ob er jemanden hinter mir ein Zeichen geben wollte.

„Springen!", schoss es mir brennend heiß durch den Kopf. Im nächsten Moment war ich weg. Nur am Rande nahm ich noch war, wie eine dieser Einschläferungskugeln durch mich hindurchflog. Aber anstatt mich zu treffen bohrte sie sich in die Brust des Mannes, der mich eben verhört hatte. Ich jedenfalls, war weg. Weil dies schnell gehen musste, hatte ich nicht darauf geachtet, wo ich materialisieren würde. Es war eine belebte Einkaufstraße.

Verwundert blieben die Leute stehen und starrten mich an. Das war genau das, was ich unbedingt vermeiden wollte. Schnell mischte ich mich unter die Menge und verschwand.

Was ich nicht wusste und erst viel später erfuhr war, dass man mir einen Mikrosender implantiert hatte. Die Hautstelle war so behandelt worden, dass ich absolut nichts spürte.

Einige Straßen weiter, ich lief gerade an ein paar Geschäften vorbei, als plötzlich etwas an meinem Ohr vorbei pfiff. Erschreckt sah ich mich um und erkannte, dass zwei Männer Jagt auf mich machten. Der Eingang zu einer Seitengasse kam mir gelegen. Im nächsten Hauseingang tauchte ich unter. Ich entschied mich in ein anderes Stadtviertel zu springen. Die Zeit, bis die beiden hier waren, nutzte ich, um sorgsamer eine geeignete Zielstelle zu finden.

Als ich die Schritte der beiden hörte, sprang ich. Der Grund, warum die beiden so schnell reagierten, lag wohl daran, dass sie gesehen hatten, wie ich materialisierte, so dachte ich jedenfalls.

Nur nicht auffallen, war meine Devise. So lief ich durch die Straßen und dachte nach, was ich tun könnte, um aus dem Schlamassel wieder rauszukommen. Vielleicht sollte ich mir auf einem anderen Kontinent eine neue Existenz aufbauen und ein paar Jahre vergehen lassen. Ich war in Gedanken verloren, das wurde schnell zu einem großen Problem.

Ein leises Gefühl sagte mir, dass sich irgendwas um mich herum tat. Angst kroch hoch. Wachsam schaute ich mich um, konnte aber nichts entdecken. Ich schlich durch eine Seitenstraße und vergrößerte den Abstand. Falls doch Verfolger auf meine Spur waren, hoffte ich, dass sie diese verlieren würden.

Ständige Angst
Es war furchtbar, Angst wurde mein ständiger Begleiter. Ein paar Straßen weiter war der Staatsschutz plötzlich wieder hinter mir her.
Wie fanden die mich bloß so schnell? Die Kameras der Verkehrsüberwachung, waren sicher die Ursache. Ich sollte besser wieder abtauchen. Da ich es für mich nicht zu eng werden lassen wollte, verschwand ich in einen dunklen Hinterhof und sprang von dort aus in ein entgegengesetztes Viertel der Stadt. Zum Glück war die Stadt recht groß, sie hatte ein paar Millionen Einwohner. Von jetzt an achtete ich genauer auf die Verkehrskameras.

Der Gedanke mich wieder in meine Familie zu integrieren, zog mir durch den Kopf, doch ich hatte keine Idee, wie ich das anstellen sollte. Die Umstände ließen mir auch keine Zeit, eingehender darüber nachzudenken. Wichtiger war, was ich im Augenblick als nächstes tun wollte.

Plötzlich sah ich, wie von vorne zwei Leute des Staatsschutzes auf mich zugerannt kamen. Selbst, wenn sie zivil trugen, erkannte ich sie inzwischen sofort. Ich drehte mich um und wollte in die entgegengesetzte Richtung rennen, aber von dort kamen ebenfalls welche.

Ich musste schnell weg. Sie zogen ihre Waffen, ich war in höchster Gefahr. Ein seitlicher Eingang half mir. Ich sprang rein, konzentrierte mich und als meine Verfolger ankamen, teleportierte ich weg. Das war knapp. Einen kleinen Park hatte ich diesmal auf die Schnelle ausgewählt.

Die Ruhe hier ließ mich etwas entspannen. Ich atmete kräftig durch, die würzige Luft belebte mich ein wenig. Teleportieren kostete mir viel psychische Energie. Wie lange würde ich das wohl aushalten. Zugeben muss ich aber, dass diese Springerei mich immer besser werden ließ. Man könnte gerade meinen, es gehöre zum Ausbildungsprogramm von Toras.

Ich musste mir unbedingt etwas überlegen. Leider kam ich nicht dazu eine Lösung meines Problems zu finden, denn der Staatsschutz hatte sich eine neue Taktik ausgedacht.

Da alle grundsätzlich in Zivil auftraten, konnte ich sie von normalen Bürgern manchmal nicht unterscheiden. Nur durch ihr Jagdverhalten, hatte ich sie bisher rechtzeitig erkannt. Aber wie gesagt die hatten sich eine neue Taktik ausgedacht. Töten wollten sie mich nicht, da war ich mir sicher, lebendig wollten sie mich - vorerst jedenfalls. Mir kam es fast so vor, als wären sie die kriminellen Elemente, die mit mir etwas planten. Meine Fähigkeit war zu interessant für sie. Sollten sie dies erlernen können, hätten Verbrecher absolut keine Chance mehr. Was das aber für die Normalbürger bedeuten würde, kam mir damals nicht gleich in den Sinn. Ich bin es nicht gewöhnt böses zu denken. Vielleicht würde nach und nach ein Polizeistaat entstehen, wie es im ganzen Raumquadranten der Galaxis keinen gab. Was ein Verbrechen ist, definiert letzten Endes sowieso die Regierung und die lebt auch hier, wie überall, in ihrer eigenen Weltvorstellung.

Wieder tauchte die Frage auf, warum wir überhaupt einen Staatschutz brauchen, und warum sind dort solche Typen beschäftigt, wie diese kalte, graugesichtige Person.

Lebten wir hier vielleicht in einer Heilenweltlüge? Kaum überschreitet man gewisse Grenzen, schon ist man ein Staatsfeind? Meine rosa Weltsicht bekam Risse. Zweifel an unserer Gesellschaftsordnung zogen durch meinen Kopf, mit dem Endergebnis, dass ich mir eine gewisse Naivität nicht absprechen konnte. Die aktuelle Realität holte mich schnell wieder ein.

Ihre neue Methode merkte ich auf erschreckende Weise, als sich plötzlich ein Mann aus einem Gebüsch heraus auf mich stürzte und mich mit festem Griff umklammerte. Diese Methode hieß Auflauern.

Ich musste sofort handeln. Ein vernünftiges Konzentrieren für einen Sprung war mir in diesem Augenblick nicht möglich, ich teleportierte einfach irgendwo hin und riss dabei den anderen mit.

Das war absolut neu für mich. Er beeinflusste durch seine Anwesenheit den Ablauf des Sprunges, wir materialisierten auf halber Strecke, inmitten einer Baustelle. Um uns herum lag eine Menge Baumaterial, Steine, Sand, Mörtel. Auch verschiedene Werkzeuge lagen und standen herum. Einen schlechteren Ort konnte man sich kaum aussuchen. Der Mann umklammerte mich immer noch mit all seiner Kraft. Mit Gewalt riss ich mich los und rannte weg. Aus den Augenwinkeln sah ich, dass er mir nachrennen wollte und dabei eine Schubkarre umriss. Ein gellender Schrei folgte darauf. Erschreckt blieb ich stehen und schaute zu ihm hin. Er war mit der Karre umgestürzt. Aber was war das, eines seiner Beine hing in der Luft. Ich schaute genau hin und erschrak. Mir wurde wieder mal bewusst, dass Teleportieren doch sehr gefährlich sein kann. In seinem Bein steckte ein Griff der Schubkarre.

Halb betäubt von den höllischen Schmerzen, jammerte mein Verfolger laut vor sich hin. Er tat mir leid, niemanden wollte ich einen Schaden zufügen. Trotz inneren Widerstandes ging ich zurück. Lieber wäre ich weggerannt, aber den armen Hund wollte ich so nicht zurücklassen. Bauarbeiter hatten sich inzwischen um ihn geschart.

Das wird jetzt sehr problematisch, dachte ich. Wenn ich ihm helfen will, müssen wir teleportieren und dann sehen es alle. Irgendwann wissen es sowieso alle, was macht es also aus. Ich schob mich an den Leuten vorbei und stellte mich vor ihm hin.

„Der ist schuld!", rief er schrill und schmerzerfüllt, als er mich sah „haltet den fest."

Da aber keiner wusste, was eigentlich passiert war, blieben sie untätig. In einem Befehlston fuhr ich ihn an: „Wenn ich ihnen helfen soll, dann seien sie still und geben mir ihre Hand!“

Das tat er dann auch. Ich fasste ihn an seiner Hand, konzentrierte mich, und sprang mit ihm zurück in den Park. Sein Bein war wieder heil. Ich hatte sorgsam darauf geachtet, dass nichts von der Karre mitkam. Er stand sehr unter Schock. Schließlich hatte er keine Ahnung, auf was er sich da eingelassen hatte.

So ist es eben mit unkritischem Gehorsam, wenn man Anweisungen nicht hinterfragt, alles überexakt ausführt und auf Selbstschutz verzichtet.

„Ich will niemanden etwas antun, das ist nicht meine Art! Sagen sie das ihren Leuten. Sie sollen aufhören mich zu jagen, ich will nur ein vernünftiges Leben führen“, gab ich ihm zu verstehen. Er betastete sein Bein, es war wieder heil. Die Schmerzen, die er noch spürte, waren lediglich Phantomschmerzen, die relativ schnell verschwanden.

So etwas wie „Danke“ kam leise über seine Lippen und er versprach mir, mit seinen Vorgesetzten zu reden. Danach verließ er mich, etwas humpelnd.

Ausgeschlagenes Angebot
In den folgenden Tagen ließen sie mich in Ruhe.
Instinktiv erwartete ich aber, dass etwas passiert und so war es dann auch. Plötzlich stand der Offizier vor mir, der die erste Befragung gemacht hatte.

„Wir machen ihnen ein Angebot“, rief er mir entgegen.

„Und dann eine Kugel in den Rücken, nein danke. Tschüss", und weg war ich.

Vielleicht hätte ich ihn anhören sollen, aber mir war die Sache in diesem Moment zu gefährlich. Die würden sich ganz bestimmt etwas einfallen lassen, um mich festzuhalten oder kaltzustellen. Etwas, was mir garantiert, nicht gefallen würde. Solchen Leuten traute ich nicht. Die würden alles versprechen und dann aber machen, was sie wollten. Regeln und Versprechungen waren sicher nur für andere da. Das hatte ich in dieser kurzen Zeit begriffen. Nie hatte ich vorher, in all den Jahren solche Gedanken.

Was dann aber folgte, war genau so schlimm. Anscheinend hatten sie jetzt, ihren gesamten Apparat mobilisiert und alle ihnen zur Verfügung stehenden Kräfte aktiviert. Fertigmachen wollten sie mich, irgendwann würde mir die Kräfte zum Springen ausgehen, war sicher ihr Kalkül und die Sache könnte sogar funktionieren.

Ich könnte einfach wieder zur Erde teleportieren, dachte ich, doch zwei Gründe sprachen dagegen. Erstens traute ich mir einen Sprung zur Erde nicht zu und zweitens würde ich meinen Planeten damit verlassen. Denn noch immer hatte ich die Hoffnung nicht aufgegeben, mich in meiner Heimat wieder einleben und mir ein neues Leben aufbauen zu können.

Irgend eine Möglichkeit musste es doch geben. Aber lange nachdenken konnte ich nicht, kaum befand ich mich irgendwo, schon waren meine Jäger da. Ich konnte mir immer noch nicht erklären, woher die so schnell wussten, wo ich war. Obwohl ich sehr darauf achtete, nicht mehr von irgendwelchen Videokameras aufgenommen zu werden. Sie sofort zur Stelle, wenn ich irgendwo herumlief.

Befand ich mich in irgendeinem Innenhof eines verlassenen Gebäudes, schon öffnete sich das Tor am Eingang. Sprang ich in einen Dachstuhl, der schon ewig nicht mehr betreten wurde, schon hörte ich meine Jäger die Treppe hoch rennen. Auch die Parks wurden überwacht. Scheinbar steckte hinter jeden Busch einer, bereit mir eine Kugel zu verpassen, die mich in einen Schlafzustand versetzen sollte.

Ich entschied mich das Land meiner Heimat zu verlassen und in einen anderen Kontinent zu teleportieren, drei Stück hatten wir auf diesen Planeten. Das hatte der Staatsschutz aber bald gemerkt und trotz anfänglicher Ruhe wurde ich wieder ein Ziel. Meine Nerven litten inzwischen sehr, ich wurde nervös und aggressiv. Das gleiche Spiel wie vorher begann auch hier. Egal wo ich war, sie spürten mich sofort auf und ließen mir keine Ruhe. Aber das war auch mein Planet, meine Heimat und hier gehörte ich doch hin, die müssen mich respektieren! Doch ich war der Schwächere.

Da war noch der dritte Kontinent. Als es mir zuviel wurde, sprang ich dorthin. Lange brauchten sie nicht, dann wussten sie, wo ich jetzt war. Wieder begann eine Jagd auf mich.

Da ich immer noch nicht wusste, warum sie mich so schnell fanden, konnte ich auch keinen konkreten Plan machen. Also sprang ich auch auf diesen Kontinent zu verschiedenen Stellen, aber jedes Mal spürten sie mich recht schnell auf. Meine Nerven und psychischen Kräfte waren bald am Ende, so konnte es nicht mehr lange weitergehen. Ich kam auf die Idee, zu einer der unbewohnten Inseln inmitten des Ozeans zu springen. Da müssen die erst einmal hinkommen.

In der Tat, ich hatte eine Weile Ruhe, doch plötzlich schoss ein Militärflieger über mich hinweg. „Verdammt", schimpfte ich, „woher wissen die nur so schnell wo ich gerade bin." Ich hatte immer noch keine Erklärung dafür. Aber die wussten, dass ich es immer noch nicht gemerkt hatte.

Mein Adrenalinspiegel war schon wieder auf Hundertfünfzig. Ich zitterte am ganzen Körper.

In dunklen Tiefen

Ich muss mich wohl noch tief in die Erde verkriechen, dachte ich spontan. Da wären die tiefen Höhlen auf meinem Heimatkontinent. Aber die wurden überwacht, damit man verirrte Besucher auffinden konnte. Vielleicht sollte ich eine unbedeutende Höhle auf einen anderen Kontinent suchen. Kurzfristig könnte dies helfen, aber ob es langfristig nutzen würde, konnte ich nicht beurteilen. Vielleicht würden sie die Suche nach einem halben Jahr aufgeben. Sie könnten annehmen, dass ich den Planeten wieder verlassen hätte und daher Suche einstellen. Doch ich musste jetzt handeln, bald würden sie hier sein. Ich musste jetzt untertauchen. Untertauchen war für mich das Stichwort. Mir war bekannt, dass es ein paar große untergegangene Kreutzfahrtschiffe gab, tief unten auf dem Meeresgrund. Vielleicht gab es dort ein paar luftgefüllte Hohlräume. Möglicherweise könnte ich es dort eine Weile aushalten, um mich zu regenerieren.

Natürlich gab es Unterseebote, aber die mussten erst einmal vom Militär angefordert werden. Ob ich den Luftdruck da unten überhaupt vertragen konnte, musste ich erst noch feststellen. Ich suchte mit meiner Fähigkeit der außerkörperlichen Wahrnehmung den Meeresgrund ab. Es dauerte relativ lange, bis ich ein geeignetes Schiffswrack fand. Mit meiner Wahrnehmungsfähigkeit, untersuchte ich das Schiff. Sogar ein paar luftgefüllte Kabinen waren vorhanden. Natürlich war alles dunkel hier, aber ich war fähig, trotzdem zu sehen. Wichtig war mir hauptsächlich, dass ich ein Versteck gefunden hatte. Ich hoffte zumindest, dass es eines war. Sogar eine Liege war in einer Kammer vorhanden.

Plötzlich hörte ich Motorgeräusche. Ich war ja noch auf der Insel, das hatte ich fast vergessen. Schnellbote jagten heran. Sie lenkten mich ab und ich erkannte nicht, dass über mir aus einem Flugzeug ein paar Fallschirmjäger herausgesprungen waren und lautlos mit ihren Fallschirmen heranglitten. Es war keine Zeit mehr, wenn ich nicht gleich springen würde, hätten sie mich.

Nur Glück verhinderte, dass sich mich bekamen. Neben mir schlug eines dieser Betäubungsgeschosse ein. Ein zweites kam zu spät, ich war weg.

Tief unten in dem Schiff, materialisierte ich wieder. Die Kammer gab mir Schutz. Natürlich war alles feucht, aber das machte erst mal nichts. Ein etwas schummriges, leicht bläuliches Licht half mir, mich zurechtzufinden. Ein normaler Mensch würde hier absolut nichts sehen können, aber für mich war nach kurzer Eingewöhnung alles hell genug. Endlich Ruhe und Stille, wie sehr hatte ich mich in letzter Zeit danach gesehnt.

Keine Jäger, keine Geheimpolizei, endlich Frieden. Die Anspannung und der Stress der vergangenen Tage fielen von mir ab. Dass mich hier unten jemand so schnell finden würde, bezweifelte ich. Die Liege, die hier noch stand war benutzbar, daher machte ich es mir erst einmal gemütlich und entspannte mich. Der Stress der letzten Tage forderte seinen Tribut. Ich schlief sofort ein, tief und fest, endlich Ruhe.

Doch plötzlich durchbrach eine Stimme meine Stille: „Schön ungemütlich hast du es hier."

Erschreckt sprang ich auf und suchte Deckung. Doch dann erkannte ich, wer gesprochen hatte.

„Chang, was machst du hier, wie hast du mich überhaupt gefunden?"

„Ich wollte nur mal sehen, wie es dir so geht. Anscheinend hast du dich noch nicht wieder eingelebt. Eine seltsame Unterkunft hast du dir hier ausgesucht. Was ist los?"

„Man hält mich für einen Staatsfeind, einen Außerirdischen und man jagt mich. Keiner glaubt mir. Ich will doch keinem etwas tun, ich will doch nur wieder hier leben, wie vorher. Keiner will mir glauben, dass man sich wieder einen neuen Körper schaffen kann. Für meine Eltern bin ich tot. Nicht einmal die glauben mir und rufen lieber die Polizei. Ich bin verzweifelt."

Jetzt erst brachen meine Emotionen mit voller Kraft durch. Die Enttäuschung, Zurückweisung, Beschuldigungen, drückte mich förmlich zu Boden, ich brach zusammen. Ein Haufen heulendes Elend war ich. „Ich wollte doch nichts böses, nur mein altes Leben wieder", jammerte ich.

„Das ist wirklich hart", pflichtete Chang mir bei. Wir schwiegen eine Weile.

„Was hast du da im Rücken, lass mal sehen", sagte Chang neugierig. Er kam näher und fasste kräftig an meinen Rücken. Ich war etwas irritiert, doch er holte ein kleines, unter meiner Haut verstecktes Gerät, heraus.

Er drehte es betrachtend in seinen Fingern. „Ein kleiner Mikrosender", stellte er fest, „mit ihren Satelliten können sie dich damit überall schnell finden."

Ich war sprachlos. Dieses Ding hatte ich absolut nicht bemerkt. „Das müssen die mir eingesetzt haben, als sie mich das erste Mal erwischten. Kein Wunder, dass die mich immer wieder, so schnell aufspüren konnten. Kaum war ich irgendwo untergetaucht, schon waren sie wieder da. Diese Hunde haben mir den letzten Nerv gekostet. Darum bin ich hier unten. Ich muss endlich mal Ruhe finden, und regenerieren"

„Glaubst du wirklich, dass du dich hier wieder integrieren und dein altes Leben weiterleben kannst? Du hast die ganze Galaxis durchquert. Dinge hast du kennengelernt, von denen deine Leute hier, in hundert Jahren nicht träumen werden.

Du bist ein Kind des Universums geworden. Mit der Zeit wird dir hier alles klein und beengt vorkommen. Wenn man seinen Schritt erst einmal in das Universum gesetzt hat, kann man nicht wieder zurück. Man hat die Begrenzungen hinter sich gelassen und ist wie ein kleines Küken, welches seine Eierschale verlassen hat. Es kann nicht wieder zurückkriechen, in den warmen Schutz seiner Schale.

In dem Augenblick, als es die Schale verließ, hat es begonnen sich zu entfalten und dies wird nicht enden, bevor es seine volle Form erreicht hat.

Bei dir ist es ähnlich, auch du hast deinen warmen Platz verlassen, an dem du dich glücklich und geschützt gefühlt hattest. Komm wieder mit zur Erde, da können wir weiter überlegen", schlug er vor.

Ich überlegte lange. Widerwillig musste ich mir eingestehen, dass meine Vorstellungen von Integration und Weiterführung meines alten Lebens Illusionen waren. Unter diesen Umständen konnte ich sie nicht verwirklichen

Meine Leute kannten mich nicht mehr und wollten mir nicht glauben, weil es ihre Vorstellungskraft überstieg. Der Staatsschutz jagte mich, als wäre ich eine schlimme Gefahr. Was sollte ich also noch hier. Ich kam zu dem schmerzlichen Entschluss, mit Chang wieder zur Erde zu gehen.

Schweren Herzens und voller Enttäuschung verließ ich meine Heimat, nach der ich mich so lange gesehnt hatte.

05.05 Wieder auf der Erde

Im Habitat von Meister Wu

Ich war wieder auf der Erde, zum drittenmal, der Planet, zu dem ich eigentlich nie wollte. Und jetzt war er für mich mehr Heimat, als mein eigener. Welch ein Widersinn des Schicksals.

Chang stand neben mir, er hatte den Rücksprung durchgeführt. Noch ein paar solcher Teleportationssprünge von Planet zu Planet und ich würde mich trauen, sie selber auszuführen.

Wir wurden freundlich begrüßt und gleich von Mama Nien Yen zum Essen eingeladen. Meister Wu kam auch, und dann musste ich ausführlich berichten, was auf meinem Heimatplaneten vorgefallen war. Alle bedauerten mein Los, am meisten natürlich ich selber. Jahrelang hatte ich darauf hin gearbeitet, gekämpft und gelitten, um endlich wieder nach Hause zu gelangen und dann - dann war ich dort ein Fremder, für den es keinen Platz mehr gab. Traurig saß ich mit hängendem Kopf auf meinem Stuhl.

Mama Nien Yen hatte mir etwas zu essen und zu trinken hingestellt, aber ich nippte nur ein wenig an dem heißen Tee und stocherte traurig und gedankenverloren in dem, eigentlich guten, Essen herum. Gefühle von Enttäuschung und Frustration zogen durch meine Seele.

„Warum nur, warum sind die so borniert, so kleingläubig und ängstlich? Ich wollte doch nur meine Arbeit weitermachen und mein Leben weiterleben. Ich bin doch ein Teil ihrer Familie. Für die bin ich hierher geflogen und habe mein Leben aufs Spiel gesetzt. Und jetzt wollen sie mich nicht mehr kennen. Dem Kode einer primitiven Biokarte glauben sie mehr als mir. Dabei kann ich doch beweisen, dass ich zu ihnen gehöre." Ich schwieg.

Irgendwo im Hintergrund hörte ich die Stimme von Meister Wu: „In gewisser Weise ging es uns allen so, du bist nicht der einzigste und nicht der erste. Jeder hat seine Geschichte, sein Schicksal. Wir wuchsen aus unserem gewohnten Leben, welches wir liebten, irgendwann heraus und mussten uns ein neues suchen. Das Leben geht immer nur vorwärts, von einem Horizont zum nächsten. Schau dich nur um, alle hier hatten irgendwann, ein ähnliches Schicksal durchlebt.

Wir kennen deine Probleme sehr gut. Die Narben der Enttäuschung sind bei vielen von uns noch nicht verheilt. Doch mal ganz ehrlich, keiner von uns wollte wirklich wieder zurück, in sein geliebtes, kleines, warmes Nest, welches er irgendwann einmal verlassen hatte. Und wenn wir aufrichtig sind, müssen wir zugeben, dass wir alle mehr bekommen haben, als wir je erwartet hatten.

Wir sind Bürger des Universums geworden und wir sind stolz darauf. Unsere Welt wurde groß und weit, und unser Leben ist voller Fülle. Wir haben Freunde und Gleichgesinnte gefunden. Wir können uns jederzeit besuchen. Wir haben Wissen und Fähigkeiten erworben, die wir nie wieder zurücktauschen wollten.

Unsere Beziehungen reichen weitläufig durch die Galaxis. Entfernungen, die für andere unmöglich zu überwinden sind, bezwingen wir mit Leichtigkeit, sie sind für uns nur ein Katzensprung. Wie du gemerkt hast, brauchen wir keine Raumschiffe um die Entfernungen zu überwinden, wenn wir unsere Freunde oder Partner besuchen oder mit ihnen mal sprechen wollen.

Wir können uns ein Domizil suchen und leben, wo immer wir wollen und sind doch verbunden mit der ganzen Galaxis. Und wenn wir wollen, leben wir immer inmitten des Lebensstromes, finden Freude und Erfüllung.

Lass dir von Chang noch ein paar wichtige Sachen zeigen und dann wirst auch du deinen Platz im universellen Geschehen finden. Deine alte Heimat, die du so liebst, wirst du nicht verlieren, sie wird ein Teil deiner neuen großen Heimat sein."

Ich entschied mich, vorläufig hier zu bleiben und das Angebot anzunehmen. Wo sollte ich auch anders hin?

Jonas

Ein paar Tage später tauchte unerwartet Jonas auf. Er war etwas verwundert mich hier anzutreffen und fragte natürlich, was geschehen war. Geduldig hörte er etwas erstaunt zu. Dann erklärte er mir, dass seine Leute ihre Arbeit hier auf der Erde beendet haben und er nur deshalb hier sei, um sich zu verabschieden. Da er jetzt meine Geschichte kannte, bot er mir an, dass ich in seiner Gilde mitarbeiten könne. Sie suchen immer fähige Leute.

„Unsere Arbeit ist sehr interessant. Einen Teil davon hast du ja selber schon kennengelernt, aber wir haben noch andere Aufgaben. Wir begleiten die Entwicklung entstehender Rassen, bis ihnen genug Bewusstsein und Selbstverantwortung gewachsen ist. Wir greifen nicht in ihre Entscheidungen ein. Wir schützen sie aber vor einer Selbstvernichtung, wie es hier auf der Erde abzusehen war. Auch vor der Vernichtung durch äußere Umstände versuchen wir sie zu bewahren. Wir halten es für einen großen Verlust, wenn eine Spezies ausgelöscht wird, die ihr Bewusstsein auf die Stufe gebracht hat, auf der sie zur Selbsterkenntnis finden.

Ab und zu geben wir unerkannt und indirekt Anregungen, um die Entwicklung in positive Bahnen zu lenken, aber alles Wesentliche, muß diese Spezies aus eigenem Antrieb erreichen. Wir machen nur Wege frei, ob sie diese dann gehen ist ihre eigene Entscheidung.

Wenn sie Kriege machen wollen, lassen wir sie. Die Erfahrungen, die daraus resultieren sind wichtig für ihre Weiterentwicklung. Es wäre natürlich besser, ohne Kriege voranzukommen. Es ist wie bei Kindern, sie fallen eben mal auf die Nase, aber sie lernen daraus und ändern ihr Verhalten. Wir kümmern uns auch, wie du ja gesehen hast, um jene Wesen, die ihren Körper verloren haben. Ihre gesammelten Erfahrungen sind in ihrem spirituellen Körper noch vorhanden und sehr wertvoll. Sie können in einer geeigneten Inkarnation diese Erfahrungen weiterverwenden. Denk mal darüber nach, ob dir mein Angebot anspricht und sag mir morgen Bescheid.“

Sein Angebot war wirklich sehr interessant, aber ich wollte lieber noch hier bei Chang bleiben. Ich brauchte vor allem etwas Zeit, um mich von meinen Enttäuschungen zu erholen.

Garrras

Ich besuchte wieder die Kurse und Vorlesungen von Garrras, dem Navigator. Auch nahm ich an seinen praktischen Übungen teil. Er gab mir die Anweisung, die Galaxis zu studieren. Also besorgte ich mir alles Wissen, was darüber zu finden war. Er gab mir einen Einblick in den Aufbau und das Wirken der unterschiedlichen Gesellschaften dieser Galaxis, soweit er sie kannte. Natürlich wusste auch er nicht alles, aber was ich von ihm erfuhr, übertraf bei weitem meine Vermutungen. Ich lernte etwas über die Völker, die in den bekannten Bereichen der Galaxis lebten, etwas über ihre Geschichte und Kultur. Ihre Reiche lagen verstreut und weit voneinander entfernt. Einige wenige hatten es geschafft, sich in die galaktische Familie einzubringen und betrieben rege Kommunikation mit anderen Völkern in entfernten Sonnensystemen. Das Hauptinteresse bestand meist aus Fragen, welche die persönliche Weiterentwicklung und Bewältigung von Problemen betrafen. Durch einen funktionierenden Informationsaustausch konnten und können viele Probleme gelöst werden. Die Spezies entwickelten sich im Stillen, bis sie die Fähigkeit erlangten mit anderen in Kontakt zu treten. Dann entsteht meist ein Entwicklungssprung mit einem neuen Weltverständnis.

Es muss betont werden, dass die Schöpfung viele Methoden und Wege kennt um Lebensformen zu schaffen. Die Fantasie ist unbegrenzt und was sich lebensstabil entwickelt bleibt bestehen. Es entfaltet sich, differenziert sich aus und beschreitet weiter den Weg der Vervollkommnung.

Nicht alle intelligenten Wesen haben eine menschenähnliche Form. Bestes Beispiel ist Garrras. Doch es gibt noch viel unterschiedlichere Gestaltungen intelligenter Wesen, die starke Kulturen geschaffen haben. Nicht alle haben wie die Erdenmenschen technische Geräte und Maschinen geschaffen. Doch alle haben sie Wissenschaften entwickelt. Sie haben ihr Wissen erweitert, ihre Intelligenz entfaltet und konnten sich behaupten.

Es gibt durchaus auch Spezies, die erst durch die Hilfe anderer entstanden sind und dadurch eigene Kulturen bilden konnten. Sobald die Schwelle zur

Selbständigkeit und zur Selbsterkenntnis erreicht wurde, werden die Spezies normalerweise eigenständig.

Die Menschen meines Volkes, wie auch die der Erde, glauben doch allen Ernstes, dass Intelligenz zwangsweise mit biologischen Strukturen, wie zum Beispiel dem Menschenkörper, verbunden ist und ohne einen solchen nicht existieren kann. Wenn aber der Geist entwickelt ist, spielt es keine Rolle mehr, ob sein Körper aus neurobiologischen, aus elektromechanischen oder rein energetischen Komponenten besteht.

Selbsterkenntnis, Selbstbewusstheit, Intelligenz, Geist und die Fähigkeit zur Wertschätzung, machen auch einen Roboter oder Androiden zu einem vollständigen selbstgesteuerten Wesen. Mit anderen Worten zu einer Person mit Recht auf Existenz, Schutz, Selbstbestimmung und Weiterentfaltung.

Viele Menschen verstehen leider immer noch nicht was Intelligenz, Intellekt, Geist und Leben wirklich sind. Sie nehmen sich selbst als Maßstab. Aber Geist und Intelligenz sind nicht an biologische Grundlagen gebunden.

Ich weiß natürlich, dass normale Menschen sich schwer tun, über diesen Horizont hinaus zu schauen. Was nicht aus Körperzellen besteht, ist für sie kein Leben. Unterschiedliche Rassen haben zwar unterschiedliche Interessen, schwenken aber letztendlich auf den gleichen Entwicklungspfad ein, der sie zu einem geistigen Aufstieg führt. Irgendwann vollenden sie diesen Aufstieg und verlassen dann die normale Welt, die wir kennen. Sie haben dann eine höhere Lebenssphäre betreten mit neuen Horizonten und vielen neuen faszinierenden Möglichkeiten. Unsere normale Welt ist für sie nicht mehr relevant.

Die Galaxis ist ein faszinierendes Gebilde. Die Erde befand sich in einem der äußeren Seitenarme, weit weg von anderen Kulturen. Das war der Grund warum Meister Wu sich hier niedergelassen hatte, außerhalb des Störfeuers anderer Zivilisationen. Und es war auch ein Grund, warum er sich nicht so glücklich darüber zeigte, dass sich eine Gilde in das Geschehen auf der Erde eingemischt hatte.

Ich fragte Garrras, ob er wisse wo mein Heimatplanet liegt. Er studierte eine Weile mein inneres Wesen und zeigte mir dann auf einer Karte den Bereich in dem sich mein eigener Planet befand. Er war wirklich ein guter Navigator.

Er gab mir später auch die Möglichkeit, ihn ein paar Mal, auf seinen Reisen zu begleiten. Wenn er zum Beispiel eine Aufgabe annahm, bei der seine Kunden menschlich gestaltet waren, so hatte er gerne jemanden mit ähnlichem Aussehen dabei. Das schaffte Vertrauen und machte seine Arbeit einfacher. Für mich war es eine gute Gelegenheit, weitere Bereiche der Galaxis kennen zu lernen. Das große Problem, mit dem ich zu kämpfen hatte, war die Informationsflut, die mich oft überforderte.

Chang

Vor einigen Jahren war ich noch ein ziemlich eingebildeter Buchhalter in einem kleinen verstaubten Büro, auf einen unbekannten Planeten und glaubte allen Ernstes, die kämen ohne mich nicht aus. Sicher war ich ein guter Fachmann in den Dingen unseres Amtes.

Wir waren schließlich für den halben Planeten zuständig. Meine Aufgabe war daher eine der wichtigsten. Sämtliche Formulare waren mir bekannt und ich wusste genau, was wo geschrieben stand und vor allem was es bedeutete, worauf ich wirklich sehr stolz war. Ordentlichkeit und Funktionalität waren immer mein oberstes Bestreben. Dieses formierte Weltbild aus der Zeit in meiner Heimat, war eines der größten Hindernisse, in meinem festgezurrten Denken.

Chang, der sich redlich bemühte, mich in wichtigen Dingen zu unterrichten, musste immer wieder gegen Fragmente meiner alten Weltvorstellung ankämpfen.

Er trainierte mit mir den Planetensprung, den ich mir immer noch nicht zutraute und er lehrte mich über große Entfernungen, die viele Lichtjahre betrugen, mit anderen Menschen, in Kontakt zu treten.

Das Lernen hörte für mich nicht auf. Es gab immer etwas, was neu und wichtig war. Aber nur zu lernen war mir auf die Dauer doch zu langweilig, weil mir dadurch das Leben selbst, fehlte.

Ich musste daher mein Leben ändern, und das wollte ich jetzt in Angriff nehmen. Ich entschloss mich zum Planeten Reos zu gehen. Ich hoffte dort die notwendige Inspiration, die ich dringend brauchte, zu finden.

05.06 Auf Reos

Neugier

Das Angebot, welches ich damals, auf dem Schiff der Idorianer erhalten hatte, wollte ich jetzt annehmen, und mal den Planeten Reos besuchen.

Da ich nicht wusste, wie ich in finden konnte fragte ich Garrras. Er kannte Reos und wusste daher auch wo er zu finden war. Auf einer großen Sternenkarte, auf der weite Teile der bekannten Sternenbereiche dargestellt waren, zeigte er mir, wo dieser Planet lag.

„Hier ist die Erde und dort“, er fuhr mit seinem Finger über die Karte, Richtung Mitte der Galaxis, hielt aber hinter dem nächsten Spiralnebelarm an, „dort liegt Reos. Es ist ein relativ sternenleeres Gebiet, zwischen den Spiralnebelarmen. Eigentlich handelt es sich um eine Gruppe von mehreren Planeten, von denen der Hauptplanet Reos genannt wurde. Es ist ein Zentrum für Heilung und Regeneration. Die Bewohner hatten dieses Zentrum nach schlimmen Katastrophen gegründet und es zu einem intergalaktischen Zentrum ausgebaut. Beste Spezialisten, aus vielen Teilen der Galaxis, arbeiten dort. Ihre Methoden und Möglichkeiten sind hervorragend.

„Was willst du dort?“

„Ich hatte eine Einladung bekommen und wollte mir Reos einfach mal anschauen. Vielleicht kann ich dort etwas finden, was meinem Leben einen sinnvollen Inhalt bietet.“

„Falls du aber nichts findest, denke daran, ich kann immer jemanden brauchen, der mir bei der Arbeit hilft. Außerdem werden Navigatoren dringend benötigt, denn ständig werden weitere Bereiche unserer Galaxis erforscht. Die Idorianer sind dabei neue Handelsrouten zu erschließen, und brauchen daher die Hilfe der Navigatoren. Ich selbst kann mir keine schönere und befriedigendere Aufgabe vorstellen.“

„Danke für dein Angebot Garrras, ich werde daran denken.“

„Wie willst du nach Reos kommen?“

„Ich denke mit einem Teleportationssprung, ich brauche sowieso etwas Übung.“

„Eine Begleitung zur Vorsorge, wäre sicher nicht schlecht, wenn du noch nicht so viel Erfahrung mit Planetensprüngen hast. Ich empfehle dir Chang mitzunehmen oder, wenn dies nicht möglich ist sage mir Bescheid, ich helfe dir dann.“

Ich bedankte mich bei Garrras für sein Angebot und besprach mein Vorhaben mit Chang.

„Ungefähr zu wissen, wo Reos liegt, hilft nicht, wir sollten ein Gefühl für den Planeten und seine Eigenheit entwickeln. Lass uns in unser Infozentrum gehen und soviel wie möglich, über Reos herausfinden“, meinte er.

Also marschierten wir hin, es war ja nicht weit. Eine freundliche Dame fragte uns nach unseren Wünschen. Nachdem sie diese erfahren hatte, wies sie uns zwei Plätze in einem ruhigen Eck zu. Wir lehnten uns zurück, begannen zu entspannen und unsere Wünsche zu klären.

Ein Bildschirm vor uns zeigte uns die gewünschten Gegenden von Reos. Wir sahen das Sternengebiet, die Entfernung zur Erde, die Sternenansammlungen dazwischen und dann den Planeten Reos. Ich fragte nach der Zentrale und bekam die Bilder eines Gebäudekomplexes. Die Bauten befanden sich nahe am Äquator des Planeten. Ich suchte nach einer Sache, die mir einen Eindruck von der Örtlichkeit gab, etwas, das ich als Bild aufnehmen konnte. Dieses Bild wollte ich für meine Teleportation als Zielort verwenden. Ich fand eine günstige Stelle vor diesem Zentralgebäude.

Chang hatte eine ähnliche Absicht, er wollte ja mitkommen, was ich gehofft hatte.

Wir verließen das Informationszentrum, suchten uns einen ruhigen Platz, konzentrierten uns und sprangen. Die Örtlichkeit entschied, wie immer, wo genau wir materialisierten.

Wir kamen zwar dort an, wo wir hinwollten, aber natürlich an verschiedenen Stellen, vielleicht zwanzig Meter voneinander entfernt. Das war zu erwarten, denn das Händchenhalten, um beisammen zu bleiben, war absolut nicht mein Ding.

Wir marschierten in das Zentralgebäude und stellten uns vor. Ich erklärte, dass ich damals, als ich mit vielen anderen die Erde verlassen hatte, von einem der hiesigen Mitarbeiter eine Einladung erhalten hatte. Ich solle mir die Arbeit, die hier auf Reos geleistet wird, mal anschauen. Jetzt wäre es mir möglich dies zu tun und einen Freund, der sich ebenfalls dafür interessiert, hätte ich auch noch mitgebracht.

Wir wurden freundlich aufgenommen. Immerhin wird hier eine hervorragende Arbeit geleistet, die auch beachtet werden sollte. Daher ergab es sich, dass hin und wieder Besucher kamen. Das war den Leuten hier auch sehr wichtig, aus diesem Grunde stellten sie Gästebereiche zur Verfügung. Wir erhielten eine Broschüre mit wichtigen Informationen. Eine freundliche Hostess führte uns danach durch den gepflegten, angrenzenden Park zu unseren Unterkünften. Wir bewunderten die aufgelockerte Baumgruppe, mit den verschiedenen kunstvoll arrangierten bunten Blumenbeeten. Eine wohltuende und entspannende Stimmung umgab alles.

Absolut kein Anzeichen von Stress, Pflichten, Vorschriften oder Zwang war zu empfinden. Da waren keine Verbotsschilder zu sehen, wie zum Beispiel: Rasen nicht betreten, oder bitte Ruhe halten, oder Abfälle gehören in den Mülleimer. Man fühlte sich hier frei und gelöst, als wäre man hier zuhause. Eine tiefe innere Entspannung stellte sich bei mir ein. Chang empfand ähnlich, wie er mir sagte.

Wiedersehen

Wir bezogen unsere Zimmer. Die Hostess erläuterte uns noch den Weg zur öffentlich zugänglichen Kantine. Mal etwas essen und trinken kann ja auch nicht schaden.

Dann wünschte sie uns noch einen schönen Aufenthalt und verließ uns.

Wir waren gerade am Überlegen, was wir machen wollten und blätterten die Informationsbroschüre durch, als es an der Türe klopfte. Herein kam ein Mann, der sich als derjenige vorstellte, der mich damals, auf dem idorianischen Schiff eingeladen hatte. Ich war sehr erstaunt, dass er so schnell erschienen war, ja dass er sich überhaupt an mich erinnerte. Ich hielt es sogar für sehr unwahrscheinlich in je wieder zu treffen, zu lange war dies schließlich her. Aber ich freute mich sehr, begrüßte ihn und stellte ihm Chang vor. Er schaute mich an und staunte: „Wie ich sehe, hast du es erreicht, dir einen neuen Körper zu schaffen, wunderbar. Wie hieß doch gleich der Meister, zu dem du wolltest?"

„Toras vom Planeten Endrin", sagte ich.

„Scheint was zu können, dieser Toras. Einem Schüler beizubringen, wie man sich einen neuen Körper schaffen kann, dauert fast ein halbes Leben, aber solange ist es ja nicht her. Doch wenn dein spiritueller Körper in Ordnung war, dann hattest du die beste Voraussetzung.

Die Fälle, die wir hier zu behandeln haben, sind dagegen meist sehr komplex. Hier geht es oft darum, erst einmal den spirituellen Körper eines Menschen oder Wesens in Ordnung zu bringen, besser gesagt zu heilen, bevor an die Heilung, geschweige denn die Schaffung, von materiellen Organen oder Körpern gedacht werden kann."

Er bot sich an, uns einen Einblick in die Arbeit auf Reos zu geben. Wenn wir wollten, würde er uns führen und alle unsere Fragen beantworten. Das kam unseren Vorstellungen sehr entgegen, brauchten wir uns doch darüber keine Gedanken mehr machen.

Es war hier noch früh am Tag und wenn wir wollten, könnten wir gleich damit beginnen, meinte er. Die große Empfangshalle im Gebäude war gleich unser erstes Ziel.

An den Wänden waren die Anlagen auf Reos übersichtlich bebildert und beschrieben. Weit verstreut über den Hauptplaneten Reos, befanden sich Gebäudekomplexe, die für unterschiedliche Aufgaben angelegt und eingerichtet waren. Unser Führer begann uns alles sachlich zu erläutern. Er startete mit der Geschichte und dem Sinn von Reos.

Hintergründe

„Nach schlimmen Katastrophen vor langer Zeit, hatten unsere alten Meister uns das Heilen beigebracht. Wir mussten verstehen, dass Heilung erst dann eintritt, wenn die Wurzeln einer Sache, die oft tief in der Psyche verankert waren, entfernt wurden. Sie sagten, alles ist Geist, deshalb ließe sich auch alles heilen.

Sicher gab es damals auch gewisse Formen von Medizin, aber wir mussten erkennen, dass wir damit eigentlich nur Symptome heilten. Die Ursachen blieben, und so kamen auch die Krankheitserscheinungen wieder. Daher mussten wir lernen, was Geist wirklich ist, wie er funktioniert und wie man damit umgeht. Der Geist einer Person, muss nach Attributen des Lebens ausgerichtet werden, damit er sich nicht in Nebensächlichkeiten verliert und dadurch seine Lebenskraft verschleudert.

Das Gesetz von Ursache und Wirkung ist dabei dominierender als man denkt. Ist in eine Krankheit entstanden, so könnte die Ursache eventuell im Mentalbereich oder im Kausalfeld des betreffenden liegen. Vielleicht wurde aber der Ort, an dem der betreffende lebt falsch gewählt. Auch in solchen Fällen zu helfen, gehört zu unserer Arbeit.

Jedes Lebewesen, einschließlich des Menschen, ist eine geistige Schöpfung, ein geistiges Wesen, und daher ein höchst komplexes Gebilde, bis hin zum letzten kleinsten Bion.

Unser Ziel ist es, eine vollständige Rehabilitation zu erreichen. Wir bringen Kausalkörper, Mentalkörper, Astralkörper und stofflichen Körper wieder in Ordnung und in Harmonie miteinander. Ebenso bringen wir die Weltsicht, das Wertebild, das Sozialverhalten, eben alles, was, zur vollkommenen Gesundheit notwendig ist, in Einklang mit dem Kausalgesetz.

Auch muss die Seele ihren Lebenssinn wieder erkennen. Wenn der Lebensfunke wieder durchdringen kann, entsteht erneut eine Harmonie und eine Kraft, die alles miteinander vereint und heilt.

Es gibt sehr schwierige Fälle. Solch ein Kriegsgeschehen, wie auf der Erde zerreißt viele Seelen, bezugsweise ihre spirituellen Körper. Gut und Böse können nicht mehr voneinander unterschieden werden, und tiefe Furchen werden durch die Seele des Betreffenden gezogen. Bilder des Leids kursieren durch seinen Geist, vertreiben die Lebenskraft und lähmen die Selbstheilung.

Die Methode von Reos

Anhand der großen Wandkarte zeigte er uns, wo die einzelnen Maßnahmen zur Heilung der Patienten stattfanden.

„Wir haben hier auf Reos, die besten Spezialisten aus den bekannten Bereichen der Galaxis. Einige sind fähig, sich tief in die Psyche des Betreffenden einzufühlen, um dort auch die kleinsten versteckten Ursachen der Probleme zu finden.

Die Behandlung beginnt für gewöhnlich mit der Reinigung, besser gesagt der Entgiftung des Körpers und der zugehörigen Psyche. Wertvorstellungen, Verhaltensrichtlinien und Erwartungen, das ganze Wesen in all seinen Ebenen, muss von den negativen Einflüssen und Wertevorstellungen gereinigt werden.

In manchen Gesellschaften, zum Beispiel, lieben es die Leute, sich täglich Grausamkeiten anzuschauen. Mord und Totschlag gehören zu ihren ständigen Unterhaltungen, in ihren Nachrichten, Filmen und ihrer Lektüre. Sie würden es aber vehement abstreiten, wenn man ihnen das vorhält und ihnen sagt, dass dies schädlich sei. Doch diese ständige, oft tägliche, Vergegenwärtigung destruktiver Elemente, dringt tief in ihr Wesen ein. Eine Basis für Krankheiten wird dadurch geschaffen, weil Grundvertrauen kaputt geht. Diese Art Vertrauen ist wichtig um innere Harmonie zu erhalten, die für einen gesunden Energiefluss sorgt.

In manchen Fällen reicht eine Reinigung nicht aus. Da müssen ganze Teile eines infizierten Geistes korrigiert werden. Der betreffende Mensch, muss mit den Lebensgesetzen im Einklang leben können. Ihm werden daher harmonisierende Denk- und Verhaltensweisen beigebracht, die zu einen erfolgreichen Umgang mit den Lebensgesetzen führen.

Bei manchen Patienten ist es sogar notwendig, deren Erinnerung ein wenig zu verändern, damit die erlebten Grausamkeiten keine Dominanz mehr haben.

Der persönliche Lebenssinn muss wieder gefunden und belebt werden. Hier nehmen sich beste Spezialisten der Sache an. Der Patient hat zu lernen, die Macht seiner Gedanken und Vorstellungsbilder, seiner Ängste, und Vorurteile einzuschätzen, um nicht deren Spielball zu bleiben.

Zum Schluss bleibt die Interaktion mit dem großen Kontext aller Wesen und Dinge. Solange er im Einklang mit allem lebt, ist er geschützt. Driftet er aber davon ab, beginnt Stress und Ärger, gefolgt von Misserfolg, Krankheit und Leid. Unser Ziel ist es, jeden Patienten wieder gesund, lebenskräftig und fähig zur Selbstverantwortung zu machen."

Im Park

Damit beendete er seine Ausführungen und wir gingen zusammen hinaus in den Park. Hier war ein kleines Restaurant, in dem wir uns zusammensetzen und reden konnten. Die gehörten Ausführungen rauschten mir noch eine Weile durch den Kopf.

Wir sprachen jetzt aber über andere Dinge, zum Beispiel, welchen Nutzen Reos der universellen Gesellschaft bietet. Auch erinnerten wir uns an die lange Zeit unserer gemeinsamen Reise, in dem idorianischen Raumschiff und über unser Exil auf dem einsamen Planeten, der uns zum Glück Asyl bot.

Chang der nicht dabei war hörte interessiert zu. Sicher hatte ich ihm schon einiges von damals erzählt, aber nicht ausführlich und so hörte er jetzt auch einiges neues.

„Habt ihr hier zufällig aktuelle Informationen von diesem Planeten erhalten?", fragte ich neugierig.

„Ja, die Idorianer haben dort eine Handelsvertretung eingerichtet. Sie hatten auch die Bewohner, die vorher dort lebten, gefunden. Sie wollten die Besitzverhältnisse klären, aber es bestand kein Interesse mehr an dem Planeten. So wurde er ein Teil des idorianischen Handelsverbandes.

Die Bevölkerung hat sich inzwischen vergrößert. Die haben inzwischen auch ein Parlament eingerichtet und dieser einstmals stolze Hüne, der sich ja wirklich große gab, sein Volk zu vergrößern, wurde zum König gekrönt."

„Schau an, dann hat der ja sein Lebensziel erreicht. Sicher hat ihm sein großer Harem die meisten Stimmen gebracht", stellte ich amüsiert fest.

Stundenlang redeten wir noch über alles mögliche und der Tag rann dahin. Wir versprachen noch ein paar Tage zu bleiben. Unser Gastgeber zeigte uns in dieser Zeit viele Sehenswürdigkeiten seines Planeten und natürlich auch die verschiedenen Heilstätten. Wir sprachen mit Fachleuten, mit Professoren, mit Patienten, und besuchten deren Universität.

Das Wiedersehen mit meinem Leidensgenossen aus vergangenen Zeiten, ließ die Galaxis für mich ein wenig schrumpfen. Reos kennen zu lernen, war für mich eine sehr interessante Sache, half mir aber bei meiner Suche nach meiner Zukunft nicht viel weiter. Der Gedanke, dass meine wirkliche Motivation, durch Anpassung an Gesellschaftsvorgaben, überdeckt wurden, kam mir in den Sinn. Man riet mir, um meine wirkliche Aufgabe finden und ausfüllen zu können, müsse ich meine Lehre aus meinen Erfahrungen ziehen, denn alles Geschehen hätte seine Gründe. Es gäbe keine Zufälle.

05.07 Planet Concor

Neugier

Irgendjemand auf Reos, gab mir in einem Gespräch, in dem ich darüber sprach, dass ich meine Heimat verloren hatte und nun nach einem Platz und einer neuen Aufgabe suche, den Tipp, mich mal auf dem Planeten

Concor umzuschauen. Er meinte, dass die Gesellschaft dort etwas ganz besonderes sei. Also machten wir, Chang und ich, uns auf den Weg hierher.

Es ist immer gut Neuland nicht alleine zu erforschen, wer weiß schon, auf was man da alles stoßen kann. In einer der großen Städte, in den gemäßigten Planetenzonen, hatten wir uns teleportiert. Natürlich achteten wir darauf, dass uns niemand bemerkte. Wir wollten ja nicht gleich zum Tagesgespräch werden. Man sollte sehr vorsichtig sein, denn die Reaktionen der Einwohner können sehr unterschiedlich ausfallen und wieder in einem Büro von Sicherheitsbeamten sitzen, wollte ich absolut nicht.

Wir befanden uns in einer ruhigen Vorstadtgegend. Es musste ein Viertel sein, in dem reiche Leute wohnen. Die Häuser waren villenartige, zweistockige Bauten mit gepflegten Vorgärten. Neben den Häusern und in den Gärten dahinter, wuchsen alte, hohe Bäume, zwischen denen sich schattige, grüne Wiesen befanden. Scheinbar wurden sie regelmäßig gemäht, denn sie machten einen sauberen Eindruck.

Unsere Bekleidung entsprach in etwa der hiesigen Straßengarderobe, die von den menschenähnlichen Wesen hier getragen wurde. Wir könnten irgendwelche Touristen, aus einem anderen Landesteil sein.

Neugierig schlenderten wir durch die Straßen und erkannten schnell, dass es hier unterschiedliche Rassen gab, die ihrer Wege gingen. Auf anderen Planeten würde man einige von ihnen nur in Zoos oder Schutzzonen vorfinden. Hier aber waren sie scheinbar irgendwie, gesellschaftlich integriert.

Warum auch nicht, wenn der notwendige Intelligenzquotient, für die zu erledigende Aufgabe hoch genug war.

Ein hundeähnliches Tier, mit braunem Fell, kurzer Schnauze und wohlgenährt, wollte scheinbar genauer wissen, wer wir waren. Behäbig kam es auf uns zu, umrundete uns schnüffelnd, kam näher und prüfte genauer unsere Beinbekleidung. Es hatte eine mittlere Größe und reichte uns ungefähr bis zu unseren Knien.

Tiere kann man schlecht täuschen, ihre Sinne sind wesentlich schärfer, als die der Menschen, oder Rassen, die sich von der Natur entfremdet hatten. Dieses Wesen setzte sich ungefähr einen Meter vor uns hin, betrachtete uns genauer und dann staunten wir.

Der sprechende Hund

„Wer seit denn ihr, wo kommt ihr her?", hörten wir diesen Hund plötzlich fragen. „Ihr stammt nicht von diesem Planeten! Ich kenne die Gerüche der Bewohner hier, doch eure sind anders."

„Wir grüßen dich", antwortete Chan, „wir sind in der Tat nicht von hier. Wir sind Besucher und wollen euch kennen lernen. Man sagte uns schon, dass hier auch Tiere sprechen können, daher haben wir uns entschlossen, mal hierher zu kommen."

„Tiere? Willst du mich beleidigen? Auch höre ich eine gewisse Herabsetzung meines Wesens in deiner Stimme. Stammt ihr etwa aus eine jener Welten, in denen meine Spezies verachtet und womöglich noch verspeist wird?" Ein drohendes Knurren war jetzt zu hören.

„Keine Angst, wir wollen dir nichts tun!", warf ich schnell und beschwichtigend ein.

„Ihr mir nichts tun? Passt nur auf, dass ich euch nichts tue! Ich war heute zufällig beim Zahnarzt und habe meine Zähne nachschärfen lassen. Krachende Knochen, sind ein schöner Klang, ich liebe ihn. Gerne würde ich ihn noch mal hören. Lange ist es her, als man noch jagen durfte. Ihr wärt mir garamtiert nicht entkommen. Heute muss man sich anständig verhalten und auch noch sprechen. Früher, da haben ein paar klare Laute, wie zum Beispiel ein scharfes Knurren ausgereicht und jeder hat gleich gewusst, was Sache ist. Aber heutzutage, muss ich umständlich und freundlich mit vielen Worten, meiner eventuellen Beute klarmachen, dass ich fremde Finger nicht auf meinem Rücken mag. Und was richtiges zu Essen bekommt man auch nicht mehr, nur so ein ekelhaftes Fleischimitat, zäh wie Gummi. Wenn du da keine scharfen Zähne hast, kriegst du das Zeug nicht klein. Früher, da durfte man noch sein, wer man ist. Wo sind sie nur geblieben, die alten Zeiten?" Etwas deprimiert senkte das hundeähnliche Wesen seinen Kopf.

Chang grinste belustigt vor sich hin, dann sagte er: „Anstatt, dass wir anfangen uns zu beißen, wobei du wahrscheinlich der Sieger wärst, könntest du uns doch mehr von deiner Welt zeigen und ein paar Fragen beantworten."

„Was für Fragen beantworten?"

„Na zum Beispiel, wie es kommt, dass du sprechen kannst und wieso kennst du unsere Sprache?"

„Sprache? Kein Problem, ich habe ein paar von den üblichen Sprachen zur Verfügung und welche richtig ist, erkenne ich an eurem etwas sehr irdischen Geruch, der euch anhaftet. Ihr solltet unbedingt mal was dagegen tun. Und wieso ich sprechen kann, soll euch mein Chef erklären. Kommt mit, ich bringe euch zu ihm."

Das etwas dickliche Hundchen watschelte gemächlich vorneweg und wir folgten ihm mit langsamen, gemütlichen Schritten.

Sprechende Tiere waren mir von der Erde her bekannt. Da gab es ein paar Vogelarten die durchaus einige Worte hervorbringen konnten, aber zu einen solchen Dialog, wie eben, waren sie nicht fähig. Sachen gibt es, wirklich faszinierend, ich staunte.

Ein paar wenige Straßen weiter, kamen wir zu einem kleinen, einstockigen Gebäude mit vorstehendem Flachdach. Die Frontseite war Glasverkleidet, ebenso bestand die Eingangstüre aus Glas. Sie öffnete sich selbständig, als wir eintreten wollten. Innen befanden sich helle, lichte Räumlichkeiten. Unser kleiner Führer brachte uns zu den hinteren Bereichen. Dort trafen wir auf einen Mann, der durchaus von der Erde stammen könnte.

„Hallo, wer seit ihr denn?", begrüßte er uns, in der Universalsprache, die weit verbreitet in der Galaxis war und in der uns schon der kleine Hund angesprochen hatte.

„Die beiden Fremdlinge habe ich ein paar Straßen weiter aufgegabelt", erklärte unser Führer, „sie stammen nicht von diesem Planeten hier. Sie haben einen ganz anderen Geruch, an den muss man sich erst gewöhnen."

„Ja, ich habe es auch gleich gemerkt, der eine sieht aus, als käme er von der Erde und der andere", er meinte mich, „hm, der kommt von einem Planeten und einem Volk, welches ich nicht kenne.“

„Sie kennen die Erde?“, fragten wir erstaunt.

„Ja, wer kennt sie nicht. Sie war eine Zeitlang lästiges Tagesgespräch hier.

Zum Glück liegt sie aber weit draußen, weit weg von kultivierten Gebieten. Man hätte besser die Finger von ihr lassen sollen, so wichtig, wie die Gilden taten, ist sie wirklich nicht. Diese Erdbewohner haben keine Achtung gegenüber ihrer Umwelt, und daher natürlich auch nicht voreinander.

Wir hier hätten denen keine Träne nachgeweint. Schauen sie sich hier um, wir leben mit anderen Spezies in Harmonie zusammen. Die Fleischfresser auf der Erde erregen bei uns eine Menge Abscheu. Sicher hatte es auf diesen Planeten hier auch mal so, wie auf der Erde angefangen, aber wir haben uns kultiviert und einen großen Abstand zu primitiven Verhaltensweisen gewonnen.“

„Und wie funktioniert es, dass eure Tiere - äh - eure Mitgeschöpfe, meine ich“, gerade noch die Kurve geschafft, dachte ich, „sprechen können?“

„Nun“, ein Lächeln huschte über sein Gesicht, „wir haben unsere Technik weiterentwickelt. Wir haben elektronische Programme geschrieben, die den intellektuellen Abstand zu den höher entwickelten Spezies in unserer Gesellschaft, in etwa überbrücken. Diese Programme sind so gut, dass eine Sozialisierung statt finden kann.

Durch sehr kleine elektronische Bauelemente, die implantiert werden, ist es möglich Instinkte, Gefühle und Motive zu erkennen und sie in Worte zu fassen.

Gleichzeitig werden starke Gefühle und Aggression durch Dämpfung und Regelung in sozial verträgliche Bahnen gelenkt.

Zum Beispiel ist es so, dass bei einem Hund, wenn er verärgert ist und beißen möchte, der Trieb gedämpft und so sehr abgeschwächt wird, dass kein Angriff stattfindet. Der Ärger wird in äquivalente Worte gefasst und sein Ärgergefühl wird aufgelöst und durch ein Gefühl der Befriedigung ersetzt."

Ein erstauntes „Wou", war mein Kommentar.

„Eine andere Sache, die sich höchst erfreulich auswirkt ist, dass auch der Drang zur Notdurft, so gelenkt werden kann, dass er selbständig seine Toilette aufsucht und dort alles erledigt. Wir haben seither saubere Straßen. Natürlich ist der Intelligenzquotient begrenzt, aber er reicht für das Alltagsleben vollkommen aus.

Für diese Technik haben wir zentrale elektronische Datenerfassungssysteme, Speichereinrichtungen und natürlich Verarbeitungsmethoden geschaffen. Jedes Wesen, welches ein Implantat trägt, ist mittels elektromagnetischer Wellen über den Äther damit verknüpft und erhält auf diese Weise alles notwendige Wissen welches es benötigt.

In fremden Sprachen zu sprechen ist auch kein Problem mehr. Es stehen alle Sprachen, die auf diesen Planeten hier gesprochen werden, sowie ein paar interplanetarische zur Verfügung. Unsere ehemaligen Haustiere haben wir auf diese Weise sehr gut und vorteilhaft in die Gesellschaft eingefügt. Wir haben auch Versuche mit anderen Spezies gemacht. Die Erfolge waren sehr unterschiedlich. Daher forschen wir noch nach geeigneten Methoden für unterschiedliche Spezies. Insgesamt muss ich aber sagen, dass wir auf einem guten Weg sind. Wir nennen diese Lebensweise animalische Inklusion. Das Ziel ist es, mit allen anderen Lebewesen in gegenseitiger Achtung und Harmonie zu leben."

„Das hört sich alles sehr interessant an, aber gibt es keine Zweifel an der Sache, sind alle davon überzeugt, auf einem richtigen Weg zu sein?", fragte Chang etwas herausfordernd.

„Natürlich nicht. Es gibt immer welche, die eine andere Meinung haben, das ist doch normal. Die einen wollen die Zeit zurückdrehen und die anderen wollen was ganz anderes. Doch im Wesentlichen sind wir uns alle einig. Wir wollen die Weiterentwicklung unserer Gesellschaften. Nur die Richtung ist noch nicht so klar.

Zur Zeit herrscht bei uns Wahlkampf, da könnt ihr gleich selber erleben, welch unterschiedliche Ansichten herrschen. Geht in das Stadtzentrum, dort könnt ihr euch mit den Leuten unterhalten."

Wir bedankten uns für die Informationen und machten uns auf den Weg in das Zentrum der Stadt.

Im Stadtzentrum

Eine unübersehbare Menge von verschiedenen Spezies füllte den zentralen Platz dieser Stadt. Die Menschenformen dominierten aber, sie waren eben die treibende Kraft hinter den meisten Vorgängen. An verschiedene Stellen hatten sich politische Parteien mit ihren Ständen platziert. Auf großen bunten Plakaten lobten sie ihre Ziele.

„Seid ihr nicht auch davon überzeugt", sprach uns einer der Wahlkämpfer an, „dass nur ein friedliches und gleichberechtigtes Miteinander aller Spezies unsere Zukunft sichert. Es ist doch schon lange erwiesen, dass wir alle voneinander abhängig sind, weil jedes Wesen innerhalb der natürlichen Lebensprozesse seine Aufgabe zu erfüllen hat, wodurch erst eine Lebensbasis für andere Spezies geschaffen wird. Ihr müsst doch auch zugeben, dass man alleine, ohne das Leben um einem herum, gar nicht existieren könnte."

Wir nickten zustimmend und bestätigtem ihm, dass er Recht habe, trotzdem wollten wir aber noch hören, was die anderen zu sagen hatten. Wiederwillig ließ er uns ziehen. Die anderen, das waren die anderen, die eine etwas andere Meinung hatten, die sie aber ebenfalls lautstark bekanntgaben.

„He ihr zwei, wie lange soll das noch so weitergehen mit dieser Inklusion anderer Spezies in unsere Gesellschaft? Wir fordern ein artgerechtes Leben, für die einfachen Spezies. Wir lehnen das Domestizieren durch elektronische Implantate ab. Wir fordern, dass Tiere wieder wie Tiere leben können in Reservaten mit artgerechter Umgebung. Ist das zuviel verlangt? Das müsst ihr doch auch so sehen?"

Da sei wirklich was Wahres dran, bestätigten wir ihm und schauten, dass wir schnell weiterkamen, bevor wir uns in weltanschauliche Diskussionen verwickelten.

Wir schoben uns durch die drängelnden Menschenmassen. Dann erwischte uns ein weiterer „Stimmenfänger": „Sind nicht auch Pflanzen fühlende Lebewesen? Haben nicht auch sie gewisse Lebensrechte?

Fragt denn keiner was wir uns selber antun, wenn wir sie lediglich als Nutzgüter für unseren Wohlstand betrachten? Es sind Lebewesen, auch sie haben eine Seele und sie sind unsere Mitbewohner auf diesen Planeten hier. Wie wollen wir Angehörige universaler Gesellschaften werden, wie wollen wir aufsteigen zu höheren Dimensionen des Lebens, wenn wir nicht fähig sind vor anderen Lebensformen Achtung zu haben? Zur Nahrungsmittelproduktion gibt es genug andere Möglichkeiten, kein Lebewesen braucht deswegen zu sterben.

Wir können lernen Lichtnahrung, Äthernahrung oder Energienahrung zu verwenden, das ist viel besser für unseren Organismus. Dieser muss mühsam aus den Stoffen die notwendige Energie herausholen, warum also nicht gleich sich mit Energie ernähren.

Der Körper ist durchaus fähig, sich aus Energie alle notwendigen Stoffe die er braucht herzustellen. Der große Vorteil ist, dass wir unseren Körper nicht mehr mit Schlackestoffen und allen möglichen Giften verunreinigen. Viele schlimme Krankheiten würden dadurch ganz einfach verschwinden. Ist das nicht ein lohnendes Ziel? Befreit euch von dem materiellen Ballast und wählt die Aufstiegspartei!"

Uns rauchte der Kopf.

„Sehr interessante Sichtweise, wir denken mal darüber nach", antworteten wir und rissen uns förmlich von ihm los. Aber das war noch lange nicht alles, was es hier an Parteien gab. Kurz darauf stand der nächste, mit seinen Parolen vor uns und versuchte mit überzeugender Stimme uns einzufangen.

„Warum das Leben verkomplizieren, lasst uns doch die alten Zeiten wieder erschaffen. Lasst die Tiere ihr Leben doch leben, wie sie es immer gelebt haben. Warum muss man alles reglementieren? Hat die Natur nicht selbst eine Methode, um mit allem klarzukommen. Ist nicht die natürliche Selektion, wie sie seit Jahrtausenden hier und auf anderen Planeten stattfindet, die beste Methode? Die Tierarten halten sich doch alle gegenseitig in Schach, so dass keine dominiert. Die Spitze dieser Pyramide bildet die herrschende Rasse, wer immer diese ist."

„Und was bedeutet das", wollte ich wissen, „wenn natürliche Selektion nicht funktioniert?"

„Es wird lizenzierte Jäger geben. Diese halten die Bestände der einzelnen Spezies im Gleichgewicht."

Ein Fremder mischte sich ein und begann zu schimpfen: „Ihr wollt doch nur wieder Fleisch essen. Dafür ist euch doch jedes Mittel recht! Euer Wahlprogramm ist doch durch und durch scheinheilig."

Lautstark entgegnete der angegriffene: „Das ist eine infame Lüge, wir haben...

Chang zog mich unauffällig weg. „Lass die beiden sich streiten, die müssen hier sowieso selber entscheiden, was sie wollen. Alles Extreme taugt ohnehin nichts, jede Entwicklung braucht ihre Zeit. Ein vernünftiges Mittelmaß bringt die besten Erfolge."

Wir schlenderten, soweit möglich, über den weiten Platz. Manchmal mussten wir uns aber durch Ansammlungen vieler Menschen drängeln, die an einem politischen Informationstand zuhörten, wo dialektisch, die Dinge in die richtige Sicht gedreht wurden. Mit überzeugender Wortwahl und eindringlichen Gebärden, versuchten dort die Redner die Leute auf ihre Seite zu ziehen und sie von ihrem Parteiprogramm zu überzeugen.

Wirklichkeit hinter den Kulissen

Die Zeit verrann, es müssen wohl ein paar Stunden gewesen sein, die wir hier, ohne es bewusst zu merken, verbrachten. Man sah uns an, dass wir gestresst waren und das war sicher auch der Grund, warum uns jemand darauf ansprach:

„Ihr seid nicht von hier, richtig? Man merkt, dass ihr ein solches Chaos, wie dieses hier nicht gewohnt seid. Ja, alle haben irgendwie mit ihren Argumenten recht, doch man kann Fakten nicht wegreden."

„Und die wären?", wollten wir wissen.

„Essen müssen sie alle und wenn sie eine Spezies haben, deren Entwicklung auf Fleischkonsum basiert, weil sie von Natur aus Jäger sind, dann kann man dies doch nicht einfach wegdiskutieren. Die brauchen ihre Artgerechte Nahrung, sonst gehen sie ein."

„Aber die Gesellschaft hier hat sich doch vom Fleischverzehr losgesagt, also muss es doch möglich sein."

„Ja, das hätten die gerne, doch die Wirklichkeit ist, dass es mehr Ausnahmen gibt als Vegetarier rumlaufen. Wer ohne Fleisch nicht leben kann, muss sich eine Lizenz holen, dann kann er sich in ganz speziellen Märkten Fleisch kaufen, ganz legal. Wo kommt ihr eigentlich her?"

„Vom Planeten Erde."

„Erde, interessant, die haben andere Probleme, aber Fleisch wird da noch gerne gegessen. Ihr seht hungrig aus, als Fremde braucht ihr hier keine Genehmigung, wenn ihr also wollt, zeige ich euch ein hervorragendes Lokal. Dort bekommt ihr die besten Steaks in diesem Quadranten."

„Wie wär's mit einem saftigen Steak, außen knusprig und innen noch schön frisch und rot?", fragte mich Chang mit ernstem Gesicht. Mir kamen Ekelgefühle hoch, ich begann etwas zu würgen und verzog dabei mein Gesicht.

„Entschuldige uns bitte", sagte Chang zu dem Fremden, „mein Freund hat leider Verdauungsprobleme. Ein andermal vielleicht." Ich zog Chang schnell weiter.

„Hattest du wirklich die Absicht, so etwas ekliges zu essen, ich dachte du lehnst Fleisch ab?"

„Klar esse ich kein Fleisch, aber ich wollte mal dein Gesicht sehen - wirklich zum amüsieren."

Unabhängig von unserer Einstellung gab es hier viele, die Fleischkonsum mit anderen Augen sahen. Die Gesellschaft war in dieser Hinsicht geteilt. Trotz besserem Wissen gab es eine große Gruppe von Bewohnern, die Fleisch über alles liebten, und dafür sogar kriminell wurden.

Trotzdem war hier Beschaffung und Verzehr von Fleisch ohne Lizenz, grundsätzlich verboten und galt als eine kriminelle Handlung. Das hielt aber gewisse Leute nicht davon ab, Fleisch und Wurstwaren zu essen. Man kann hier mit der Beschaffung von Fleisch viel Geld verdienen, denn was verboten ist schmeckt um so besser und manche sind einfach süchtig nach tierischem Eiweiß, es ist hier für viele eine Art Rauschgift. In geheimen Zirkeln verzehren sie zubereitetes Fleisch von allen Arten von Tieren, die gewildert oder eingeführt wurden. Die Polizei macht Jagd auf sie, nicht nur weil Fleischverzehr verboten ist, sondern auch um heimische Tierarten zu schützen.

Wir hatten genug gesehen und gehört und verließen Concor. Natürlich kann man einen Eindruck, den man von einer einzigen Stadt in einem Land, gewonnen hat, nicht auf einen ganzen Planeten übertragen. Wer weiß wie es in den anderen Ländern und auf anderen Kontinenten dieses Planeten hier zugeht. Vielleicht gelten dort ganz andere Gesetze und Verhaltensweisen.

05.08 Wanderjahre

Als Navigator

Mein altes Leben war, wie ich schon erklärt hatte, vorbei. Nun musste ich mich neu orientieren. Dass ich auf meinem Heimatplaneten nicht leben konnte, fügte mir einen großen Schmerz zu.

Zuerst versuchte ich das Navigatorwesen zu verstehen. Dies war naheliegend, da ich guten Kontakt zu Garrras dem Navigator hatte und er sehr an mich interessiert war. Auf vielen seiner Reisen konnte ich ihn daher begleiten.

Einmal bekam er einen Ruf von den Idorianern. Sie wollten in ein noch unerschlossenes Gebiet der Galaxis vordringen. Ihr Ziel war es, neue Handelspartner zu finden. Informationen über ein Sternensystem, in dem eine noch unbekannte Rasse lebte, waren ihnen übermittelt worden. Zu dieser wollten sie nun Handelsbeziehungen herstellen und Garrras sollte ihnen dabei helfen.

Wir gingen an Bord eines ihrer Schiffe. Die Bauart war ähnlich dem Schiff, welches ich schon zur Genüge kannte. Es war ein wenig kleiner, denn es war ein Erkundungsschiff. Ein Steward wies uns zwei Gästekabinen zu. Sie waren geräumig und angenehm. Doch noch bevor wir uns eingewöhnen konnten, wurden wir zur Begrüßung auf die Schiffsbrücke gerufen. Kaum hatten wir diese betreten, da tanzten plötzlich zwei kleine rundliche Gestalten in Offiziersuniformen um uns herum.

Urm und Orm, die beiden Plopps, die fröhlichsten, geschwätzigsten und zappeligsten Wesen der ganzen Galaxis. An diese beiden lustigen Nervtöter, hatte ich schon lange nicht mehr gedacht. Aber ich freute mich wirklich sehr, sie mal wieder zu sehen. Die beiden hatten sich ja damals entschieden, bei den Idorianern zu bleiben und anscheinend hatten sie dort sogar Karriere gemacht. Sie waren Offiziere geworden, für alle möglichen Angelegenheiten, die sie mit ihren besonderen Fähigkeiten bewältigen konnten. Wahnsinn, wie klein ist doch die Galaxis, ging mir durch den Kopf.

Die beiden ließen nicht von mir ab, schließlich mussten sie mir ja alles klitzeklein erzählen, was ihnen seither passiert ist und das war nicht wenig. Sie begannen mir das Schiff zu zeigen und natürlich ihre Aufgaben zu erklären, auf die sie sehr stolz waren. Was sie aber bis jetzt immer noch nicht zustande brachten, war hintereinander zu reden.

So kam es, das ich, wie in den vergangenen Zeiten auch, nur die Hälfte von dem verstand, was sie mir sagen wollten. Da sie aber in ihrer Geschwätzigkeit alles ein paar mal sagten, hatte ich zum Schluss doch

verstanden. So waren sie halt, diese beiden, man musste sie einfach mögen.

Garrras ließ sich unterdessen über die Vorstellungen und Wünsche der Idorianer unterrichten. Die Offiziere hingen, zusammen mit ihm, über eine Sternenkarte und studierten diese.

Sicher wäre es für mich besser gewesen dabei zu
sein, aber die beiden Plopps hingen an mir, wie zwei
Kletten.

Sie erzählten mir auch, dass die Idorianer mit ihrer
Hilfe, einen Weg durch die Unwegsamkeiten des äußeren Spiralnebenarmes zu ihrer Heimat gefunden hatten. Damit war ihr Volk aus der Abgeschiedenheit des
galaktischen Randbereiches und der sich daraus erge-
benden Isolation befreit. Problematisch war nur die
weite Entfernung und damit auch die elend lange Rei-
sezeit. Das machte auch den Idorianern Schwierigkei-
ten. Aber wie ich hörte bastelten sie an einem neuen
Antrieb, um solch lange Strecken in kürzerer Zeit ü-
berwinden zu können.

Inzwischen hatte das Volk der „Plopps“, ihr richti-
ger Name ist ja für mich, wie schon erwähnt, unaussprechlich, feste Handelsbeziehungen zu anderen Völkern in den bekannten Gebieten der Galaxis eingerichtet.

Ihrem Heimatvolk brachte dies einen gewaltigen
kulturellen und wissenschaftlichen Aufschwung. Daher wurden Urm und Orm, in ihrer Heimat als Helden
gefeiert.

Garrras machte sich inzwischen an die Arbeit, geeignete Routen zu den Zielen der Idorianer zu finden.
Man könnte meinen, da ist so viel leerer Raum, die

Idorianer brauchen doch nur geradeaus zu fliegen, aber dem ist nicht so. Es gibt Gefahrenquellen, die nicht so einfach zu erkennen sind. Da ist ja nicht nur der materielle Raum, sondern auch Dinge, um die man besser einen Bogen macht. Eine instabile Sonne hatte ich ja selbst miterlebt, aber auch Materienebel, oder schwarze Löcher, die man nicht erkennen kann, wenn der Raum um sie herum leer ist. Auch unsichtbare sich überlagernde Energiestrukturen, wie zum Beispiel schnell wechselnde Kraftfelder sind sehr gefährlich.

Dies sind Dinge, die sich eine normaler Mensch kaum vorstellen kann, solange er an seinen begrenzten Vorstellungen festhält. Er muss lernen, dass das Wesen des Universums sehr vielschichtig ist.

Sich von einem Navigator durch unbekanntes Terrain führen zu lassen ist daher allemal besser. Und außerdem führte schon eine Abweichung des Kurses von einem halben Winkelgrad, zu vielen Lichtjahren Abstand zum Zielort.

Garrras machte gute Arbeit und ich durfte ihn dabei assistieren. Doch letzten Endes musste ich erkennen, dass die Arbeit als Navigator nicht wirklich mein Ding ist. Sicher, war die Aufgabe interessant aber sie gab mir nicht die Erfüllung, die ich suchte.

Garrras war verständig und fand es durchaus richtig weitere Erfahrungen zu sammeln. Er meinte, dass wir eine große Familie seien und egal, wo wir unsere Aufgabe erfüllen und was es auch ist, wir arbeiten letztlich immer am gleichen Ziel. Irgendwo würde ich sicher meinen Platz finden und ich sollte meinen Vorteil, noch ungebunden zu sein, ruhig nutzen. Ich sollte mir in Ruhe die Arbeit anderer Gilden anschauen und versuchen, deren Aufgabe besser zu verstehen.

Als Terraformer

Die Terraformer erweckten irgendwann mein Interesse, daher entschied ich mich, mal eine Weile bei ihnen mitzumachen.

Diese suchten nach Planeten, die mit ein wenig Hilfe geeignet waren, Leben zu tragen. Manche mussten erwärmt werden, andere wiederum abgekühlt, bei einigen musste die Atmosphäre geändert werden. In solchen Fällen konnte man Bakterien verwenden, um die Lufthülle lebensfreundlicher zu machen. Sie veränderten die Zusammensetzung der Gase. Wasserplaneten bekamen Plankton um eine Sauerstofferzeugung in Gang zu bringen. Planeten ohne genügend Wasser, führte man einfach Wasser zu. Irgendwo im gleichen Sonnensystem fanden sich meist irgendwelche Kometen voller Eis. Manche waren große verdreckte Schneebälle, aber das machte nichts, solange sie genügend Wassereis in sich trugen. Diese brachten wir dann zu den trockenen Planeten und ließen große Seen, ja sogar Meere entstehen.

Um solche Massen bewegen zu können, ist ein Verständnis der Kräftemechanik notwendig, jene Funktion der Massenkräfte, die zwischen den vorhandenen Körpern wirken. Dabei ist Gravitation eine der wichtigsten Grundkräfte, die man unbedingt verstehen sollte, um etwas bewirken zu können. Die Bedingungen, durch deren Wirken Gravitation entsteht und verstärkt wird, mussten zielgerichtet beeinflusst werden. Dadurch war es dann möglich, zum Beispiel Me-

teore oder Kometen einfacher durch den Raum zu
bewegen.

Aber nicht alle Planeten brauchen wie ein Paradies
eingerichtet werden, denn Menschen sind sehr anpas-
sungsfähig und kreativ. Man schaue sich nur mal die
Erde an. Da leben auf der Nordhalbkugel Menschen
im ewigen Eis, und dazu noch fast ein halbes Jahr in
Dunkelheit. Dagegen haben andere in heißen trockenen Wüsten ihr Zuhause. Viele Kilometer müssen sie
wandern, um von einer Oase bis zur Nächsten zu gelangen. Sie mussten lernen, ihr Wasser einzuteilen oder
sie würden verdursten.

Andere Menschen leben in steinigen Gebirgsregio-
nen. Auf kleinen kargen Feldern bauen sie ihre Lebensmittel an und sind ständig von Steinschlag bedroht. Sie nutzen aber jedes Fleckchen Erde.

Wiederum andere leben auf einsamen Inseln, in der
weiten Wasserwelt des pazifischen Ozeans. Sie hatten
gelernt sich an Wind, Wolken und vielen anderen Zeichen des Himmels zu orientieren.

Die Menschen müssen nur ihr Auskommen haben,
an vielem anderen können sie sich anpassen oder es
verändern. Sie brauchen hauptsächlich eine Heimat
und müssen wissen, wo sie die lebenswichtigen Dinge
herbekommen. Das bedeutet, dass das Wasser nicht
ausgehen darf, die Atemluft sich erneuert und es möglich ist, Lebensmittel immer wieder neu zu erzeugen.
Alles andere wird man im Laufe der Zeit in den Griff
bekommen.

Als dann aber eines Tages ein solcher Regelkreis
der Lebensbedingungen zusammenbrach und ich leider miterleben musste, wie Menschen verhungerten,

bekam ich Selbstzweifel. Das war dann auch einer der Gründe, an denen ich erkannte, dass Terraforming doch nicht mein Ding war. Alles sehr schön und interessant, dachte ich, aber letztendlich doch nicht mein Ding.

Aufgabe als Vermittler

Meine Lebenserfahrungen, die ich hauptsächlich in einem Büro voller Akten, sammelte, waren keine gute Grundlage, um mich irgendwo nützlich einzubringen. Blieben noch die Kenntnisse und Fähigkeiten, die ich im Umgang mit Antragstellern und Ratsuchenden sammeln konnte.

Die meisten Gilden konnte ich vergessen, da war ich fehl am Platz. Ihre Aufgabengebiete waren einfach nichts für mich. Vieles von dem was sie taten, verlangte von mir ein Können, welches ich nicht hatte.

Lehrer konnte ich nicht sein, ich brauchte ja selber Belehrung. Helfer oder Betreuer, das war auch nichts für mich, dafür war ich viel zu formell und rational.

Vielleicht Heiler? Heilen ist zwar eine Ehrensache, aber dafür bin ich auch der falsche.

Als Pionier zu arbeiten und Neuland erforschen? So interessant sich dies auch anhört, ähnliches hatte ich in den letzten Jahren zur Genüge gemacht und habe fast jeden Funken Aberteuerlust verloren. Ehrlich gesagt, hatte ich noch nie richtige Abenteuerlust. Eine solche Lust entstand bei mir höchstens dann, wenn mir ein neues Formular vorgelegt wurde. Dann, wenn andere müde abwinkten, lebte ich auf. Die Tätigkeiten, eines Pioniers sind sehr unterschiedlich, und man hat ständig mit neuen Gegebenheiten und manchmal geht es sogar an die eigene Gesundheit.

Ich suchte etwas anderes, daher ließ ich mich mal zu Vermittleraufgaben verpflichten. In dieser Zeit erlebte ich Borniertheit und Dummheit, wie ich es mir bisher nicht vorstellen konnte, Egoismus in vollendeter Form, Unzugänglichkeit, wie eine Mauer aus allerbesten und härtesten Granit. Wechselnde Motive kosteten mir oft den letzten Nerv. Hatte man sich mühsam auf eine Sache geeinigt, schon war sie uninteressant geworden und nicht mehr wichtig. Geduld und eiserne Nerven waren gefragt und vor allem eine Frustrationstoleranz, wie ein weiches Gummiband, dehnbar bis in das Unendliche und absolut nicht zerstörbar.

Manchmal hatte ich mir allen Ernstes einen dicken Knüppel gewünscht, um diese unbeweglichen Holzköpfe etwas flexibler zu klopfen.

Natürlich gab es auch die andere Seite. Dort konnte ich die Erfolgsgefühle sammeln, die mich wieder aufbauten, wenn meine Frustration mich, durch misslingende Vermittlung, zermürbt hatte. Es war höchst befriedigend und erfüllend, wenn langjährige Kriegsgegner in Frieden zueinander fanden und an einer gemeinsamen Zukunft zu bauen begannen. Wenn man sehen konnte, wie die Völker wieder auflebten und ihre Wirtschaft und Kultur sich neu entfalteten.

Auch erfüllte es mich, wenn ich es zustande brachte, stagnierende Geschäftsinteressen aufleben zu lassen, um Menschen vor Unterversorgung zu schützen.

Ich scheute mich in solchen Fällen auch nicht, selber neue Absatzmärkte zu suchen, um niedergehende

Konzerne vor Bankrott zu retten, um deren Mitarbeiter und ihren Familien eine Zukunft zu sichern.

Eine weitere Sache war, aufstrebenden Gesellschaften zu helfen ihren Platz zu festigen, wenn dominierende Rassen schon alle Ressourcen an Land und Rohstoffen für sich annektiert hatten. Wenn diese dann ihre unterschiedlichen Ziele in Einklang bringen konnten und es nicht zu schlimmen Streitigkeiten kam, war ich glücklich. Dann hatte ich meine Aufgabe gut erfüllt.

Die Galaxis war in dieser Zeit mein Zuhause geworden. Das musste ich mir irgendwann eingestehen, und dieses Zuhause wollte ich, soweit es mir möglich war, in Ordnung halten.

Eine Zeitlang war ich mit dieser Aufgabe glücklich, oder besser gesagt, die Erfolge überwogen ein klein wenig, gegenüber den Misserfolgen.

Als dann aber eines Tages eine gelungene Vermittlung durch Borniertheit zu Nichte gemacht wurde und als Resultat, sich die beiden Völker grausam niedermetzelten, fragte ich mich, ob ich für diese Aufgabe wirklich der richtige bin. Manches kann man nur eine Zeitlang machen bis die psychischen Kräfte erschöpft sind. Sicher konnte ich Erfolge vorweisen, aber manche Misserfolge waren so niederschmetternd, dass meine seelischen Kräfte dies nicht aushielten und ich zu zweifeln begann. Es musste doch etwas geeigneteres für mich geben. Ich begann weiter zu suchen.

Der richtige Platz
Bei keiner dieser Gilden war ich wirklich am rechten Platz. Mir fehlte einfach die notwendige Inspiration

für die meisten der Aufgaben. Daher schob man mich immer weiter, in der Hoffnung, dass ich schon irgendwann den rechten Platz finden werde.

Man machte mir immer wieder Mut, denn es gäbe für jeden einen richtigen Platz, auch für mich, ansonsten wäre ich gar nicht in diesem Universum. Ich selbst war mir da allerdings nicht mehr so sicher. Mir selber kam das Mutmachen eher so vor, als wenn man ein Pflaster auf eine Wunde klebt. Man sieht sie dann nicht mehr, doch die Schmerzen bleiben.

Irgendwann landete ich an einer Stelle, an der man von mir nicht mehr verlangte, als eingehende Informationen entgegenzunehmen und an die richtigen Stellen weiterzuleiten.

Das füllte mich absolut nicht aus und ich bekam Gesundheitsprobleme. Daher schob man mich weiter zur nächsten Aufgabe. Dort hatte ich die eingegangenen Informationen zu verwalten, sie in die ordnungsgemäße Form zu fassen und erst danach an die richtigen Stellen weiterzubefördern. Das war schon besser, aber auch noch nicht die letzte Station.

Eines Tages trat man mit einer Bitte an mich heran. Man brauchte jemanden für die wechselseitige Abstimmung der Aktionen verschiedener Gilden oder Gruppierungen, damit diese sich gegenseitig unterstützen konnten. Es sollte vermieden werden, dass sie sich bei ihren Arbeiten ins Gehege kommen und sich dadurch behinderten. Prioritäten mussten aufgestellt werden. Reihenfolge und Zeiten waren zu beachten. Man brauchte jemanden, der dafür ein Geschick hatte.

Formulare und Formblätter, auf die ich ja gedrillt war, gab es hier natürlich nicht, leider, aber dafür eine entsprechende Äquivalenz. Das waren Fachleute und Helfer, die ich an die Hand bekam, denen ich nur zu sagen brauchte um was es geht und was sie tun sollen. Die waren in der Tat fähig, alles sorgfältigst auszuführen, so wie ich es ihnen aufgetragen hatte.

Formulare und Formblätter, die ich dafür brauchte fertige ich, im Laufe der Zeit, selber an.

Ich entwickelte eine Struktur von Kontrollen. Auf diese Weise blieb alles überschaubar und funktionierte bestens.

Langsam begriff ich, dass ich hier genau an der Position war, die ich hervorragend ausführen konnte. Ähnliches hatte ich doch Zuhause jahrelang gemacht. Der formelle Apparat musste nur effektiv ausgestaltet werden. Das bekam ich aber hin. Nach einiger Zeit hier, fühlte ich mich recht zufrieden und fast wie Daheim. Der Unterschied war lediglich, dass ich hier nicht für kommunale Vorgänge zuständig war, sondern für galaktische. Welch ein Aufstieg, so etwas konnte man mir Zuhause nicht bieten. Ich spürte wie ein Gefühl von Stolz in mir aufkam.

Ich arbeitete mich sehr gut ein und war bald ein gesuchter Ansprechpartner für die unterschiedlichsten Vorgänge und Unternehmungen. Wer zu mir kam wusste, dass seine Angelegenheiten sich in den besten Händen befanden.

Niemand kam mehr mit anderen Gruppierungen und deren Aufgaben ins Gehege und auch die Reihenfolge war optimal aufeinander abgestimmt. Man ergänzte sich, wo es nur ging, dafür sorgte ich mit meinem Team. Zum Beispiel, erst wenn die Terraformer ihr Werk vollendet hatten, konnten die Schöpfer mit der Belebung des Planeten beginnen. Danach erst kamen jene, die intelligente Gesellschaften gründen wollen. Dazwischen und später wirkten welche, die sich mit den Schicksalen befassen. Das sind solche, die das Leben erst interessant machen, die Regisseure des Lebens sozusagen. Sie machen ihre Arbeit aber nicht mutwillig, sondern immer in Absprache.

Dumm war nur, wenn diejenigen, für die sie arbeiten, dies vergessen hatten und über ihr schlechtes aber selbst gewähltes Schicksal jammern. Man darf eben die Kausalität der Dinge und Umstände nicht übersehen oder gering schätzen. Jede Aktion fordern ihren Tribut.

Nicht alles, was man sich wünscht hat nur gute Nebenwirkungen. Dieses Beispiel eben, war eine grobe Darstellung der Vorgänge, die ich zu managen hatte. Ich jedenfalls, organisierte alles auf beste Weise und war auch sehr stolz darauf.

Würde die richtige Reihenfolge nicht eingehalten, wären die anstehenden Entwicklungsprozesse schon im Vornherein zum Scheitern verurteilt. Meistens waren die Vorgänge aber wesentlich komplexer, als eben erläutert. Oft hatte ich es mit sehr diffizilen kausalen Strukturen zu tun.

Aber ich gestaltete meine Arbeit gut und war mit mir zufrieden. Hier hatte ich endlich meinen Platz, für den ich geschaffen war, gefunden. Sehr viele lange Jahre füllte mich diese Aufgabe aus und machte mich glücklich.

Ich sah in dieser Zeit, wie öde und leere Planeten aufblühten, und wie sich lebensfeindliche Himmelskörper zu schönen Oasen, voller Leben und Zukunft verwandelten.

Ich war Zeuge, wie sich verschiedene Gesellschaften entwickelten, wie sie zu intelligenten Rassen heranwuchsen.

Die Idorianer besuchten mich oft und wollten natürlich wissen, was gerade so im Gange war. Sie entfalteten ihre Handelbeziehungen weiter und versuchten lukrative Routen und Kontakte zu finden. Daher waren sie immer an neuen Informationen interessiert. Das führte auch dazu, dass die beiden Plopps, Urm und Orm, gelegentlich mal bei mir vorbeischauten. Dann hatte ich in meinem Büro immer Partystimmung und Jubelfeier in einem. Aufputschende Getränke waren da nicht mehr vonnöten. Am folgenden Tag plagte mich dann meist, auch ohne dieses alkoholische Zeug, ein Kater. Aber ich freute mich jedes Mal, wenn sie kamen, doch ehrlich gesagt, ich war auch recht froh, wenn die beiden wieder abzogen. Dann musste ich mein Hirn neu ordnen.

Insgesamt gesehen, hatte mich mein Lebensweg weiter geführt, als ich es je erwartet hätte. Leid, Schmerzen und Enttäuschung waren vergessen.

05.09 Rückschau

Ruhestand

Nach vielen langen Jahren erfolgreicher Arbeit, habe ich mich hier, auf der Erde, zur Ruhe gesetzt. Ich nutze diese Zeit, um meine Biographie zu schreiben. Ich will mich all der Dinge und Ereignisse, die geschehen waren, nachdem ich meine Heimat verlassen hatte, wieder erinnern und sie anderen zugänglich machen.

Trotz der vielen Planeten und deren Bewohner, die ich bisher kennengelernt habe, zog es mich doch hierher, in die Nähe der Leute, bei denen ich mich wohlfühle, die mir weiterhalfen, als ich Hilfe brauchte und die mir ein Gefühl von Heimat gaben.

Da ist das Habitat von Meister Wu, welches ich oft und gerne besuche um mit ihm und anderen ein Schwätzchen zu halten. Da ist Mama Nien Yen, die mich immer wieder mit ihrer schmackhaften Küche verführt und da ist vor allem Chang, mein Freund und manchmal auch Lehrmeister, der mir letztendlich half, ein Bürger des Universums zu werden.

Auch die anderen will ich nicht vergessen, zum Beispiel Garrras, den Navigator, der mich auf einige seiner Missionen mitnahm und mir zu Erkenntnissen verhalf, für die ich ihm sehr dankbar bin. Und natürlich muss ich Meister Toras erwähnen, der mir zu einem neuen Körper verhalf und mir zeigte, wie ich ihn gesund und leistungsfähig erhalten kann.

Meinen eigenen Heimatplaneten hatte ich nur noch wenige Male besucht. Die Weiterentwicklung schreitet dort leider nur sehr langsam voran.

Der Grund liegt im Wesentlichen darin, dass das Leben der Bevölkerung bestens in Ordnung ist, dass es allen gut geht und dass absolut kein Grund besteht, irgend etwas zu ändern. Es treibt sie einfach nichts voran und deshalb bleiben sie so, wie sie sind. Mich jedenfalls hatte das Schicksal da herausgerissen. Zum Glück, wie ich es heute beurteile.

Lange habe ich darüber gejammert und getrauert, doch heute würde ich um keinen Preis die Zeit zurückdrehen wollen und das, was ich heute habe, gegen das kleine warme und doch eng begrenzte Nest von damals, wieder tauschen. Ich liebe meine Familie immer noch, auch wenn sie mich nicht anerkennen will.

Sie können ja nichts dafür. Begrenzende Sichtweise und bindende Konvention, halten leider ihren Geist klein. Ab und zu, schaute ich mal nach meinen beiden Neffen und freute mich darüber wie sie heranwuchsen. Sie erinnern sich nicht mehr an mich. Die beiden waren noch zu klein, als ich den Planeten verließ. Ich hoffe inständig, dass sie zu einer neuen Generation gehören, die sich nicht mehr begrenzen und klein halten lässt.

Ich wünsche mir, dass sie eines Tages aufschauen und erkennen, dass da ein gewaltiges Universum ist, welches auf sie wartet und welches es zu erobern gilt. Ich jedenfalls habe begriffen, dass alles möglich ist und wenn der Ruf kommt, der mich hinausruft zu neuen Aktivitäten, dann bin ich bereit ihm zu folgen.

Die Erde

Ich beobachte interessiert die Vorgänge auf der Erde, schließlich lebe ich ja auch hier. Es gibt hier wirklich noch sehr viele destruktive Elemente, die in ihrer Unbewusstheit viel Schaden anrichten, aber ich stelle mit Freude fest, das eine neue Generation erschienen ist. Noch sind es wenige, doch es werden mehr. Es sind Menschen, die über ihren Tellerrand hinausschauen können und zudem fähig sind, die Dinge in ihren universalen Zusammenhängen erkennen zu können.

Grußworte

Unbekannter Leser, wie lange willst du noch in deinem kleinen Nest verharren? Das Universum ist groß und schön und voller Wunder. Lass dich vom Atem des Lebens durchfluten und sei bereit dem Ruf des Lebens zu folgen.

Wach auf und öffne deinen Geist, die Wunder des Universums warten auf dich. Erkenne, dass du kein Erdenwurm bist, sondern ein Kind des Geistes und vor allem ein Bürger des Universums.

Du bist frei geboren, unter den Sternen, sie sind deine Paten. Darum erhebe dich aus deiner Begrenzung und werde zu einem freien Bürger des Universums. Bringe dich ein, in die universumsweite Gemeinschaft und gestalte mit.

Lieber Leser, wer immer du bist,
Ich grüße dich herzlich und ich wünsche Dir viel Glück und Erfolg auf Deiner Reise durch diese großartige Galaxis.

fin

Ein Reporter hatte Ärger mit der Mafia und musste fliehen. Ein Zeitungsverleger half ihm zur Flucht. Er sollte eine Berichtreihe über das Leben auf der Venus schreiben.

Neue Materialien ermöglichten es, dass Menschen dort, hoch oben, über den Wolken der Venus, in angenehmen Schichten der Luft, Siedlungen gründen konnten.

Obwohl er nicht so recht wollte, flog er doch hin. Auf seiner Reise lernte er den Fahrstuhl in den Orbit der Erde, das Raumschiff zur Venus und eine interessante Mitreisende kennen. Auf der Venus erforschte er Leben und Arbeiten der Leute, wurde unerwartet von der Mafia aufgespürt und bedroht. Er entdeckte eine geheimnisvolle Sache, machte Fehler, wurde verhaftet, befreit und wieder verhaftet. Ein Geschäftsmann holte ihn heraus und eröffnete ihm das Geheimnis der Venus. Die Erkenntnis, die sich dadurch für ihn ergab, führte ihn zu einer Entscheidung, die er nie für möglich gehalten hätte.

Paperback, ca. 300 Seiten, ISBN: 9 783 740 752019

Willy - der Stein
Untertitel: **Der ewige Kreislauf der Dinge**
Diese Geschichte ist eine Art Parabel, die Hoffnung vermitteln soll. Niemand geht verloren. Alle Dinge des Seins unterliegen den gleichen, wiederkehrenden Gesetzmäßigkeiten.
Alles lebt in seiner eigenen Weise. Alles formt und bewegt sich, von einem Daseinszustand zum nächsten, in einem ewigen Kreislauf des Seins. Diese Geschichte soll zeigen, dass das Leben hinter der Grenze, die allen gesetzt zu sein scheint, weitergeht.
Werden und Vergehen sind nicht der Maßstab des Lebens, sondern Werden, Leben und Neuwerden. Und sogar Verlorenes kann sich wieder neu finden.

Paperback 68 Seiten, ISBN: 9-783740-748654

Der kleine Scout

Untertitel: **Den ei-
genen Leitstern
finden**

Es ist die Geschichte eines kleinen Jungen in einer schwierigen Situation. Von Zuhause wegzulaufen, erscheint ihm als einzige Lösung. Ein alter Landstreicher, den er am Abend zufällig trifft, erzählt ihm, wie er seine Situation erfolgreich handhaben und neuen Mut finden kann.

Es entsteht interessantes ein Gespräch, in dem der Junge lernt, seine Situation neu zu betrachten. Er lernt die Chancen zwischen seinen Interessen und den Herausforderungen seines Lebens zu erkennen. Im Grunde genommen ist jeder ein Pfadfinder und muss immer die nächste Etappe auf seinem eigenen Lebensweg suchen und finden.

Paperback ca.90 Seiten   ISBN: 9 783 740 751890